EMMANUEL ROBERT-ESPALIEU

FLEUR DE SANG

Michel LAFON

ISBN 978-2-266-32913-2
Dépôt légal : mars 2023

À mes parents

Aimer est une aventure sans carte et sans compas
où seule la prudence égare.

ROMAIN GARY, *Clair de femme*

Prologue

Ses pensées se succédaient en désordre dans son esprit et le sel lui irritait les yeux. Il les aurait bien frottés pour se soulager un peu, mais pas moyen avec ses mains entravées dans son dos. Il clignait frénétiquement des paupières, espérant nettoyer son regard de quelques larmes, déformant toujours un peu plus un monde dont il ne distinguait plus que le mur éclatant du château frappé par le soleil et, devant lui, un peu en contrebas, la foule venue pour l'occasion. Seuls des bonnets et des couvre-chefs lui apparaissaient en un léger mouvement flou. Par moments fugaces, une brise légère lui caressait le dos au travers de sa chemise lacérée, soulageant un peu ses plaies à vif et le feu qui le consumait à l'intérieur. Malgré son inconfort, ses poignets trop serrés et ses genoux douloureux, il se dit que la chaleur était quand même une bonne chose. Le printemps clément annonçait des récoltes enfin prometteuses. Il pensa aussi qu'il avait bien fait de semer du seigle au lieu de tout miser sur le blé. À moins d'un coup de chaud comme l'été dernier. Les grains encore laiteux n'avaient pas résisté, et tous ses espoirs s'étaient évanouis en quelques jours. Et l'année d'avant, c'étaient les gelées tardives qui n'avaient pas permis une bonne germination, suivies par des pluies interminables qui avaient eu raison de l'orge et de l'avoine. Si seulement il avait eu alors les moyens d'acheter du blé glané avant que ces temps de misère ne réduisent tout à néant dans la région. Avant que le malheur ne le frappe. Avant que les petites jambes et les bras secs et noircis de sa femme ne finissent par se détacher tout à fait de son corps comme des petits morceaux friables de bois mort. L'ergot contenu dans son propre blé avait eu raison de celle qu'il aimait. Il n'avait pas pu la guérir. Comment aurait-il pu ? Cela faisait longtemps qu'il ne nourrissait plus sa famille qu'avec du pain à la fougère et de la soupe à l'herbe. La clameur semblait s'amplifier tout autour de lui et il s'efforça de fermer ses yeux qui s'enflammaient pour remplacer le souvenir douloureux par son beau visage à elle. Il essaya de se rappeler leur rencontre pendant les vendanges. Les vendanges. Que ne donnerait-il pas pour une seule gorgée de vin, là, maintenant ? De l'irancy. Il n'avait jamais pu se payer d'irancy. Le vin d'un roi. Trop cher. Il aurait le goût de la pierre à fusil avant de finir en queue de cerise, à ce qu'on disait. Non. Le grince-dents habituel l'aurait contenté, là, tout de suite. Il était habitué au raisin triste. Des grains durs comme des billes qu'il fallait renoncer à piétiner dans les cuves pour les écraser aux pilons de bois dans l'espoir d'en tirer un peu de jus. Comme il avait soif ! Et cette journée qui n'en finissait pas. Le trajet de la porte Saint-Jean à la porte Saint-Jacques de l'autre côté de la ville un peu plus tôt, pour finalement revenir ici, dans la cour Lamort. Les injures. Les hurlements. Les immondices lancés sur son visage. Et les cailloux. Des voisins. Des clients. Des amis. Tout lui paraissait tellement irréel, désormais. Seule l'odeur du bois contre lequel sa joue s'écrasait le ramenait au présent.

Et la douleur dans tout son corps.

Et aussi un roucoulement.

Il rouvrit péniblement un œil. Dans sa vision qui tanguait il aperçut une tourterelle posée là, à une longueur de bras. Elle était cendrée avec un collier noir. Son chant calma le rythme de son cœur. Le martèlement du sang dans les veines de son front s'estompa. Puis ce fut le silence. Comme si le monde s'était arrêté de vivre, les gens de respirer. Il fixait l'oiseau comme on tient la main d'un ami qui vous accompagne dans les derniers instants. Ça y était, enfin. On allait en finir. Il sentait qu'on s'était approché de lui, là, juste derrière. Positionné comme il l'était, il ne pouvait pas voir, mais il entendait le bois craquer sous le poids d'un corps lourd. La tourterelle s'était figée. Il se dit qu'il n'aurait pas dû céder et se laisser embarquer dans cette sale histoire. Voler du blé, à la rigueur. Après tout, il n'allait pas laisser ses enfants mourir à leur tour de faim.

Mais tuer.

Il perçut à nouveau le son du bois, mais pas tout à fait le même. Comme s'il se détendait cette fois. Comme sous l'effet d'un corps en bascule.

La tourterelle semblait le regarder de côté, et il pouvait presque se voir dans le reflet de sa pupille noire.

Tuer. Il n'avait jamais tué auparavant. Il n'était pas fait pour ça. Il le savait. Et il s'était fait prendre.

Le bois crissa à nouveau plus franchement, et l'oiseau s'envola.

Puis juste une sensation.

Imperceptible.

Comme une légère brise froide.

Là, derrière, sur sa nuque.

Le visage de celle qu'il avait tant aimée lui apparut une dernière fois.

Comme elle était belle !

I

— Coupable ! conclut autoritairement Paul Fouquier, le prévôt général de la ville.

La sentence rebondit en écho entre les voûtes de la grande salle du château abritant désormais le tribunal, provoquant immédiatement les applaudissements de la foule bigarrée venue s'agglutiner pour assister au spectacle. Une sentence similaire à celle prononcée quelques jours plus tôt contre un fermier acoquiné aux « Tranche-Montagnes » devenus le centre d'intérêt de toutes les conversations ici, à Joigny et dans ses environs. Dans les rues, au marché, à l'église, dans les estaminets et même au château, on ne parlait plus que de cette bande, une « armée » selon certains, constituée de soldats déserteurs et de voleurs, qui vivraient, selon les dires, terrés comme des bêtes dans la forêt d'Othe, juste au-dessus de la ville, au-delà des vignes. Et si les condamnations énoncées satisfaisaient les bourgeois et les commerçants plus ou moins fortunés inquiets pour leurs biens, les plus pauvres ne cachaient plus désormais une certaine sympathie à l'endroit de ces coquins qui, certes, volaient et parfois tuaient, mais toujours pour redistribuer aux plus démunis. Une affaire qui intéressait jusqu'à Versailles. Louis « le

Grand » avait d'ailleurs lui-même fait part à plusieurs reprises de sa vive inquiétude au comte de Sainte-Croix, le gouverneur de la ville. Le roi belliqueux avait plus que jamais besoin du soutien indéfectible de son peuple mais aussi de ses soldats pour venir à bout de la guerre qui traînait depuis des années contre la ligue d'Augsbourg. Et ces déserteurs n'aidaient pas sa cause.

— Mais ce n'est pas moi… marmonna le pauvre hère qui tenait à peine sur ses jambes frêles, les mains liées dans son dos.

— Juchereau, ne nie pas ! On a retrouvé les trois sacs de blé tachés de sang dans ta cave !

— Je ne me souviens plus de rien. Je vous l'ai dit. Des gars m'ont accosté à l'estaminet du Pont et m'ont offert à boire. Ils m'ont proposé quelques pièces en échange de ma cave pour y mettre quelque chose… se justifia-t-il, hagard.

— Quelque chose ? renchérit le prévôt, ironique.

— J'avais bu. Un peu trop…

L'assistance éclata de rire.

Comme chaque fois, les bourgeois fiers et les notables élégants avaient laissé leurs affaires pour se placer au premier rang, dominant de leur prestance les petites vieilles qui s'agglutinaient, certaines assises sur des tabourets. Derrière, les commerçants et artisans n'avaient pas hésité à fermer leurs échoppes pour une heure ou deux, les paysans avaient quitté les champs, les vignerons les vignes et, tout au fond, à l'arrière, les plus pauvres en haillons se pressaient, dressés sur la pointe des pieds pour ne rien rater. Et tous s'esclaffaient comme un seul, se moquant de cet homme si sympathique jusqu'alors, que la plupart connaissaient si bien comme l'un des meilleurs cordonniers de la ville, et auquel on tapait sur l'épaule en guise de bonjour la veille encore.

— Je ne me souviens plus de rien ! Je le jure... supplia l'accusé dans un souffle couvert par le bruit de l'assistance.

Le comte de Sainte-Croix écoutait les débats en silence, l'air un peu absent. Comme à son habitude, l'homme à l'allure robuste malgré son âge avancé portait un élégant pourpoint flanqué des griffons de la ville sur la poitrine, et son épée à la ceinture. Il était grandement respecté de ses sujets, ayant assis et renforcé son autorité avec le temps et les épreuves. D'abord les troubles hérités de la guerre alors qu'il prenait précocement la gouvernance de la cité presque cinquante ans plus tôt, puis les révoltes paysannes et les conspirations qui suivirent sans cesse, sans oublier les violences commises en réponse aux soulèvements des protestants. Enfin, ces dernières années, la famine dont le pays sortait à peine et que tous espéraient désormais derrière eux. Il avait alors su faire preuve de générosité, d'écoute et de largesses, parfois même de mansuétude, baissant les taxes sur les moulins à eau et à vent, sur le mesurage du grain, sur la coupe des bois et des taillis, les poids et les mesures, les péages et les étals, aménageant les fermages et les métairies, distribuant le sel pour conserver le peu d'aliments que les gens se procuraient malgré la disette, ou encore contrôlant la boulangerie pour éviter la spéculation. Autant de décisions d'un seigneur en permanence sur le terrain, qui faisait tout ce qui était en son pouvoir pour venir en aide à ses sujets, en veillant par ailleurs à mettre une grande partie de la production de céréales de côté pour l'armée, afin de satisfaire les désirs de conquête du roi Louis qui continuait seul de se dresser contre l'Europe entière. Le comte n'avait pas le choix. Et ce malgré les échevins qui dénonçaient toujours et encore alors la misère qui se propageait dans les rues de sa propre ville.

Et, comme si cela ne suffisait pas, il avait fallu que cette bande des « Tranche-Montagnes » s'installe juste au-dessus des remparts, dans la forêt d'Othe. Jamais on n'avait autant jugé et condamné à Joigny, à tel point que la salle de réception du château avait dû être transformée en cour de justice.

Paul Fouquier, lui, ne boudait pas son plaisir. Cela faisait des mois que le prévôt se démenait, qu'il enquêtait, traquait ses proies dans les moindres recoins de la forêt, débusquait, questionnant, torturant si nécessaire pour des aveux souvent vagues, certes, mais sa quête allait bien au-delà de la simple affaire en cours. Chaque procès était surtout pour lui l'occasion de prouver sa valeur aux yeux de celui qui présidait la séance, assis dans son fauteuil, sur l'estrade. De celui dont il espérait recevoir la preuve d'une tendresse jamais exprimée. La preuve de ce lien connu de tous, mais jamais reconnu. Car si le comte lui avait octroyé un jour la responsabilité de la sécurité de la ville, il ne lui avait toujours pas donné son nom. Une réalité avec laquelle le prévôt tâchait de vivre chaque jour depuis des années, et qui avait forgé son caractère et sa réputation.

— Étant donné les preuves irréfutables retrouvées chez lui, reprit le prévôt, je demande que le dénommé Juchereau soit condamné à la pendaison pour vol et meurtre, après avoir bien évidemment été soumis à la question pour lui soutirer les aveux nécessaires et les noms de ses acolytes. Je vous prie, monsieur le comte, de bien vouloir confirmer la sentence, conclut-il gravement.

Accoudé de côté, sa tête lourde dans sa main, le comte cachait difficilement sa gêne après avoir écouté la plaidoirie du prévôt. Il connaissait très bien l'accusé, comme la plupart des habitants de la ville. Juchereau faisait partie de ces hommes qu'il savait travailleurs et honnêtes. Comment ces sacs s'étaient-ils retrouvés dans sa cave ? Par quel malheur s'était-il laissé embarquer dans une histoire dont il ne comprenait certainement pas lui-même les tenants et aboutissants ? Et, s'il avait une quelconque responsabilité dans cette affaire, c'était certainement la faim et la nécessité qui l'avaient guidé, et non la cupidité. Mais les preuves jouaient contre lui. Tout cela pesait sur la conscience du vieil homme fatigué par une journée interminable, et il lui tardait d'en finir. Il s'apprêtait à confirmer la sentence quand une rumeur gonfla soudainement dans l'assemblée, dont l'attention se portait maintenant vers la porte d'entrée laissée grande ouverte. Le comte s'était déjà redressé sur son siège, le visage tendu dans la même direction, essayant de distinguer l'identité de la silhouette qui se dessinait dans la clarté provenant de la cour ensoleillée.

— Que se passe-t-il ? s'inquiéta Paul Fouquier auprès d'un de ses gardes, scrutant lui-même l'entrée.

La foule se fendit en deux, laissant le passage au visiteur qui s'avançait.

— C'est moi, Paul, répondit un jeune homme qui portait l'habit de lieutenant de régiment. Excuse-moi, je ne voulais pas vous interrompre.

— Charles ! s'exclama le comte, avant de se précipiter immédiatement vers lui pour le prendre dans ses bras.

— Père ! répondit l'intrus, alors que l'étreinte au début timide se faisait maintenant plus franche.

— Tu es revenu. Enfin ! Mais regarde-toi ! Tu n'es plus le même. Toutes ces années… s'émut le vieux comte.

— La guerre ça vous change un homme… il paraît, sourit-il en retour. Salut, Paul.

— Salut, Charles, répondit sèchement le prévôt.

Les deux hommes se serrèrent la main, Charles allant jusqu'à mettre sa main sur l'épaule de son frère, mais sans obtenir aucun geste en retour. Même si le tissu en était fatigué, son uniforme bleu roi orné de boutons dorés et d'épaulettes brodées contrastait avec l'austérité de l'habit sombre de Paul. La foule assistait silencieuse à cette cérémonie improvisée. Le prénom de Charles était sur toutes les lèvres. Parti jeune adolescent chez les Jésuites, il aurait depuis fait carrière dans l'armée. Certains de rapporter qu'il aurait même combattu pour le maréchal de Luxembourg à la bataille de Neerwinden deux ans plus tôt.

— Tu nous excuseras mais, comme tu peux le voir, nous sommes en plein procès, écourta Paul.

— Bien entendu, pardonne-moi encore. On m'a dit que vous étiez là, et je n'ai pu attendre. On se retrouve quand vous en aurez terminé. Je vous laisse, s'excusa Charles qui s'apprêtait à repartir.

— Non, non ! l'en empêcha aussitôt le comte. Viens t'asseoir à côté de moi. Tes conseils me seront certainement d'un grand secours. Je dois t'avouer que je suis un peu perdu avec cette affaire, confia-t-il alors qu'il conduisait déjà son fils vers l'estrade.

— Vraiment ? Tu es sûr ? rétorqua Charles en prenant place près de lui.

— Mais monsieur le comte… tenta le prévôt en vain.

L'image du père et du fils trônant devant l'assemblée glaça Paul. Il percevait la rumeur dans la foule. Il se sentait visé. Humilié.

— Alors qu'en penses-tu ? Tu as entendu de quoi il retournait ? reprit le comte en serrant la main de Charles.

— Oui, je crois, répondit le fils un peu gêné. Salut, Juchereau. Mes bottes auront besoin d'une reprise à l'occasion, souffla-t-il amicalement à l'accusé un peu perplexe devant la situation.

— Je suis votre humble serviteur, monsieur le comte, répondit humblement le pauvre homme, articulant à peine.

— Pardonne-moi, Paul, mais la pendaison et la question, c'est peut-être un peu sévère, tu ne crois pas ?

Un silence de plomb s'était abattu sur la salle, et surtout sur le prévôt à qui le poids de son orgueil blessé pesait plus que jamais.

— Les preuves sont là, finit-il par rétorquer, cachant difficilement son courroux. Les sacs ont été retrouvés chez lui.

— Oui, mais rien ne prouve qu'il les y ait mis, ni qu'il les ait volés, osa encore Charles. Je ne crois pas que de simples taches de sang suffisent à établir une quelconque complicité. Enfin, je te dis ça, c'est juste un avis. Tu en fais ce que tu veux. C'est toi le prévôt.

Paul ne savait quoi répondre, rongé de l'intérieur par un feu qu'il tentait alors de contrôler pour garder contenance, alors que tous les regards étaient braqués sur lui comme si c'était désormais lui le coupable.

— C'est tout à fait sensé, renchérit le comte. Je connais Juchereau depuis longtemps et je ne le crois pas capable d'une telle chose. Ce serait une erreur de le condamner si gravement.

— Mais père… Enfin, monsieur le comte… se corrigea Paul.

— Allez, Juchereau ! Tu me feras quelques heures de travaux d'intérêt général, et tu passeras une journée au pilori, coupa le comte. Ça te fera prendre l'air !

Charles n'entendit pas l'assemblée éclater de rire.

Il ne vit pas non plus le vieux cordonnier se précipiter sur son seigneur en marmonnant des remerciements émus, pliant le mieux qu'il pouvait son corps maigre et raide en guise de salut respectueux.

Tout comme il ne fit pas attention au regard noir que Paul lui adressait.

Car Charles était ailleurs.

Il était avec elle.

Elle.

La jeune femme qu'il venait d'apercevoir, là-bas, de l'autre côté, perdue dans la foule qui s'était figée en l'espace d'une poussière d'éternité. Les rires et les voix, la rumeur du public, tous les sons lui parvenaient déformés pour finir tout à fait muets. Le silence du temps qui s'était arrêté. Et la lumière. La sienne, irradiant. Une lumière faite de ces substances inconnues auxquelles on ne peut pas donner de nom. Elle lui était soudainement apparue, aveuglant son cœur de toute sa beauté, et il n'aurait voulu se défaire de son regard pour rien au monde. Car elle non plus ne le quittait pas des yeux. Et comme elle lui semblait vivante. Il pouvait presque le ressentir au plus profond de son être. Il l'entendait respirer en lui-même, et il se sentait irrémédiablement attiré vers elle, appelé par son sourire de silence. Oui. Elle lui souriait et son cœur lui souriait en retour.

— Charles ?

La voix de son père lui parvenait de loin, onduleuse, distordue, et autour de lui les corps semblaient se mouvoir à nouveau, mais au ralenti. Le monde reprenait la main et Charles eut soudainement peur. Peur de la perdre. Le lien était ténu.

— Tu rêves, mon fils ? Allons manger. Tu vas me raconter tes aventures ! intima le comte.

Charles sentit son corps tanguer vers l'avant, amorcer un mouvement pour la rejoindre, il la retenait du regard avant qu'elle ne disparaisse dans le flux de la foule qui sortait.

— Mais, père… tenta d'insister Paul.

— Ma décision est prise, prévôt, rétorqua le comte. J'ai assez soupé de ce procès pour aujourd'hui. De plus, nous avons un événement à fêter ! Allez ! La séance est levée. Pour aujourd'hui, conclut-il avant de quitter la salle.

— Je te remercie, Charles. On peut dire que tu as réussi ton retour ! lança sèchement Paul à son frère qui se dirigeait déjà vers la sortie. Tu m'écoutes ? Mais tu vas où comme ça ?

— Qui c'est ? Tu la connais ?

— Qui ?

— Mais elle ! La fille, là-bas ! Qui est-elle ? lui demanda Charles, inquiet alors qu'il ne la voyait déjà plus.

— Mais de quelle fille tu parles ?

— Elle !

— Tu me revaudras ça, Charles, fais-moi confiance ! lui souffla-t-il.

Sans prêter attention à la menace de son frère, Charles sortit dans la cour Lamort qui se vidait. Sur le côté, l'échafaud semblait endormi sous le soleil de plomb, attendant de reprendre du service un jour prochain. Derrière, la porte du châtelet s'ouvrait sur la rue de la Tour-Carrée en perspective qui butait sur le rempart tout au fond. Juste au-dessus la côte Saint-Jacques étalait sa rondeur striée de vignes, coiffée de l'orée de la forêt d'Othe.

Mais aucune femme ne l'attendait.

Aucune ombre ne s'enfuyait au détour de la rue.

***

L'auberge des Trois Rois était le relais le plus couru. Occupant tout le pâté de maisons vers le rempart qui longe l'Yonne au sud de la ville, une population aussi diverse que bruyante s'y retrouvait, surtout en fin de journée quand les journaliers et les vignerons quittaient les vignes et que les commerçants fermaient boutique. Les militaires y prenaient aussi leurs quartiers, faisant de l'auberge le lieu idéal pour un recrutement efficace chez les jeunes qui venaient se perdre ici, la boisson aidant. L'endroit était constitué d'une immense pièce, éclairée d'un côté par les fenêtres donnant sur la rue, et de l'autre par la grande cheminée toujours allumée. La salle se prolongeait vers le fond pour finir quasiment dans la pénombre mouchetée de petites bougies qui s'écoulaient à même le bois des quelques tables. La saleté régnait partout, des murs au plafond encrassés par la suie, et le parquet grossier était saupoudré de sciure pour absorber les liquides renversés par mégarde ou de colère. Si le fumet du ragoût aiguisait parfois l'appétit des clients les plus argentés, il disparaissait le plus souvent sous l'odeur âcre des vêtements rarement changés, souvent souillés et mouillés, de la sueur, des bouches mal entretenues et des souliers crottés, sans oublier l'odeur des chiens, des poules et des cochons que l'on croisait parfois entre les tables, en quête de nourriture. On y buvait beaucoup, du vin fin pour ceux qui en avaient les moyens, de l'hypocras et de l'hydromel, comme du vin arrangé au sureau, à la sauge ou aux fruits rouges pour les clients les plus simples, c'est-à-dire la plupart, sans oublier le « grince-dents », ce picrate aussi aigre que rêche au palais, mais qui réchauffait promptement le ventre du plus pauvre. On y parlait fort quand il s'agissait de défendre son point de vue, quitte à en venir parfois aux mains après la pinte de trop, comme on y chuchotait quand il s'agissait de négocier. On jouait à des jeux simples sur les tables côté fenêtres pour prévenir une éventuelle tricherie, mais pour le plaisir, pas pour l'argent, sous peine d'être emprisonné. Le temps passant et la soirée se finissant, on y parlait plus fort, on y braillait, on y chantait même quelques chansons à boire, et parfois on défiait autrui à des jeux d'adresse aussi stupides que dangereux. Combien de doigts perdus sous la lame du couteau qui ratait l'espace entre les phalanges écartées posées sur la table ? Et pour les plus tardifs, le pet-en-gueule avait toujours du succès. Il était alors temps de rentrer chacun chez soi pour la plupart, ou de s'échouer dans une chambre pour les voyageurs qui avaient fait halte sur la route entre Paris et Lyon ou Dijon.

Toute la bande était enfin à nouveau réunie. Gaston Bellin était devenu ébéniste comme son père. Si les années lui avaient légué un embonpoint dont il ne se souciait guère, elles n'avaient pas pour autant éclairci son humeur, bourrue pour ceux qui le connaissaient un peu, acariâtre pour les autres. Jean Vallier, lui, trop nerveux et surtout trop peureux, avait laissé de côté ses rêves de musicien pour devenir le campaniste des églises de la ville et des environs. Quant à Fernand Michel, toujours aussi sûr de lui et de son opinion surtout quand il s'agissait d'argent, il était logiquement devenu banquier, un agioteur comme aimaient à le charrier ses amis. Enfin Pierre Defosse, le plus proche de Charles, était désormais un médecin établi, dont le cabinet était habilement situé dans l'hôtel Guidotti près du château, attirant ainsi la clientèle la plus huppée des environs.

Les cinq amis s'étaient retrouvés à l'auberge, comme ils en avaient l'habitude avant le départ de Charles pour Paris plusieurs années plus tôt.

— Elle ne vous dit vraiment rien ? leur demanda Charles.

— Une jolie brune ? ironisa Michel. On en croise à chaque coin de rue !

— Non ! le coupa Charles aussitôt. Pas comme elle. Tu la verrais, tu comprendrais. Je te le jure ! Elle est…

— Je n'y crois pas… À peine revenu de six années de guerre, tu tombes amoureux ! se moqua le réparateur de cloches.

— Une petite saignée te ferait peut-être du bien, plaisanta le médecin. Passe me voir à mon cabinet.

— Je suis sérieux, Pierre ! insista Charles, prenant le bras de son ami comme pour mieux le convaincre. Quand je marche dans la rue, je crois l'apercevoir partout. Cette nuit, je n'ai pas fermé l'œil. Je veux la revoir. Je *dois* la revoir !

— Deux saignées ? proposa le médecin avec tendresse, provoquant le rire dans la bande.

— Vous vous moquez, se désespéra Charles, faisant signe au tenancier de les resservir.

— On ne se moque pas, rétorqua Bellin, sortant soudainement de son silence. Mais tu nous parles d'une personne aperçue à un procès dans la foule, de loin…

— Il paraît que tu y as fait des étincelles d'ailleurs, enchaîna Michel. À peine arrivé. Ton frère devait être dans une colère noire !

— Je te le confirme. Il n'a pas ouvert la bouche de toute la soirée, fit amèrement Charles.

— Logique, continua Michel. Depuis que tu es parti, il a pris la place. Tu vois ce que je veux dire. Et puis, être le prévôt, c'est pour lui l'occasion de…

— Je sais, le coupa Charles. Et je m'en veux. Je sais bien le mal qu'il se donne. Je n'allais pas néanmoins le laisser envoyer à la potence ce pauvre Juchereau qui n'a jamais fait de mal à quiconque. Comme il en a déjà condamné beaucoup d'autres, m'a-t-on dit, sous prétexte de faire plaisir à notre père et ainsi justifier sa place.

— Et pour faire plaisir au roi ! renchérit Defosse.

— Et pour faire plaisir au roi, confirma Charles en trinquant.

— Pour le plaisir du roi ! reprirent-ils tous en chœur.

À une table non loin, un militaire d'un certain âge – un sergent recruteur, pensa Charles – était attablé avec une bande de jeunes hommes, probablement des journaliers de passage dans la région pour les récoltes.

— Tu le connais ? demanda Defosse.

— Lui, non. Mais je ne les connais que trop bien. La misère facilite le travail des racoleurs, répondit Charles, un peu aigre.

— Ils vont signer, tu crois ? se demanda Vallier.

— Peut-être. Il doit leur promettre gloire et argent. Du beurre, du pain, du vin frais. Le malheur des pauvres fait le salut du royaume en lui fournissant de bons soldats, c'est connu, ironisa-t-il.

— Eh bien, tu es en forme, à ce que je vois ! rétorqua Michel, taquin. À propos de soldats, c'est pour quand ta réaffectation ?

— Le roi voudrait essayer de ramener le prince de Savoie dans le rang avant de décider de l'attaquer. Après tout, il est marié avec la fille de Monsieur. Il fait un peu partie de la famille, se moqua Charles. Mais qu'il prenne son temps. Je ne suis pas pressé d'y retourner. J'ai vu assez de sang couler.

— Et que vas-tu faire ?

— Mon père m'a demandé de l'assister au procès. Pour tempérer les ardeurs de Paul, je suppose.

— Ça ne va pas arranger votre relation, s'inquiéta Bellin.

— Non. D'autant plus que je les trouve assez sympathiques ces « Tranche-Montagnes ». Voler les riches pour redistribuer aux pauvres. Ça part d'une bonne intention, vous ne trouvez pas ? s'amusa Charles.

— Sauf qu'ils tuent pour cela, rétorqua Michel.

Le sergent recruteur avait sorti des cartes illustrées sur lesquelles on pouvait deviner des fantassins et des cavaliers magnifiquement vêtus et fiers, joliment dessinés et richement coloriés pour mieux séduire les pauvres paysans en sarrau rapiécé qui les regardaient ébahis. Les quelques pièces glissées discrètement par le sous-officier racoleur dans la poche d'un des jeunes hommes n'échappèrent pas à Charles.

Un peu partout, on commençait à chanter, et l'ambiance s'échauffait.

— C'est pas tout ça, mais moi j'ai une charge à ouvrir demain matin, soupira Michel en se levant pour partir.

— Et moi une cloche fêlée à réparer ! plaisanta Vallier qui tanguait déjà, à peine debout.

— Je suis content de vous avoir revus, les amis, lança Charles. Ça faisait longtemps !

— Un jour tu seras comte, et on t'aura sur le dos tout le temps, ironisa Bellin.

— Et tu nous réclameras la capitation ? Riche idée du roi, ça encore ! Comme si on n'était pas assez imposés comme ça, se désespéra Michel.

Tous s'étaient levés et rhabillés pour quitter l'établissement. Alors qu'il passait à proximité de la table du sergent recruteur, Charles s'y arrêta.

— Fais attention, souffla-t-il à l'un des jeunes hommes qui buvait les paroles du recruteur. Si tu ne remets pas tout de suite sur la table les pièces qui sont tombées dans ta poche, elles seront ta prime d'enrôlement.

Charles partit aussitôt, non sans avoir échangé un regard entendu avec le sergent, rouge de colère.

***

La nuit était douce et la rue calme. Bellin, Michel et Vallier partirent chacun de leur côté après s'être longuement salués, se promettant de se revoir au plus vite. Charles et Pierre Defosse se retrouvèrent dans la rue déserte. S'ils s'étaient hissés sur le rempart qui se dressait juste en face, comme ils le faisaient, enfants, au risque de se faire houspiller par les archers, ils auraient admiré la lune miroitant dans l'Yonne qui serpentait au lointain, à droite vers le nord, vers Sens, puis Paris. Sur la gauche, ils auraient deviné le pont Saint-Nicolas orné de ses deux moulins, reliant en quelques arches la ville à la rive gauche.

— Je te raccompagne, proposa Charles.

Les deux amis remontèrent la rue d'Étape jusqu'au niveau de la porte aux Poissons. Charles avait toujours aimé ce quartier. En journée, il y grouillait une vie comme nulle part ailleurs en ville. À cette heure, il n'y avait plus de pêcheurs chargés de leurs caisses de poissons frais, mais des chats toujours à l'affût de restes. Plus de commerçants ni d'étals chargés de denrées les bons jours, mais des panneaux de bois peints de couleurs placardés sur chaque devanture. L'air chaud de la nuit entretenait l'odeur âcre du sang séché provenant de la rue de la Tuerie pas très loin, cette petite rue étroite et pentue, où dans la journée les bouchers égorgeaient les bêtes avant de les dépecer. Au détour d'une ruelle, un miséreux cherchait de quoi se nourrir dans les déchets jonchant le sol, alors qu'un passant rentrait d'un pas rapide chez lui. Car si la garde du guet veillait toujours, certaines ruelles n'étaient pas sûres, surtout aux alentours de la cour des Miracles, à peine un peu plus loin.

— Rien n'a changé depuis toutes ces années, s'étonna Charles alors qu'ils prenaient la rue du Petit-Marché juste avant l'église Saint-Thibault.

— La ville, non. En revanche les gens… répondit gravement Pierre. La famine a laissé des traces. Il n'y a pas que la guerre qui fait des morts.

Ils abordèrent la rue Montant-au-Palais. Au loin, le clocher de l'église Saint-Jean perçait le ciel étoilé et les rues s'élargissaient. Ici, plus de maisons bancales ni d'impasses nauséabondes, mais des bâtisses nobles et cossues, et surtout le château, fier et puissant, qui dominait la ville, vêtu de son manteau style Renaissance blanc en pierres piquées.

— Mais pourquoi les « Tranche-Montagnes ? s'enquit Charles après un moment de silence.

— Le surnom de leur chef. Un ancien soldat qui aurait combattu comme mercenaire pour le compte de l'armée ottomane contre l'empereur Léopold, à ce qu'on dit. La légende veut qu'après avoir été défait en Hongrie, l'homme et quelques-uns de ses acolytes soient revenus à pied en traversant toute l'Europe centrale et les Alpes. D'où son nom. Embarquant avec lui sur le chemin du retour quelques soldats fatigués de se battre pour le roi.

— Les désertions sont de plus en plus fréquentes, confirma Charles.

— Et tout ce qu'on sait c'est qu'ils se cacheraient là-haut, dans la forêt. On parle même d'une grotte.

— Une grotte ?

— C'est ce qu'on dit, confirma le médecin. Et puis, tu sais comment sont les gens. Ils raffolent de ce genre de détails.

— Et personne ne sait qui il est ?

— Non. Enfin, des noms circulent. Ton frère aurait sa petite idée, à ce qu'il paraît. C'est d'ailleurs devenu une obsession chez lui. Tu crois vraiment que c'est une bonne chose pour toi de participer aux procès ? s'inquiéta-t-il. Ton retour ne lui fait certainement pas plaisir. Alors si tu commences à donner ton avis…

— On ne sait jamais. Elle pourrait revenir, plaisanta Charles.

— Qui ?…

— Mais *elle* ! Avec un peu de chance, elle viendra assister au prochain procès, et je la reverrai !

— Évidemment… se désespéra Pierre.

Les deux amis arrivaient devant la porte de l'hôtel Guidotti où vivait le médecin.

— Bien, nous y sommes. Tu es sûr pour la saignée ? plaisanta le médecin.

— Ça ira, s'amusa Charles en retour. Pas ce soir en tout cas. Demain, peut-être ?

— À ton service. Bonne nuit. Je suis heureux de te revoir en tout cas, conclut le médecin avant de s'engager sous la porte cochère.

— Bonne nuit, Pierre.

Charles ne put se résoudre à rentrer. Il savait qu'il ne parviendrait pas à trouver le sommeil. Était-ce dû au fait qu'il était revenu dans cette ville où il était né et avait passé la plus grande partie de sa jeune vie ? Il ressentait un besoin pressant de marcher, encore. D'arpenter les rues sombres, éclairées par endroits d'une faible clarté provenant des quelques fenêtres aux volets entrouverts. La pénombre ne lui faisait plus peur. Quelques mois plus tôt c'était la guerre, les étendues plates de la province du Brabant flamand. La pluie avait détrempé les champs à tel point que chaque pas était un arrachement à la terre. Même les tentes dans les campements peinaient à tenir debout, certaines s'effondrant complètement sous les pluies torrentielles. Non, il n'avait plus peur. Il était désormais trop abîmé pour avoir peur. Il avait vécu ces nuits d'attente sur les champs de bataille et ce noir si profond là-bas en hiver. Ce noir d'où n'importe quoi ou n'importe qui pouvait surgir à tout moment. La lame, le feu, les coups, la poudre, le danger permanent, les tripes tordues par l'angoisse qui se transmet comme la vermine, la faim et la maladie qui rongent de l'intérieur. Et surtout ne pas savoir. Ne pas comprendre. Ne pas envisager de quoi le lendemain sera fait. La vie de chacun en suspens. Une vie qui ne dépendait alors plus de soi ni de ceux qui décidaient. Mais d'un coup de dés. Une loterie dont ressortirait un vainqueur étonné lui-même d'être toujours vivant. Étonné de rentrer chez lui un jour. Et voilà qu'à peine sorti de l'enfer, Charles était soudainement en quête de bonheur. Lui qui n'aspirait il y a quelques jours encore qu'au silence, à la solitude, à retrouver ce sentiment de confort près des siens, chez lui, dans cette ville dont il avait rêvé pendant des années comme on rêve d'un havre de paix. Il avait suffi qu'il croise le regard de cette femme pour ressentir un désir irrépressible d'amour. Était-ce une conséquence de la guerre qui résonnait encore dans son crâne ? Peu lui importait, pensait-il alors qu'il arpentait les rues. Il lui fallait la retrouver. Et la ranger dans son cœur, bien au chaud, et la protéger des temps incertains, se surprit-il à envisager, feignant d'ignorer l'absurdité d'une telle perspective. Car il savait qu'en aucun cas une liaison entre le fils d'un comte et une roturière ne serait envisageable. Mais il s'en fichait. Quelque chose de plus fort le poussait vers cette espérance, aussi fragile soit-elle. Oui. Place à la vie. Place à l'amour. Loin du noir des nuits flamandes humides et puantes, loin du sang et de la peur, des cris. Loin de la mort. Place à l'amour. Il le savait. Il le sentait. Il avait envie de la revoir, elle. Son corps, son cœur la réclamait. Il ne pouvait pas se l'expliquer. Il n'y avait pas lieu de l'expliquer. Leurs regards en avaient dit assez pour rendre les paroles inutiles. Il respirait le calme, emplissait ses poumons de quiétude aux senteurs de rosiers, il recueillait la vie qui avait repris le dessus grâce à un simple regard. Il décida de continuer tout droit par la rue des Moines en direction de la Guimbarde. Il allait marcher de rue en rue, s'aventurer dans les impasses aveugles, dans les campagnes alentour s'il le fallait. Il questionnerait les passants, les gardes, les gueux, même. Tout le monde. Mais il la retrouverait.

II

Le corps d'un aigle, l'arrière-train d'un lion et les oreilles d'un cheval. Les deux griffons se tenaient depuis toujours, ailes déployées et serres ouvertes, de chaque côté des remparts de la ville. Avec sa grande porte et un maillet en son centre, sculpté sur le manteau de la haute cheminée du grand salon du château, le blason de Joigny impressionnait Charles depuis qu'il était enfant. Les deux bêtes sorties tout droit d'un conte fantastique avaient habité ses rêves et parfois ses cauchemars, alimentés par les légendes que son père leur racontait à lui et son frère pour les endormir. Joigny la forteresse blessée avec ses tours décapitées par la volonté d'un roi jaloux de la puissance d'un seigneur devenue trop grande. Mais Joigny jamais soumise, les maillets des vignerons pour arme contre l'oppresseur. Rien n'avait changé malgré les années. L'odeur de la cendre froide du feu qu'on avait laissé mourir pendant la nuit mêlée à celle du savon noir parfumé au thym utilisé le matin même pour le ménage à grandes eaux. Les tapisseries aux murs, la longue table et les chaises à haut dossier où la famille se retrouvait pour les repas des grandes occasions, le volumineux coffre ouvragé dans lequel étaient rangées les parures d'apparat. Et le cabinet plaqué de bois d'ébène de sa mère, joyau de la manufacture des Gobelins offert en cadeau de noces. Ses deux vantaux s'ouvraient sur une multitude de petits tiroirs encadrant une niche centrale dans laquelle des personnages miniatures en ivoire jouaient une scène sur fond de campagne peinte en trompe-l'œil. Alors que le vide laissé par l'absence de la comtesse frappait soudainement Charles en plein cœur, il se revit petit, dissimulé, immobile derrière un rideau, ou recroquevillé derrière un fauteuil, observant sa mère en silence, espérant la surprendre actionnant le mécanisme qui ouvrirait le compartiment invisible dont elle lui avait parlé un jour. Un mécanisme dont elle lui confierait le secret quelques années plus tard, d'une voix presque inaudible, alors qu'elle rendait son dernier souffle. Un emplacement dans lequel elle avait dissimulé des pierres précieuses et des bijoux fins. Un trésor qu'il offrirait un jour à celle qu'il épouserait. Mais il ne devait pas l'ouvrir avant. Il lui en avait fait la promesse alors qu'elle s'envolait déjà pour son dernier voyage. Aujourd'hui encore, les dernières paroles de sa mère résonnaient dans sa mémoire, limpides. Il n'avait jamais essayé d'actionner le mécanisme pour ouvrir la cachette au trésor, n'ayant pas jusqu'à ce jour trouvé celle à qui les bijoux étaient destinés. Il sourit alors à cette évocation. Car le visage d'une femme lui apparaissait désormais. Ses cheveux étaient bruns et ses yeux verts. Et, dans son esprit, les bijoux de sa mère ornaient déjà son cou, ses oreilles, ses poignets et ses doigts qu'il savait si fins.

Puisqu'il l'avait revue.

Puisqu'il avait enfin pris ses mains dans les siennes le matin même.

Quelques semaines plus tôt, Charles avait proposé à Paul de l'accompagner dans sa maraude matinale. S'il pensait que ce serait l'occasion de renouer avec son frère des liens qu'il savait fragiles, il espérait aussi apercevoir au détour d'une rue celle qui le hantait désormais. Paul, lui, avait accueilli cette proposition avec perplexité. Depuis le retour de son frère, leur relation s'était tendue. Pas un procès sans que Charles ne donne son avis sur les décisions de justice qu'il rendait, et à plusieurs reprises les peines avaient été allégées, le condamné relaxé, soi-disant par manque de preuves. Tout ce qu'avait construit Paul au fil des ans semblait se déliter peu à peu. Le comte n'en avait plus que pour son fils légitime. Sans oublier les faits de guerre du lieutenant qui alimentaient toutes les conversations au château et ailleurs, ramenant Paul à son statut de bâtard, comme si son front avait été marqué au fer rouge.

Accompagnés de quatre mousquetaires, les deux cavaliers arpentèrent donc les rues ce matin-là en silence, côte à côte. Paul observait son frère par intermittence. Il lui était arrivé parfois d'espérer recevoir la nouvelle de sa mort sur le champ de bataille, et il n'était pas fier de cette pensée. La douleur de leur père l'aurait alors peut-être évincé sur l'instant, mais il savait aussi que cela n'aurait duré qu'un temps. Et la place lui serait alors entièrement revenue. Ainsi que le patronyme. Mais non. Charles était de retour, et tout le monde le considérait comme le prochain comte. Il en était ainsi. Il resterait donc le bâtard et Charles le fils légitime, et l'un comme l'autre n'y pouvaient rien.

La troupe progressait tranquillement dans le quartier Saint-André pour déboucher sur la rue Jacques-d'Auxerre qui s'animait. Charrettes et journaliers à pied l'empruntaient pour sortir de la ville par la porte de Percy vers les champs. Charles nota que toutes les personnes qu'ils croisaient les saluaient en baissant le regard.

— Tu es craint, remarqua-t-il à l'adresse de son frère.

— Respecté, je dirais, répondit ce dernier avec une pointe de fierté. Tu ne t'en rends peut-être pas encore compte, mais l'ordre règne ici depuis que père m'a confié la charge.

— J'ai vu ça. Les procès sont devenus une attraction. Et les exécutions qui vont avec. Tu ne chômes pas.

— L'exemple. Et encore, je ne fais pas exposer les têtes des condamnés sur des piques comme ça se pratique souvent ailleurs. Père s'y refuse.

— Je le comprends.

— L'exposition de la punition est plus importante que la punition elle-même, renchérit Paul. Plus on montre que la justice est accomplie, plus la confiance dans les autorités est grande. C'est comme ça. Et ça en fait réfléchir plus d'un, tu peux me croire. Je dirais même qu'il y a une vertu éducative au spectacle des exécutions.

— Au « spectacle » ?

— Oui, au spectacle. L'échafaud, c'est la scène de la justice sur laquelle on montre ce qu'il en coûte d'enfreindre les règles. Même si père fait preuve de plus de clémence que de coutume depuis que tu es revenu, l'accusa-t-il sans détour.

— Ce n'est pas ma faute, Paul. Et je ne cherche pas à t'offenser. Il me demande mon avis, et je le lui donne…

— Je ne crois pas que ce soit ton rôle d'interférer dans les affaires de justice, le coupa-t-il fermement.

Les deux frères laissèrent là leur discussion. Ils dépassèrent en silence le couvent par la rue Ferrand, avant de tourner dans la petite rue du Milieu qui abritait le four banal. Quand ils arrivèrent à proximité, ils aperçurent un homme avachi, adossé au mur du four. Penchée sur lui, une femme semblait lui donner de la nourriture. Charles contint avec peine son émotion.

Il l'avait reconnue.

C'était elle.

— Un mendiant ! s'écria Paul. Et encore une qui lui fait l'aumône ! Mousquetaires, emparez-vous d'eux ! ordonna-t-il à ses hommes.

La femme dont le visage était caché par une capuche s'enfuit aussitôt, alors que les hommes du prévôt mettaient déjà la main sur le pauvre homme qui n'avait visiblement pas la force de leur résister.

— Je m'occupe d'elle ! lança Charles, donnant un coup d'étrier à son cheval pour partir au galop.

La jeune femme courait comme elle le pouvait le long des remparts vers la porte, mais le cavalier fonçait déjà droit sur elle et la dépassa pour se braquer net et lui barrer la route. Sans réfléchir, elle allait se précipiter dans la petite allée sur le côté quand une main puissante la saisit et la plaqua contre le mur.

Charles la tenait enfin. Il pouvait sentir son souffle chaud saccadé alors qu'elle cherchait à détourner son visage pour échapper à son regard prédateur.

— N'ayez pas peur ! Tout va bien, essaya-t-il de la rassurer alors qu'elle cherchait à se dégager.

— Vous me faites mal, monsieur. Et je n'ai absolument pas peur de vous ! lui répondit-elle aussitôt, se débattant avec force.

Elle le regarda droit dans les yeux, et Charles se sentit partir comme la première fois, dans la salle du tribunal. Mais plus loin encore. Il se sentit fondre en elle alors qu'il tâchait toujours de la maintenir prisonnière, son visage effleurant presque le sien. Ses yeux étaient verts, striés d'éclairs jaunes vers l'iris. Elle était si merveilleusement belle que sa perfection repoussait les possibilités humaines, et il ne pouvait contenir l'émotion qui le submergeait. L'attraction était irrépressible. Le combat était perdu, mais une guerre était gagnée, puisqu'il sentait qu'il pouvait aimer cette femme de tous ses yeux, de tout son corps. Il pouvait l'aimer de tous les ciels, de toutes les forêts et tous les oiseaux, l'aimer de tout ce qui était fait de terre et d'eau, d'air et de feu. Il voulait l'aimer de tout son être et ce qui respire autour. Charles plongeait dans le vert de ses yeux sulfure pour couler dans son visage baigné d'ambre, et il réalisait qu'il n'avait jamais aimé jusqu'alors. Il naissait en son cœur comme à lui-même, et le monde tout entier lui apparaissait à son commencement, révélant l'immensité de tout ce qui lui restait à faire, tout ce qui lui restait à aimer.

Elle.

— Vous me faites mal, je vous dis !... répéta-t-elle alors qu'elle cherchait encore à échapper à son emprise. Et qu'est-ce que vous avez à me regarder comme ça ?

— Je... Je vous regarde, moi ?...

— Oui. Et c'en est presque gênant.

— Je vous cherchais. Je voulais vous revoir... balbutia-t-il, troublé comme jamais.

— Eh bien, vous m'avez trouvée. Vous pouvez donc me laisser partir, monsieur, ironisa-t-elle en le fixant toujours.

— Nous nous sommes vus au procès, vous vous souvenez ?

— Je ne m'en souviens pas, non, répliqua-t-elle, cherchant toujours à se soustraire.

— Vous m'avez souri.

— Vraiment ? Ah !... Oui, peut-être, admit-elle. Je souris à beaucoup de monde, vous savez...

Charles ne put s'empêcher de s'amuser de l'effronterie de la jeune femme. Elle lui tenait tête, et il aimait ça.

— Je suis désolé, s'excusa-t-il faussement. Je vous lâche. Mais à une seule condition. Que vous arrêtiez de vous débattre comme un gardon.

— Un « gardon » ? Charmant ! ironisa-t-elle. Dites-moi, vous n'avez pas parlé à une femme depuis combien de temps ? Ou peut-être est-ce la première fois ?

— Je m'appelle Charles, dit-il.

— Je sais qui vous êtes.

— Et vous ?

— Moi ? Vous ne voulez pas le savoir, répondit-elle alors qu'elle dégageait enfin ses mains.

— Au contraire. Votre nom ? insista-t-il encore avec douceur.

Puis il y eut ce moment. Immobiles, l'un face à l'autre. Lui les yeux toujours plongés dans les siens. Et son sourire. Oui. Elle était bien la terre et le feu. Elle était tout ce que la nature avait engendré de plus beau depuis que Dieu avait conçu le monde. Et il ne se sentait pas capable de lui résister.

— S'il vous plaît... lui souffla-t-il, votre nom ?

— Marguerite.

La jeune femme lui échappa et il ne chercha pas à la retenir. Il resta là, immobile, comme frappé par un sort.

— Adieu, monsieur ! fit-elle dans un rire avant de se mettre à courir et de disparaître tout à fait.

Elle s'appelait Marguerite et elle sentait le muguet. Depuis ce jour, l'esprit de Charles était resté accroché à ce moment de bonheur éphémère qu'il espérait aujourd'hui plein de promesses. Car il avait réussi à la revoir. Chaque jour était depuis devenu une possibilité de la recroiser, et il s'y attela avec force et vigueur. Il remarqua très vite qu'elle faisait le même parcours chaque matin, et il ne manqua pas une occasion de s'y présenter. Si elle avait essayé de le fuir au début, elle finit par se laisser approcher. Quelques mots échangés, son regard dans le sien, toujours aussi profond, toujours aussi loin, puis son sourire à elle en guise d'au revoir. Et ce moment de solitude juste après, chaque fois, alors qu'il regardait sa silhouette s'éloigner, espérant du bout des yeux un dernier coup d'œil de sa part avant de disparaître complètement. Un regard qu'elle ne manquait jamais de lui envoyer désormais comme un jeu, presque comme un aveu, gonflant violemment son cœur amoureux. Son cœur qui manquait d'exploser dans sa poitrine à chacun de leurs rendez-vous improvisés.

Et aujourd'hui, seul dans le grand salon, attendant son père, Charles tâchait de se remémorer le plus précisément possible la sensation des mains fines de Marguerite qui étaient enfin restées dans les siennes le matin même.

— Ah ! Tu es là ! l'interpella le comte alors qu'il entrait dans le salon. Il faut que je te parle d'une affaire importante.

— Tu savais qu'il y a une cachette dans ce meuble ? fit Charles, perdu dans ses souvenirs.

— Une cachette ? Avec les bijoux de ta mère qu'on n'a jamais retrouvés, c'est ça ? se moqua-t-il.

— Oui. Pour la femme que j'épouserai. D'ailleurs…

— Ça tombe bien que tu abordes le sujet, commença-t-il, un peu hésitant. Je voulais te parler du comte de Provins.

— Pourquoi ?

— Tu te souviens qu'il a une fille ?

— Vaguement. Je jouais avec elle petit. Elle était assez laide si je me souviens bien…

— Oui, bon, c'était il y a des années. En attendant c'est une femme à présent. Et je me disais que…

— Quel est ce bruit ? l'interrompit Charles en se dirigeant vers la fenêtre.

— Ah ! Ne m'en parle pas, se désola le comte. C'est ton frère. Il a attrapé un autre Tranche-Montagne cette nuit. Encore un procès ! Comme si je n'avais que ça à faire !

— Vraiment ?

Charles observait la cour par la fenêtre, où une foule visiblement animée s'amassait déjà.

— Oui, je te disais, le comte de Provins…

— Quand sera-t-il jugé ? reprit Charles.

— Cet après-midi même. Tu siégeras avec moi au procès, n'est-ce pas ?

— Avec plaisir, répondit-il en souriant.

— La fille du comte de Provins est un bon parti, Charles, insista le comte.

— Certainement, père.

— Je te laisse y réfléchir, conclut le comte.

Dehors les gens continuaient de remplir la cour Lamort au milieu de laquelle trônait l'échafaud. On discutait par petits groupes tout autour du lugubre édifice auquel on ne prêtait pas attention.

Une présence normale.

Un mal nécessaire.

***

S'il avait l'allure d'un soldat, celui qui disait s'appeler Monier n'en avait ni les bottes ni les hauts-de-chausses. Juste la veste et le pourpoint, et encore, apparemment trop petits pour l'homme robuste qu'il était. Les louis d'or qu'on avait trouvés dans sa poche surpassaient grandement la solde qui aurait dû être la sienne. Il n'en fallait pas plus à Paul pour accuser de vol et de désertion cet homme, qu'on avait arrêté à l'orée de la forêt d'Othe, et qu'il suspectait de connivence avec les Tranche-Montagnes. Le prévôt le clamait haut et fort, tâchant d'impressionner la foule mais aussi le comte, et rasseoir son autorité. Charles, lui, n'écoutait son frère que d'une oreille distraite. Car son attention était tout entière à celle qui se trouvait dans la foule, de l'autre côté du tribunal, qui ne le quittait pas du regard. Il en ressentait un plaisir qui le remplissait de bonheur. C'est au moment où Paul réclama une condamnation à mort que Charles se leva de son siège, accompagné du sourire de Marguerite.

***

Leurs deux corps harassés de plaisir étaient étendus l'un à côté de l'autre sur l'épaisse couche de foin. L'atmosphère était chaude et rassurante. Ils se sentaient protégés, comme si personne ne pouvait les trouver là. Comme si cette vieille grange constituait un rempart contre le monde extérieur, alors que les rayons du soleil qui s'immisçaient entre les planches disjointes éclairaient la danse des poussières de paille voltigeant dans l'air, soulignant la magie de cet instant privilégié.

Sitôt le prisonnier libéré, Charles s'était précipité à l'extérieur dans l'espoir de rejoindre Marguerite. Il s'était retrouvé au beau milieu d'une foule qui l'observait avec un respect teinté de curiosité. On chuchotait au sujet de son dernier coup d'éclat, on évoquait le départ précipité du prévôt, rouge de colère. Charles ne répondait aux saluts qu'on lui adressait que par un bref mouvement de tête, en quête de celle qui occupait son esprit chaque instant de chaque journée depuis des semaines. Son soulagement fut immense quand il l'aperçut l'attendant au coin de la rue. Comme une chose entendue, il marcha à distance derrière elle en direction de la porte du Bois juste au bout de la rue, avant de sortir de la ville. Il ne fallait pas que les gardes surprennent le fils du comte en sa compagnie. Un peu plus haut, toujours l'un derrière l'autre, ils empruntèrent la voie qui montait vers les vignes. En retrait du chemin, une vieille grange couverte de végétation les attendait, invitant les amoureux à l'écart du bruit et de la foule.

Juste sa main à elle dans la sienne, et le silence ponctué par le chuchotement de sa respiration saccadée qui se calmait peu à peu.

— Il ne te le pardonnera pas, murmura Marguerite au bout d'un instant.

— Au point où j'en suis !

— C'est bien, ce que tu as fait, conclut-elle après s'être détachée de lui en douceur pour se rhabiller.

— Que fais-tu ? lui demanda-t-il en tentant de la ramener à lui.

— Tu vois bien. Je m'en vais, lui répondit-elle en le repoussant gentiment encore, avant de se lever.

— Déjà ? Quand te reverrai-je ?

— Je ne sais pas. Demain ?

— Marguerite…

— Je dois y aller.

— Aller où ? Je ne sais même pas où tu habites.

— Ici. Demain. Adieu.

À peine rhabillée, elle avait disparu. À l'abri de la cohue et de l'agitation qui couvait dans la ville, Charles continua de regarder la danse des poussières de paille virevolter autour de lui, et se laissa aller à rêver à une autre possibilité, une vie avec elle.

***

L'affaire était grave et les deux frères furent immédiatement convoqués par le comte. Un nouveau voleur avait été arrêté le matin même dans la forêt alors qu'il comptait son butin. Passé immédiatement à la question, il avait tout avoué. Monier, le soldat qu'avait fait libérer Charles quelques semaines plus tôt, n'était autre que le fameux mercenaire déserteur qu'on appelait Tranche-Montagne, meneur de la bande du même nom. Et depuis, Paul ne décolérait pas.

— Tu sembles ne pas réaliser ton erreur, Charles ! Je le tenais ! Et par ta faute il est peut-être déjà loin !

Charles ne répondit pas. Il paraissait absent, et le bouquet de fleurs de marguerites qu'il avait aperçu en entrant, exposé dans un vase sur la grande table, n'avait pas amélioré son humeur maussade. Alors que Paul continuait de tourner comme un animal, l'accusant d'avoir gâché tous ses efforts, Charles se tenait devant la fenêtre, son regard ricochant sur les toits de la ville au-delà de l'enceinte du château pour s'enfuir vers les vignes. Faisant fi de la fureur dans son dos, il cherchait, il essayait de deviner une petite tache, un petit point de couleur claire.

Quelque part là-haut, perdue sous les feuilles, à peine visible depuis le chemin qui y menait, trônait la vieille grange aux palissades de guingois où il retrouvait Marguerite quotidiennement. Chaque jour, à la même heure, il sortait de la ville discrètement pour la rejoindre, et ils faisaient l'amour, se découvrant l'un l'autre toujours un peu plus. Et si elle parlait peu, si les corps prenaient chaque fois le dessus sur les mots, lui sentait dans son ventre la passion le consumer. Chaque jour leurs étreintes étaient plus puissantes et leurs baisers plus profonds, une libération qui ouvrait davantage la porte vers un bonheur qui prenait la forme des yeux de sa dulcinée. Des yeux dans lesquels il aimait plonger encore et encore et se noyer. Cependant il y avait toujours ce moment où, allongés côte à côte, leurs corps chauds encore moites de leurs désirs à peine assouvis, et leurs souffles haletants, laissaient place au silence. Un silence annonciateur du départ. Et même s'il essayait toujours de reculer l'échéance par des caresses, une étreinte ou des mots doux, il savait que Marguerite allait imminemment rompre leur union, se lever et se rhabiller. Il fallait toujours qu'elle reparte, vite, quelque part. Elle lui avait fait promettre dès le début de ne pas chercher à en savoir plus sur elle. Et de ne pas la suivre. Il avait accepté cette étrange règle du jeu, préférant la côtoyer de la sorte que de la perdre tout à fait. Il percevait néanmoins que quelque chose se frayait en lui, jour après jour, une émotion insidieuse. Une crainte. Un mal-être. Il sentait qu'il ne pourrait pas se contenter de cette relation. Il savait qu'il voulait plus. Il la voulait *elle*.

Alors il s'était déclaré.

Et il l'avait perdue.

— Je ne pourrai jamais t'aimer, lui avait-elle avoué la veille alors qu'elle finissait de s'habiller plus vite encore qu'à son habitude.

— Mais pourquoi ?

— « Pourquoi, pourquoi ? » Mais pourquoi faut-il toujours que tu poses des questions ? avait-elle répliqué d'un ton agacé.

— Mais qu'est-ce qui te prend ? avait-il demandé, interloqué. C'est normal que je cherche à te connaître un peu plus. Je ne connais même pas ton nom !

— Tu ne peux pas te contenter de ce que nous avons aujourd'hui ? C'est fou ! Il vous faut toujours plus, à vous les riches ! Jamais satisfaits !

— Je t'aime, et ça n'a rien d'un caprice de « riche » comme tu dis…

— Mais moi je ne peux pas t'aimer ! avait-elle aussitôt rétorqué. Tu comprends ? Je suis malade. Voilà.

— Quoi ?!

— Je ne peux pas me permettre d'aimer. Quiconque. Je suis désolée de t'avoir embarqué dans cette histoire. Adieu, avait-elle conclu avant de s'enfuir.

Par la fenêtre, l'ombre des nuages assombrissait les vignes au loin en vagues régulières. Charles fouillait du regard, espérant toujours apercevoir le nid de son amour qui s'était enfui quelques heures auparavant, mais la main de son frère qui lui empoignait le bras le ramena violemment à la réalité.

— Charles ! Je te parle !

— Quoi ? demanda-t-il, perdu dans ses pensées.

— Tu ne m'écoutais même pas ! Tu étais encore parti te perdre dans les vignes, c'est ça ? se moqua-t-il.

— Pourquoi dis-tu cela ? siffla Charles, piqué au vif.

— Pour rien, éluda Paul.

— Assez ! tempêta le comte.

Jusqu'alors resté en retrait, le comte s'était soudainement levé de son siège, imposant aussitôt le silence entre les deux frères.

— Quand allez-vous enfin cesser de vous quereller, tous les deux ? C'est toujours la même histoire. Quand vous comporterez-vous enfin comme des hommes ?

— Mais père… tenta de répondre Paul.

— Tais-toi ! le coupa-t-il aussitôt. Toi, prévôt, tu vas reprendre immédiatement le travail pour lequel je t'ai nommé. Et tu vas me retrouver ce Monier, qu'on en finisse une bonne fois pour toutes avec ces Tranche-Montagnes de malheur ! Et toi, Charles, tu vas me faire le plaisir de te préparer pour recevoir le comte de Provins et sa fille. Je me suis entretenu avec lui, et nous nous sommes mis d'accord. Ils vont nous rendre visite sous peu. Fin de la discussion ! Jusqu'à nouvel ordre, c'est moi qui prends les décisions ici, conclut-il avant de se retirer.

Les deux frères demeurèrent là un instant.

— Je ne sais pas à quoi tu joues ces derniers temps, Charles, lança calmement Paul, rompant le silence.

— À quoi je joue ?

Paul s'appuya à la table pour regarder de plus près le bouquet de marguerites. Il en retira une du vase.

— Tu disparais souvent, en ce moment. Des gardes t'auraient vu aller te promener du côté des vignes, continua-t-il, l'air de rien.

— Et ? rétorqua Charles, cachant difficilement son inquiétude.

— Et… Rien ! s'amusa Paul. Juste, fais attention. Tu es promis à un beau mariage, apparemment. Non ? Mais en attendant, c'est vrai, tu as le droit de t'amuser. D'ailleurs moi aussi, j'ai envie de m'amuser.

Charles regarda Paul glisser précautionneusement la marguerite au revers de sa veste.

— D'ailleurs j'ai quelqu'un en vue, si tu veux savoir. Et c'est en son honneur que je vais porter cette fleur. Qu'est-ce que tu en penses ? C'est romantique, non ? s'amusa-t-il avant de se retirer à son tour.

Charles était figé par la peur. Le coup l'avait transpercé, sans prévenir. Était-ce une menace, ou son esprit lui jouait-il des tours ? Cette allusion à Marguerite ne pouvait pas être le fruit du hasard. Paul était le prévôt général de la ville, celui qui savait tout. Et Marguerite, qui lui avait déclaré la veille qu'elle ne pouvait pas l'aimer. L'histoire de cette maladie ne serait qu'une excuse. Une excuse pour l'éloigner, parce qu'elle savait que leur relation avait été découverte par Paul et qu'elle se sentait en danger. Ou était-ce lui qu'elle cherchait à protéger ?

Par la fenêtre, Charles vit Paul quitter la cour au galop. L'image lui frappa alors l'esprit. Celle de son frère entreprenant sa bien-aimée, peut-être par la force. Une image insupportable qu'il essayait de rejeter de son esprit.

Il lui fallait agir.

Il fallait la sauver.

III

Mors aux dents, le cheval grimpait à vive allure le chemin de la Croix en direction de la forêt. Après qu'un garde lui avait indiqué la direction que le prévôt avait prise, Charles avait donné un grand coup d'étrier à sa monture et passé les douves. Alors qu'il abordait la côte en se baissant vers le licol de l'animal pour gagner en vitesse, il se remémorait les dernières paroles de son frère. La marguerite qu'il avait piquée à son revers était une provocation, il en était sûr. Et qu'allait-il faire, seul en forêt, sans ses hommes pour le protéger ? Les doutes de Charles s'amplifiaient alors qu'il abordait le plateau et que l'orée du bois se présentait devant lui, comme la frontière d'un monde hostile. Aucun bruit ne parvenait au cavalier, hormis un « toc » sec irrégulier. Charles se dressa pour mieux écouter, essayant d'en déterminer l'origine. Un pivert peut-être ? Ou le craquement des arbres sous le vent ? Après quelques mots glissés à l'oreille de sa monture qui soufflait à la suite de son effort, il la fit avancer au pas d'un coup de reins souple et s'engagea en silence sur un petit chemin ombragé. Le bruit suspect lui paraissait un peu plus net alors qu'il progressait, aux aguets, et son cœur s'emballait lorsqu'il s'arrêta tout net. À quelques mètres devant lui, le cheval de Paul paissait tranquillement, son harnais lâchement attaché à une branche. En douceur, Charles mit pied à terre, attacha sa monture à son tour, puis s'approcha. C'est à cet instant qu'il perçut une voix, un peu plus loin. Une voix de femme qu'il reconnut aussitôt. C'était celle de Marguerite et, loin de le rassurer, cela accentua ses craintes. Il s'approcha encore et entendit une autre voix. Une voix d'homme cette fois. Son ventre se tordit. Il ne s'agissait pas de la voix de son frère. Quand il aperçut Marguerite, il se baissa immédiatement pour ne pas être vu. Un panier au bras, elle cueillait des baies. Celui avec qui elle conversait, un homme beaucoup plus âgé qu'elle, s'affairait à élaguer à la hachette les brindilles d'une branche, occasionnant le petit bruit sec que Charles reconnut. Oubliant un instant la présence menaçante de son frère certainement tapi quelque part tout près, il se laissa aller à la regarder. Il la contemplait. Il la dévorait des yeux. Il ne pouvait ni ne voulait croire que leur histoire s'était arrêtée la veille, dans cette grange où il avait connu tant de bonheur. L'envie soudaine de jaillir de son buisson le saisit – quitte à effrayer Marguerite –, pour lui crier encore son amour. Mais un bruissement sur le côté attira son attention, à quelques mètres de sa position, le ramenant instantanément à la réalité. En regardant mieux, il devina le visage de Paul, camouflé dans des taillis. Charles ne pouvait pas bouger. Il ne pouvait pas se dévoiler dans cette situation. Il attendit donc ainsi, observant son frère qui gardait les yeux rivés vers sa bien-aimée, jusqu'à ce qu'elle propose à son compagnon de rentrer. Le cœur toujours haletant, Charles était prêt à agir au cas où Paul se mettrait sur leur chemin. Mais celui-ci retourna sans faire de bruit vers son cheval.

— Tu m'expliques ce que tu fais ici ? demanda-t-il à son frère, qui ne cacha pas sa surprise.

— Charles ? Et toi ? Tu me suis ?

— Je te préviens, tu ne la touches pas ! menaça Charles, en s'avançant vers Paul.

— Oh, là, mais on est jaloux, dis-moi ! se moqua ce dernier. Tu sais quoi ? J'aurais bien envie de te mettre une bonne correction, là, tout de suite, s'amusa-t-il alors qu'il sortait son épée de son fourreau. Comme avant, tu te souviens ?

— C'étaient des épées de bois à l'époque, rétorqua Charles, sortant la sienne à son tour.

— Ce n'est pas une égratignure qui va te faire peur, « lieutenant » ! ricana Paul. Un soldat valeureux comme toi, qui as fait la guerre !

— Ne fais pas l'imbécile, Paul. Je pourrais te blesser…

— Chiche ! rétorqua le prévôt, avant de s'élancer vers lui.

Paul ne faisait pas semblant, et Charles dut esquiver plusieurs attaques successives, manquant de peu d'être blessé. S'il parait, il n'osait pas riposter. Le tintement métallique des lames qui s'entrechoquaient et glissaient l'une contre l'autre jusqu'à la garde résonnait dans le silence de la forêt. Très vite, Charles se retrouva acculé à la limite d'un petit ravin. Il n'avait plus d'autre choix que de répliquer s'il ne voulait pas y tomber. Fort de son expérience au combat face à des ennemis autrement plus redoutables, il n'eut aucun mal à écarter la dernière attaque de Paul et, d'un coup de lame rapide, il le toucha au bras. Si la blessure n'était pas profonde, elle était assez vive pour que Paul lâche immédiatement son arme sous le coup de la douleur. Une tache écarlate apparaissait déjà sous le tissu blanc.

— Et voilà ! Tu as tout gagné ! s'inquiéta Charles alors qu'il rangeait son arme pour venir aider son frère.

— Ne me touche pas ! cria Paul de colère, en reculant. C'est toujours comme ça avec toi. Ça a toujours été comme ça. Il faut toujours que tu gagnes !

— Paul…

— Laisse-moi ! intima Paul alors qu'il ramassait son arme puis montait sur son cheval.

— Paul ! l'appela Charles une dernière fois, alors que son frère faisait exécuter un demi-tour autoritaire à sa monture d'un coup sec de harnais, avant de s'élancer au galop en direction de la ville.

Charles resta un moment sans bouger, le regard levé vers la cime des arbres. Il tâchait de reprendre ses esprits, hypnotisé par la danse lente des branches qui se découpaient sur le ciel désormais bleu obscur. Il était triste en pensant à son frère et à leur relation depuis toujours entachée de jalousie. Pourtant, il n'avait jamais rien fait pour l'attiser. Enfant déjà, il avait compris que c'était lui qui était né avec une cuillère en argent dans la bouche, et il avait toujours prêté une attention particulière à ce qu'aucune distinction ne soit faite entre eux, quelles que soient les circonstances. Mais sa mère la comtesse ne voyait pas les choses du même œil et, un matin, Paul dut assister impuissant au départ d'une servante, sa mère à lui, expulsée pour s'être soumise au comte, des années auparavant. Une seule nuit avait suffi. Et si le comte avait réussi à convaincre sa femme de ne pas rejeter l'enfant fruit de l'adultère, par amour pour Charles qui le considérait comme son frère à part entière et qui n'aurait pas supporté sa disparition, Paul n'en devint pas moins le bâtard. Depuis lors, Charles n'avait jamais réussi à estomper cette blessure dont il n'était pas responsable, mais qui fragilisait toujours leur lien. Un lien d'amour, il le sentait encore aujourd'hui au plus profond de lui. Mais aussi un lien de rancœur. Son retour après des années d'absence et son costume de lieutenant n'arrangeaient rien à l'affaire. Il était le fils légitime, l'héritier du titre, et Paul restait le bâtard, celui qu'on avait nommé un jour prévôt pour lui donner une fonction, à défaut d'un nom.

Alors qu'il abordait la descente au pas, Charles regardait la ville qui se languissait dans le crépuscule, traversée par la rivière, long serpent luisant et paresseux. Un calme que Charles redoutait alors qu'il s'approchait de la porte Percy. Fermée grâce à ses lourds vantaux de bois et sa double herse, celle qu'on appelait aussi porte de Champagne en imposait avec ses deux larges tours.

Il fallut que Charles aborde le ponton au-dessus de la douve sèche pour que le garde le reconnaisse dans la pénombre.

Le passage s'ouvrit dans un crissement sourd de métal sur la chaussée fendue. Seuls quelques rongeurs couraient entre les pavés pour récupérer à la hâte les restes de blé et de farine tombés des charrettes des meuniers durant la journée.

Hormis cela régnait le calme.

Le calme avant la tempête.

***

— Mais qu'est-ce qui vous a pris ? pesta le comte. Vous vous battez, maintenant ?

Les deux frères se tenaient là, l'air renfrogné pour l'un, penaud pour l'autre. Le bandage au bras de Paul rappelait les événements de la veille, mais la marguerite avait disparu de son revers, ce qui soulagea Charles.

— Un différend entre nous, père, rien de grave, répondit Charles, non sans avoir adressé un regard à son frère.

— Un « différend » ? Vraiment ? Et depuis quand vous réglez vos différends à l'épée ?

— C'est moi qui l'ai provoqué, coupa Paul. C'est ma faute. J'ai sorti mon épée en premier.

— Et toi, tu as sorti la tienne immédiatement ? répondit le comte en s'adressant à Charles. Un militaire de ton grade devrait savoir se tenir !

— C'était plus un jeu. Une provocation… s'excusa Charles.

— Son bras en atteste, en effet, fit le comte. Vous êtes au courant que le duel est interdit, n'est-ce pas ? Une chance qu'il n'y ait pas eu de témoins !

— Ça ne se reproduira pas, père, conclut Charles. Je vous en fais la promesse.

— Mais j'y compte bien. Et c'était quoi, ce « différend » ?

Les frères restèrent muets, se regardant l'un l'autre, ne sachant que répondre.

— Une femme, j'imagine ? ironisa le comte.

— Oui, une femme, père, répondit Paul. Mais l'affaire est close.

— Je l'espère bien. Surtout te concernant, Charles. Sortez maintenant. J'ai des affaires à régler.

Charles et Paul descendaient l'escalier en silence, comme des enfants que l'on vient de réprimander.

— Tu n'étais pas obligé, dit Charles un peu gêné.

— C'était la vérité, non ? répondit Paul.

— Merci quand même.

— Suis-moi.

— Te suivre ? Où ça ? demanda Charles inquiet.

— Tu verras.

Ce n'est pas à cheval mais à pied que les deux hommes sortirent de la cour du château. Charles s'en étonna en pensée, habitué à voir Paul faire montre d'autorité en ville, juché sur sa monture. Une fois passée l'enceinte par la porte du Bossu, ils empruntèrent la rue Jacques-d'Auxerre vers l'est, vers la porte Percy. Ils longèrent le couvent Saint-André sur leur droite, et passèrent près du four banal où, quelques semaines plus tôt, Charles avait revu Marguerite pour la première fois. Mais il n'eut pas le temps de s'attarder sur ce souvenir aujourd'hui douloureux, peinant à suivre son frère qui se dirigeait d'une allure déterminée vers un endroit précis. Les personnes qu'ils croisaient se rangeaient sur le côté en les saluant, humblement, confuses de ne les avoir reconnus qu'au tout dernier moment, étonnées de les voir à pied.

— On va où comme ça, Paul ? demanda à nouveau Charles alors qu'il accélérait le pas pour rester à sa hauteur.

— Pas loin. Tu vas vite comprendre, lui répondit-il sèchement.

Les gardes les avaient à peine salués que les deux hommes avaient déjà passé la porte et sortaient de la ville. Paul emprunta immédiatement la voie de droite le long des remparts qu'on appelait la « Guimbarde », du nom de ces vieilles charrettes trop misérables pour être montrées en ville par peur des railleries. Sur la gauche, les fermes et les moulins bordaient les champs et la route de Troyes fuyait vers l'est. Sur la droite, la longue enceinte descendait vers la rivière, imposante malgré l'usure du temps. Et aucune habitation. Jusqu'à ce petit pont enjambant le cours d'eau qui coulait à la base de l'édifice avant de se jeter dans l'Yonne en aval. Un petit pont qui desservait une construction que Charles devinait au loin et dont il avait totalement oublié l'existence. La grande maison se dressait toujours là, adossée au rempart, jouxtant la haute tour Millon qui en assurait l'angle sur la rivière. La maison des Fossés. La maison du bourreau. Ou, en tout cas, la maison où vivait encore le bourreau lorsque Charles avait quitté Joigny. Il se demanda ce qu'ils venaient faire là, tandis qu'ils approchaient de la lugubre bâtisse. Un souvenir le frappa alors soudainement. Ils étaient enfants. La grande fenêtre était tellement haute qu'ils devaient se hisser avec difficulté sur la pointe des pieds pour scruter l'intérieur, empreints de curiosité mêlée de peur. À travers la vitre sale, ils distinguaient des bocaux aux formes étranges remplis de liquides colorés, certainement des potions magiques, des poudres ou des plantes séchées aux vertus curatives. Ils restaient là un long moment, leurs petits mollets endoloris par l'effort, jusqu'à ce qu'il apparaisse dans l'obscurité, tout au fond. Le bourreau. Charles et son frère s'enfuyaient alors à toutes jambes, effrayés et en même temps tout excités à l'idée d'avoir été peut-être vus par l'homme le plus craint de la cité. Charles ne se souvenait plus de son nom. Mais l'image d'un vieil homme, dont la maigreur et le nez aquilin lui donnaient l'air d'un vieux sorcier, lui revenait maintenant nettement à l'esprit alors qu'ils arrivaient à la hauteur du petit pont. Paul lui fit signe de le suivre discrètement de l'autre côté du chemin vers le calvaire qui faisait face à la bâtisse.

Le socle du monument était fait de pierres de taille en pyramide, assez large pour les cacher tous les deux. D'ici, la vue sur le bâtiment était entièrement dégagée, et ils pouvaient l'observer sans être vus.

— Tu m'expliques à la fin ? s'enquit Charles.

— Tu te souviens quand on venait jouer par ici ? Et qu'on essayait de s'approcher le plus possible sans être vus ?

— C'est toujours la maison du bourreau ?

— Toujours.

— Qu'est-ce qu'on fait là, Paul ?

— Attends un peu, ne t'en fais pas, tu vas vite comprendre, répondit calmement Paul.

La maison des Fossés était aussi inquiétante que dans ses souvenirs. Elle comportait cinq bâtiments. Celui qui semblait être l'habitation principale était haut de trois étages. Si la base était faite de grosses pierres taillées dans la craie, les étages étaient constitués de pans de bois sculptés par endroits, emplis de jeux de briques en biais. Les vitres des fenêtres étaient de couleur ocre ou vert pâle, en petits losanges enchâssés dans du plomb. Au sommet, des lucarnes de style gothique coiffaient le tout et, sur le côté, une petite tour, certainement l'escalier qui desservait les étages, donnait à l'ensemble un air de manoir. Sur la gauche en contrebas, une deuxième maison se dressait, plus petite. Sur son mur on pouvait encore lire l'inscription « savetier » presque effacée par le temps. Un peu plus loin, coincée entre cette maison et la tour Millon, une grange respirait à peine, comme à l'étroit, dont les portes entrouvertes laissaient deviner une écurie. Plus haut, en remontant le degré sur la droite, trois autres granges ou appentis, aussi biscornus les uns que les autres, s'appuyaient eux aussi au bâtiment principal, octroyant à l'ensemble une allure étrange. Le fait qu'il ait été construit sur une côte donnait au tout un aspect presque fragile, comme si tous les éléments allaient dégringoler les uns sur les autres comme un jeu de dominos. Mais la tour haute et large en dessous et les remparts juste derrière soutenaient le tout, et ce pour longtemps encore.

Charles n'était pas à l'aise. De longues minutes s'étaient écoulées, et ils étaient toujours planqués là, comme quand ils étaient gamins. Il ne comprenait pas ce que son frère manigançait. La situation tournait au ridicule.

— Bon, écoute, tu es gentil, mais ça suffit, déclara Charles en se levant pour partir.

— Ne bouge pas ! Regarde ! lui répondit promptement Paul, en le tirant autoritairement vers lui pour qu'ils ne soient pas découverts.

À ce moment précis, un homme sortit de l'écurie. Râblé, l'air bourru et le physique disgracieux, il remontait vers la petite maison qui avait appartenu un jour à un savetier. Charles ne le connaissait pas.

— Tu le reconnais ? lui demanda Paul.

— Non. Je ne crois pas. Pourquoi ? Je devrais ? s'impatienta Charles.

— Ah oui. J'avais oublié. C'est vrai que, depuis ton retour, tu n'as pas daigné venir aux exécutions que j'ai réussi à obtenir malgré tes efforts, ironisa Paul.

— J'ai vu bien assez de morts comme ça… C'est lui le bourreau ? Ce n'est plus le vieux sorcier ?

— Le vieux sorcier est mort depuis belle lurette. Non, ce n'est pas le bourreau mais son valet. Attends, regarde, là-bas ! fit Paul, indiquant du regard l'habitation principale.

Un autre homme allait à la rencontre du premier. Le sang se glaça immédiatement dans les veines de Charles. Puis la sensation d'un vide. Comme un trou noir béant dans lequel il était sur le point de tomber. La chute s'annonçait vertigineuse. Il lança un regard plein d'effroi à son frère qui lui répondit par un sourire narquois. Il n'y avait pas de doute, il avait bien reconnu le deuxième homme. Le plus âgé. Celui qui avait l'air de donner des ordres à l'autre, qui lui parlait avec autorité, le houspillait presque. Celui qu'il avait aperçu la veille dans la forêt, avec Marguerite. Charles eut à peine le temps de reprendre son souffle qu'il reçut le coup fatal. L'instant d'après, c'est bien elle qui apparut à son tour sur le pas de la porte. Elle portait un tablier. Comme si elle venait de préparer le repas. Ou de faire le ménage. Comme si elle était chez elle. Elle écouta la discussion entre les deux hommes et intervint. Comme pour donner son avis. Comme pour participer à une conversation quotidienne. Par habitude. Parce que ça va de soi. Parce que la vie, tout simplement. Parce que sa vie à elle. Qu'elle avait toujours évité d'évoquer quand ils se voyaient tous les deux, qu'elle éludait. Ces réponses qu'elle avait toujours évité de donner quand il la questionnait. Son nom. Là où elle vivait. La voilà donc la réalité. Sa réalité à elle. Effarante et cruelle. Une douleur envahit Charles, honteux de découvrir, ainsi dissimulé comme un voleur, qui elle était vraiment.

— Tu comprends maintenant ? lui demanda Paul, sans ironie.

— Ce n'est pas possible, murmura faiblement Charles.

— Le vieux, c'est Corbeau. Notre bourreau depuis quelques années. Il a racheté la charge quand le précédent est mort. Il n'avait personne pour lui succéder.

— Mais… Elle ?

— Sa fille.

Ça y était. Son corps avait basculé dans le vide et Charles chutait vers l'abysse. Sans fond.

— Tu sais ce que ça veut dire ? Une fille de bourreau ne peut épouser qu'un bourreau. Tu peux continuer à la prendre, si ça t'amuse. Mais je crains que ça n'aille pas plus loin. Je suis désolé, conclut-il avant de se lever pour partir.

Charles resta un long moment seul, adossé à la pierre du calvaire, alors que la nuit était déjà tombée. De l'autre côté, la maison des Fossés était calme. Les fenêtres éclairées de l'intérieur donnaient à la façade l'allure d'un visage fantastique aux yeux multiples.

IV

— Soixante-seize canons ! Huit mortiers et neuf pontons ! peinait à articuler Charles avant de finir son verre. Un autre !

— Charles, je crois que ça va aller, il est déjà tard, s'inquiéta Defosse.

— Ou plutôt « tôt », plaisanta Vallier. Allez, moi, je vais essayer de dormir une heure avant le travail.

— Et sans oublier les soixante étendards et les vingt-deux drapeaux qu'on leur a chipés !

Comme la veille et les jours d'avant, Charles avait retrouvé ses amis, et chaque soirée était plus longue que la précédente. La petite bande enchaînait les estaminets et enquillait les bouteilles, pour finir par se dissoudre en douceur au fur et à mesure qu'avançait la nuit. L'auberge des Trois Rois étaient toujours la destination finale de leur périple. Ce soir-là, Defosse et Vallier étaient restés pour épauler Charles, ou du moins ce qu'il en restait. Depuis quelque temps, il n'était plus que l'ombre de lui-même et il les inquiétait. Quand il ne buvait pas, il dormait, et c'était à peine s'il prenait la peine de s'habiller correctement pour sortir errer dans la ville, ou là-haut, dans les vignes, comme certains l'avaient déjà remarqué. Il n'assistait même plus son père aux procès, laissant ainsi toute la place à la justice de son frère.

La salle était encore bien bondée à cette heure avancée. Une heure où l'on commençait à brailler des chansons à boire et où, l'alcool aidant, les discussions prenaient parfois des tournures belliqueuses quand il s'agissait de politique ou de jeux.

— Vous savez ce qui est drôle dans tout ça ? continua-t-il, articulant avec peine.

— Charles… se désespéra Defosse, craignant qu'ils n'attirent trop l'attention.

— On est capables de compter des bouts de tissu au fanion près, mais pour ce qui est du nombre de morts, ça, on sait pas ! Mais on s'en fout, hein ? Des morts ! Ce qui compte, c'est le drapeau de l'ennemi ! Pour le roi ! cria-t-il plus fort, alors que Defosse et Vallier échangeaient des regards inquiets. Vous voulez que je vous dise, les gars ? Tous ces gens, là, ici, ils savent pas. Ils savent rien. On se bat pour eux et ils savent rien.

— On va rentrer, je crois, proposa Vallier avec douceur.

— On s'entend plus, soldats ! hurla Charles en direction des militaires qui chantaient à tue-tête. Qu'est-ce que vous faites ici, d'ailleurs ? Vous devriez avoir déjà rejoint vos régiments à l'heure qu'il est ! Déserteurs !

Defosse et Vallier n'eurent pas le temps d'intervenir que déjà une poignée d'hommes se ruaient sur Charles qui leur répondit aussitôt par des coups. La bagarre devint vite générale. Verres brisés, tabourets fracassés, cris de rage et de douleur, un capharnaüm absolu régnait. Charles se battait avec les poings, prenant et distribuant, animé d'une rage qui lui déformait le visage. Defosse tenta de le dégager, mais en vain. Vallier était déjà allongé, inconscient après avoir reçu un coup sur la tête, quand la porte de l'auberge s'ouvrit avec fracas et que la garde fit irruption, armée de bâtons. C'est à ce moment que Charles reçut un violent coup derrière le crâne, il sentit un liquide chaud lui couler dans la nuque. Les sons lui parvinrent soudainement distordus, ses jambes flageolantes ne le portaient plus. Puis un visage se présenta à lui, flou, des sons étranges sortaient de sa bouche. Un visage qu'il reconnut aussitôt avant de s'écrouler par terre.

***

Elle marchait devant lui, à quelques mètres. Il avait beau accélérer le pas, il ne parvenait pas à la rejoindre. Pourtant elle progressait à une allure régulière, mais rien n'y faisait. La distance qui les séparait restait irrémédiablement la même, quoi qu'il fasse. Et c'était pareil avec toutes. Celle qu'il apercevait sur un sentier à droite et qui s'éloignait déjà. S'il décidait de la poursuivre à son tour, aucune chance de la rejoindre malgré ses efforts à lui, et bien que sa course à elle fût toujours modérée. Et celle-là, là-bas, qui l'attendait juste au-dessus sur la piste qui menait à l'abri des vendangeurs. Même quête impossible, même espoir déçu. Autant de chemins qui menaient à autant de Marguerite qui semblaient toutes l'attendre, mais jamais accessibles. Des dizaines de Marguerite, des centaines de Marguerite, dispersées çà et là. Un champ de marguerites comme autant de fleurs qui appelaient son nom, comme une prière, comme une invitation. Comme une plainte. Son pouls s'accélérait. Il arpentait les sentiers, tournant à droite, tournant à gauche, toujours plus vite. Il respirait fort, il suait, et la tête lui tournait. Le sol meuble le faisait trébucher. Quand il manquait de chuter, il se rattrapait au dernier moment et égratignait ses mains sur le sol de silex tranchants. Il avait mal, de plus en plus mal, il saignait. Des paumes, des pieds. Il n'avait plus de chaussures, il n'avait plus de culottes ni de chemise. Il était nu et il pouvait voir le sang affluer par pulsions sur tout son corps sous sa fine peau écarlate. Et elles riaient. Toutes les Marguerite riaient en échos décalés et disharmonieux, et les vignes se mirent à tourner autour de lui comme une toupie géante dont il était le centre. Il cria alors son nom. Une seule fois. Un cri qui n'en finit jamais.

Charles se redressa d'un seul coup sur ses coudes et regarda alentour, haletant. Aucune Marguerite ne l'attendait dans sa grande chambre vide. Sur le côté, les lattes des volets en partie fermés laissaient passer la lumière en stries verticales. Des douleurs se réveillèrent alors un peu partout dans son corps. Aucune blessure sur ses paumes mais des hématomes aux jointures de son poing droit. Et aussi sur sa poitrine et son épaule endolorie. Sa peau lui semblait tout à fait normale sous sa chemise de nuit trempée. Quelques bribes de souvenirs lui revinrent alors en mémoire en petits coups de marteau dans sa tête. Ses amis, les estaminets, la ripaille, la boisson. L'auberge des Trois Rois. Les soldats.

Et le visage de Paul.

— Enfin réveillé ? demanda son frère qui entrait alors. On t'a entendu crier jusqu'à l'office.

Charles ne répondit pas. Il souffrait de tout son corps et le son de sa voix lui faisait l'effet d'une aiguille plantée dans ses tempes. Il tâcha de se redresser tout à fait pour s'asseoir, mais manqua de perdre l'équilibre. Paul le rattrapa et l'aida à se lever.

— Tu es dans un sale état, dit-il. Heureusement que je suis intervenu. Tu n'aurais pas fini en un seul morceau.

— Comment as-tu su ? articula Charles avec peine.

— Je suis le prévôt. Je sais tout. Je suis partout, tu le sais bien, ironisa-t-il avec douceur. Ça fait plusieurs jours que je te fais surveiller depuis que tu as décidé de vider les caves de la ville.

— Tu as des remords, c'est ça ? se moqua Charles alors qu'il tentait quelques pas.

— Tu l'aurais su un jour ou l'autre.

— J'aurais peut-être préféré.

— Ç'aurait été plus grave encore.

— Tu avais envie de me faire la leçon aussi, non ? rétorqua-t-il froidement.

Les deux frères demeurèrent là un instant sans se parler.

Paul observait Charles qui essayait de reprendre possession de lui-même, détendant ses membres les uns après les autres, avant de se passer de l'eau sur le visage pour recouvrer ses esprits. Il réalisa qu'à aucun moment, depuis son retour, il n'avait pu exprimer sa joie de le revoir. Sa jalousie, les faits de guerre du fils prodigue colportés et grossis par la rumeur, et bien sûr ses interventions durant les procès qui avaient mis à mal son autorité, tous ces événements avaient masqué d'un voile opaque sa joie de retrouver celui qui restait malgré tout son frère. Un « grand » frère qui avait toujours tout fait pour le protéger, il le savait, lui le bâtard, « l'autre », qui se tenait toujours derrière, celui qui se servait toujours en dernier à table et dont l'opinion était secondaire.

Si la sensation de l'eau fraîche sur son visage acheva de réveiller Charles, elle ne le soulagea pas. Elle le ramena à sa vie concrète, cette vie qu'il avait essayé de fuir ces derniers jours, et ça ne lui plut pas. Il aurait voulu être seul. Encore. Il aurait voulu ne plus avoir à parler. À se justifier. Retourner se perdre dans ces endroits obscurs où l'on buvait dans la pénombre, se glisser dans ces bas-fonds qui empestaient la crasse et la pisse, mais où chacun était semblable à l'autre dans sa misère. Voilà ce qu'il désirait, tout de suite. Et il en avait honte. Appuyé sur la table, fixant son visage dans le reflet fragmenté de l'eau de la cuvette. Il avait honte mais il avait tellement mal aussi.

Il percevait la distance silencieuse qui le séparait de son frère. S'il lui en voulait, il savait qu'il avait agi pour son bien. Pour le protéger. Mais il y avait autre chose de plus fort, de plus ancré en lui, qui l'empêchait d'être raisonnable. Autre chose qui le brûlait au-dedans et qui l'incitait à refuser tout compromis. Il y avait la peine. La douleur d'un amour qu'on lui arrachait du cœur. Un amour qu'on proclamait impossible.

— Père est hors de lui, je ne te le cache pas, reprit Paul. Je ne lui ai pas tout raconté, bien évidemment.

Charles s'habillait, lentement.

— Il me fait te dire que le comte de Provins arrive demain matin, continua-t-il. Avec sa fille. Et il espère que tu seras dans les meilleures « dispositions » pour les recevoir.

Charles ne répondit pas, finissant de se vêtir. Il manqua de perdre l'équilibre en enfilant ses bottes.

— Tu veux que je t'aide ? s'enquit Paul, inquiet.

— Non ! rétorqua Charles sèchement, avant de se reprendre. Je te remercie, mais ça va aller.

— Que comptes-tu faire ? s'inquiéta Paul après un instant.

— Prendre l'air, répondit Charles avant de quitter la pièce.

***

Le vieux Corbeau était austère et avare en paroles comme en sentiments, et son attachement à un ordre silencieux dans sa propre maison comme dans son travail était strict. Si sa fonction lui imposait depuis des années une vie en marge, retranchée de la société, son caractère y était aussi pour beaucoup. Quand il avait décidé quelques années plus tôt de quitter sa charge du côté de Clermont pour racheter celle de Joigny, c'était à dessein de repartir sur des bases saines, et de finir sa carrière en douceur, loin d'un lieu qui le ramenait à la peine. Néanmoins la distance n'avait pu faire taire la douleur liée à la perte de celle à laquelle il ne cesserait jamais de penser. Et ce malgré une abnégation sans faille.

Une fois ses nouvelles fonctions prises, il s'était aussitôt attelé à la tâche, consciencieusement, comme si c'était la première fois, même s'il savait pertinemment qu'il était un bon bourreau après toutes ses années de service. Il était décidé à avancer, à s'implanter, ignorant les regards mêlés de crainte et de curiosité qu'on lui adressait, il en avait l'habitude. S'il avait réussi avec le temps à abolir cette méfiance durant sa précédente charge, ça lui importait peu désormais. Il n'était pas là pour se faire des amis. Il était là, anonyme, en quête de paix. Il ne voulait rien devoir à quiconque, hormis les exécutions qu'on lui ordonnait.

Et il ne chômait pas. Les pandémies récurrentes et la famine avaient rapidement apporté leur lot de délits et de crimes, la misère poussant parfois les plus honnêtes à des extrémités sans retour. Aidé de son valet Damien, il procédait promptement aux ordres, efficacement et sans fautes, avant de revenir dans l'immense bâtisse qu'on lui avait attribuée à son arrivée et qu'il avait faite sienne. Ici tout était en ordre, les chevaux dans l'écurie, les ustensiles et les bois de justice entretenus et rangés dans une grange et, parfois, les corps des suppliciés en attente dans l'appentis.

Le reste de son emploi du temps s'était construit à force d'habitudes ; les repas, les papiers et les affaires liées aux condamnations. Et la prière. Souvent. Devant le petit autel dressé dans un coin de la grande pièce, en son souvenir à elle, son unique amour. Des habitudes rassurantes et bien ancrées pour que le temps finisse de s'écouler sans heurts, et pour profiter aussi le mieux possible de sa fille, malgré l'amertume qui le rongerait toujours. Marguerite. Sa seule joie. Le portrait de sa mère et son rayon de soleil. Sans elle, la maison aurait été sombre et senti le renfermé, les draps l'humidité, et l'âtre serait resté éteint. Sans elle, Corbeau aurait passé son temps libre plongé dans le passé, cherchant désespérément une façon de panser ses plaies. Pour peut-être finir par ne plus trouver aucun sens à la vie. Marguerite. Sa fille au caractère si heureux. Et si belle. Même Damien, si taciturne, se trahissait parfois d'un regard à son endroit, un peu plus traînant qu'à la normale. Mais si Marguerite avait toujours considéré le valet avec sympathie et une certaine tendresse, il n'y avait pour autant aucune ambiguïté dans leur relation. Elle ne voudrait jamais de lui comme mari, et Corbeau savait que le garçon, trop bourru et pas assez raffiné pour sa fille, n'avait de surcroît pas d'argent. Cette perspective aurait pourtant été pratique pour assurer la charge qui lui avait coûté si cher. Pour rien au monde il n'aurait voulu la perdre. La famille Corbeau était bourreau de père en fils depuis des générations, et leur réputation n'était plus à faire dans le pays. Surtout depuis que Clément, son neveu, qu'il avait formé lui-même à la mort de son frère, était devenu l'exécuteur de Paris. S'il ne s'en vantait pas – ce n'était pas dans son caractère –, il en était fier, et le bourreau qu'il était l'enviait aussi un peu. « Monsieur de Paris ». Combien de fois s'était-il lui-même imaginé trônant sur les bois de justice place de Grève ? L'accomplissement pour un bourreau, pensait-il souvent. Et pourtant Corbeau n'avait pas à pâlir de son parcours, ni de sa réputation, intacte. Mais le temps passait, et ses craintes quant à l'avenir de sa charge l'obsédaient chaque jour un peu plus. Marguerite avait encore refusé il y a peu la proposition du bourreau de Dieppe qui avait un fils à marier. Le jeune homme n'était pas à son goût, et Corbeau dut admettre qu'il manquait d'intelligence. Et jamais le vieux père n'aurait forcé sa fille à l'épouser contre son gré. En tout cas, c'était ce qu'il pensait jusqu'alors. Car désormais, les choses étaient différentes.

Assis sur sa chaise, il bourrait lentement sa pipe avant de l'allumer par bouffées brèves. À travers l'épaisse fumée qu'il recrachait en rythme, il observait Marguerite. Il cherchait ses mots. Il devait lui parler. Il la regardait préparer ses affaires pour les orphelins dont elle s'occupait plusieurs fois par semaine. Elle ne le regardait pas. Elle faisait exprès de ne pas le regarder, il le savait. Ça faisait même quelques jours qu'elle l'évitait. Pour ne pas aborder la discussion. Ne pas avoir à se justifier. Mais elle cachait mal son embarras.

Tout la trahissait. Son attitude. Le son de sa voix. Ses regards, justement. Il connaissait sa fille par cœur. Elle, si vivante jusqu'à il y a peu, ne souriait plus. Ses gestes étaient saccadés, son humeur instable, et quand il lui arrivait de lui adresser la parole, ses réponses restaient laconiques, évasives. Et ces yeux vides, perdus, ailleurs. Comme si elle pensait à quelqu'un en permanence, une obsession. Corbeau savait de qui il s'agissait. Les rumeurs qui circulaient depuis peu dans la ville allaient bon train. Et si on ne parlait pas au bourreau, les potins finissaient toujours par lui parvenir, d'une manière ou d'une autre. Surtout quand il s'agissait de la fille de l'exécuteur des hautes œuvres et du fils du comte. L'un et l'autre auraient été aperçus à plusieurs reprises dans les vignes ces dernières semaines. Souvent au même moment. De là à ce que l'on spécule, il n'y avait qu'un pas. Un pas qui était certainement déjà franchi, et ça, le bourreau ne pouvait pas se le permettre.

— Tu vas voir tes orphelins ? finit-il par demander à Marguerite.

— Tu le sais bien, répondit-elle sans le regarder, en fermant le sac pour partir. Je ne serai pas longue.

Corbeau n'eut pas le temps de lui répondre qu'elle était déjà sortie. Elle descendit les quelques marches qui menaient aux degrés quand elle tomba sur Damien.

— Les orphelins, Marguerite ? s'enquit-il en souriant.

— C'est ça, Damien. Les orphelins, lui répondit-elle alors qu'elle commençait déjà à remonter la voie en direction de la forêt.

Marguerite fixait le chemin qu'elle parcourait d'un pas décidé. Elle ne leva pas le regard quand elle passa devant la porte de la ville. Elle se doutait qu'on l'observait et qu'on murmurait dans son dos. Elle savait les bruits qui couraient désormais sur elle et ses promenades. Qu'on les avait aperçus, Charles et elle, et qu'on en parlait dans le bourg. Elle continua toujours tout droit pour aborder le chemin de la Croix. Elle devinait les vignes qui se dessinaient en lignes parfaites et parallèles sur sa gauche. Elle les sentait mais elle ne voulait pas les voir. Elle avait peur. Peur de l'apercevoir, errant par là-bas comme il en avait pris l'habitude ces derniers temps. Peur de se retrouver face à lui, comme la veille. Leur dernier rendez-vous dans la grange plusieurs semaines auparavant et son départ à elle, précipité, lui avaient laissé un goût amer. Et une rencontre opportune aurait pu être pour elle l'occasion de renouer un lien, alors que les circonstances faisaient que c'était sans espoir. C'était ce qu'elle avait pensé alors. Mais ce n'était pas de l'amour qu'elle avait lu dans ses yeux. C'était du mépris. Dans le regard vitreux de Charles grondaient la haine et le fiel, elle y avait deviné des pointes de flèches sur le point de la transpercer. Elle s'était sentie glacée d'effroi. Elle avait voulu lui parler, mais aucun son n'était parvenu à sortir de sa bouche. Elle était restée là, statufiée. Lui semblait tanguer légèrement, comme s'il allait s'écrouler d'un instant à l'autre. Elle ne le reconnaissait plus. Il n'était plus lui-même. Son attitude, sa manière d'être, ce qui se dégageait de lui. Il n'était plus l'homme qu'elle avait aimé dans une grange toute proche un jour.

— Charles ? avait-elle expiré enfin, le souffle court, amorçant un geste vers lui.

Il avait reculé aussitôt, manquant de tomber à la renverse.

— Charles ?... Tu es ivre ?

— Va-t'en ! avait-il grondé d'une voix sourde.

— Quoi ? avait-elle répondu apeurée, presque paniquée.

— Va-t'en, je te dis ! Je ne veux plus te voir ! Jamais ! avait-il crié alors que les sanglots déformaient ses mots.

— Mais, je ne comprends pas…

— Si ! Tu comprends très bien ! l'avait-il coupée à nouveau. Tu comprends très bien parce que tu savais ! Tu savais et tu n'as rien dit ! Va-t'en, je te dis ! Je ne veux plus jamais te revoir !

Marguerite s'était alors enfuie. Elle s'était enfuie comme elle fuyait aujourd'hui encore, les soubresauts de sa peine lui coupant le souffle alors qu'elle montait la côte toujours plus haut, toujours plus vite. Pour finalement s'écrouler dans l'ornière. Les larmes lui brûlaient les joues, et son corps se brisait sous les coups de ces mots qu'il lui avait crachés au visage et qui tournoyaient sans cesse dans son crâne. Comme la veille, elle resta allongée un moment, se laissant aller à observer la course des nuages qui alanguissaient sa douleur, pour finalement calmer son cœur. Puis la cloche de Saint-Jean tinta au loin, la ramenant au présent, et elle aperçut le sac échoué dans l'herbe devant elle. Une tâche dont il lui fallait s'acquitter malgré la peine. Elle se releva et saisit sa besace, la passa par-dessus son épaule et reprit sa route vers la forêt.

***

Le tout était disgracieux, mal dégrossi, mal emballé, et ne laissait augurer que du mauvais. Le nez était évasé. Les yeux marécageux, posés sur deux pommettes saillantes soutenues par un sourire de circonstance en biais. Le visage plâtré de poudre à la graine d'épinard, rehaussé de carmin, lourdement fardé au pinceau, trahissait une peau suspecte. Bien plus que gironde, son port était raide et sa pose ridicule, digne d'une mauvaise peinture exécutée sans inspiration. Son corsage, serré à outrance, portait sous sa gorge deux gros melons qui manquaient de lui couper le souffle. Les petits doigts boudinés de sa main gauche battaient nerveusement l'air, alors que ceux de la main droite torturaient un petit mouchoir bordé de dentelle qui demandait grâce. Cette petite main que Charles dut tenir du bout de la sienne à son arrivée pour la porter à sa bouche et la baiser, dont l'odeur âcre de la sueur mêlée du musc rehaussé de civette manqua de lui donner un haut-le-cœur.

Bref, Hortense était laide.

En retard pour accueillir le comte de Provins et sa fille, Charles n'avait pas fait bonne impression dès son arrivée. Les regards pleins de reproches de son père et la perplexité apparente de l'illustre invité à la vue du jeune homme ne laissaient aucun doute. Encore assommé par une nouvelle nuit avinée, il s'était habillé en toute hâte quelques minutes plus tôt après avoir été arraché en catastrophe à un sommeil trop court. La tête lui tournait. Il ne se sentait pas à sa place. Son père, le comte et sa fille, tous trois lui apparaissaient comme des pantins ridicules qui se félicitaient chacun son tour, alors que lui ne cherchait pas à arborer une quelconque prestance. Peu lui importait au fond. Tout à cet instant lui semblait un mauvais rêve dont il était un témoin silencieux.

— Alors, comme ça, vous avez fréquenté le maréchal de Luxembourg ? s'efforça de demander le gros comte avec une pointe d'admiration feinte.

— Jamais vu ! rétorqua immédiatement Charles, tandis que le visage de son père affichait une certaine inquiétude.

— Ah ?... Mais je pensais que, ayant combattu à ses côtés... s'étonna le comte de Provins.

— Non. Jamais vu, je vous dis ! répéta Charles, se saisissant de la carafe de vin. Et puis ça ne risque plus d'arriver vu qu'il est mort dans son lit. Moins glorieux que sur un champ de bataille, n'est-ce pas ? ironisa-t-il.

— Monsieur le comte, je vous disais donc que le comté de Joigny et ses environs représentaient à ce jour une population totale de vingt mille personnes, enchaîna le comte de Joigny pour changer de sujet.

Charles ne savait que faire, ni où regarder. Il voulait surtout échapper au regard d'Hortense qui n'avait de cesse de chercher à croiser le sien, aussi s'efforçait-il de scruter la cour du château par la fenêtre. Mais les vignes au loin le ramenaient irrémédiablement à sa peine.

— Charles ? l'interpella son père.

Il sentait le vin descendre dans sa gorge et lui réchauffer le ventre.

— Charles !... Bon sang mais qu'est-ce que tu as ? insista en catimini son père en lui prenant le bras pour attirer son attention. Parle donc un peu avec Hortense. Ne la laisse pas seule dans son coin comme ça.

— Et alors, ce mariage ? lança le comte de Provins, un peu gêné par le comportement de son futur gendre.

Il y eut ce bref instant où tout se figea dans l'esprit de Charles. Un bref instant où les trois pantins devant lui se statufièrent dans une attitude théâtrale grotesque. « Mariage ». Le mot rebondissait de l'un à l'autre, d'une voix à l'autre, et Charles sentait grossir en lui une boule qui remontait de son estomac vers sa gorge.

Son rire contenu éclata d'un coup, hystérique, et les larmes lui montèrent aux yeux tandis qu'il reprenait et répétait à son tour le mot « mariage » comme s'il s'agissait de la chose la plus drôle sur terre.

— Me marier, *moi* ? Avec ce laideron ? Jamais ! Vous m'entendez, jamais ! explosa-t-il.

— Comment ? Qu'a-t-il osé dire de ma fille ? rétorqua, outré, le comte de Provins, s'interposant devant sa fille comme pour la protéger des insultes du jeune homme.

— Rien, monsieur le comte, rien. Je crois que mon fils n'est pas dans son état normal, et je pense qu'il serait bon de reporter cette entrevue, balbutia le comte de Joigny.

— On ne va rien reporter du tout, lui répondit l'invité, vexé, alors que Charles s'esclaffait à nouveau. Viens, Hortense, nous partons. Ce mariage était une mauvaise idée !

— Alors là, tout à fait d'accord avec vous ! Mauvaise idée ! lança Charles.

Sans tarder, le comte de Provins, avec autorité, saisit le bras de sa fille qui ne comprenait toujours pas ce qui lui arrivait et quitta les lieux, déclarant haut et fort à qui voulait l'entendre de quelle manière honteuse le jeune fils du comte de Joigny s'était comporté avec elle. Les éclats de sa colère s'évanouirent dans l'escalier, laissant le père et le fils dans un silence pesant.

— Tu m'expliques ce qui te prend ? demanda le comte, tâchant de contenir sa colère.

— Je vais me marier.

— Te ma… marier ? balbutia-t-il en retour.

— Je vais épouser Marguerite.

— Marguerite ? Mais qui est cette Marguerite ? s'inquiéta le comte.

— La fille du bourreau.

— C'était donc vrai, ces bruits qui courent depuis des semaines ? Mais tu es donc fou ! reprit le comte, abasourdi.

— Non. Bien au contraire.

— Charles ! Je t'interdis ! tonna le père.

— Vous ne m'interdisez rien du tout, trancha Charles alors qu'il s'apprêtait à quitter les lieux.

— Charles, si tu persistes dans ta folie, je te déshérite ! hurla le père au bord du précipice.

— Mais qu'est-ce qui se passe ici ? demanda Paul intrigué, qui venait d'apparaître. J'ai croisé le comte de Provins qui partait déjà et…

— J'allais partir à mon tour, le coupa Charles.

— Empêche-le de sortir ! ordonna le comte à Paul. Il n'a plus sa tête !

— L'empêcher de sortir ? s'étonna Paul. Tu vas où ?

— Tu sais très bien où je vais, lui répondit-il calmement. Laisse-moi passer. S'il te plaît.

Les deux frères se faisaient face, Paul lui bloquait le passage. Ils se confrontèrent un instant du regard.

— Tu es sûr de ce que tu fais ? demanda Paul à son frère d'une voix basse.

— S'il te plaît, lui répondit Charles calmement. Laisse-moi passer.

Paul fit un pas de côté pour laisser la voie libre.

— Paul ! cria le comte. Tu es prévenu, Charles ! Si tu persistes, je te renie ! hurla-t-il encore, désespéré.

Charles disparut, laissant derrière lui un père incrédule, partagé entre la colère et le désespoir, et un frère sincèrement inquiet.

V

L'orage qui s'annonçait ce soir-là colorait la maison des Fossés d'une teinte bleu sombre, accentuant son allure lugubre et inquiétante. À l'abri du calvaire depuis lequel il avait découvert la terrible vérité, Charles observait, depuis un moment, les allées et venues des habitants de la bâtisse. Bien que la lumière brillât par endroits, aucune silhouette n'apparaissait aux fenêtres de l'habitation principale à cette heure tardive. Sur la gauche, il devinait une présence dans la petite maison qui la jouxtait, certainement celle où vivait le valet, et un rai de lumière filtrait sous la porte de l'écurie située un peu plus bas contre la haute tour Millon. Mais aucun signe de présence du bourreau ni de Marguerite. Charles était pourtant décidé à lui parler, et il attendrait le temps qu'il faudrait qu'une occasion se présente.

Enfin, il perçut un mouvement. Il en était certain, une ombre allait et venait, visible dans l'entrebâillement de la porte de l'écurie. Charles se décida à agir après s'être assuré que la Guimbarde était bien déserte. Il s'approcha comme un chat pour se cacher aussitôt contre le degré en contrebas du bâtiment, l'endroit offrant un dernier poste d'observation idéal. Plus de doute, on discutait dans l'écurie. Il percevait maintenant nettement des voix. Il tendit l'oreille. La voix d'un homme, forte et autoritaire, se distinguait d'abord, Corbeau très certainement, puis celle d'une femme, plus faible. Il reconnut immédiatement Marguerite. Après un dernier coup d'œil vers la maison supposée du valet, toujours calme, il se rapprocha encore un peu pour mieux entendre.

— Ma décision est prise. Tu iras à Dieppe ! entendit Charles très clairement.

— Mais père, non ! répondit Marguerite, la voix suppliante.

La porte de l'écurie s'ouvrit, et il s'en fut de peu que Charles ne soit surpris. Il aperçut nettement le visage irrité du vieil homme qui peinait visiblement à conserver son calme.

— La discussion est close, Marguerite, ajouta fermement le bourreau, avant de regagner son logis.

Charles resta caché et tendit l'oreille. Dans l'écurie, Marguerite ne semblait pas bouger. Parmi le souffle des bêtes et les hennissements, le son de ses sanglots lui parvint. Après s'être assuré que la voie était libre, il s'avança vers la porte et entra. Marguerite était effondrée sur le sol.

— Marguerite ?… murmura-t-il doucement.

— Charles ? s'étonna-t-elle. Tu es fou de venir ici ! Si mon père te voit !

— Je suis venu te chercher.

— Quoi ?

— Partons sans tarder.

— Partir où ? s'inquiéta-t-elle, reprenant ses esprits.

— Loin, fit-il alors qu'il sellait déjà un cheval.

Marguerite ne répondit pas tout de suite, ahurie par l'apparition de Charles dans cette écurie, en pleine nuit, et pétrifiée par le danger qui planait désormais sur eux. Elle le regarda finir de seller la monture d'un geste sûr. Elle aurait voulu parler, lui dire que ce projet était fou, qu'ils ne pouvaient pas partir comme ça, sans rien, fuir comme des voleurs. Son père ne comprendrait pas. Il ne s'en remettrait pas. Et le comte ? Il serait probablement ivre de colère et les ferait rechercher partout. Elle paniquait. Divers sentiments contradictoires se bousculaient alors en elle. Elle ne savait pas si elle avait envie de crier, de sortir d'ici et de se plier à la décision de son père, ou de s'enfuir avec Charles vers une autre vie. La leur. Cette vie dont elle avait rêvé elle aussi, mais un rêve dont elle savait l'issue inéluctable depuis le début. Et pourtant, il était là. Lui, qui avait piétiné leur amour de rage quelques jours plus tôt, était venu la chercher. Elle aurait voulu le faire revenir sur son projet si beau mais illusoire. Mais elle ne pouvait pas. Pas les mots. Pas la force. Et surtout, elle réalisait qu'elle l'aimait trop pour ça.

La monture était prête, Charles détachait déjà le harnais. Marguerite ne distinguait plus que sa silhouette et celle de la bête à ses côtés. Il lui parlait, mais elle ne comprenait pas ce qu'il disait. Soudain, le tonnerre gronda au-dehors et les chevaux s'énervèrent. Elle sentit alors un vent froid la parcourir, des pieds à la tête, son corps lui sembla d'argile, comme s'il pouvait se briser d'un instant à l'autre.

C'est alors qu'elle se sentit perdre pied.

***

L'odeur de la paille humide fut le premier détail qui lui revint en mémoire. Puis celle du cuir mouillé, plus présent, plus réel. Elle était trempée, et un mouvement permanent et régulier l'agitait. Derrière elle, elle sentait un corps contre lequel elle était fermement blottie, un bras lui enserrant la taille. La course effrénée et la pluie qui lui frappait le visage achevèrent de la réveiller tout à fait, et peu à peu la situation lui apparut à l'esprit. Ils galopaient à vive allure dans la nuit. Elle ne savait pas où ils étaient, ni quelle direction ils avaient prise. Elle ne se souvenait même pas être partie. Juste l'odeur humide de la paille dans l'écurie. Elle s'était certainement évanouie, et il l'avait hissée contre lui. Pour s'enfuir.

— Charles ? l'appela-t-elle, essayant de se retourner pour apercevoir son visage.

Mais elle en était empêchée par l'eau qui ruisselait dans ses yeux et le mouvement frénétique de la course. Elle l'appela encore une fois, mais toujours aucune réponse. Ou peut-être ne l'entendait-elle pas. Car, tout autour d'eux, c'était l'enfer. Des éclairs déchiraient les ténèbres, éclairant par intermittence le décor de leur fuite, le chemin inondé bordé d'arbres. Alors que le ciel tonnait de plus belle, elle sentit le bras de Charles l'enserrer un peu plus. Comme pour la protéger, la rassurer.

— Accroche-toi ! lui cria-t-il, tâchant de tenir le plus fermement possible le cheval qui s'emballait.

Charles fatiguait. Ils n'avaient pas parcouru une longue distance, mais il sentait déjà ses forces s'amenuiser. Tout s'était enchaîné si vite dans l'écurie. Marguerite avait eu un malaise, et il avait dû la retenir pour qu'elle ne s'écroule pas. Elle lui avait murmuré d'une voix faible qu'il ne fallait pas, qu'ils ne devaient pas. Il savait qu'il prenait une décision difficile et que c'était pure folie. Mais il sentait au fond de lui qu'il ne pouvait plus reculer. Il était déterminé à combattre la fatalité. Il la voulait elle, et pas une autre. Ils devaient s'enfuir. Là où elle ne serait plus la fille d'un bourreau et lui, le fils d'un comte. Elle avait résisté un peu, mais il avait fini par la hisser contre lui sur la monture, et ils étaient sortis au pas de l'écurie.

Le tonnerre grondait et couvrait le claquement des sabots sur le pavé. Une fois en bas de la Guimbarde, ils étaient partis au galop, laissant Joigny derrière eux. Très vite, la chevauchée s'était compliquée. Chaque éclair effrayait un peu plus le cheval, et Charles avait de plus en plus de mal à le maîtriser. Le sol de la route était meuble, et la course devenait périlleuse, l'équilibre précaire.

Marguerite avait repris ses esprits.

— Charles, où sommes-nous ? hurla-t-elle pour être entendue.

— Tout va bien, accroche-toi ! cria-t-il.

— Non, Charles, il faut s'arrêter ! C'est trop dangereux !...

Elle n'avait pas fini sa phrase que la foudre frappa un arbre juste devant eux. Le cheval se braqua aussitôt, se dressant sur ses jambes arrière en hennissant de terreur. Charles ne put rien faire. Il se sentit tomber à la renverse. Il ne tenait plus les rênes. Son dernier réflexe fut de serrer encore plus fort Marguerite, pour la protéger du choc de la chute.

***

Il faisait jour. La pièce était exiguë. Une petite chambre, sous des combles peut-être, éclairée par une lucarne. Il ne connaissait pas l'endroit. Il était alité. On s'agitait autour de lui. On se parlait. Il préférait pour le moment garder les yeux fermés. Il ne voulait pas bouger. La chute lui revint en mémoire. La foudre. Marguerite ! Où était-elle ? Était-elle blessée ? Quand il rouvrit les yeux un instant, un visage était penché au-dessus de lui. On l'observait, on le scrutait. Il sentit une grosse main lourde se poser sur son front puis se retirer aussitôt et perçut un grognement sourd.

Ça sentait le muguet.

— Pas de fièvre. Mais pour ça, pas le choix. Il va falloir lui remettre tout de suite, sinon ça va s'aggraver, entendit-il clairement cette fois.

Une main plus douce et légère se posa alors à son tour sur son front, et descendit sur sa joue comme une caresse. Le muguet. Charles ouvrit les yeux et distingua nettement le visage de Marguerite au-dessus du sien. Elle était là et lui souriait. Elle était vivante.

— Tu… Tu n'as rien ? s'enquit immédiatement Charles.

— Tiens-le, fit la voix, au bout du lit.

Marguerite disparut alors. Charles eut à peine le temps de reconnaître le valet que celui-ci le prit par les épaules pour le maintenir fermement sur le lit. La douleur fut immédiate et violente. Il ne put retenir un cri.

D'un mouvement sec et sûr, le bourreau venait de lui remettre le genou en place.

***

Charles n'était toujours pas sorti de la chambre. S'il y avait passé les premiers jours allongé, il pouvait désormais se lever et faire quelques pas, toujours aidé de Marguerite. Il savait que cette situation était temporaire, mais il ne voulait pas penser à l'après. Il profitait de ces moments. Elle s'occupait de lui. Elle lui apportait ses repas, l'aidait pour sa toilette, et quand Corbeau ou le valet n'étaient pas dans les parages, ce qui était rare, il se laissait aller à la tendresse. Mais Marguerite y répondait toujours avec retenue. Quand il lui saisissait la main, elle lui échappait aussitôt pour plier un linge, ou ouvrir la fenêtre pour aérer. S'il s'approchait pour l'embrasser, elle offrait sa joue, au mieux il lui effleurait les lèvres. Elle parlait alors d'autre chose, des moissons qui s'annonçaient excellentes, ou d'orphelins qu'elle devait partir visiter sur-le-champ. Elle donnait le change, mais son sourire était toujours amer. Et le vert de ses yeux un peu triste.

— Comment est-on revenus ici ? lui demanda-t-il un matin, alors qu'il observait la Guimbarde par la lucarne.

— Damien nous a vus partir. Il est arrivé quelques minutes après l'accident. Tu étais inconscient.

— Et ton père ?

— Le silence. Ils t'ont monté ici, il a compris ton état. Et puis tu t'es réveillé quelques heures plus tard. Tu connais la suite.

Il voulut lui saisir la main mais elle s'échappa avec douceur. Elle aurait voulu ne pas parler, ne pas rompre ce silence qui les avait protégés jusqu'alors de l'épilogue qui les attendait.

— Et demain ? fit-il, un peu grave.

— Demain ? s'étonna-t-elle. Quoi, demain ? Tu sais bien.

— Et si je t'épousais ?

— Tu es fou ! s'emporta-t-elle. Et puis, tu sais très bien que tu ne peux pas ! Tu n'es pas…

— Bourreau ? Je pourrais le devenir.

— Arrêtons-nous là, s'il te plaît, le coupa-t-elle promptement. Tu ne sais pas ce que tu dis.

— Je t'aime, Marguerite. Et je suis prêt à tout.

— Mais pas à ça ! s'emporta-t-elle alors. Pas à ça ! Pas à cette vie-là ! Tu ne la connais pas, toi, cette vie. Moi si ! Tu ne sais pas ce que c'est que de vivre en marge ! D'être regardé avec horreur, comme si tu étais un monstre !

— J'ai fait la guerre… essaya-t-il sans conviction.

— Je croyais que tu avais eu ton compte de morts ? Et puis, faire la guerre n'a rien à voir avec ça. Et tu le sais bien ! conclut-elle avant de quitter précipitamment la chambre.

Charles écouta ses pas s'éloigner dans l'escalier et il réalisa qu'il n'avait pas réfléchi auparavant à cette possibilité. Elle lui était venue comme ça, comme une évidence. L'idée de devenir bourreau aurait été impensable quelques jours plus tôt. Quelle personne saine d'esprit aurait pu penser à cela ? Surtout lui, le fils du comte de Joigny, dont la carrière militaire était vouée au plus haut grade. Lui que le titre attendait, avec son château et sa fortune. Lui-même n'aurait jamais imaginé se détourner de son destin doré pour endosser le costume le plus sombre qui soit, juste pour être avec celle qu'il aimait. Même un équarrisseur ne l'accepterait pas. Même un vagabond affamé ne l'envisagerait pas. Mais lui si. Il acceptait cette perspective avec calme. Il était prêt à remettre en question son existence, changer le cours des choses drastiquement, pour être avec elle.

Ce projet, aussi terrible qu'il fût, ne l'effrayait pas. Il lui donnait même de l'espoir.

Le lendemain, Charles réussit à descendre quelques marches et à les remonter malgré un équilibre encore incertain. Alors que Marguerite l'aidait à s'allonger pour se reposer, il la saisit et l'attira tout contre lui. Ils ne s'étaient toujours pas embrassés depuis qu'il était ici en convalescence. Cette fois, elle se laissa faire. Le baiser fut profond, l'étreinte puissante, et le souvenir de la grange leur revint à l'esprit. Mais le bruit des pas pesants de Corbeau qui montait l'escalier les ramena aussitôt à la réalité, et ils se séparèrent juste avant que le vieil homme n'entre.

— Père, Charles a pu descendre et remonter l'escalier aujourd'hui ! enchaîna Marguerite, maladroitement enjouée.

— C'est très bien, rétorqua le bourreau, grave. De toute façon, vous ne pouvez plus rester ici. Le comte est inquiet de votre disparition et vous fait chercher partout dans le pays. Je ne veux pas qu'il vous trouve dans cette maison. Vous devez rentrer chez vous.

— Bien sûr, lui répondit Charles. Je voulais encore vous remercier pour tout ce que vous avez fait pour moi. Depuis l'accident.

— Je ne l'ai pas fait pour vous, lui répondit-il sèchement.

Corbeau semblait chercher ses mots. L'homme n'avait pas l'habitude de parler. Était-ce sa fonction ou son aspect solide, il imposait le silence partout où il allait, même si ses épaules, qu'on devinait musculeuses, s'étaient voûtées avec le temps. Son visage était une mer agitée de petites vagues de chair descendant vers un menton qui se confondait avec son cou. Il arborait toujours un air sombre, préoccupé, celui de quelqu'un qui attend une mauvaise nouvelle, à n'importe quel moment.

— Et je n'oublie pas que vous m'avez volé un cheval pour enlever ma fille en pleine nuit, continua-t-il. Je pense que vous êtes désormais en état de vous en aller. Et je vous demanderai de ne plus chercher à la revoir.

— J'aime votre fille, déclara Charles.

— Charles ! s'exclama Marguerite. Non !

— Qu'est-ce que vous racontez ? répondit le bourreau, cachant mal sa surprise.

— J'aime Marguerite, répéta-t-il.

— Mais… Vous savez très bien que c'est impossible… hésita le bourreau.

— Charles, je t'en prie ! insista encore Marguerite, en proie à la panique. Père, ne l'écoute pas !

— Je l'aime, répéta encore Charles.

— Vous l'aimez ? Vraiment ?

— Et je veux l'épouser.

— Et toi ? demanda soudainement Corbeau à sa fille. Tu l'aimes aussi ?

— Oui, finit-elle par murmurer, comme un aveu. Oui, je l'aime.

— Ma fille est fille de bourreau, reprit Corbeau à l'intention de Charles. Et la charge doit rester dans la famille. Vous savez ce que ça veut dire ?

— Charles, non ! se désespéra la jeune femme.

— Oui, je sais, répondit calmement Charles. Je deviendrai bourreau. J'ai fait la guerre et je suis travailleur.

— Ça n'a rien à voir, maugréa le père de Marguerite.

Corbeau les regardait tour à tour, comme pour évaluer l'étendue de la décision qu'il s'apprêtait à prendre. Une décision contre laquelle il savait très bien qu'il ne pouvait rien.

— Et monsieur le comte ? Que va-t-il dire ? demanda Corbeau après un autre silence de réflexion.

— J'en fais mon affaire, conclut Charles.

— Vous devez vous engager à conserver la charge, quoi qu'il advienne, et à la passer à votre descendance le jour venu. Serez-vous prêt à endurer cela ?

— Charles… souffla Marguerite dans une dernière tentative désespérée.

— Oui. Je m'y engage. Je possède un peu d'argent. Et je suis prêt à vous le céder comme participation à la charge.

Corbeau s'approcha de Charles pour se placer juste en face de lui. Ils se tinrent ainsi pendant un moment. Charles réalisa que le vieil homme aussi avait les yeux verts. Des yeux qui plongeaient dans les siens, comme pour le scruter à l'intérieur. Il n'osait pas bouger. Il n'osait pas parler. Il attendait la sentence, les mots qui scelleraient son avenir, avec ou sans Marguerite.

Corbeau quitta alors la pièce, laissant les deux jeunes gens silencieux et immobiles.

L'écho d'une charrette qui remontait la Guimbarde leur parvint par la lucarne entrouverte. Il faisait bon, ce matin-là, et la journée s'annonçait chaude. Marguerite regardait cet homme qui s'apprêtait à prendre la décision la plus terrible de toute sa vie pour être avec elle. Elle ne savait pas si elle devait encore le lui interdire, tenter une dernière fois de le détourner de cette voie – il allait certainement le regretter très vite mais il serait trop tard, et il lui en voudrait –, ou si elle pouvait se laisser aller à ce sentiment d'amour qui grandissait à nouveau et pouvait désormais s'épanouir pleinement. Même si, pour cela, par amour, un homme allait délaisser un avenir radieux, et tout ce qu'il possédait, et devenir bourreau.

— J'y vais, lâcha-t-il simplement en enfilant sa veste.

Marguerite se précipita sur lui pour l'enlacer de toutes ses forces. Il répondit à son étreinte et enfouit son visage dans ses cheveux. Il souriait. Il était serein. Il savait qu'il prenait la bonne décision, même s'il ouvrait très certainement la porte des enfers.

VI

Le lieutenant de régiment essayait de déceler les signes visibles de la révolution imminente, mais rien ne trahissait une quelconque différence dans le reflet de la glace. Si ce n'étaient peut-être cette placidité, cette sérénité dans son regard, ce flegme dans son attitude.

Rentré au château, Charles s'était arrangé pour ne croiser personne, ne voulant pas justifier sa longue absence. Il s'était enfermé dans sa chambre, pour se retrouver, se préparer, comme on s'équipe pour la guerre. La dernière. Celle à l'issue de laquelle plus rien ne serait jamais comme avant. Sa chambre, avec ses secrets bien cachés. Le bouton de manchette en nacre, celui d'un prince certainement, qu'il avait trouvé un jour dans la cour quand il était enfant, et qui était depuis dissimulé sous la latte du plancher, près de son lit. Avec le mouchoir de soie perdu par une comtesse aussi belle que mystérieuse, dont le parfum s'était estompé au fil des années, et la plume rouge flamboyant qu'il avait arrachée au couvre-chef d'un ami de son père, persuadé qu'elle avait dû appartenir à un de ces oiseaux tropicaux vivant dans cette Nouvelle-France qui le faisait tant rêver. Quant aux premiers billets doux qu'il avait reçus quand il avait été en âge de plaire, ils étaient certainement encore glissés entre le mur et une toile représentant l'hallali d'un cerf accrochée au mur. Il aimait sa chambre comme on aime un cocon, les bras d'une mère qui réconfortent après la peine ou la douleur. Sa mère, justement, qui venait l'y rejoindre chaque soir pour l'embrasser sur le front avant de souffler sa bougie. Cette pensée assombrit aussitôt son humeur. Car c'est aussi dans sa chambre qu'on lui avait appris un jour qu'il ne la reverrait plus jamais.

— Ah ! Enfin ! Tu étais où ? demanda Paul qui, entré sans prévenir, cachait mal son inconfort. Ça fait des jours qu'on te cherche !

— Avec elle, répondit calmement Charles, finissant de vérifier sa tenue dans la glace.

— Tu as mis ton uniforme, c'est bien, continua-t-il sans commenter la réponse de son frère. Père te demande. Le marquis de la Boissière est là.

— Le marquis est là ? s'étonna Charles.

— Pour te remettre dans le droit chemin, j'imagine, ironisa Paul. Père sait que tu es rentré et il a tenu à te voir sur-le-champ.

— Ah... Très bien. J'avais justement l'intention d'aller le voir.

— Je vais le prévenir, conclut son frère avant de sortir.

Charles vérifia une fois encore chaque détail de sa tenue. Sa veste bleu roi avec col et revers rouges brodés de motifs dorés. Sa culotte immaculée et ses hauts-de-chausses, ses éperons à ses talons, brillants comme pour un défilé. Dépassant à peine du pan gauche de sa veste, le pommeau de son épée et, de l'autre côté de sa ceinture, le fameux poignard à tête de griffon finement sculptée qui venait mordre le manche en ivoire. Un poignard légué de père en fils à leur majorité depuis des générations. Il était prêt. Il se sentait prêt. Il se saisit de son couvre-chef et en vérifiait la forme quand lui vint une idée. La latte du parquet ne résista pas malgré les années. Le bouton de manchette et le mouchoir s'y trouvaient toujours, ainsi que la plume d'oiseau tropical, emballée dans un pan de lin. Il l'en sortit cérémonieusement et l'inspecta à la lumière. Sa couleur chatoyante. Une nouvelle terre était promise à Charles, mais pas la Nouvelle-France. Une nouvelle terre que lui seul connaissait. Il piqua la plume de feu rouge orangé dans le duvet blanc qui ornait déjà son chapeau, et s'embarqua pour son voyage.

***

Son épée se balançait au rythme de son allure, calme et d'apparence sûre, s'efforçant de cacher son léger boitement, tandis qu'il approchait du petit groupe composé du comte, du marquis de la Boissière et de Paul. Son apparition interrompit leur discussion. Tous le regardaient, étonnés de le voir habillé comme à la parade, droit et fier, lui qui avait disparu depuis plusieurs jours.

— Père, salua-t-il respectueusement le comte qui restait interdit. Monsieur le marquis, continua-t-il à l'adresse du visiteur.

— Mon cher, vous voilà prêt à repartir, il me semble, plaisanta le marquis.

— Effectivement, marquis, mon départ est imminent, rétorqua-t-il en souriant.

— Eh bien c'est parfait, hésita-t-il encore, un peu perplexe à la vue de la plume sur le couvre-chef de son officier.

— Charles, j'ai fait appeler le marquis dans l'espoir qu'il m'aide à te faire revenir à la raison, dit le comte avec calme et fermeté. Je ne sais pas où tu as passé ces derniers jours et je ne tiens pas à le savoir. Mais tu boites ?

— Ce n'est rien, une chute de cheval, éluda Charles.

— Ah… Le marquis est venu avec de nouveaux ordres, et j'ose croire que tu voudras bien les suivre.

— En effet, nous allons très prochainement repartir vers le Palatinat et…

Le marquis ne finit pas sa phrase, déstabilisé par le bruit de la lame que Charles sortait de son fourreau.

Le comte se redressa, et Paul fit un pas vers son frère, de crainte qu'il ne commette un impair. Mais Charles se contenta de contempler les reflets dans le métal. Son reflet. Celui des autres, ici. Le reflet d'un monde qu'il s'apprêtait à quitter.

— … Et je me disais que vous pourriez repartir avec moi pour… reprit le marquis, toujours plus décontenancé.

À la force de ses bras, Charles arqua sur son genou la lame qui se brisa aussitôt avec un claquement net.

Il jeta par terre les deux morceaux qui rebondirent bruyamment sur le parquet du salon. Sidéré, le marquis resta coi, la bouche béante. Le comte fixait son fils droit dans les yeux. Son visage était rongé par la colère, sa mâchoire serrée.

— Marquis, permettez-moi de vous faire part de ma démission, annonça Charles calmement.

— Je… Je ne vous cache pas mon immense déception, souffla le marquis après un temps. Et je n'ose imaginer celle de votre père. Je perds un excellent officier et j'en suis désolé. Sincèrement. Monsieur le comte, vous m'excuserez, mais je dois vous quitter, conclut-il en saluant l'assemblée, avant de se retirer.

Le comte aurait voulu hurler. Se précipiter sur son fils pour le battre, le réduire à néant. Comme s'il n'avait jamais existé. Comme si la lumière ne s'était jamais éteinte sur son monde qu'il pensait inébranlable. Mais il était las. Son corps lourd. Sa colère était vouée à l'échec. Le comte avait d'un coup vieilli de plusieurs siècles. Il avait construit pierre par pierre le socle d'un futur qui aurait dû aller de soi, et qui se retrouvait brisé en un instant. Tous ses espoirs. Toute sa fierté d'homme et de seigneur, mais surtout sa fierté de père avaient été anéanties par celui qui incarnait tous ses rêves. Son fils. Devant lui. Un ange déchu et grotesque, ainsi costumé comme pour la parade.

— Je vais épouser la fille du bourreau, et tu n'y pourras rien, continua Charles. Je suis désolé, père. J'ai pris ma décision. Je renonce à tout. Mon titre. Mon nom. Tout.

— Est-ce que tu réalises ce que tu fais ? grogna le comte, tâchant de contenir sa colère.

— Je l'aime, et le reste m'importe peu.

— On devient bourreau parce qu'on n'a pas le choix. Non par amour. Et puis après ? Et nous ? Et ton nom ? Et les gens ?

— Voilà donc tout ce qui vous importe ? Le nom ?

— Tu craches sur ton nom ! Et sur la mémoire de ta mère ! s'emporta-t-il.

Le coup avait été porté, et la blessure commençait à saigner. Charles vacillait, mais il lui fallait coûte que coûte rester debout. La sensation douce du baiser de sa mère sur son front lui revint alors. Le son de sa voix. Et ces regards de connivence échangés quand elle le laissait être le témoin de ses secrets. Il savait au fond de lui qu'elle lui souriait en ce moment même, et ce sentiment raffermit sa volonté.

— Mère aurait approuvé, conclut Charles, avant de tourner les talons et de sortir.

Son nom crié par son père le poursuivit à travers tout le château mais sans jamais le rattraper, se fracassant sur la porte de sa chambre que Charles ferma en douceur. Il lui semblait être un funambule, marchant sur un fil tendu au-dessus du vide. Il plia quelques affaires, rangea les effets qu'il désirait emporter avec lui. Le bouton de manchette en nacre, le mouchoir en soie, quelques soldats de plomb et des lettres. Son poignard à tête de griffon dont il ne voulait pas se défaire et, surtout, le portrait de voyage de sa mère.

— Charles.

Paul se tenait sur le seuil, calme, l'air sérieux. Charles s'emparait déjà du grand sac qui contenait ce qu'il restait de sa vie d'avant pour partir.

— Je te laisse la place, dit Charles en passant devant lui avant de sortir et de disparaître.

Paul s'était effacé pour le laisser passer. Il était pourtant venu jusqu'ici pour le raisonner. Prononcer les mots qui auraient pu mener à une issue moins dramatique. Mais il s'était écarté. Toute tentative était vaine, il l'avait tout de suite compris. L'attitude de son frère était sans équivoque. Il venait de quitter leur monde.

Paul lança un regard à la pièce qui avait été le théâtre d'intenses moments de vie. Il se souvint des rires, des cris, et parfois des larmes.

Sur le lit reposait un costume de lieutenant.

***

À peine franchie l'enceinte du château, Charles prit le chemin le plus court pour sortir de la ville, tout droit vers la porte Percy. Au-delà, il descendrait la Guimbarde vers sa nouvelle résidence, sa nouvelle existence. Son dernier voyage, son dernier parcours, dans les rues qu'il connaissait si bien et dont il lui semblait que l'atmosphère changeait déjà. Pourtant, personne ne s'étonna de le voir ainsi, habillé sobrement, un gros sac sur l'épaule, lui qui portait toujours le pourpoint élégant comme son père. On le saluait. Comme il se devait. Après tout, il était le fils du comte, et un jour viendrait où ce serait celui qui déciderait de la taille et ferait la justice. Et il leur répondait, sachant pertinemment qu'il en serait autrement dès le lendemain. Personne alors n'oserait s'approcher de lui, ni même lui parler. Pas même ces blanchisseuses, là, chargées de leurs paniers de linge, qui se dirigeaient vers le lavoir, riant entre elles à sa vue, leurs visages rougissants d'espièglerie, ni Marceau, le cardeur de laine, discutant avec Dupuis l'aiguiseur, penché sur sa pierre qu'il faisait tourner de son pied assuré, alors qu'une charrette pleine de tonneaux déboulait bruyamment, tirée par un percheron massif. Charles chercha un instant le nom du tonnelier alors qu'il le saluait lui aussi de la main, mais Juchereau le détourna de ses pensées. Le vieux cordonnier édenté qu'il avait fait libérer le jour de son retour le remerciait encore pour sa bonté. Il attendait toujours ses bottes qu'il se ferait un plaisir de réparer gracieusement comme il le lui avait promis. S'il savait… se dit Charles. Si tout le monde savait. Graveau le bonnetier, Espinasse l'émailleur en conversation animée avec Maltoise, le président de la Guilde des tisserands. Les deux gardes en faction sous la grande herse de la porte qu'il atteignait enfin. Derrière, le pont par-dessus les douves. Encore quelques mètres et les portes de la ville se fermeraient définitivement sur ce que tous ces gens pensaient qu'il était encore. Loin d'imaginer ce qu'il était sur le point de devenir.

Charles de Sainte-Croix se dirigea vers les champs pour s'isoler un instant et reprendre son souffle.

***

Lorsqu'il entra, Charles réalisa qu'il n'avait pas vraiment prêté attention à l'endroit lorsqu'il l'avait traversé en toute hâte le matin même. Une grande table encadrée de quatre chaises de bois au centre. Juste derrière, un buffet massif occupait le mur, et sur la droite le foyer où pendait la crémaillère. À gauche, une porte donnait sur ce qu'il supposait être un cellier et, à côté, l'escalier qui montait à la chambre où il était alité la veille encore. Une image pieuse en guise de décoration, une Vierge à l'Enfant, et quelques ustensiles de cuivre posés sur le manteau de la cheminée. Il y avait aussi un bouquet de fleurs séchées, petite touche féminine, tentative de douceur dans un monde sévère, éclairé par quelques bougeoirs et un grand chandelier sur la table, donnant à l'ensemble l'aspect d'une vieille peinture patinée de suie. Ça sentait la cire et le fumet aillé de la soupe qui s'échappait de la marmite suspendue au-dessus de l'âtre.

Le premier regard qu'il croisa fut celui de Damien. Le valet se tenait droit, les deux mains dans les poches, et le regardait effrontément, affichant ouvertement sa défiance. Il mâchouillait quelque chose lentement, sa mâchoire opérant un mouvement circulaire qui lui donnait une expression un peu bovine. Marguerite, elle, fixait le sol. Peut-être aurait-elle désiré que la porte reste close ce jour-là. Peut-être espérait-elle quelques instants auparavant encore ne mettre que trois couverts, servir la soupe comme d'habitude, et manger en silence. Mais la porte avait tourné sur ses gonds, et elle en était pétrifiée, les doigts de ses mains fines croisés sur son ventre, et sa jolie bouche légèrement tordue sous l'effet des petites morsures qu'elle s'infligeait à l'intérieur de la joue. Corbeau, lui, était assis en bout de table, la chaise tournée de côté, vers la cheminée, son visage éclairé par les reflets dorés des flammes qui lui donnaient un air étonnamment doux. L'air d'un grand-père, se surprit à penser Charles. Un grand-père qui fumerait tranquillement sa pipe en regardant le brasier, perdu dans ses pensées.

— C'est l'heure de la soupe, dit simplement le vieux bourreau.

Tous se mirent en mouvement comme un seul homme, sans un mot. Le temps que le maître de maison débourre sa pipe dans l'âtre en la tapant contre un chenet, qu'il se lève et tourne sa chaise vers la table, Marguerite avait ouvert le buffet pour en sortir les assiettes d'étain qu'elle disposa, avant de partir chercher un pichet de vin au cellier. Damien avait sorti une belle miche de pain emballée dans un torchon d'un gros coffre rustique qui dormait dans un coin de la pièce. Il en découpa quatre tranches épaisses qu'il posa dans chacune des assiettes. Corbeau indiqua du regard sa place à Charles, face à lui, à l'autre bout de la table. Charles réalisa qu'il n'avait pas bougé depuis son arrivée, son sac pesant toujours sur son épaule. Il le laissa glisser au sol, puis ferma doucement la porte avant de venir s'asseoir. Marguerite décrochait déjà le pot suspendu à la crémaillère. Elle le posa délicatement, puis commença à servir la soupe à l'aide d'une grosse louche. D'abord son père puis, après une hésitation, Charles. Ensuite

Damien, dont le visage s'était soudainement fermé, et enfin elle-même. Sans plus attendre, Corbeau se mit à manger bruyamment, suivi de son valet, comme s'il s'agissait de leur dernier repas. Marguerite, elle, soufflait en silence pour refroidir le contenu de son assiette. Charles n'avait pas faim, mais manger justifierait au moins le silence. À l'aide de sa cuillère, il rompit délicatement un morceau de pain mélangé à de la carotte et de la fève, et en avala une bouchée sans faire de bruit. Sans se faire remarquer. En se tenant correctement, les deux bras sur la table, pas sur les coudes. Comme on le lui avait appris. Ce qui ne manqua pas de faire sourire Damien qui l'observait toujours en coin. Manger. Et se taire. Remplir sa bouche pour ne pas avoir à parler. Pour le moment. Même évoquer la soupe aurait été mal venu. Il chuchota un merci à Marguerite qui lui servait du vin, cette femme qui était la raison de tout cela, de sa présence ici à cette table ce soir-là, et qui ne l'avait toujours pas regardé.

— Un garde est passé juste avant que tu n'arrives. Sur ordre du prévôt, nous sommes convoqués au château demain matin, annonça enfin Corbeau, rompant le silence, une fois son assiette vide. C'est inhabituel. Je ne suis pas supposé rendre des comptes sur le choix de mes apprentis. J'imagine que la situation l'impose.

Cette nouvelle glaça Charles. Retourner au château aussitôt après en être parti lui apparaissait insurmontable. Quelle épreuve ça allait être pour son père aussi ! Charles chercha un soutien dans le regard de Marguerite qui se levait déjà pour desservir.

— Vous avez terminé ? enchaîna Corbeau en repoussant sa chaise. Prenez votre sac et suivez-moi.

Marguerite avait disparu dans le cellier. Damien, lui, sauçait consciencieusement son assiette. Charles se leva à son tour, se saisit de son sac et suivit Corbeau qui avait déjà ouvert la porte d'entrée et sortait.

Ils remontèrent en silence la Guimbarde jusqu'à la dernière grange.

— C'est ici que vous dormirez cette nuit, dit-il en ouvrant la porte. Tant que vous n'êtes pas mariés, je préfère. Il y a de la paille au sol, et les nuits sont chaudes. Je vous laisse la bougie, conclut-il en lui tendant le bougeoir avant de s'en aller.

Des ombres dansaient au rythme de la flammèche qui se courbait au gré du courant d'air qui passait par la porte laissée ouverte, s'étirant pour se rétrécir aussitôt, donnant vie aux choses qui l'entouraient. Charles tâchait de reprendre pied. Les dernières heures avaient été les plus éprouvantes de sa vie. Plus que la guerre, pensa-t-il. Le visage de son père au moment de le quitter lui revint en mémoire comme une gifle. Son frère, les gens dans le château, sa chambre. Son départ. Il avait envie de pleurer. Il sentait l'émotion parcourir son corps, du ventre à la tête en passant par sa gorge qui se serrait. Il pensa alors à Marguerite et se rasséréna. Il décida de faire le tour de la grange pour calmer son appréhension. Un tombereau était garé sur le côté et des morceaux de bois étaient bien rangés en piles le long des murs, certains usinés, comme les éléments d'une construction. Ça aurait pu être l'atelier de son ami Bellin, s'amusa-t-il. Plus loin, dans la pénombre, il distingua un objet dont la forme imposante attira son attention. Il s'en approcha. Il ne comprit pas tout de suite de quoi il s'agissait, mais quand la faible lueur de la bougie l'éclaira tout à fait, son sang se figea. Une croix de saint André était posée là, massive, contre le mur. L'instrument suprême qui incarnait la souffrance infligée en punition, dressé sur son poteau, le corps rompu du supplicié fixé dessus, exposé des jours durant face au soleil, la pluie, face à Dieu, offrant ses blessures béantes à l'appétit vorace des oiseaux. Il n'en avait jamais vu d'aussi près. Il ne pouvait pas résister. Il fallait qu'il s'approche encore, il fallait qu'il voie. Et il les vit, ces petites taches sombres par endroits. Certaines presque effacées avec le temps, et d'autres opaques, au contour bien net, témoins d'un passage plus récent. Il les vit, ces stries aux extrémités des madriers, traces laissées par les cordes qui servaient à maintenir les poignets et les chevilles des condamnés. Des liens qui avaient creusé le bois dur sous les à-coups de la douleur, des derniers efforts désespérés de s'en sortir.

— Je t'ai apporté de l'eau.

Charles sortit instantanément de sa torpeur. Marguerite se tenait dans l'embrasure de la grande porte, un broc d'eau à la main, une bougie dans l'autre.

— Nous nous marierons demain, souffla-t-elle sans oser encore le regarder.

— Demain ? lui répondit-il alors qu'il avait amorcé un mouvement vers elle.

— Ce sera une cérémonie simple. Avec peu de monde. C'est toujours comme ça chez nous.

Les deux bougies animaient l'expression de leur visage. Ils se regardaient enfin. Charles ne savait pas s'il fallait se réjouir de la nouvelle. Ce qu'il savait, c'est qu'il était avec elle, et c'était tout ce qui comptait.

— Je suis là, Marguerite, lui murmura-t-il, tout doucement.

— Je suis tellement désolée, lui répondit-elle, éclatant en sanglots.

Il se précipita sur elle pour la prendre dans ses bras, et il ressentit tout ce pour quoi il vivait ces heures.

— Mais tu es heureuse ?

— Oui…

VII

— Je prête serment de fidélité et de loyauté envers le comte de Joigny, et je m'engage à accomplir de mon mieux la charge qui m'est confiée.

Charles s'entendait parler. Les mots lui semblaient avoir été prononcés par une autre personne. Une voix calme. Il s'en étonna. Calme comme l'avait été le trajet entre la maison des Fossés et le château, assis à l'avant de la charrette aux côtés de Corbeau. Cette même charrette que tout le monde reconnaissait comme le véhicule des suppliciés. Il avait bien senti les regards ahuris des gens qu'ils avaient croisés dans la rue. Tous s'étaient retournés, s'interrogeant, silencieux, avant de chuchoter en petits groupes, répandant la rumeur dans leur sillon. Mais l'esprit de Charles était alors tout entier tourné vers la rencontre qui allait avoir lieu. La confrontation avec ceux qui le connaissaient depuis toujours, et pour lesquels il serait désormais un étranger.

Le comte de Joigny n'était pas là, et Charles en fut soulagé. Il était occupé par des affaires pressantes, expliqua Paul, à qui incombait par conséquent la responsabilité de présider cette séance inhabituelle en tant que prévôt général. À ses côtés se tenaient un magistrat, arrivé de Sens, et le père de Saintonge, un homme à l'allure sévère, curé de la paroisse Saint-Jean où la naissance de Charles était enregistrée.

— Je jure de ne pas boire plus que de raison. De ne pas jurer en invoquant le nom de Dieu. De ne pas fréquenter de prostituées. De ne pas jouer aux jeux d'argent. De ne pas prendre part aux bagarres. Et de ne pas commettre de crimes de quelque nature que ce soit, continua-t-il sobrement.

Il n'y a pas si longtemps encore, Charles avait fait son retour auréolé de gloire et habillé comme le prince qu'il était supposé devenir. Et aujourd'hui il se tenait là, au même endroit, dans cette salle qui servait désormais de tribunal, aux côtés du bourreau, un homme qu'il n'aurait jamais dû connaître, que personne ne voulait connaître, et avec lequel il allait partager sa vie. Un homme qui allait lui apprendre un métier, si l'on pouvait qualifier cette activité de « métier », songea-t-il, et entacher à jamais son avenir, jusqu'aux moindres détails de sa vie privée, ses sentiments, ses émotions, et ses habitudes.

Le père de Saintonge commença la lecture de son certificat de catholicité, et Charles songea à ses amis Defosse, Michel, Vallier et Bellin. Il les imagina autour d'une table, à l'auberge des Trois Rois, sûrement devant une bière, ou un pot de saint-bris. Comme il aurait aimé les rejoindre, là, tout de suite ! Comme il aurait voulu les serrer dans ses bras, leur dire qu'il les aimait, pour la première fois ! Dire cet amour qu'on ne se dit jamais entre amis. Comme c'est bête ! pensa-t-il aussitôt. L'instant d'après il se dit qu'il était trop tôt pour boire. Et qu'ils étaient certainement au travail. Ou alors si. Ils étaient peut-être ensemble, en ce moment même, mais pas pour rire ni vivre comme d'habitude. Non. S'ils étaient ensemble à cet instant, c'était parce qu'ils savaient. Ils avaient entendu la rumeur. Et ils s'étaient retrouvés pour en parler, atterrés, ne comprenant toujours pas ce qui lui avait pris. Avant de se quitter en silence, de retourner à leur métier, chacun de son côté, la tête ailleurs.

— Es-tu bien certain de ta décision ? demanda soudainement Paul, solennel.

Charles vit Corbeau sursauter à cette question alors qu'elle ne lui était pas adressée. Il nota le sourire entendu du magistrat qui, au-delà de l'incongruité du tutoiement soudain de Paul, soulignait encore un peu plus l'aspect factice de cette cérémonie qui avait été organisée dans le but de l'impressionner et de le faire douter, il en était maintenant certain. Car ce rituel n'avait normalement lieu que lorsque le bourreau était officiellement nommé, ce qui ne serait pas son cas avant que Corbeau lui passe la main. Paul s'efforçait de le faire douter, lui donnait une chance de revenir sur sa décision. Il lui tendait la main. Il lui lançait une corde dont l'extrémité était à sa portée. Il lui suffisait de la saisir pour se hisser vers le haut et éviter de sombrer dans le gouffre qui s'ouvrait sous ses pieds. Il était encore temps. Les secondes de silence s'étiraient. Charles sentait dirigée vers lui toute l'attention de Corbeau qui n'avait pas bougé, mais il percevait la tension de l'attente. Peut-être serait-il soulagé lui aussi si je revenais sur ma décision ? s'interrogea-t-il. Après tout, les choses n'allaient pas être simples pour lui non plus. Paul le regardait toujours. Il ne lâchait rien, tenant fermement la corde des deux mains, arcbouté. Et Charles sentit de l'amour. Il sentit l'amour de son frère. Une évidence soudaine. Ce n'était plus la corde que Charles voyait mais le lien qui les unissait. Ce fil, si ténu qu'il avait parfois été presque invisible. Charles le voyait, et il sourit. Il lui sourit pour le remercier d'être là, à cet instant.

— Oui, Paul, je suis sûr, répondit Charles, calmement.

Doucement au début, puis de plus en plus vite, le bout de la corde s'éloigna, et son frère disparut au loin. Charles lâcha prise et se laissa glisser dans le gouffre, pour s'évanouir à son tour.

***

La charrette longeait l'Yonne par le chemin de halage depuis un moment déjà quand il aperçut au loin la petite chapelle de Saint-Julien-du-Sault perchée sur sa colline. Charles se laissait bercer par les cahots du chemin. Il ne contrôlait rien. Depuis le début de la journée, il était embarqué dans un mouvement sur lequel il n'avait aucune prise.

À son retour du château, il avait fait une toilette rapide et Marguerite était enfin apparue, mettant fin à ses cauchemars et donnant corps à ses espoirs. Elle lui apportait des habits propres et une belle chemise, aussi blanche que fraîche. Il avait voulu la prendre contre elle, mais elle s'y était gentiment refusée. Après tout, ils auraient tout le temps plus tard. Ce soir. Quand ils seraient mariés.

« Mariés ». L'équipage entrait dans le village, et Charles souriait à l'évocation de cette image. Ces mots prononcés par elle, et la joie qu'il avait enfin perçue dans ses yeux malgré son sacrifice à lui, sacrifice qu'elle regrettait encore le soir précédent. Il souriait toujours quand il croisa le regard du père de Saintonge qui suivait le convoi sur son cheval, le ramenant sur-le-champ à la cérémonie de présentation qui venait de se terminer. Ne pas avoir été confronté à son père avait été un soulagement. Il avait tant redouté ce moment. Son père aussi, très certainement. Aucune affaire pressante ne l'occupait, Charles en était certain. Si ce n'était l'urgence de ne pas être là. Se terrer quelque part où on ne le verrait pas, où il pourrait laisser s'exprimer en toute discrétion sa détresse, sa peine. Cette pensée assombrit l'humeur de Charles jusqu'à ce que la chapelle se présente enfin à lui dans toute sa simplicité, l'écrin de son bonheur à venir. Plus rien ne comptait dès lors, seul importait le mariage, même s'il était expédié, hors la ville, loin des yeux, sans rubans ni musique.

Quand il vit Marguerite s'approcher de l'autel au bras de son père, il sentit son cœur fondre et répandre un baume en lui. Elle s'avançait, et le mouvement ample de sa robe claire était un champ de paquerettes dont les brins ondulaient sous l'effet de la brise. Sa beauté simple, son visage légèrement maquillé et ses yeux verts l'appelaient à leur amour naissant. Il se souciait peu de la suite, des jours et des années futurs. Ils seraient ensemble, et il était prêt à en payer le prix. La voix monotone et sourde du père de Saintonge scella leur union sous le regard inexpressif de son désormais beau-père, et de Damien, plus raide encore que d'habitude.

Tout était prêt pour le repas à la maison des Fossés. Marguerite avait tout préparé avant le départ pour la chapelle. Du lapin aux châtaignes, une grosse boule de pain blanc et de l'irancy, le vin des grandes occasions. La table avait été mise pour cinq, pour le cas où le père de Saintonge daignerait rester souper avec eux. Marguerite avait alors eu le temps d'enfiler sa robe en satin ivoire. Celle que sa mère avait portée et qu'elle avait améliorée de quelques rubans et de petites fleurs de tissu. Elle avait ensuite interrogé son reflet flou dans le morceau de verre étamé accroché au mur de sa chambre. Comme pour s'assurer une dernière fois que c'était bien d'elle qu'il s'agissait. Qu'elle était bien sur le point d'épouser cet homme qu'elle n'aurait jamais dû rencontrer, et surtout aimer. Elle s'était regardée encore quelques instants pour se convaincre de ce bonheur qui s'ouvrait à elle aujourd'hui, malgré ce goût amer qui persistait. Un goût de culpabilité. Car elle connaissait l'ampleur des sacrifices que Charles avait acceptés par désir d'être avec elle, et dont il n'avait certainement pas vraiment conscience.

À peine rentrés de la cérémonie, ils se mirent à table tous les quatre, chacun à sa place, le père de Saintonge s'étant finalement excusé. Le dîner se déroula comme d'ordinaire. Comme s'ils n'étaient pas vêtus de leurs plus beaux habits, et Marguerite d'une robe fleurie. Comme si l'homme assis là n'était pas un fils de comte qui venait de renoncer à sa vie pour devenir le gendre du bourreau. Et bourreau lui-même, un jour. Un repas normal donc, le vieil homme et son valet le nez dans leur assiette, et Charles souriant sans cesse à Marguerite, sa femme, qui lui souriait en retour sans plus se cacher. Puisqu'ils en avaient désormais le droit.

— Excellent, ton lapin, dit Charles avec douceur en effleurant sa main.

Damien suspendit son geste l'espace d'une seconde avant de porter sa cuillère à sa bouche. Corbeau, lui, continuait d'essuyer les restes de sauce dans son assiette comme s'il n'avait rien entendu. Marguerite lui répondit d'un merci presque inaudible, un peu gênée.

— J'ai quelque chose pour toi, dit soudainement Corbeau à Charles en se levant de table.

Charles n'avait pas remarqué le paquet emballé dans une toile qui était posé contre le mur. Corbeau s'en saisit et le lui apporta, alors que Damien, soudainement empressé, débarrassait pour faire de la place.

— Je ne sais pas quoi dire… balbutia Charles un peu gêné, se levant à son tour.

L'objet était volumineux et visiblement pesant, d'après le son sourd qu'il produisit quand son beau-père le posa sur la table. Intimidé, Charles hésitait à tirer sur la ficelle et à le déballer. Le valet, lui, souriait d'une manière peu rassurante, comme par provocation, et Marguerite semblait maintenant mal à l'aise.

— Ouvre ! ordonna le bourreau.

Marguerite se leva alors et disparut dans le cellier. Charles n'était pas sûr de bien comprendre ce qui se passait. Il ne savait pas s'il devait être content du présent qu'on lui faisait, ou s'il devait le craindre. Il tendit enfin sa main vers la ficelle et la tira. Elle se défit d'elle-même, et le linge s'ouvrit. Un manche en bois légèrement courbé apparut d'abord. Large à la base, il s'étrécissait en son milieu pour s'élargir à nouveau avant de s'enfouir sous ce qui apparaissait comme un cou épais de métal filant sous le tissu. Charles ne se sentait pas bien. Il redoutait ce qu'il devinait encore en partie caché. La tête. Il aurait voulu en rester là pour ce soir, mais même le destin en décida autrement.

De lui-même, le pan de toile retomba sur le côté, et la lame apparut tout entière. Charles ne pouvait pas la quitter des yeux. Malgré la patine, il y voyait son propre reflet, un reflet flou, une image sur le point de s'évanouir. La hache était belle et élégante. Mince au niveau du cou, le tranchant s'évasait en un arc effilé. Il ne respirait plus. Il tourna brièvement la tête pour chercher Marguerite, espérant la trouver derrière lui, à ses côtés. Mais personne. Devant lui, Damien ne dissimulait pas son plaisir.

— Prends-la, fit Corbeau, sans émotion. Ce sera la tienne.

— Vraiment ? balbutia Charles. Merci…

— C'est une tradition dans la famille. Même si la pendaison est désormais d'usage comme à Paris, il arrive encore parfois qu'on nous demande de procéder ainsi pour les gens du commun dans les petites villes. Ça reste plus spectaculaire pour la foule qui regarde. Mais moins pratique pour le bourreau, tu verras. Allez, prends-la, insista-t-il.

— Faut pas avoir peur ! plaisanta le valet. Ça mord pas !

Charles tâchait de garder une certaine contenance. Il venait à peine de reprendre sa respiration, mais son souffle était court. Non, elle n'allait pas le mordre, même si elle lui faisait l'effet d'un animal sauvage qu'il allait devoir caresser pour la première fois. De la main droite, il toucha le bois du manche. Des doigts de l'autre, il effleura le métal, pour la saisir à son cou. Il sentit son poids. Sa masse. Sa puissance. Encore un instant et il la souleva tout à fait, la ramenant vers lui. Il eut alors le sentiment étrange qu'elle aussi le regardait pour la première fois.

— Un vrai bourreau, plaisanta sans sourire Corbeau. Tu verras, son équilibre est parfait. Mais un jour, pas tout de suite. Avant d'en arriver là, il y a du travail. D'ailleurs on commence demain. Bonne nuit.

Charles ne fit pas attention à Corbeau qui quittait la pièce pour aller se coucher. Ni à Damien qui répéta « Un vrai bourreau » sur le ton de la moquerie avant de partir à son tour. Il continuait de regarder l'arme qu'il tenait dans ses mains. Mais d'une tout autre manière. « Un vrai bourreau. » Il la considérait dorénavant pour ce qu'elle était. Pas juste le prolongement du bras séculier de la justice mais du sien. Son bras à lui, qu'il sentit soudainement trembler, alors que la sueur perlait à son front, trahissant son émotion. Il reposa la hache en douceur, et la recouvrit de son linge. Il sentit alors les mains de Marguerite se glisser autour de sa taille, doucement, comme deux lianes, et l'attirer vers elle. Il perçut la chaleur de son corps blotti contre le sien. Elle le serra plus fort, la tête posée sur son dos, elle écoutait battre son cœur.

VIII

— Tu l'as encore tué ! cria Corbeau.

Charles était en sueur, et ses bras lui faisaient déjà mal. La barre pesait de plus en plus lourd. Il ne comptait plus le nombre de fois qu'il l'avait abattue sur le corps en paille attaché sur la croix de saint André devant lui.

— Il faut lui rompre les articulations des bras et des jambes. Pas le crâne ! insista-t-il encore. Comme ça, une fois souples, tu peux les replier à l'envers sur la roue. Par en dessous. Tu comprends ? Mais il faut surtout qu'il soit encore vivant ! Sinon c'est toi qui passeras un mauvais quart d'heure, c'est moi qui te le dis !

Chaque matin, Charles rejoignait Corbeau dans la petite cour derrière la maison. On y accédait par une porte à laquelle il n'avait pas fait attention la première fois, derrière l'escalier. Un grand rectangle pavé, coincé contre le mur du rempart immense qui donnait l'impression étrange de pencher dangereusement. Les quelques hortensias à peine éclos que Marguerite avait disposés çà et là n'arrivaient pas à égayer l'endroit, qui ressemblait plus à une cour de prison, où Charles apprenait jour après jour à battre et à décapiter des hommes de paille.

— De toute façon, rien ne vaut la pratique, continua Corbeau. Moi, dès le premier jour, j'étais sur l'échafaud. Tu as de la chance qu'il n'y ait pas eu de condamnations depuis ton arrivée. Mais bon, ça ne tardera certainement pas.

— Un peu de théorie ne fait jamais de mal, osa Charles.

— Attends de te retrouver face à quelqu'un qui sait qu'il va mourir. Ou au mieux souffrir. Son corps qu'il te faudra maîtriser. Attends d'entendre la foule hurler tout autour. Tu me reparleras de la théorie. C'est autre chose qu'un homme de paille, crois-moi !

Damien pouffa ouvertement, attestant les dires de son maître. Depuis le début de l'entraînement, il était assis sur une margelle et semblait bien s'amuser de la maladresse de Charles.

— Encore, reprit le bourreau.

Et Charles frappait, sectionnait. Jambes, bras, ventre. Chaque matin. Suant sous le soleil d'été matinal déjà brûlant qui frappait le mur blanc. De la fenêtre de l'escalier qui donnait sur la cour, Marguerite l'observait en silence quand elle passait par là. Elle s'arrêtait un instant. Inquiète, elle regardait son mari, attentif, docile, bon élève, empoignant encore une fois la barre de fer pour frapper à nouveau. Elle le voyait sourire. Chaque fois qu'il frappait, il souriait en attendant le verdict. Jamais bon. Toujours à côté. Elle aurait voulu être avec lui, pour le soutenir. Pour lui dire que tout allait bien. Qu'il allait y arriver. Et puis elle le laissait, reprenant le cours de ses affaires dans la maison, mais emmenant avec elle ses inquiétudes et ses doutes.

Quand il ne battait pas des hommes de paille, Charles aidait Damien aux écuries. Il s'y connaissait en chevaux, et les bêtes puissantes qui s'y trouvaient, bien alignées, lui rappelaient Flamme, son cheval, son compagnon de voyage, de promenade, de chasse et de guerre, qu'il avait dû laisser derrière lui, lui aussi, dans une écurie du château.

— « Sud-Est » et « Sud-Ouest », les plus costauds, présenta laconiquement le valet, alors qu'il regardait Charles brosser l'une des bêtes. Les plus costauds. Pour les jambes. C'est les jambes le plus difficile. Ils fatiguent plus vite.

« Nord-Ouest », « Nord-Est », « Sud-Ouest » et « Sud-Est », les bêtes avaient été nommées ainsi en fonction de leur position par rapport au supplicié. Les quatre chevaux servaient à l'écartèlement. Cette évocation arrêta net Charles alors qu'il faisait reluire le poil de l'un d'eux. À travers le cuir, sous le poil luisant, il devinait les muscles puissants qui ondulaient comme des vagues brèves et nerveuses, certainement à cause de la présence d'un étranger. Autant de puissance pour une unique fonction, se dit Charles, reprenant malgré tout son mouvement régulier avec sa poignée de paille, doucement mais fermement. Une seule fonction. Marcher droit devant sur quelques mètres, et tirer. Tirer jusqu'à ce que ça lâche.

— Parfois, ça veut pas, continua le valet, non sans une certaine malice. Les tendons. Alors on prend le couteau.

Damien était un personnage étrange et antipathique, dont l'odeur fétide n'arrangeait en rien la répulsion de Charles à son endroit. D'aspect rustre, trapu, épais et les épaules voûtées comme pour se protéger des coups, il observait en silence. Et quand il parlait, ce n'était que par bribes de phrases, ou par borborygmes accompagnés d'un mouvement du menton.

L'écurie était son domaine, Charles l'avait compris dès le premier jour, et il ne chercha pas à s'y opposer. S'occuper des chevaux était pour Charles un petit moment de paix. Il aimait particulièrement s'occuper de Joyeuse, une vieille percheronne mouchetée de blanc et de gris, dont les sabots couleur bois étaient recouverts de longs poils argent. Est-ce parce qu'elle ne faisait de mal à personne, son rôle consistant à tirer la charrette du condamné d'un pas tranquille et chaloupé ? Elle était surtout docile et calme, et se laissait brosser avec un plaisir en échange duquel elle le gratifiait de légers coups de sa grosse tête, poussant gentiment le palefrenier sur le côté. Un jeu qu'il partageait volontiers avec elle et qui lui faisait du bien. Car une fois les animaux brossés, nourris, et le sol balayé, il devait retourner à la grange retrouver son beau-père.

Là-bas, Charles continuait de découvrir des instruments aussi impressionnants que surprenants, dont il n'arrivait même pas à imaginer la fonction pour certains. Corbeau allait vite et était avare d'explications, mais l'apprenti faisait le bon élève, déterminé à apprendre, à accepter malgré le dégoût qu'il avait de plus en plus de mal à contenir, son imagination complétant sans peine le peu d'informations que le vieil homme daignait lui donner.

— Ce tranchet c'est pour essoriller, expliqua Corbeau en manipulant un couteau à petite lame légèrement courbée. Les voleurs surtout, et aussi les violeurs. L'oreille gauche.

— Pourquoi la gauche ? demanda timidement Charles.

— Parce que, si on la perd, on perd aussi sa virilité, répondit le bourreau alors qu'il passait déjà à un autre instrument. Enfin c'est ce qui se dit. Elle serait reliée aux organes génitaux. Ça reste à prouver.

Mais c'est pas le plus difficile, couper l'oreille. Tu verras, ça vient tout seul. On fait ça au pilori avec le carcan. Comme ça le type ne peut pas bouger.

Les jours passaient et les outils défilaient dans ses mains, pesant autant par leur taille que par les douleurs qu'ils pouvaient occasionner. Charles écoutait le bourreau lui expliquer leur usage, par des phrases courtes, sans émotion, d'une voix sourde et rocailleuse. Combien d'instruments pour combien de supplices ? La liste s'allongeait toujours et les cris des suppliciés hantaient son imagination. Dans son esprit fertile, des haches et des épées faisaient tomber des têtes dans des sacs de son toujours plus grands pour les contenir toutes, et le sang coulait à flots. Du plomb et du soufre brûlant coulaient dans les plaies maintenues ouvertes par les tenailles et les pinces. Des couteaux de toutes les tailles, droits ou courbés, tranchets et racloirs, découpaient des nez et des oreilles aussi facilement que de la viande, des mains de voleur ou des langues ayant injurié le roi ou le seigneur. Des cordes de toute longueur et de toute épaisseur suspendaient des corps par centaines aux potences, se balançant au gré du vent, les uns inertes, les autres encore sous les coups de soubresauts, agonisant pour l'éternité. Pics, maillets, massettes, égoïnes, entoirs, gouges, ces objets, pensés un jour pour construire un meuble ou bâtir une maison, se trouvaient là détournés de leur fonction pour une tout autre, lugubre. Les heures passaient, les jours se succédaient, et Charles écoutait l'horreur à venir. Il écoutait et il s'apparaissait dans son esprit à lui-même, de plus en plus nettement. Un autre lui-même, juste là avec eux, dans la grange, vêtu d'un habit qu'il imaginait couleur sang de bœuf. Il était l'exécuteur des hautes œuvres, perché sur sa structure, surplombant la foule craintive mais avide de spectacle et le réclamant toujours plus fort par les cris. Crochets, fers et brasiers, Corbeau continuait l'énumération de l'arsenal sans fin en une mélopée continue, hypnotique, et Charles fouettait, lapidait, écorchait, dépeçait, déchiquetait, sciait, écrasait, strangulait ou estrapait. Les images se succédaient toujours plus vite dans son esprit et des envies de rendre ses tripes le prenaient à l'évocation des tortures et des supplices. Mais il tâchait de donner le change malgré tout. Il devait absolument tenir le choc. Il ne devait pas échouer, il ne pouvait plus échouer. Il s'était engagé dans une voie sans retour, il devait aller jusqu'au bout.

***

L'autel était placé dans un des coins de la grande pièce du bas, à droite de la cheminée. Posés dessus, quelques bougies éteintes, des fleurs séchées dans un vase étroit, un chapelet, et une jolie petite boîte en étain ouvragé. Et disposé juste devant, le prie-Dieu, comme endormi. Charles passait devant plusieurs fois par jour. Parfois, quand il était seul, il s'en approchait pour mieux l'observer, mais sans jamais trop s'attarder. Il avait déjà aperçu son beau-père en prière devant. Le voir ainsi, dans cette attitude de soumission, presque de faiblesse, de dos, la tête inclinée, lui, le bourreau, si rêche d'habitude, si rude, si avare en témoignages d'affection, même avec sa propre fille, Charles avait trouvé ça beau. Et il l'enviait. Lui aussi ressentait désormais ce besoin, mais il n'osait pas. Il ne savait pas. Il n'avait jamais vraiment pris l'habitude de ça, même enfant, sauf pour les occasions obligées. Dieu. À la mort de sa mère, la colère avait supplanté la prière, rejetant quiconque avait permis une telle absurdité. Doutait-il alors ? Peut-être. Il n'avait jamais vraiment pris le temps d'y réfléchir.

Mais ce matin-là en passant à nouveau devant l'autel, il s'y arrêta. Il hésita un instant, pour finalement s'agenouiller.

— Amen, murmura Charles alors qu'il finissait de prier.

— C'est une bonne chose que la prière, dit Corbeau dans son dos.

Charles sursauta et se releva d'un bond. Depuis combien de temps Corbeau l'observait-il ? Il se sentait gêné. Comme pris la main dans le sac.

— Je suis désolé… bafouilla-t-il.

— Surtout la veille d'une exécution capitale. Ça aide. Mais c'est un devoir que le nôtre. Pour l'amour du roi, et donc de Dieu. Prends ta hache. Je t'attends dehors, conclut-il avant de sortir.

Charles partit chercher son cadeau de mariage, toujours emballé, qu'il avait rangé dans un coin de la grange. Corbeau l'attendait devant la maison. Damien était là aussi, impatient, faisant les cent pas, tapant du bout du pied dans des cailloux. Quelques personnes descendaient ou remontaient la Guimbarde. Quand elles arrivaient au niveau du bourreau, Charles remarqua que certaines accéléraient le pas, voire faisaient un écart, les yeux toujours fixés au sol, pour reprendre un peu plus loin leur allure habituelle, leur souffle et le cours de leur vie. Le vieux bourreau, lui, semblait impassible. Il les regardait, inexpressif, sans saluer, comme si toute idée de contact avait depuis longtemps été abandonnée.

— Te voilà ! fit le bourreau en apercevant Charles venant à lui. Suis-moi.

Les trois hommes traversèrent la Guimbarde pour emprunter un chemin qui sinuait dans les champs. S'il ne savait pas où les menaient leurs pas ni ce qu'ils s'apprêtaient à faire, sortir des habitudes journalières qu'il avait prises depuis son arrivée soulageait Charles. Et ce malgré son « outil » lourd qu'il portait des deux mains et qui ne le rassurait pas. Ils longèrent un muret et s'arrêtèrent à une porte que Corbeau ouvrit d'un tour de clé. Ils pénétrèrent dans un jardin de grande taille, fermé par un mur plus haut qu'un homme, au fond duquel trônait un vieux moulin endormi aux ailes délabrées. Charles contempla avec plaisir cet endroit inattendu comme un petit coin de paradis, où des cerisiers, des pommiers et des poiriers créaient des espaces ombragés autour d'un potager. Il entendit même un mouton qui devait paître quelque part pas très loin.

— Tu viens ? fit Corbeau dans son dos, ramenant Charles à la réalité.

Un mouton bêlait bien. Parti dans son rêve éveillé, Charles n'avait pas vu les deux hommes s'affairer. La bête était maintenue allongée de côté sur une planche, les pattes attachées. Sa tête était posée sur un petit billot. Maintenue fermement par Damien, elle se débattait, les yeux exorbités de peur, sa langue tordue de frayeur sortant à chaque cri. Charles ne bougeait pas. Il était effrayé par ce qu'il venait de comprendre. Le petit coin de paradis allait devenir un abattoir.

— Qu'est-ce que tu attends ? continua le bourreau. Tu te souviens de ce que tu as appris dans la cour ?

— Mais c'était pas... balbutia Charles sans pouvoir finir sa phrase, captivé par la pauvre bête.

— Pas vivant ? le reprit Corbeau. Peu de chance qu'on t'apporte un jour un condamné déjà mort à décapiter. Quoique. C'est déjà arrivé, une fois. Un type qui avait tué et s'était suicidé après. On l'a quand même condamné à avoir la tête tranchée. Tu te souviens ? interrogea-t-il son valet.

— Plus facile ! répondit ce dernier, maintenant la bête qui se débattait toujours plus.

— Allez ! s'énerva Corbeau. Tu te rappelles ce que je t'ai dit ? L'os est large. Et dur. Tu frappes ici, entre les deux vertèbres, lui indiqua-t-il du bout des doigts. Sinon il faudra t'y reprendre à plusieurs fois. Et ça, ça ne serait pas du bon travail.

Le linge tomba sur l'herbe et la lame scintilla aussitôt sous les rayons du soleil. Terrifiante et puissante. Lentement, comme pour reculer une échéance inéluctable, Charles fit le tour pour se placer au niveau de la tête de l'animal qui commençait à fatiguer, toujours maintenu en position par Damien. Corbeau s'était mis de côté pour mieux l'observer.

— Rappelle-toi. Les pieds bien écartés, reprit Corbeau calmement, méthodique. Le pied gauche au niveau des épaules. Ta main droite bien au bout du manche, l'autre aux trois quarts.

Charles écoutait, il se souvenait parfaitement de la position pour l'avoir répétée tous les jours dans la cour depuis des semaines. Après la barre, ils étaient passés à la décapitation. Mais les condamnés étaient toujours de paille, et la hache était plus petite, plus légère. Pas comme celle-ci. Lourde. Dangereuse.

Comme ce jardin est joli ! pensa-t-il. Juste avant de lever l'arme vers le ciel azur en bloquant sa respiration, pour l'abattre d'un seul effort en soufflant toute sa peine.

***

— Je crois que je ne suis pas très doué.

Ils venaient de faire l'amour. Pour la première fois depuis leur mariage, leurs deux corps s'étaient à nouveau unis. Une union qui n'avait pourtant pas le même goût qu'avant. Plus courte, moins charnelle. Moins passionnelle peut-être, que quand ils se retrouvaient dans la grange là-haut dans les vignes, en cachette, et qu'ils se dévoraient sans attendre, avides de désir. La fatigue et la tension n'avaient pas appelé ce désir-là jusqu'alors. Juste l'envie de se laisser aller dans les bras de l'autre, et d'être ensemble. Et pour lui d'oublier les images de la journée. Quelques mots échangés tout au plus. Surtout elle. Contenant ses propres peurs, ses propres craintes. Pour le réconforter. Le rassurer de son amour. Et lui dire à l'oreille que tout allait bien.

— Tu parles de quoi ? plaisanta-t-elle en retour.

— Tu sais très bien.

— Je suis certaine que tu vas t'en sortir.

— J'ai le choix ?

Marguerite posa sa tête sur sa poitrine pour le consoler encore un peu. Car elle savait que, très bientôt, le sommeil s'emparerait de lui pour l'emmener aussitôt vers une nouvelle journée. Et de nouvelles épreuves.

— Ne bloque pas ta respiration au moment de frapper.

— Pardon ? lui demanda-t-il, ne cachant pas son étonnement.

— Quand tu vas frapper. Ne bloque pas ta respiration. Tu inspires quand tu lèves et tu expires immédiatement quand tu frappes. Ton mouvement doit être continu pour garder toute la force.

— Eh bien… Tu t'y connais, dis-moi.

— Je suis la fille du bourreau. Des années que je le vois exécuter. Et puis je me suis entraînée, figure-toi, rebondit-elle espiègle.

— Tu t'es entraînée ? Mais à quoi ?

— Décapiter bien sûr !

— « Bien sûr » !…

— Pas sur des gens évidemment. Sur des animaux. Mais morts !

— Ah ! Me voilà rassuré ! plaisanta-t-il.

— C'est Damien qui m'a appris. Mon père n'aurait jamais voulu.

— Je crois qu'il ne m'aime pas beaucoup, Damien.

— Je ne crois pas non plus.

Le corps de Marguerite se raidit soudainement.

— Qu'est-ce que tu as ? s'inquiéta-t-il.

— Rien. C'est rien, répondit-elle, tâchant de respirer profondément pour calmer ses douleurs.

— Tu as mal ?

— Oui. Les douleurs me reprennent un peu ces derniers jours. Mais ce n'est rien, ne t'inquiète pas, tenta-t-elle de le rassurer. J'ai toujours eu ça.

— C'est ta maladie, c'est ça ? Tu vois un médecin, pour ça ?

— Tu connais beaucoup de médecins qui s'occuperaient de la fille du bourreau, toi ?

— Oui. J'en connais un.

— Ne t'inquiète pas. Et dors maintenant. Tu as besoin de repos.

La respiration de Marguerite se calma comme la douleur s'atténuait. Pour s'endormir tout à fait. Charles ne trouva pas le sommeil. L'évocation de son ami médecin le ramena à ses souvenirs et à sa vie d'avant. Une vie pourtant pas si loin, quelques mois à peine, mais qui lui paraissaient des siècles. Dans cette ville, au-delà des remparts, où il n'était pas encore retourné depuis son départ.

***

Le garde le reconnut dans l'obscurité malgré la capuche qui cachait une partie de son visage.

— Monseigneur…

— Oui, c'est moi, Callot. Mais je ne suis plus ton seigneur, tu sais ?

La porte Percy était encore plus imposante de nuit, colossale et infranchissable, et sa herse lui donnait l'allure d'une bouche grande ouverte aux dents acérées.

— Oui… Enfin, c'est vrai que vous êtes devenu… Enfin je veux dire… hésita le pauvre garde visiblement gêné.

— Ta famille va bien ? s'enquit Charles.

— Oui. Enfin, vous savez ce que c'est. Enfin je veux dire… Les temps sont durs… Mais monsieur le comte est généreux ! Enfin, je veux dire…

— Je sais, le rassura le visiteur.

— Mais qu'est-ce que vous faites ici à cette heure, monseign… ? Monsieur… Enfin… se reprit-il.

— Tu me laisses entrer ?

Son grand manteau lui donnait l'allure d'un fantôme. Un spectre qui arpentait les rues vides de la ville endormie. Ou presque. Charles devait faire attention aux tours de garde dont la lueur des lanternes annonçait l'arrivée, à la recherche des quelques vagabonds qui leur auraient échappé dans la journée. Il préféra donc les ruelles aux rues principales. Il longea le rempart par le nord jusqu'à la poterne du Bossu. Sur sa gauche, dans la perspective de la rue de la Tour-Carrée, il pouvait voir le château. Pour s'en approcher un peu plus, il bifurqua par la rue des Juifs afin de contourner l'édifice à distance. Arrivé au coin de la rue au Change, au-delà de l'enceinte où se situait la cour Lamort, Charles aperçut enfin la tour de la Dame, la plus grosse des six du château, qui se tenait droite et silencieuse vers les étoiles. Un œil était ouvert. Il s'approcha encore, longeant les murs des maisons pour l'observer d'un peu plus près. Un seul œil. Dessiné par la lumière d'une bougie, rectangle vertical jaune orangé. Le comte de Joigny ne dormait pas, lui non plus. Depuis la mort de sa femme, il n'avait pu rester dans la même chambre, refusant l'idée de dormir dans le lit où sa bien-aimée manquait. Mais il y revenait souvent. La pièce était toujours parfaitement entretenue. Comme si elle allait y réapparaître d'un jour à l'autre, de retour d'un long voyage. Et ce soir-là, le comte y était bien probablement assis sur le bord du lit, ou sur la chaise devant le fameux meuble, pleurant sa peine. Charles crut voir sa silhouette un instant. Ou était-ce une ombre ? L'envie lui prit d'appeler, de crier son nom. Qu'il ouvre la fenêtre et se penche pour le voir. Pour lui parler. Ou peut-être juste lui sourire quand même. Il était son fils, après tout, et il savait au fond que, même s'il l'avait rejeté, son amour ne pouvait pas s'être tout à fait éteint. Le rectangle disparut, l'œil se ferma, brisant net son idée somme toute ridicule. Et il se retrouva seul comme jamais. Face à la demeure qui avait été la sienne et à laquelle il n'avait plus accès. Il s'adossa au mur le temps de laisser s'évacuer le flot de larmes qui inondait tout son corps pour jaillir par ses yeux. Il fallait qu'il pleure. Il fallait laisser sortir cette tristesse soudaine. Au risque d'imploser et voir sa douleur se déverser en torrent dans les rues et réveiller toute la ville. Il reprit son errance de place en place, de lieu en lieu vides et froids cette nuit-là, mais dont l'aspect, le toucher, et les odeurs faisaient émerger des souvenirs. Il fit le tour de toutes les portes de la ville, la porte du Bois au nord, la porte Saint-Jacques à l'ouest, la porte du Pont au sud en passant devant l'auberge des Trois Rois, qui lui rappela ses amis. Il continua le long du rempart au sud en pensant à eux. Et penser à eux le ramenait toujours un peu plus à sa solitude.

Au bout du rempart se dessinait au coin la tour Millon qu'il connaissait si bien, puisqu'elle était mitoyenne à une maison, de l'autre côté du haut mur. La sienne désormais. Celle où dormait la femme qu'il aimait.

IX

Charles et Marguerite ne se voyaient quasiment pas de la journée, lui occupé à ses tâches d'apprenti, elle s'affairant dans la maison, ou visitant parfois ses orphelins, ce qui lui arrivait de plus en plus fréquemment. Ils attendaient alors le repas du soir avec impatience, se réconfortant ainsi à l'idée qu'aussitôt après ils se retrouveraient enfin tous les deux, dans leur chambre, leur refuge. Leur nid sous les combles. Juste eux deux, jusqu'au lendemain matin. Mais ce soir-là, l'atmosphère à table était différente. Peu loquace d'habitude, Corbeau n'avait de cesse de parler, comme pour meubler, ou pour se rassurer. Un discours sur le métier de bourreau, comme s'il s'agissait de conclure un enseignement qu'il avait prodigué. Un discours devant une assemblée silencieuse, chacun occupé à manger, ou à faire semblant. Comme Marguerite, qui semblait ailleurs ce soir-là, et qui avait à peine touché à son assiette. Quand Charles lui caressa le pied avec le sien sous la table, comme il lui arrivait souvent de le faire, elle ne lui répondit pas.

— L'aspect financier, c'est important, continuait Corbeau. C'est pour ça que la charge ne doit pas quitter la famille. Quand j'ai cédé celle de Clermont, j'ai eu de la chance d'en retrouver une disponible aussitôt. Ça ne se trouve pas sous le sabot d'un cheval, une charge. Il ne faudra pas la perdre, tu comprends ?

— Oui… Bien sûr, répondit Charles, inquiet du regard triste de Marguerite qui semblait ailleurs.

— Bourreau, c'est une bonne situation. Malgré ce qu'on peut en dire. Le logis est gratuit. Pas de taille à payer. Ni de devoirs de guet, de garde, ou d'hébergement des gens de guerre.

— En même temps, qui voudrait être logé chez le bourreau ? lança Marguerite froidement sans quitter son assiette des yeux.

— Bon, c'est vrai qu'à Clermont je touchais la taxe sur les prostituées et les lieux de débauche, reprit Corbeau après un temps, feignant d'ignorer l'intervention de sa fille. C'est un manque à gagner. Mais ici, au moins, on ne nous demande pas de chasser les mendiants ni de nettoyer les rues des immondices et des cadavres. Et ça, ce n'est pas une perte. Et puis il y a les droits de dépouille, ce n'est pas négligeable. Mais attention, tu te rappelles ?

— Oui, je me rappelle. Les vêtements et les poches, mais au-dessus de la ceinture, uniquement, répondit Charles, bon élève.

— Et les gages évidemment. Une tête tranchée ?

— Je ne suis pas sûr… hésita Charles, un peu surpris par la question.

— Facile ! se moqua Damien qui s'amusait des hésitations de l'apprenti bourreau, tout affairé à se curer les dents.

À cette question, Marguerite se leva, visiblement exaspérée, et commença à débarrasser la table. Charles amorça un geste vers elle mais elle se dirigeait déjà vers le cellier pour y disparaître.

— Cent ? se hasarda Charles.

— Oui. Mais attention. Même l'acier de Damas s'abîme. Et si tu le casses, ça te coûtera cinq cents livres. Si tu l'ébrèches, vingt-quatre. Brûlé ?

Charles ne répondit pas. Il s'inquiétait pour Marguerite. Elle n'allait pas bien, il le voyait. Ses douleurs, peut-être ? Ou ses orphelins ? Parfois, il la questionnait quand il la voyait préparer son sac pour partir les visiter. Il aurait voulu en savoir plus. L'aider, pourquoi pas ? Mais quand il le lui proposait, elle éludait toujours avec tendresse, et elle partait aussitôt.

— Brûlé ? répéta Corbeau, plus fort.

— Cinquante ! affirma Damien effrontément.

— Toi, on ne te demande rien ! le rabroua Corbeau. Le valet rentra aussitôt sa tête dans ses épaules comme pour se protéger de coups éventuels. Comme une tortue, remarqua Charles.

— Roué ? enchaîna le bourreau à l'intention de son gendre.

— Aussi cinquante… ? se hasarda-t-il, l'esprit ailleurs.

— Et si tu casses la barre ?

— Si je casse ?… Je… Je ne sais plus, répondit Charles qui tournait encore la tête vers le cellier derrière, ne cachant plus son inquiétude.

— Dix-huit livres ! Et ça arrive plus souvent qu'on ne le croit ! Pendu ?

— Pendu ? Vingt-cinq ?

— Bien ! Et n'oublie pas qu'une corde ne peut servir que deux fois. Tiens, tu regarderas ça, pour te faire une idée, conclut-il en lui tendant un petit livret. C'est mon livre de frais. Je te conseille de faire pareil à l'avenir. Ça t'aidera. Tu sais lire, j'imagine ?

— Oui, bien sûr…

Perplexe, Charles ouvrit le petit livre dont la couverture avait été soigneusement recouverte de cuir fin. Sur chaque page, une exécution était consignée, avec la date et le nom du supplicié. En dessous, les frais, scrupuleusement inscrits à gauche d'une grande ligne verticale, et les rentrées de l'autre côté.

— La plupart des bourreaux savent lire et écrire, des fois que tu aurais des doutes, ironisa Corbeau. En tout cas, compter et signer. Ne serait-ce que pour le paiement des gages. Moi, j'ai eu la chance d'avoir un oncle précepteur. Le seul de la famille qui n'était pas bourreau.

***

La chemise était bien rouge sang, ainsi que la culotte. Un gilet noir et un long tablier en cuir venaient compléter le costume. Sur la poitrine, une échelle croisée d'un maillet était brodée.

— L'échelle pour hisser les corps à la potence, précisa Corbeau. Le maillet, tu sais pourquoi.

— Joigny.

— Voilà, conclut-il en reculant d'un pas pour mieux le regarder. Parfait.

Charles ne se sentait pas bien. Comme un de ces pantins de paille qu'il avait passé des journées à battre. Son habit lui pesait. Était-ce le poids du cuir et du tissu épais ou celui de la charge, il se sentait écrasé et fébrile sur ses jambes flageolantes. Corbeau le jaugeait de la tête aux pieds. Impassible, ses petits yeux toujours tapis derrière ces vagues de chair qui sculptaient son visage affaissé, cet homme n'exprimait rien. C'était peut-être mieux ainsi, pensa Charles. Il n'avait pas besoin à cet instant de lire dans le regard du vieil homme ce qu'il savait déjà. Lire qu'il aurait voulu que les choses se passent autrement. Avec quelqu'un d'autre. Un fils de bourreau. Comme ça se faisait normalement. Un homme fait pour ça. Né pour ça. Pas un fils de comte. Surtout celui de la ville où il exerçait sa propre charge. Oui, il aurait certainement voulu que les choses se passent différemment. Pourtant Charles avait fait tout ce qu'il pouvait depuis le premier jour. Luttant ardemment pour contenir le dégoût et la peur qui sommeillaient au plus profond de lui. Le dégoût et la peur de ce demain qui allait être le sien et pour toujours, dont il lui fallait pour l'heure faire abstraction. Lutter encore et encore, en soi, et contre tout, pour se faire à cette vie, en marge des autres, alors que lui-même était d'ores et déjà rejeté par les siens. Mais lutter pour elle. Marguerite. L'unique raison de tout cela. Normalement, il lui suffisait de la regarder et son amour se rappelait à lui, puissant et absolu. Et il pouvait repartir, et avancer, un pas après l'autre. Mais elle n'était pas là. Et il se sentait fragile, sur le point de s'écrouler.

« On devient bourreau parce qu'on n'a pas le choix. Non par amour. »

La voix de son père se rappela à sa mémoire, déchirant son cœur un peu plus. Lui, le pantin de paille planté là, dans cette grange, observé comme une curiosité de foire par l'homme qui était désormais son modèle. Cette idée le frappa alors de plein fouet. Car ce n'était plus Corbeau, le vieux bourreau, qui se tenait devant lui. Mais lui-même. Plus tard. Quand les années auraient fait de lui un instrument de justice inexpressif, au regard noyé dans un visage aux traits déformés par la peine. Celle infligée aux autres. Mais aussi et surtout la sienne propre.

— Ce sera ton habit, reprit Corbeau, rompant le silence. Il est comme ça ici. Tu n'en changeras pas. Et plus tard tu hériteras de ça.

Il tira la chaîne qu'il portait autour du cou pour extirper de dessous sa chemise un médaillon de grosse taille et épais. Apparemment en argent, il était de forme ronde. Une grosse tête de mort était gravée au centre, avec de chaque côté ce qui ressemblait à des ailes d'oiseau. Les yeux étaient sertis de deux pierres rouges étincelantes. De part et d'autre, on devinait deux autres crânes de plus petite taille.

— Tu l'auras quand tu seras officiellement le bourreau. Et tu devras le porter à la vue de tous pour chaque exécution.

Marguerite apparut dans l'embrasure de la porte de la grange. Sa main se posa sur le chambranle, comme pour se tenir, ne pas s'écrouler alors qu'elle découvrait l'homme qu'elle aimait habillé en bourreau. Elle essayait de sourire, mais en vain. Les traits de son visage pâle restaient figés dans une expression de stupeur.

— Je… Je venais voir si… Tout allait bien, bafouilla-t-elle à son père qui sortait. Ou s'il fallait le reprendre.

— Le costume est parfait. Quant au reste, nous verrons bien demain, ironisa Corbeau.

— Demain ? réagit Charles soudain inquiet. Qu'est-ce qui se passe demain ?

Corbeau avait déjà disparu. Le premier réflexe de Charles fut de se débarrasser au plus vite de l'habit. Pour respirer et revenir à l'homme qu'il avait toujours été. Dans un élan désespéré. Pour se cacher, aussi. Pour qu'elle ne le vît pas plus longtemps habillé de la sorte. Parce qu'il avait honte.

Finalement il se reprit et resta planté là, face à Marguerite.

— Alors ? Qu'en penses-tu ? s'efforça-t-il de plaisanter.

— Tu es très beau, lui répondit-elle, visiblement mal à l'aise.

Ils restèrent ainsi, à se dévisager. Elle, lui souriant avec tout l'amour dont elle disposait dans son cœur. Lui, contenant la peur qui l'envahissait à l'évocation de ce « demain ». Il aurait voulu arracher ce costume comme on s'arracherait d'un corps, d'une vie. À cet instant être ailleurs, être quelqu'un d'autre. Mais avec elle.

Elle voulut venir à lui pour l'enlacer.

— Attends, lui intima-t-il, en lui indiquant de la main de ne pas l'approcher plus. Un instant.

Lentement, il enleva le tablier. Il voulait retirer la chemise rouge quand elle l'enlaça avant qu'il ne puisse réagir.

— Marguerite… murmura-t-il, décontenancé.

— Chut, souffla-t-elle, le visage déjà fermement appuyé contre sa poitrine.

Elle le serra de toutes ses forces. Il était resté les bras ballants sur le côté, pris par surprise. Doucement, il l'enlaça à son tour.

Mais il ne pensait qu'à une seule chose à cet instant précis : demain.

X

Charles plissa fortement les paupières puis rouvrit grand les yeux pour tenter d'éclaircir sa vue. Mais rien à faire. Il ne percevait toujours que des formes de corps floues en taches de couleurs qui allaient et venaient pour se confondre dans la lumière qui le brûlait. Les perles de sueur lui coulaient sur les tempes et dans la nuque. Il avait peur, il se sentait mal. Il déglutissait pour tenter d'apaiser sa gorge sèche et ardente, mais c'était du sable qui lui descendait dans l'œsophage. Il se dit qu'il aurait dû boire avant de partir. Le son de sa propre respiration lui emplissait les oreilles comme le soufflet du forgeron, couvrant à peine l'autre bruit, celui de la houle, là juste devant. Son corps tanguait comme sur un navire sur une mer agitée à l'approche de l'orage. Vite, il lui fallait se raccrocher à une image, un souvenir, quelque chose de doux, d'agréable qui le calmerait. La nausée. Le ventre qui se noue. Ne pas lâcher. Surtout. Tenir la barre. « Tenir la barre. » Comme avec son frère dans la barque sur l'Yonne, quand ils s'amusaient à la faire basculer de droite à gauche. Le premier qui tombait à l'eau avait perdu. Son frère. Il était sûrement là, quelque part. Sous la tente, là-bas, de l'autre côté de la place. Mais il ne pouvait pas voir. Il clignait des yeux dès qu'il levait le regard, aveuglé, presque assommé par la lumière. La houle montait, les vagues grossissaient, on criait, on réclamait, on protestait. Et on l'appelait. Oui, on venait de l'appeler, là, vers la gauche, il en était certain. Quelqu'un venait de prononcer son nom. Et là ! Une fois encore ! Et encore ! Des dizaines de fois. Et des rires. Il entendait rire, on s'esclaffait, on pouffait. Alors, il fixa ses pieds. Se concentrer sur ses pieds, chercher un appui ferme sur le parquet.

« Demain. »

Tout s'était enchaîné si vite depuis le matin. Joyeuse attelée devant la maison, les « outils » déjà dans la charrette. « Tu feras comme je te dis et tout se passera bien », avait dit Corbeau. Puis le voyage jusqu'à la cour Lamort, suivis par une foule qui grossissait toujours. Assis à l'avant, il avait fixé la croupe de Joyeuse qui chaloupait gentiment pour se protéger des railleries et des éclats de voix sur leur passage. Puis le château. La lumière frappait les murs blancs et se réfléchissait sur le sable clair au sol. Il ne fallait pas fléchir. Pas maintenant. Les gens étaient plus proches désormais, ils l'entouraient, il pouvait les deviner pressés les uns contre les autres et derrière, se mélangeant dans son cercle de vision dont la luminosité l'agressait toujours plus. À peine arrivés, Corbeau leur avait dit d'attendre, là-haut, sur l'échafaud. L'échafaud qu'il connaissait pourtant si bien depuis longtemps, et qui lui apparaissait aujourd'hui sous un angle complètement différent. Comme un mauvais rêve qui devenait réalité. Sa réalité. L'échafaud. S'il avait pu imaginer ! Il n'était monté dessus qu'une fois. Il était encore enfant. Il avait osé, après s'être assuré que personne ne le voyait, comme pour conjurer le sort. Et aujourd'hui il n'osait pas le regarder. Les yeux baissés, il avait suivi Damien et gravi les quelques marches en bois avec ce sentiment de s'extirper un peu de cette mer qui s'agitait toujours autour d'eux. Depuis il n'avait plus bougé, en proie au vertige. Il s'était mis sur le côté, là où le plancher de bois venait toucher le mur du château. Damien s'affairait juste à côté de lui, allant et venant, manipulant, marmonnant sans cesse. Charles entendait le métal qui clinquait, et le feu qui crépitait. Puis la rumeur grossit encore quand les trois condamnés récupérés dans la geôle par Corbeau arrivèrent. Les bruits de pas sourds sur le bois retentirent tout autour de lui, des plaintes, des soufflements, on le frôla, le bouscula, mais il ne bougeait toujours pas. Il pensait au mur du château juste là, sur lequel il pourrait s'appuyer au cas où.

Soudain, tout s'accéléra. On lui saisit le bras pour l'attirer sur le côté.

— Ici ! ordonna la voix du bourreau qui lui parvenait déformée. Tiens-la ferme !

Un dos lui apparut en partie. La robe était ouverte en un triangle de peau nacrée la pointe vers le bas, coupée bien droit en son milieu par le dessin de ses vertèbres comme la queue d'un dragon. Le corps était agenouillé plié vers l'avant, les épaules noueuses fermement maintenues lui faisaient l'effet de deux bulbes musculeux d'où jaillissait la nuque fine qui finissait en une chevelure désordonnée noir de jais.

— Qu'est-ce que tu attends, bon Dieu ? Tiens-la ferme, je te dis ! hurla encore Corbeau.

Une femme. Il n'osait pas la toucher. Il avait peur de lui faire du mal. Il avait peur de se saisir de ce corps tourmenté qui suait déjà de douleur. Mais son hésitation fut de courte durée. Damien s'empara violemment de ses mains pour les plaquer fermement sur les épaules de la condamnée, alors que son genou venait naturellement se placer dans son dos pour immobiliser tout à fait la pauvre qui gesticulait comme un animal effrayé, malgré l'emprise, exécutant une danse macabre, pleurant et geignant encore et encore. Charles respirait encore plus fort, encore plus vite pour couvrir ce son qu'il ne voulait pas entendre. Il aurait voulu partir sur-le-champ, fuir, mais il ne pouvait pas. Il appuyait de tout son poids pour contenir les efforts désespérés de la suppliciée qui cherchait à s'extirper. Ça tanguait toujours, et on criait tout autour. Il avait chaud, et ça sentait le feu. Le fer rougi apparut soudain pour se planter dans la chair qui grésilla aussitôt. La femme hurla de plus en plus fort. Des cris violents, stridents. Une poignée de secondes de douleur déchirante qui s'évapora en une petite fumée blanche. L'odeur envahit les narines de Charles et sa gorge se serra immédiatement. Le fer s'arracha de la chair et disparut d'un coup, laissant derrière lui la marque « M » sanguinolente de la maquerelle sur le dos trempé déformé par la douleur.

— Aide-moi ! lui cria Corbeau.

Charles ne savait plus où il était. On le poussa dans le dos. Aider, mais comment ?

— La pommade, là ! lui ordonna-t-on encore.

D'un geste tremblant, il appliqua d'un coup de brosse le liquide visqueux noir sur la plaie à vif pour qu'elle cicatrise rapidement et surtout pour qu'elle reste indélébile. La femme s'était évanouie entretemps et on la traînait déjà sur le sol comme un morceau de viande. Charles se sentait incapable, inutile. Et il avait chaud. On riait et se moquait tout autour, et ses yeux lui brûlaient à cause du sel de sa transpiration abondante.

— Là ! Apporte ! lui cria alors Damien.

« Apporte ». Apporter quoi ? Où ? Qui ? Ça allait trop vite. On ne lui avait rien dit. On ne lui avait pas expliqué. On lui avait appris à donner les coups, à monter une roue, à faire un nœud sur la potence, mais pas ça. On ne lui avait pas appris la peur, la chaleur, la tension, les cris, la foule. Il paniquait. On continuait de rire et on disait son nom, maintenant il en était sûr. C'était bien son nom qu'il entendait. Et on s'esclaffait de plus belle. On se moquait de lui. La barque sur la rivière basculait toujours plus sous les efforts de son frère et c'est lui qui perdait l'équilibre, c'est lui qui était sur le point de tomber à l'eau. Ne pas réfléchir, ne pas écouter. Bon Dieu, il faisait tellement chaud là-dessous, et il voyait de moins en moins bien. Se concentrer. Pour en finir au plus vite, et partir de là, courir le plus loin possible pour retrouver le silence et respirer à nouveau.

— Va le chercher ! lui ordonna Corbeau.

Charles aperçut alors l'autre condamné qui attendait son tour à genoux, à quelques pas. Il n'osait pas le regarder.

— Mais qu'est-ce que tu attends, bon Dieu ? insista encore le bourreau en le poussant vers le condamné.

Sans plus réfléchir, Charles se dirigea vers le pauvre homme et lui saisit le bras. Mais il lui résista, ce qui provoqua d'autres rires dans la foule. Alors Charles sentit la rage monter en lui. Il lui fallait sortir de ce cauchemar. Il le tira d'un coup sec et le traîna. Tout ce qu'il voyait, c'étaient les mains de l'homme. Il se concentrait sur ces mains. Ces deux mains liées. Il ne regardait pas le reste. Ce qui suivait après les mains. Les bras tendus par le poids du corps qui se laissait traîner sur le plancher, désespéré et suppliant qu'on l'épargne. Vite, poser les mains sur le bois et tenir le tout fermement, puis fermer les yeux. Compter les secondes dans sa tête. Quelques secondes, pas plus. À côté de la vie. En dehors d'ici. Faire semblant d'être ailleurs en attendant le choc. Le choc dans le bois. Net, sec. Un relâchement soudain et un cri déchirant alors que le feu léchait déjà les moignons, occasionnant au premier rang les rires des uns et le dégoût des autres. Et cette odeur âcre, encore, s'en détourner et tout relâcher soi-même. Laisser partir. Ouvrir les yeux et deviner le corps jusqu'alors en résistance se recroqueviller comme une fleur qui fanerait sous l'effet de la douleur soudaine. Et là, seules sur le billot, les deux mains jointes malgré les liens qui ne tenaient désormais plus rien. Deux mains comme en prière, expulsant le sang qui s'infiltrait déjà dans les rainures du bois. Il l'avait fait. Il avait fait ce qu'on lui avait demandé de faire. Maintenant il voulait s'asseoir. Il fallait qu'il s'asseoie. Et peu lui importaient les rires que cela provoquerait. Peu importaient les railleries à son sujet et les quolibets. Il devait souffler. Calmer sa respiration. Et retrouver son équilibre.

— Buvez.

La voix était calme, posée, contrastant avec la violence de l'instant et les cris. Charles avait déjà entendu cette voix. Quand il releva la tête, il aperçut la gourde d'eau que lui tendait l'homme de haute taille, vêtu d'une longue robe noire. Sur sa poitrine pendait une croix en bois, et tout en haut sa tête semblait entourée de clarté divine. Si l'allure du père de Saintonge était toujours aussi austère, il sembla à Charles qu'il lui souriait.

— C'est bientôt fini, lui dit-il avant de retourner prier pour le dernier condamné de la matinée.

Charles souleva la cagoule qu'il portait depuis des heures et qui lui collait au visage, juste assez pour libérer sa bouche et boire. L'eau fraîche s'écoula en lui et le calma. Il avait envie de libérer tout à fait sa tête pour sentir l'air frais mais y renonça aussitôt. Il devait rester caché. Il ne voulait surtout pas que l'on voie son visage. Surtout qu'il les discernait mieux désormais. Eux. Tout autour de l'échafaud, au beau milieu de la cour Lamort, lieu officiel des exécutions inséré entre le mur nord du château et son enceinte extérieure. Le château. Son château, avant. Il se sentit un peu plus serein. Sa respiration se calmait, et les sons ne lui parvenaient plus. Il n'était plus concerné par ce qui se passait ici et maintenant. Il n'était plus qu'un témoin. Au-delà du bruit et des rumeurs, il regardait aux alentours. Sur le toit de la porte du Bossu juste en face, les griffons de la ville déployaient leurs ailes sur l'oriflamme qui flottait au vent. Juste derrière, les tours du château et le clocher de l'église Saint-Jean surgissaient. Et là-bas, derrière, la tour de la Dame, celle de la chambre de sa mère, qui dominait un petit jardin de propreté, avec ses topiaires propices à la romance. L'amour là-bas, juste à côté, et la mort ici. L'idée le fit sourire, alors que Corbeau infligeait déjà des coups de fouet au vagabond. Charles voyait désormais nettement la marée humaine devant lui venue assister à l'événement. Non pas la condamnation d'une entremetteuse ou d'un banqueroutier, mais la première apparition du nouveau bourreau. Autant de trognes marquées et abîmées, d'autres fardées, parfois peinturlurées, toutes tendues vers lui, cherchant à deviner son visage sous le tissu sombre de sa cagoule. Son regard se porta alors un peu plus loin, au-delà de la foule, vers le fond où la tente officielle se dressait. Une petite estrade surélevée, encadrée de quatre lances auxquelles était accroché l'auvent bleu aux armes de la ville. Dessous, le grand fauteuil était vide. Seul Paul se tenait debout sur le côté.

— Va chercher la charrette, on va au pilori ! lui ordonna Corbeau alors qu'il relevait le condamné dont le dos était désormais en lambeaux.

Charles descendit de l'échafaud et la foule s'ouvrit devant lui. Il progressa sans réfléchir, le regard droit devant.

***

Tout le monde connaissait le pilori. Situé de l'autre côté de la porte aux Poissons dans le quartier des marchands, il était constitué d'une petite tour de bois cerclée de métal qui tournait autour d'un axe central selon l'humeur de la foule. Une fois la porte refermée, chacun y allait de son effort pour faire pivoter la structure et exposer ainsi les pauvres hères enchaînés à l'intérieur aux rires, aux doigts tendus moqueurs, à la curiosité souvent malsaine, mais aussi à la colère, et souvent à la haine. Le premier jour surtout. Celui où il y avait foule. Car une exécution était toujours un événement, et tout le monde s'y retrouvait. Les badauds qui fréquentaient ou habitaient déjà ce coin populaire, les marchands, les bouchers qui y travaillaient, et aussi les visiteurs. Celles et ceux des environs qui profitaient de l'exécution pour venir un peu plus tôt en ville avant de faire leurs emplettes. Pour se rencontrer, discuter de l'événement. Pour le condamné, la rançon de la gloire était à la hauteur de son méfait. La tête de l'assassin était parfois esquissée, et l'œuvre à peine imprimée se monnayait en souvenir sur la place même, ou dans les estaminets bondés. Une chanson était parfois écrite, relatant le crime avec force détails et souvent d'un humour douteux. Le fascicule circulait de main en main, et l'air entonné se répandait, conduit par l'auteur qui avait donné le ton. Le pilori grinçait sur son axe épais, et on riait encore à la vue des visages tuméfiés et sales, on se gaussait des expressions douloureuses des pauvres créatures exposées. Puis une tomate ou une pomme gâtée s'écrasaient sur la structure de métal. D'autres suivaient aussitôt, atteignant immanquablement les prisonniers en plein visage et provoquant l'hilarité générale. La foule toujours plus nombreuse se rapprochait alors un peu, maintenue à une distance ridicule par des gardes eux aussi hilares. On s'esclaffait plus fort sur la place et on criait de douleur à l'intérieur. On vrombissait tout autour comme des insectes, toujours plus proches, dangereux, excités par l'impatience d'assouvir le désir de justice qui montait. Toutes sortes de projectiles étaient lancés. La tour tournait encore une fois, et tout ce qu'on trouvait par terre servait désormais la kermesse, restes de fruits ou de légumes pourris, monceaux de boue et excréments de chiens, de porcs ou d'humains. Et les pierres. Lorsque le condamné était seul, la chose était facile. On savait pourquoi il ou elle était là. L'écriteau qui pendait à son cou rappelait sa faute. Mais souvent ils étaient plusieurs et, au bout d'un moment, on ne savait plus très bien qui avait fait quoi. Recroquevillés les uns contre les autres pour se protéger, les corps se rétractaient et les visages se ressemblaient dans leur laideur. Alors, si l'un méritait la pierre, tous la prenaient. Dans le doute. Et la maladresse aidant.

Puis les gens se rappelaient qu'ils avaient des courses à finir, un travail à reprendre, et un chez-eux où rentrer. Alors la foule s'éparpillait gentiment, une dernière pierre était parfois jetée par un passant retardataire, et la nuit tombait, offrant un répit momentané aux condamnés. Encore deux jours et ils seraient libérés ou partiraient pour les galères. Deux jours au cours desquels on ne ferait plus particulièrement attention à eux, devenus des éléments constitutifs du quartier, d'un décor, se confondant avec l'architecture environnante. Une douleur affichée aux yeux de tous comme une chose qui va de soi.

Enfant, Charles allait lui aussi voir les condamnés mis au pilori. Par curiosité, et par jeu. Lui aussi était venu rire, se moquer. Lui aussi avait essayé de faire tourner la structure alors trop lourde pour lui. Lui aussi avait fini par lancer une tomate. Avait-il jamais lancé une pierre ? se demanda-t-il alors qu'il regardait la foule se rapprocher à peine avait-il fermé à clé la petite porte sur les trois suppliciés.

— C'est terminé, on rentre ! ordonna Corbeau en grimpant sur la charrette.

Lentement, ils se frayèrent un chemin pour quitter la place et redescendre vers la rivière. Charles regardait la mer s'ouvrir devant eux. La foule était plus calme désormais, mais certains yeux étaient toujours braqués sur lui. Derrière, au loin, une clameur montait. Certainement le supplice des condamnés qui reprenait.

***

Une fois de retour, Charles faisait comme on le lui avait appris. Il rangeait, nettoyait chaque outil qui avait été utilisé pour les exécutions de la journée. Damien, lui, s'occupait des chevaux, alors que Corbeau comptabilisait le soufre et les cordes qu'ils avaient consommés, pour être remboursé.

— Ne rien laisser de côté, dit-il en annotant son carnet. La rigueur, voilà le secret d'un bon bourreau.

Charles n'écoutait pas vraiment. Il voulait en finir. Il avait souffert de ce « demain » pour lequel il n'avait pas été préparé. Il voulait retrouver Marguerite, ses yeux, son sourire, ses bras. Son corps. Il ne lui parlerait pas. Il n'aurait certainement pas envie de prolonger la torture. Prolonger le cauchemar. Ce qu'il désirait, c'était la nuit. Leur nuit. Celle qui était leur refuge à eux deux chaque soir.

— De toute façon on n'est jamais prêt la première fois, reprit Corbeau sans émotion.

On n'est jamais prêt la première fois, ni aucune autre fois, pensa Charles.

— Demain c'est le havage, reprit le bourreau.

— Le havage ?

— Notre impôt. Le jour du marché. Il est temps que tu viennes avec nous. Après tout, tu seras un jour le nouveau bourreau. Et il faut que les gens te reconnaissent. Le havage se fait tête nue.

XI

Le soleil sortait à peine du lit de la rivière à l'horizon et déjà s'exhalaient les relents fétides de poisson et de sang caillé. On se pressait, on se bousculait, cherchant à atteindre l'un des nombreux étals alignés de chaque côté de la Grand-Rue qui remontait de la porte du Pont jusqu'à la rue du Petit-Marché tout en haut. Vendeurs de fruits, de légumes, fleuristes, épiciers, boulangers, mareyeurs, grainetiers, coquetiers, poissonniers, tous avaient afflué des environs à l'aurore, leurs montures surchargées et fourbues après qu'ils avaient effectué pour certains plus de huit lieues, pour s'installer à leur place attitrée, parfois au prix d'empoignades. Le tohu-bohu était général. On criait, on interpellait, les marchands parlaient fort pour attirer le chaland, et les mégères hurlaient pour se faire entendre. Les petites gens se frottaient aux bourgeois en une mer de têtes qui filait en perspective vers le ciel, les unes nues, les autres chapeautées de couvre-chefs colorés, voire emplumés, ou de coiffes de lin et de dentelles. On se saluait, on s'ignorait, on se jaugeait, on s'apostrophait parfois, on négociait surtout, des enfants crasseux se faufilaient entre les passants et travaillaient de leurs mains expertes à extraire les bourses encore pleines à cette heure. Le brouhaha était de plus en plus assourdissant, amplifié par les hurlements des bêtes que les bouchers égorgeaient dans la rue de la Tuerie toute proche. Les pieds battaient les pavés irréguliers devenus glissants par endroits à cause des restes de déchets et d'abats qui dégoulinaient des ruelles en pente adjacentes. Des ruelles comme autant de petites artères disposées de part et d'autre tout au long de la rue, d'où provenaient les chants languissants des prostituées aux voix éraillées, sourires peinturlurés et dents rongées, arborant leurs mamelles tombantes par-dessus le tissu de leurs guenilles tachées. Une mansarde accueillerait les clients les plus fortunés, sous les combles d'une des maisons de guingois. Une pièce glauque aux quatre murs marronnasses pourvue d'une porte et d'une fenêtre, parfois d'un foyer dont l'odeur de cendre froide se mêlait à la puanteur du pot à pisse. Pour le plus simple, l'affaire se ferait dans la rue, dans un recoin, ou à la vue de tous, exposant le client malchanceux au coup d'assommoir qui pourrait abréger son plaisir animal à n'importe quel moment, pour se retrouver sans bourse au mieux, ou sans vie. Le corps resterait alors là, repoussé contre un mur pour ne pas gêner le passage, avant d'être emmené une fois le marché terminé.

L'équipage arrivait au niveau de la porte du Pont par le quartier des pêcheurs, et Charles entendait déjà le bruit, le son. Le roulement sourd avant l'épreuve. Tâchant de garder son calme, il respirait l'atmosphère tumultueuse de ce dimanche matin si particulier. Avant, il y a longtemps maintenant, le marché était l'occasion de jouer avec ses amis et son frère. Jouer à cache-cache et courir entre les corps, se perdre, ou encore trouver la victime idéale et la tirer au lance-pierre. Dans le cou, ou les mollets, et se retenir de rire en observant le vieux courtisan ou la grosse fermière chercher du regard le coupable, le visage crispé par la douleur, avant de se faire irrémédiablement emporter par le flot de la foule. Et recommencer. Jusqu'à se faire repérer bien évidemment, et s'enfuir à toutes jambes. Le meilleur moment.

L'arrêt de la charrette extirpa Charles de ses souvenirs. Corbeau avait longé le rempart et s'était arrêté au pied de la tour de la porte du Pont. D'ici, le pont-levis grand ouvert faisait l'effet d'une mâchoire immense dans laquelle venaient se jeter des personnes par centaines, comme en procession. Le pont Saint-Nicolas qui sautait en dix enjambées vers la rive gauche servait de passage et ses deux moulins faisaient le guet. Leurs roues tournaient tranquillement au gré de la rivière un peu paresseuse ce matin-là, transportant les hommes aux pics, les fameux « flotteurs de bois » et leurs chargements de troncs d'arbres fraîchement coupés dans les forêts du Morvan, partis tôt dans la nuit de Clamecy en amont, pour un périple qui les emmènerait pour certains jusqu'à Paris quelques semaines plus tard.

— Sacs, entendit Charles dans son dos alors qu'il était toujours perdu dans ses rêveries.

Alors que Joyeuse paissait déjà, la charrette toujours accrochée à ses flancs, Damien prenait des poches vides empilées à l'arrière.

— Je vais pas tout porter, continua le valet.

Comme à l'exécution la veille, chacun avait revêtu son habit officiel. Sans le tablier. Et surtout sans la cagoule. Il fallait être reconnu, avait précisé le bourreau juste avant de partir. Surtout moi, pensa Charles en retour, regrettant presque le masque de toile qui, s'il en avait physiquement souffert, l'avait protégé des regards. Aujourd'hui, on allait le voir à nu. Résolu, il prit les sacs qu'on lui tendait, alors que Corbeau s'emparait de ce qui ressemblait à une cuillère, mais de grosse taille.

— Le havage est une opération délicate, surtout en ce moment où les temps sont difficiles. La famine guette toujours et un grain de blé est un grain de blé, expliquait Corbeau sans émotion. Nous allons remonter le marché, et chacun son tour on prélèvera une cuillère d'une denrée qu'on versera dans ces sacs. C'est un impôt auquel nous avons droit. Mais je te préviens, ça ne fait pas plaisir à tous les commerçants. Surtout quand il faut les marquer.

— Les marquer ? s'enquit Charles, fébrile.

— On y va, conclut Corbeau. Charles, derrière moi. Damien, tu fermes.

La sentence ne tarda pas. À peine s'étaient-ils présentés à l'entrée de la rue que Charles sentit l'attention se fixer sur lui. Si certains ne faisaient pas particulièrement attention, occupés à leurs affaires, la plupart s'arrêtaient de parler ou murmuraient en l'observant de côté. Tranquillement, le bourreau officiel en tête de cordée fendait la foule qui s'écartait à son passage pour ne pas le toucher ni même le frôler, et surtout ne pas croiser son mauvais œil. Charles suivait mais ne voulait pas voir. Il marchait au rythme du pas devant lui, parfois pressé par Damien toujours derrière. Comme un acte désespéré pour se couper de la réalité, il se mit à compter mentalement les pavés crasseux au fur et à mesure de leur progression terriblement lente. Mais il n'y avait rien à faire. Il entendait les chuchotements et les murmures.

— C'est lui… fit une voix féminine.

— Oui, c'est lui, confirma une autre.

— Quand on y pense, tout abandonner pour devenir… se désespéra une troisième.

— Chut ! coupa aussitôt l'autre voix. Ne prononce pas ce mot !

— Si c'est pas malheureux ! conclut la première.

La sueur se mélangeait aux parfums et aux odeurs nauséabondes. Le soleil était maintenant assez haut dans le ciel pour frapper en biais la large artère, saturant les couleurs des pans de bois couleur sang de bœuf ou bleu roi des maisons biscornues qui s'épaulaient.

— À toi, commanda Corbeau.

Soixante-sept. Charles attendait le soixante-huitième pavé. Il le devinait là, caché en partie sous le talon de Corbeau qui venait de s'arrêter. Soixante-sept. Combien de pavés avant d'arriver en haut de la rue et en finir avec ce calvaire ? se demanda-t-il.

— Qu'est-ce que tu attends ? insista fermement le bourreau. Prends !

Charles leva enfin le regard et vit la cuillère. La grosse cuillère que Corbeau lui tendait. Sur le côté, le céréalier le regardait froidement, immobile. Et tout autour, une arène de paires d'yeux s'était formée, et attendait qu'il fasse ce pour quoi il était venu ce matin-là. Il prit alors le lourd ustensile et aperçut son visage déformé dans le métal incurvé. Il le plongea immédiatement dans le sac d'orge largement ouvert devant lui, puis en versa le contenu dans le sac que Damien lui présentait.

— Eh bien ! Il n'a pas havé avec le dos de la cuillère, celui-là ! s'indigna le marchand.

— Havé ! lâcha Corbeau sans prêter attention à la réaction du camelot. Maintenant marque-le.

Corbeau lui tendait un bout de craie. Le public autour de l'étal n'avait toujours pas bougé. La bête était à terre et on attendait sa mise à mort. Le marchand se tourna sur le côté pour présenter son épaule. Charles aurait voulu s'excuser auprès de l'homme qui regardait ailleurs. Pour qu'il comprenne qu'il ne fallait surtout pas lui en vouloir. Il aurait voulu lui expliquer que s'il était là, habillé comme ça, à lui prendre le fruit de son travail, à l'humilier d'une croix blanche, c'était par amour. Pour être avec celle qu'il aimait plus que tout au monde. Lui aussi devait aimer une femme plus que tout au monde. Lui aussi ferait certainement n'importe quoi pour elle. Lui aussi pourrait être à sa place. Il aurait voulu lui dire tout cela. Mais il ne pouvait pas. Et l'homme qui attendait en face de lui ne voulait probablement pas l'écouter lui raconter sa vie.

— Tu sais écrire, non ? Alors tu peux faire une croix ! se moqua Damien dans son dos, provoquant des ricanements gênés dans l'assemblée. Donne ! Je vais le faire !

Mais Charles avança sa main vers l'épaule et traça deux traits en croix sur le tissu sombre. Aussitôt le marchand se retira pour s'occuper d'un autre client, et le brouhaha reprit.

— Tu vois ? Pas compliqué, renchérit le valet qui ne perdait pas une occasion de rabaisser l'apprenti bourreau en public.

Corbeau passa à l'étal suivant et l'opération se répéta. Charles prélevait à son tour au mieux, quand Damien lui en laissait la possibilité, havant parfois lui-même autoritairement avant lui pour marquer sa place aux yeux du monde, mais surtout de Corbeau. Avoine, sucre, farine, sel, baies et fruits, il accomplissait sa besogne sans plus réfléchir. Ils avançaient toujours un peu plus dans la rue. Il se mit à reconnaître des gens, à soutenir leur regard et à leur sourire discrètement. Jusqu'à même esquisser un geste de la main pour les saluer. Mais jamais de réponse. Les yeux plongeaient aussitôt vers le sol, ou ailleurs. L'ignorant, feignant de ne pas l'avoir reconnu, ni même vu. Et son père, pensa-t-il soudainement. Il lui arrivait de descendre la rue lui aussi le jour du marché, pour rencontrer ses gens, les écouter. Cette idée le terrifia. Il n'était pas prêt. Alors il préleva encore et encore, toujours plus vite. Cannelle, fèves, poires, amandes, clous de girofle, le havage continuait et les croix blanches se succédaient, provoquant parfois un grognement, et les sacs de victuailles portés à l'épaule s'alourdissaient. Charles remarqua qu'on ne se servait pas de la cuillère quand les denrées ne s'y prêtaient pas. Le marchand posait alors de l'argent sur l'étal. Certainement pour ne pas avoir à toucher la main du bourreau.

Ils atteignirent enfin le haut de la rue, à la limite de la cour des Miracles, laissant derrière eux la foule parmi laquelle certains les suivaient toujours des yeux. Du moins était-ce le sentiment qu'avait Charles alors qu'il se croyait au bout de sa peine. Mais son répit fut de courte durée. Le bourreau prenait déjà la rue du Petit-Marché vers la porte aux Poissons, qui menait à la place du Pilori. Là, c'étaient la viande et les œufs que Corbeau continuait seul de prélever avec Damien. Charles, lui, s'était arrêté devant le pilori. Il observait les trois corps enfermés la veille, sales et comme mêlés les uns aux autres, ne formant plus qu'une chimère absurde, inerte, comme morte. Des corps auxquels personne ne semblait plus faire attention aujourd'hui. Le son des sabots d'un cheval frappant le pavé juste derrière lui le sortit de sa torpeur. Du haut de sa monture, Paul le regardait en silence.

— Charles, fit enfin ce dernier.
— Bonjour, Paul, le salua-t-il timidement en retour, embarrassé par la situation et sa tenue.
— Comment vas-tu ?
— Tu vois…
— Oui. Je vois.
— Et père ? s'inquiéta alors Charles.
— On le voit peu.
Charles sentait le poids de son habit sur ses épaules alors que son frère le fixait toujours. Il ressentait aussi de la peine. Ils demeurèrent un court instant à se regarder sans trop savoir quoi se dire, et le prévôt reprit sa route. Charles rejoignit alors Corbeau qui finissait de marquer un boucher et la petite troupe se dirigea vers la place du Bled où la halle aux blés se dressait, dernière étape de havage pour aujourd'hui. Quand il se retourna juste avant le virage, Charles vit que son frère s'était à nouveau arrêté et regardait dans sa direction.

***

Damien était parti chercher Joyeuse et sa charrette. Les sacs des denrées prélevées étaient devenus trop lourds, et faire le chemin inverse encombrés de la sorte aurait été difficile. En attendant, Corbeau et Charles s'étaient assis sur une marche du grand escalier d'une des demeures cossues qui encadraient la place.
— Ce que la cuillère ne peut pas contenir est payé comptant. Un sol et un denier pour le marchand de poireaux. Un sol par panier de fruits. Un denier pour

le cresson, expliqua Corbeau comme s'il reprenait le cours d'une leçon. En repartant, nous repasserons par les quais. On nous doit dix-huit sols par cheval apportant une marée. Et j'en ai compté au moins cinq. On finira par les marchands de foin.

Charles ne réagit pas. Il observait le bout de craie blanche qu'il faisait rouler entre ses doigts et dont la taille avait diminué de moitié.

— Tu t'en es bien sorti, le complimenta maladroitement Corbeau.

Les allées et venues des charrettes chargées de blé étaient incessantes, les affaires allaient bon train, quand Charles aperçut une silhouette connue qui s'engageait dans la rue des Menuisiers de l'autre côté de la place, pour disparaître aussitôt. C'était Vallier, son ami le campaniste, il en était sûr. Il voulut se lever et le rejoindre. Il avait envie de lui parler, de se confier. S'expliquer. Se faire comprendre. Être accepté. Certes il était bourreau, mais comme d'autres étaient bouchers, ou pêcheurs. Après tout, c'était un métier comme un autre, une manière de gagner sa vie. Mais Vallier était déjà loin, probablement à côté de l'église Saint-Thibault où il se rendait certainement. Ou peut-être allait-il descendre par la rue d'Étape vers la rivière ? Peut-être allait-il à l'auberge des Trois Rois à l'angle de la voie du Rempart ? Peut-être avait-il rendez-vous avec les autres, Defosse, Michel et Bellin ? Il pourrait les rejoindre. Il ne les avait pas vus depuis le jour où….

Joyeuse s'avançait vers eux de sa démarche chaloupée, et les sacs furent immédiatement chargés dans la charrette. Corbeau et Damien s'apprêtaient à partir quand Charles se ravisa.

— Je vais rentrer à pied, annonça-t-il d'un ton décidé.

Corbeau était déjà assis, les rênes en main. Damien ne cacha pas sa surprise et semblait attendre la réaction de son patron.

— J'ai besoin de respirer, continua Charles, s'excusant presque.

— Comme tu voudras, répondit Corbeau alors qu'il ordonnait déjà le départ à Joyeuse d'un claquement de langue.

Charles regarda l'équipage se mettre en branle lourdement, se frayant un passage vers la rue Bourg-le-Vicomte et disparaître dans la foule. Pour la première fois depuis qu'il avait changé de vie, il se retrouvait seul, dans la ville, de jour. Seul et vulnérable dans ce costume, au milieu de tous.

***

Ils étaient bien là. Tous les quatre. Vallier, Bellin, et Michel. Et surtout Defosse, son ami de toujours. À travers l'une des grandes fenêtres à petits carreaux sales de l'auberge qui donnait sur la rue du Rempart, Charles les observait. Le petit groupe d'amis, quand ils étaient plus jeunes, avait l'habitude de se retrouver ici les jours de marché. Histoire de faire un bilan de la semaine, se raconter les potins. Et parler de filles, surtout. Les filles de la ville qui étaient de sortie ce jour-là, habillées et pomponnées pour l'occasion. Mais aussi toutes les autres, celles des environs qui venaient en visiteuses, soi-disant pour accompagner un parent, ou faire le marché. Mais surtout se montrer.

La Grand-Rue de Joigny devenait alors le plus grand terrain de chasse du canton, et les garçons connaissaient les meilleurs endroits où les repérer et les taquiner à l'insu de leurs éventuels chaperons. Une fois réunis à l'auberge en fin de matinée, tous les cinq y allaient alors de leurs comptes rendus richement fournis en détails le plus souvent imaginaires. Charles entendait encore leurs rires, les railleries amicales ponctuées de tapes fraternelles dans le dos. On hésitait à commander une nouvelle tournée, pas très longtemps puisqu'il y en avait toujours un qui n'avait pas encore payé son écot. Oui, Charles les entendait encore aujourd'hui, posté là sur le trottoir devant la fenêtre de l'auberge, et il souriait à l'évocation de ces souvenirs, ignorant celles et ceux qui passaient derrière lui et l'observaient, s'écartant au dernier moment quand ils réalisaient qui il était. Charles n'en avait cure. Il regardait ses amis et voulait les rejoindre.

Quand il ouvrit la porte, les odeurs habituelles, aussi désagréables fussent-elles, lui firent immédiatement du bien, le ramenant à un passé qui l'apaisait. Il retrouvait un petit morceau de vie, sa vie d'avant. Il était à nouveau chez lui. L'espace d'un instant. Un instant où personne ne faisait encore particulièrement attention à celui qui venait d'entrer, une silhouette à contre-jour dont le visage ne se révélait pas encore à la lumière faible des bougies. Face à lui, la grande salle respirait par ondulations lentes des dos courbés, et les discussions bourdonnaient sans discontinuer. Oui, Charles se sentait mieux, d'un seul coup. Toutes ces histoires, toutes ces peurs, des jours, des semaines passés, pour finalement tout retrouver en l'état. Comme avant. Comme si rien n'était arrivé. Alors il avança, et la porte se ferma derrière lui avec un claquement sec.

Un glas. Et il apparut tout à fait dans la lumière. Rouge parmi les corps sombres. La table à droite se tut et se figea instantanément, puis la suivante juste derrière, puis celle sur la gauche. Une vague de silence déferla doucement, la salle se figea, et les corps voûtés s'immobilisèrent. Charles progressa malgré tout vers la table de ses amis d'un pas décidé en leur souriant. Eux se regardaient les uns les autres, comme pour chercher une réponse, une solution, une issue de secours.

— Salut ! osa Charles, arrivé à leur niveau. Je peux ?

Sans attendre de réponse, il s'assit. Ses amis, eux, n'avaient toujours pas bougé, et le bourdonnement tout autour n'avait pas repris.

— C'est pour moi ! lança-t-il. Aubergiste !

Charles ne voulait pas voir leurs mines tristes et leurs regards fuyants. Il voulait croire coûte que coûte en ce moment, en ce bref instant d'espoir, aussi illusoire fût-il.

— Ça faisait longtemps, continua-t-il.

— Tu ne peux pas rester ici, le coupa Defosse.

— Quoi ?

— Tu ne peux pas venir ici, insista-t-il. Tu le sais parfaitement.

— Mais qu'est-ce que ça peut faire ? rétorqua-t-il, feignant de s'en amuser. On est ensemble ! Ça fait longtemps, non ?

— Va-t'en, Charles, reprit Michel. Avant que ça ne fasse du grabuge.

— Alors allons ailleurs ! rétorqua Charles. Vous savez quoi ? On va acheter une bouteille et aller la boire dehors. Sur la rive ! Qu'est-ce que vous en pensez ?

— On ne peut pas boire avec toi, dit Vallier.

— On ne boit pas avec le bourreau, renchérit Bellin. Voilà.

— Je préférerais que vous quittiez mon établissement, monsieur, dit d'une voix hésitante le patron de l'auberge qui se tenait derrière lui.

— Pierre… murmura Charles à son ami de toujours.

— Je suis désolé, Charles, lui répondit-il d'une voix triste. C'est terminé. Tu n'es plus… Enfin, maintenant que tu es devenu… Enfin tu sais. Va-t'en. C'est mieux.

Charles se leva. Il se tint là un moment, debout devant la table, devant ses amis. Il était comme sonné. Il les regardait l'un après l'autre, pour revenir au premier, cherchant une explication qu'il connaissait déjà. Mais rien, pas un signe, pas un geste. Le silence. Étouffant. Comme si rien n'avait existé jusqu'alors. Comme s'ils ne s'étaient jamais connus, comme s'ils n'avaient pas partagé toutes ces années depuis l'enfance. Comme si la vie d'avant n'avait jamais existé. Il se dirigea vers la porte. La dernière chose qu'il entendit alors qu'il sortait fut le bourdonnement qui avait repris dans son dos.

XII

Il n'y arrivait décidément pas. La tête restait désespérément attachée à son corps. Agitée de soubresauts convulsifs, ses yeux exorbités le fixaient avec terreur, sa langue pendante se balançant dans le vide. Il ne savait pas quoi faire. Charles ne comptait plus le nombre de coups qu'il avait déjà infligés. Mais rien à faire. Toujours un bout de chair, toujours un bout d'os qui résistaient. Et, pire que tout, toujours cette vie, là, à ses pieds, qui le défiait. Il aurait fallu frapper encore. Mais la hache lui pesait. Il ne se sentait même plus la force de la soulever. Et il n'y avait personne pour l'aider, pour lui dire quoi faire.

Il était seul dans le grand jardin. En face de lui les arbres fruitiers bruissaient dans le vent et, derrière, les ailes décharnées du vieux moulin grinçaient péniblement. Personne. Juste lui et sa victime. De quoi l'accusait-on d'ailleurs ? Quel crime avait-elle commis pour être condamnée à mort ? Si seulement elle pouvait enfin mourir, là. Elle avait dû perdre tout son sang depuis le temps. Mais les spasmes continuaient à l'agiter. Les cris, la vie qui se bat jusqu'au dernier râle. Charles devait agir. En finir une bonne fois pour toutes. Mais comment ? Frapper était inutile.

Il manquait de perdre l'équilibre. Le monde tout autour de lui amorçait un mouvement circulaire. Les aurores et les crépuscules se succédaient en une arche de soleil qui montait dans le ciel d'un côté pour disparaître aussitôt de l'autre, avant de recommencer l'instant d'après. Le vent se levait, et la tempête pointait, les nuages s'amoncelaient en déferlantes anthracite et noueuses. C'était sa faute. Si le monde s'écroulait tout autour de lui, c'était parce qu'il avait pris la mauvaise décision. C'était parce qu'il avait décidé de devenir bourreau, provoquant la peine, la colère et la haine. Il lui fallait réparer cette erreur. Revenir en arrière, essayer de recoller les morceaux. Retrouver le monde tel qu'il existait avant, et ceux qui en faisaient partie.

Charles lâcha alors sa hache et se laissa tomber à genoux juste devant l'animal. Il prit sa tête et essaya de la remettre en place. Les os, les muscles, les lambeaux de chair. Mais la bête ne se laissait pas faire et bêla encore plus fort. Il tâcha alors de lui parler, doucement, de la rassurer, lui dire que tout irait bien et qu'il fallait lui faire confiance. Qu'il allait tout remettre en ordre et que, bientôt, tout cela ne serait qu'un mauvais souvenir. Il essaya à nouveau de refixer la tête sur le corps mais elle ne voulait pas tenir en place et retombait immanquablement, et l'animal s'agitait avec plus de violence. Le sang giclait, aspergeant Charles de la tête aux pieds, se répandant tout autour en une large nappe ronde sur l'herbe devenue écarlate, alors que plus loin les fruits tombaient des arbres morts. Charles aperçut alors sur le sol rougi l'ombre du moulin qui s'étirait. Il entendit les pierres grincer et se rompre alors qu'une des ailes lui frôlait la nuque. La bête bêla une dernière fois, effrayante, et Charles poussa à son tour un hurlement animal. D'un coup sec et brutal, il lui arracha la tête tout à fait, scellant ainsi son destin à jamais. Le soleil avait arrêté sa course dans le ciel devenu crépusculaire. L'ombre s'était étendue sur le monde de maintenant, le sien désormais. Charles se redressa, et tendit le bras au bout duquel il tenait la tête arrachée.

Ce n'était plus une tête de mouton qui gouttait encore dans le vide, mais la sienne. Et ses propres yeux le fixaient avec colère.

Le crépuscule bascula dans l'obscurité quand le moulin s'effondra sur lui.

— Ça va ? lui demanda Marguerite.

— Quoi ? répondit-il, hagard, le front en sueur.

— Tu as crié. Et tu as dit « moulin », je crois.

— Moulin ? répéta-t-il, tâchant de reprendre ses esprits.

— Tu as dû faire un mauvais rêve.

— Oui. Sûrement. Excuse-moi…

— Ce n'est rien, lui souffla-t-elle en se glissant dans ses bras.

Elle le serra aussi fort qu'elle le pouvait. Lui la respirait. Sa peau, ses cheveux, sa bouche, tout en elle avait la senteur de la première fois, du début. Tout en elle était une histoire sur le point de se raconter, et qu'il voulait entendre. Tout en elle était ce qu'il voulait, et dont il ne pouvait pas se passer. Mais le prix à payer était plus onéreux chaque jour, et il ne pouvait plus nier la peur qui lui nouait le ventre sans cesse. Il serra Marguerite encore un peu plus contre lui, comme un remède à ses maux, mais sa mémoire avait décidé de lui jouer encore des tours. Même éveillé, les images se succédaient en autant de scènes si réalistes qu'elles lui semblaient se dérouler ici même, dans leur chambre, devant leur lit. Les contorsions des corps endoloris et les grimaces hideuses des visages. Les hurlements sous le feu et les coups, la chair abîmée, marquée, brûlée, déchirée. Mais aussi les visages de tous les autres. Ceux qui le regardaient. Leurs yeux froids qui le fixaient et leurs bouches qui le jugeaient. Ceux qui l'observaient et qui prononçaient son nom. Son nom qui passait de bouche en bouche.

— Tu regrettes ? lui demanda-t-elle après un temps, l'extirpant de ses mauvais rêves.

— Non.

— Ta vie d'avant ?

— Ma vie d'avant, oui, peut-être. Mais avec toi, alors.

Elle feignit de sourire. Car elle sentait monter en elle une envie de pleurer qu'elle tâcha de contenir. Elle les savait au pied du mur. Malgré tout l'amour qu'ils se portaient, elle savait que l'épreuve était déjà terrible, et que ce serait pire encore avec le temps. Et elle savait aussi qu'au-delà des exécutions, c'était la vie de bourreau elle-même qui allait être difficile à vivre. Se construire un quotidien en marge des autres, coupés de tous.

— C'est juste que… J'ai peur de ne pas y arriver, reprit-il. J'ai beau tout faire pour, je n'y arrive pas.

— Tu as besoin de temps. Et il le sait.

— Toute cette souffrance. Ces cris. Ce sang. Cette colère ! Et puis ces regards. J'en ai pourtant croisé, des regards, sur les champs de bataille. Juste au moment de tuer. Mais c'était différent. C'était la guerre. Si je ne tuais pas mon ennemi, c'était lui qui me tuait. Tu comprends ? Mais eux, là, ceux que j'ai croisés sur l'échafaud, ils ne m'ont rien fait.

— C'est la justice qui décide de les punir. Pas toi. Toi tu ne fais qu'exécuter.

— Quand je pense que petit je voulais devenir médecin…

— Vraiment ? s'étonna Marguerite. Tu ne me l'as jamais dit.

— Et me voilà bourreau. C'est cocasse, non ? Un piètre bourreau, j'en ai peur. Et ton père le sait. Il s'en est rendu compte, je l'ai bien vu. Il est déçu. Il n'a pas confiance.

— Viens avec moi, lui dit-elle en sortant du lit.

— Où ça ?

— Je voudrais te montrer quelque chose. Viens, je te dis. Mais en silence !

Charles se leva à son tour, perplexe, et suivit Marguerite qui descendait déjà l'escalier à pas de chat. Ils traversèrent la grande salle plongée dans le noir et sortirent. Dehors l'air était chaud et la nuit bleutée dessinait la Guimbarde en pointe vers le haut, vers la colline bordée par les remparts qui protégeaient la ville endormie de l'autre côté.

***

Charles ne comprenait pas ce qu'ils venaient faire dans la grange en pleine nuit. Malgré le temps passé ici, il ne s'y sentait toujours pas à l'aise. Les ombres dansaient sur les murs, prenant des formes parfois monstrueuses au gré des flammes vacillant dans le courant d'air, ce qui n'arrangeait en rien son appréhension. Au bout des chaînes suspendues à la poutre, les bracelets ouverts ressemblaient à des petites gueules béantes prêtes à mordre pour ne plus jamais lâcher. Plus loin, la croix de saint André se dessinait sur la pierre comme un Christ sans tête dont on aurait étiré les bras à l'infini. Un Christ écartelé, pensa Charles, alors qu'il lui semblait que le crucifié respirait encore, animé par le mouvement incertain de sa bougie. Et, à ses pieds sur le sol sableux, un bout de corde lui faisait l'effet d'un serpent sans fin bien enroulé et pas tout à fait endormi. Il avait bougé, il l'aurait presque juré.

— Qu'est-ce que tu fais ? lui demanda Marguerite. Tu viens ?

— Qu'est-ce qu'on est venus faire ici ? répondit-il, sortant de sa torpeur.

— Viens, lui intima-t-elle alors en éclairant le mur du fond.

Masqué par l'ombre d'une armoire brinquebalante dans l'encoignure, un petit espace de la paroi était recouvert d'une grande toile de jute accrochée à l'aide de pointes. Marguerite la retira, découvrant une petite porte cachée ajourée par endroits. Sans attendre elle l'ouvrit, non sans effort. La porte grinça lourdement, le frottement du bois sur le sol dessina un large quart de cercle dans la poussière épaisse, et elle entra sans hésiter pour disparaître dans l'obscurité. Incrédule, Charles avança à son tour et se retrouva dans une petite pièce dont il n'avait jamais soupçonné l'existence. À la lueur de sa bougie, l'endroit lui sembla petit et aveugle. Aucune fenêtre, aucun soupirail, rien qui pouvait laisser passer l'air ni le bruit. Une grande table était placée contre la paroi la plus large en face de l'entrée et, partout sur tous les murs, des étagères s'alignaient les unes au-dessus des autres, bien parallèles. De larges planches surchargées. Charles n'en croyait pas ses yeux. Partout où son regard se posait, c'étaient des livres bien alignés, des parchemins empilés, des bocaux, des récipients de toutes sortes et de toutes formes, en verre, en terre ou encore en étain. Là, un alambic et un petit réchaud à charbon. Et là, des tuyaux de cuivre ou de plomb. De l'autre côté, d'autres étagères soutenant des dizaines de pots en grès fermés par de gros bouchons en bois. Tous étiquetés. Charles s'approcha de plus près pour essayer de lire ce qui y était écrit malgré l'obscurité. Sous la saleté, on devinait des noms poétiques tracés d'une belle écriture, tels que Angélique, Ispaghul, Piloselle, Salicaire, Myrrhe ou encore Ipéca, mais aussi des appellations aussi étranges que surprenantes comme « Fiente de paon », « Sperme de grenouille », « Sel de crapaud », « Sel de cloporte », « Cendre d'abeille » ou encore « Huile de fourmi ». Charles continuait de parcourir l'étagère comme un voyage dont la destination lui était de plus en plus mystérieuse, pour s'arrêter sur un pot plus gros que les autres.

— « GH » ? lut-il à haute voix, alors qu'il était déjà attiré par de gros livres reliés posés un peu plus loin.

Sur l'un il pouvait lire, gravé en lettre d'or : *Traité d'anatomie* d'André Vésale, et sur un autre *Planches et dessins* d'un certain Malpighi. Il se retourna vers Marguerite et la questionna de son regard plein de perplexité.

— Mon père tient beaucoup à ces deux livres. Il m'a confié un jour qu'ils lui avaient coûté une fortune.

— J'imagine, acquiesça Charles après en avoir ouvert un avec précaution. Ils sont magnifiques !

— C'est son atelier, fit-elle. Enfin, il n'a jamais travaillé ici, en fait. Il a juste rangé ses affaires dans cette pièce quand nous sommes arrivés de Clermont. Je ne sais même pas s'il y est jamais revenu depuis.

— « Atelier » ? s'étonna Charles, toujours abasourdi par ce qu'il était en train de découvrir.

— Oui, enfin c'est comme ça qu'il l'appelait, à l'époque.

— Qu'est-ce qu'il y faisait ?

— À force de rompre des corps, certains bourreaux un peu curieux ont essayé de comprendre ce qu'il y avait à l'intérieur. Comment ça fonctionnait. Certains ont même acquis avec le temps une certaine connaissance de l'anatomie. Surtout en matière d'ossature. Et de musculature. Forcément, plaisanta-t-elle un peu gênée.

— Forcément… fit Charles toujours hagard, alors qu'il ouvrait cérémonieusement l'ouvrage de l'anatomiste italien.

— Et certains se sont même fait une réputation.

— Une réputation ?

— Comme guérisseurs. Les luxations par exemple. Les fractures. Partant du principe que si tu sais comment casser, tu sais comment réparer.

— Oui, j'en ai moi-même fait l'expérience, plaisanta-t-il alors que ses yeux parcouraient les pages.

— C'est vrai, sourit-elle.

Des gravures aux traits précis se succédaient page après page, morceaux de peau, description de tissus organiques, détails de viscères, de glandes endocrines, de nerfs, de reins et d'os, tout était décrit, annoté en italien et en français. Charles ne comprenait pas vraiment ce dont il s'agissait, mais son imaginaire s'ouvrait déjà à des mondes fantasmagoriques.

— Et puis d'autres sont allés un peu plus loin. Il faut dire que conserver les dépouilles de certains condamnés plusieurs jours, c'est pratique pour disséquer. Pour apprendre, et comprendre. Et fabriquer des remèdes.

— Je me souviens de l'ancien bourreau ici, avant ton père, fit-il un peu absent, absorbé par la lecture. On le disait apothicaire. Il avait des remèdes miracles contre certains maux. On le prenait un peu pour un vieux sorcier, et ses activités n'étaient pas très bien vues par les médecins officiels. Mais certains allaient le voir quand il n'y avait pas d'autre solution.

— Papa faisait partie de ces bourreaux-là, reprit-elle. Avant. À Clermont. Il s'était pris de passion pour l'anatomie. D'où l'acquisition de ces deux ouvrages. J'étais petite, mais je me souviens qu'il passait son temps libre enfermé à travailler et étudier. Et il s'était fait une clientèle. C'était devenu une source de revenu supplémentaire non négligeable. Il travaillait surtout sur un onguent. Un remède miracle comme il disait. Et puis maman est morte, et il a tout arrêté. Et quelques années plus tard on est venus vivre ici. Il n'en a plus jamais parlé. Voilà.

Corbeau étudiait. Corbeau faisait du bien aux autres. Charles essayait de l'imaginer dans ce lieu si extraordinaire et en même temps inquiétant. Lui, l'homme si sombre, si renfrogné. Il l'imaginait là, penché sur un cadavre au ventre ouvert, étudiant les muscles, les viscères, prenant des notes, dessinant. Ou là, récupérant goutte après goutte au nez de son alambic la substance ultime de ses recherches, à base de toutes sortes de substances mystérieuses. Corbeau, le bourreau, celui qui tranchait, décapitait, essorillait, assis là, posé, appliquant son onguent sur la plaie d'un visiteur venu chercher un réconfort qu'il ne trouvait pas ailleurs. Corbeau, dont les traits du visage apparaissaient alors changés dans l'esprit de Charles. Moins striés en profondeur et l'expression plus douce, presque paternelle. Il était plus jeune et il sembla à Charles qu'il souriait presque. Oui, il souriait. Il voyait de l'amour dans ses yeux, et une femme dans leur reflet.

— De quoi est-elle morte ? demanda Charles après un silence. Ta mère…

— D'une maladie, répondit-elle après un temps d'hésitation. On n'a jamais vraiment su. Ça a été long. Et douloureux.

La même maladie que toi ? pensa Charles, qui se garda bien de prononcer à voix haute la remarque, toujours plus intrigué par l'endroit. Un monde où le temps se serait arrêté du jour au lendemain. Recouvrant tout de poussière, enchaînant les objets et les livres les uns aux autres par de longues toiles d'araignées. Un monde qu'on aurait rangé, enfoui, caché à jamais comme dans un coffre dont on aurait jeté la clé. Pour qu'il se perde dans l'oubli. Un monde de recherches, d'années de savoirs accumulés pour soulager la douleur. Avec un espoir qui avait grandi jour après jour, et ce sens qu'on pouvait alors enfin donner à la vie. Jusqu'à la rupture. Soudaine, incommensurable. La perte immédiate de ce sens si chèrement gagné. Et l'arrêt de tout.

— Je me disais que peut-être tu pourrais t'y intéresser ? osa doucement Marguerite. Étudier les corps te permettrait peut-être d'être plus… efficace. Et donc d'occasionner moins de douleur. Tu ne crois pas ? Et pourquoi pas soigner aussi ? Puisque tu voulais être médecin…

Charles ne savait pas quoi répondre. Il ne se sentait pas très à l'aise, ici. Comme un intrus. Un espion. Un voleur, même. Tout ici lui était si secret, si mystérieux. Presque incongru. Ouvrir les corps, les étudier, l'idée ne lui avait jamais traversé l'esprit, surtout après ce temps passé à les martyriser et les détruire.

— Le grand cahier, là, celui relié pleine peau, dit-elle en lui montrant ce qui ressemblait à un livre plus grand que les autres à la couverture racornie. Ce sont les notes de mon père. Tu pourrais les reprendre.

— Mais je n'y connais rien.

— Tu peux apprendre.

— Mais lui ? Qu'en dira-t-il ? s'inquiéta-t-il.

La crise fut soudaine. Marguerite se plia en deux d'un coup, au point de devoir se tenir pour ne pas s'écrouler.

— Marguerite ! cria Charles en se précipitant sur elle pour la soutenir.

Il la redressa comme il put et la fit asseoir sur une chaise.

— Encore tes douleurs ? s'enquit-il, inquiet.

— Ça va aller, tenta-t-elle de le rassurer, alors qu'elle se mordait la lèvre pour ne pas crier. Des coups de couteau dans le ventre. Mais ça va passer. Ça passe toujours, ne t'inquiète pas.

— Mais si, je m'inquiète ! C'est de plus en plus fréquent !

— L'onguent. Dans le pot, là, lui souffla-t-elle en lui en indiquant un sur l'étagère.

Charles se précipita vers le pot indiqué et s'en saisit. Sur l'étiquette était écrit « Blanche ».

— « Blanche » ?

— Oui. Celui-là. Regarde dedans s'il en reste, murmura-t-elle sous le coup d'une douleur qui semblait encore plus forte.

— Oui, un fond, lui répondit-il après l'avoir ouvert et inspecté. Mais tu es sûre ? Ça a l'air vieux… Ça ne sent pas très bon.

— On s'en fiche !

Marguerite s'assit à même le sol et souleva sa robe de nuit, découvrant son ventre. Juste en dessous, son sexe s'exposait aussi le plus naturellement qui soit. Charles la trouva magnifique de simplicité et de candeur. Il vint s'agenouiller devant elle et commença à appliquer délicatement du bout des doigts la mystérieuse pommade. Était-ce dû au pouvoir supposé magique de l'onguent, ou simplement au fait que ce soit lui qui s'occupe d'elle, Marguerite parut déjà se détendre. Elle s'allongea complètement et sa respiration se calma presque aussitôt. Charles continuait de masser en douceur le ventre qu'il remarqua légèrement plus arrondi que d'habitude sous la lumière ambrée. La peau douce absorba la pommade et la main de Charles resta là, rassurante. Si l'endroit l'avait inquiété au début, il réalisa qu'il s'y sentait bien. Comme dans une bulle coupée de l'autre monde. Une parenthèse de quiétude dans le bruit environnant. Oui, il se sentait bien ici, et cette sensation l'apaisa.

Il racla une dernière fois le fond du pot du bout des doigts.

Le silence était absolu.

Marguerite s'était endormie dans la poussière.

XIII

La ville faisait l'effet d'une île. Alors que les deux chariots progressaient lourdement sur le chemin de halage vers le nord, Joigny disparaissait petit à petit derrière, se reflétant au lointain pour quelques instants encore dans la perspective de la rivière. Deux gardes à cheval précédaient le convoi, et quatre autres en assuraient les arrières. Sous la toile épaisse qui recouvrait le chargement des tombereaux, des dizaines de sacs de blé partaient pour Sens en passant par Villeneuve-sur-Yonne, où ils seraient remis à l'armée puis livrés au front pour nourrir les soldats. Marquet conduisait le premier chariot. Le vieux chariotier avait travaillé dur pour acquérir le deuxième. Des années à transporter toutes sortes de marchandises, et même une fois jusqu'à Paris. Il s'était alors promis de ne plus jamais y retourner, s'étant perdu dans la circulation. Désormais il pensait se retirer des affaires. Il méritait bien un peu de paix, il se sentait fatigué de tous ces voyages. « Mis bout à bout, j'ai fait au moins une fois le tour de la terre », s'amusait-il à dire à ses amis. Deux chariots et quatre chevaux solides, sans oublier la clientèle, qu'il laissait à son fils, juste derrière lui dans l'autre véhicule, une belle affaire. Mais il avait beau avoir l'habitude, il n'en était pas moins soucieux. Et ce n'était pas qu'une question d'âge, ni d'usure. Ces derniers temps, le comte de Joigny, un de ses principaux clients, avait choisi d'espacer les voyages pour réduire les risques de brigandage. Mais les chargements n'en étaient que plus conséquents et attiraient davantage la convoitise. Et les cinq lieues qui les séparaient de leur destination suffiraient largement pour qu'ils soient attaqués. L'équipage passait le pont de Cézy, et Marquet sentait quelque chose, comme une tension palpable. Il avait aussi remarqué que les deux cavaliers devant lui regardaient régulièrement vers le sous-bois bordant la berge à droite, parfois indiquant quelque chose d'un mouvement du menton, ce qui ne le rassurait pas. Ça serait vraiment bête de voir toutes ces années d'efforts réduites à néant d'un simple coup de couteau, pensa-t-il, quand le convoi s'arrêta net. Marquet comprit immédiatement. Il savait que ce qu'il avait craint le plus ces dernières années était sur le point d'advenir. Il se retourna vers son fils, qui s'était déjà levé de son siège pour mieux voir ce qui se passait devant, et le rassura d'un geste de la main. Les quatre gardes qui l'accompagnaient s'agitaient eux aussi, prêts à réagir aux ordres de l'officier en tête.

— Ne résistez pas ! cria une voix à l'avant du convoi. Et il ne vous sera fait aucun mal !

Sur le chemin, une douzaine d'hommes armés avaient surgi de nulle part et leur barraient la route. S'il ne les avait jamais vus, il en avait entendu parler, et il les reconnut aussitôt à leur allure grotesque. Leurs tenues vestimentaires excentriques aussi variées que l'origine sociale de leurs victimes, souvent très colorées, leurs couvre-chefs, dont certains étaient ornés de plumes, ne laissaient pas de place au doute. Les membres de la fameuse bande des Tranche-Montagnes se tenaient là, l'air sûr et goguenard. Armés de mousquets, d'épées, de hachettes ou encore de massues, d'autres s'étaient déjà positionnés derrière le convoi, l'entourant ainsi de toute part. Toute résistance était vaine.

— Nous n'en voulons qu'à votre marchandise, reprit celui qui apparaissait comme leur chef. Pas à vos vies. Alors on prend les chariots, et chacun rentre chez soi.

Personne ne bougeait. Sur la gauche, l'Yonne continuait son voyage tranquille vers la capitale, la musique de l'eau contrastant avec la tension du moment. Puis tout s'accéléra soudainement. D'un coup d'éperon, l'officier placé en tête lança sa monture pour tenter de se frayer par la force un chemin à travers les hommes qui lui faisaient face. À peine était-il passé, blessant au passage un des voleurs d'un coup d'épée à l'épaule, qu'une détonation claqua, emportant le chapeau du fuyard dans un petit nuage de sang. Le cheval s'emballa et prit la fuite, traînant derrière lui son cavalier dont un pied était encore accroché à l'étrier et la tête heurtait le sol.

— C'était inutile, reprit le tireur à l'adresse des autres soldats qui n'avaient pas bougé. Moi qui voulais vous empêcher de prévenir vos amis à Villeneuve, je crois que c'est raté, ironisa-t-il en regardant le cheval s'éloigner, avant de s'assurer que la blessure de son compagnon n'était pas sérieuse. Bien. Nous n'avons plus de temps à perdre. Est-ce que nous pouvons compter sur votre collaboration, messieurs ? demanda-t-il aux soldats toujours pétrifiés, comme pour clore la discussion.

Il s'affairait calmement à remettre de la poudre dans son arme en attendant la réponse. Marquet observait la scène. Cet homme ne lui était pas inconnu, il en était sûr. Il l'avait déjà vu, et ce récemment. Mais son accoutrement grand-guignolesque et son visage qu'on aurait dit maquillé altéraient son jugement. Un visage sur lequel se dessina un large sourire quand un des cavaliers de la garde défit son épée pour la laisser tomber au sol, ainsi que son pistolet. Immédiatement, des bruits similaires retentirent derrière, et toutes les armes furent récupérées. Marquet respirait à nouveau. Il était vivant et son fils aussi. Il espérait encore récupérer ses chariots. Ou au moins ses chevaux.

***

— Encore un chargement de perdu ! s'irritait Paul. Et encore les Tranche-Montagnes. Le témoignage du charretier ne fait aucun doute. Il a retrouvé ses chariots et tous ses chevaux devant chez lui, ce matin. C'est leur signature. Dans la rue, on parle d'eux comme des justiciers. Et l'officier abattu n'y change rien. Il aurait forcé le barrage en blessant l'un des leurs. Pourquoi ne pas parler de légitime défense, pendant qu'on y est ?

Le comte était assis en bout de table dans son grand fauteuil. Il avait l'air fatigué, absent. Il ne semblait pas prêter attention à son fils qui s'énervait en arpentant la pièce de long en large d'un pas agacé. Les dernières semaines avaient été difficiles. Il n'était quasiment pas sorti, si ce n'était pour aller chasser, mais sans réelle motivation. Même se montrer dans la rue était devenu une épreuve pour lui. Il n'allait plus au marché comme à son habitude. Peur du regard des autres, peur d'y lire de la compassion, voire de la pitié. Peur d'y lire son échec. Son échec de père. Et de seigneur. Il s'était dérobé à la plupart de ses obligations, sauf celles imposées par le roi, et n'avait assisté à aucune réunion publique. Prétextant la fatigue, il avait passé le plus clair de son temps enfermé dans sa bibliothèque, ou dans la chambre de la tour de la Dame, à la recherche d'un signe, d'une odeur, d'une sensation auxquels se raccrocher. Sa présence à elle. Son seul et unique amour. Il lui arrivait parfois de lui parler, pour essayer de comprendre ce qui venait de se passer. Comprendre cette tempête qui avait tout brisé en morceaux sans prévenir. Comprendre la peine, lancinante, qui le brûlait comme du soufre incandescent à l'intérieur de sa poitrine. Une peine qui se rappelait à lui à chaque exécution dans la cour Lamort, en contrebas de la fenêtre de la chambre où il venait se terrer. Des exécutions auxquelles il n'assistait plus. Il ne voulait pas. Il ne pouvait pas. Il ne pouvait plus. Le voir. Être confronté à lui. Il hésitait même alors à partir en forêt, loin de la clameur, loin des cris de la foule autour de l'échafaud. Mais il était pris dans l'étau. L'urgence de fuir, et ce besoin d'être là pour entendre les cris et les rires de celles et ceux qui se moquaient de celui qui était son fils il y a encore peu. Son fils sur l'échafaud en habit de sang. Son fils dont il reconnaîtrait certainement le regard, malgré sa cagoule. Et ça, il ne le supporterait pas.

— Il faut vous montrer, père ! continuait Paul. Vous ne pouvez pas continuer de vous cacher comme vous le faites. Les gens ont besoin de vous voir pour vous respecter. Savoir qu'il y a encore une autorité !

— Ils te voient toi, ça devrait suffire, répondit le comte sans émotion. Je suis bien assez occupé avec le roi qui m'envoie des missives quasiment tous les jours pour me rappeler ce que je lui dois. Sans compter les échevins qui me harcèlent continuellement. Et puis je t'ai donné tous les pouvoirs. Que veux-tu de plus ?

— Ce que je veux de plus ? rétorqua immédiatement Paul. Vous le savez très bien.

— Tu es ma police. Tu es ma justice. Tu es l'homme le plus puissant du comté…

— Et je suis votre fils, le coupa Paul.

— Oui… Bien entendu, répondit le comte, cachant difficilement sa gêne.

— Alors dites-le.

— Que je dise quoi ?

— Que je suis votre fils.

— Mais tout le monde le sait ! Enfin, à quoi ça rime ? s'énerva le comte qui perdait ses moyens.

— Dites-le !

— Tu es mon fils, dit le comte après un silence.

— Non.

— Comment ça, non ?

— Charles est toujours votre fils. « Le » fils.

— Mais… Oui, il l'est, dans les faits.

— Et dans votre cœur ?

— Dans mon cœur ? fit le comte, la voix empreinte de tristesse. Mon cœur n'a plus son mot à dire dans cette histoire.

— Alors pourquoi je ne porte pas votre nom ? insista Paul sur sa lancée. On m'appelle toujours Paul Fouquier, non ?

— Oui…

— Pourquoi pas de Sainte-Croix ? cria-t-il.

Les deux mains du comte ne suffisaient pas à contenir son visage et toute sa peine. Comme il se sentait vieux en cet instant ! Vieux et blessé.

— Je suis désolé, père, se reprit calmement Paul. Sincèrement. Mais Charles est seul responsable de ce qu'il a décidé de faire de sa vie.

— J'ai besoin de l'état des réserves de blé, répondit le comte en se levant pour couper court à la discussion. Il va falloir revoir les droits de mesurage des blés et de la jauge des vins, j'en ai peur. Ainsi que la ferme sur le sel.

— Père…

— Sur le mesurage public du marché aussi, le coupa-t-il encore. Et de la pêche, et des fours banaux. Et avec ça il faut faire aussi payer la capitation. Sortir un nouvel impôt après trois années de famine. À quoi pense le roi ? Je ferai comme d'habitude. Je noircirai le tableau pour apitoyer le contrôleur général et négocier des décharges ou au pire des remises.

— On peut aussi essayer de récupérer ce qu'on nous a volé.

— Ah ? s'interrogea le comte, un peu absent, comme sorti de ses pensées comptables. Oui ? Et comment ?

— Avec plus d'hommes, renchérit Paul. Pour ratisser la forêt d'Othe. Leur planque est là-haut, cela ne fait plus aucun doute.

— Très bien. Prends tous les hommes que tu veux, conclut le comte avant de sortir.

Paul n'eut pas le temps de lui faire part de ce qu'un de ses hommes venait de lui apprendre. Depuis quelque temps, une femme était aperçue chaque jour se dirigeant vers la forêt. Une femme dont le signalement correspondait à celui de Marguerite. La femme de l'infortuné Charles.

XIV

— Demain, c'est toi qui exécuteras, annonça Corbeau.

Ils venaient à peine de terminer de déjeuner. Comme d'habitude, on avait peu parlé, sauf pour évoquer les tâches du lendemain. Charles, lui, était inquiet pour Marguerite. Ses crises étaient plus fréquentes et semblaient plus violentes. Et surtout il n'y avait pas de remède. Le pot de la fameuse pommade « Blanche » qui semblait lui avoir fait du bien l'autre soir était vide, et le sourire un peu forcé qu'elle lui adressa à table ne calma en rien son anxiété.

— Demain ? réagit Charles, décontenancé.

— Un certain Larcher a été condamné ce matin à la décollation pour injure au roi, continua le bourreau. Il fera amende honorable avant, et il faudra le rouer par la barre. Ça, je m'en occuperai.

On pouvait se procurer la brochure sous le manteau pour quelques sols. En plus des pamphlets habituels et des portraits de la cour tournée en ridicule, un dessin particulièrement irrévérencieux remportait tous les suffrages et faisait le succès exceptionnel de cette édition. Le roi y était représenté dans une position plus qu'équivoque, enchaîné par la Montespan, la Maintenon, la La Vallière, et la Fontanges. On ne parlait plus que de ça. Dans les rues, les estaminets, les commerces, même au château, et jusqu'à la cour à Versailles. Ordre avait donc été donné au gouverneur de trouver le fauteur de troubles sans délai, et de stopper la circulation de ce document qui blessait la fierté du roi. Le prévôt n'avait pas eu de mal à remonter à la source. Des exemplaires avaient été découverts ce matin-là empilés chez l'imprimeur Larcher, prêts à être écoulés, ce qui avait suffi à confondre l'homme qui s'apprêtait à fuir. Le comte avait jusque-là réussi à protéger celui qu'il connaissait de longue date, et qui avait toujours refusé de se convertir au catholicisme, malgré de nombreuses remontrances et la menace des dragonnades. Mais aujourd'hui il était allé trop loin. Il ne pouvait plus rien pour lui. Si ce n'était lui éviter le bûcher, sentence habituelle infligée aux protestants mais à laquelle le comte s'était toujours refusé dans sa ville.

Charles ne sentit pas la main de Marguerite effleurer son épaule alors qu'elle s'était déjà levée pour débarrasser la table et passait près de lui. Il était sous le choc, sans voix. Damien le narguait de son air narquois en se curant les dents bruyamment comme à son habitude.

— La décollation… reprit fébrilement Charles après un silence. Mais pourquoi pas la corde ?

— La décision vient de Versailles, rétorqua aussitôt Corbeau. Ils veulent sûrement que le peuple se souvienne qu'on n'injurie pas le roi impunément. Et on se souvient plus d'une tête coupée que d'un corps pendu. Et encore, il a évité les flammes.

— Mais je ne l'ai jamais fait ! continua Charles en proie à la panique.

— Il fallait bien que tu commences un jour.

— Mais demain ? Et devant tout le monde ?

— Évidemment, devant tout le monde !

— Mais ce n'est pas possible ! hurla Charles. Enfin, je ne peux pas faire ça ! Je ne suis pas prêt !

Corbeau répondit par le silence. Il fixait Charles d'un regard glacial. Plus personne ne bougeait. Damien ne se curait plus les dents, et Marguerite se tenait immobile dans le cellier.

— Je n'ai fait que couper des têtes de paille. Je n'ai jamais réussi à trancher correctement la tête d'un mouton, renchérit-il, toujours nerveux. Comment pouvez-vous espérer que j'y arrive sur un échafaud demain, avec un homme ?

— Je te l'ai dit, reprit froidement Corbeau. Il faut bien commencer un jour. Et attendre plus longtemps ne servirait à rien. La discussion est close. Tu penseras à bien affûter ta lame. L'exécution est prévue dans la matinée et ce ne sera pas facile. Un commissaire royal vient exprès pour y assister.

— Un commissaire royal ? répéta Charles, ahuri.

— Pour représenter le roi. L'imprimeur l'a injurié, et c'est un protestant. C'est grave.

Aucun mouvement. Personne n'avait encore osé le moindre geste, la moindre respiration. Soudain, Charles se leva d'un bond, renversant sa chaise sur le sol.

— Charles ! l'appela Marguerite.

Mais il s'était déjà précipité dehors pour disparaître.

***

Les lignes de ceps plantés à intervalles réguliers plongeaient en perspective en suivant l'arrondi de la pente au bas de laquelle quelques fermes et moulins annonçaient les remparts juste en dessous. Haute et épaisse, agrémentée de ses sept tours larges et de ses quatre portes fortifiées de herses, la ceinture de la ville envoyait au visiteur qui débouchait sur la vallée un message de puissance et de sûreté, et aussi de sérénité. Les toits ocre des habitations se juxtaposaient en désordre comme des écailles, donnant à l'ensemble l'aspect d'un animal extraordinaire et gigantesque et, de l'autre côté, légèrement surélevés, trônaient le château et son église aux multiples pointes comme une tête cornue dressée vers le ciel. L'animal fantastique semblait dormir cet après-midi-là, confortablement couché le long de la rivière scintillant au soleil, coupée par le pont Saint-Nicolas qui paraissait frêle à cette distance. Et partout des gens, comme des petites fourmis, allant et venant en flux incessants tout autour, pénétrant la bête pour s'en nourrir ou la nourrissant.

Charles avait toujours aimé venir tout en haut de la côte Saint-Jacques. Enfant, il s'amusait à la gravir à toutes jambes avec ses copains pour faire la course. Mais il lui arrivait aussi de s'y rendre seul, quand il avait besoin de réfléchir, de se recueillir, ou quand il était en peine. Surtout après la mort de sa mère. Il en aimait l'atmosphère. Au-dessus de tout et plus près du ciel. Surtout avant la nuit, entre chien et loup, quand la lumière opère sa magie et que l'horizon se pare d'or sur le pays de la Puisaye de l'autre côté de la rivière. Se retrouver dans les périodes de tourment. Un peu. Tenter de s'apaiser. Depuis toujours écrasé par l'autorité d'un père généreux mais parfois injuste, faisant de l'enfant qu'il était encore un adulte mal à l'aise dans un costume trop grand pour lui. Revenir à soi, pour mieux appréhender l'avenir. Car Charles avait eu cette conscience de manière très précoce. Conscience du destin dû à sa position, son nom et son titre, mais aussi conscience des sentiments contradictoires qui l'animaient déjà. Les sentiments d'amour qu'il avait dû garder pour lui quand l'élue n'était pas de son rang, mais aussi ceux exprimés à son père le jour de la mort de sa mère, et que ce dernier avait immédiatement mis sur le compte de la perte, abrégeant ainsi la conversation sur un sujet douloureux. Charles avait alors compris qu'il lui faudrait faire son apprentissage seul, et laisser grandir son cœur au gré de ses propres sensations et de ses observations. Et venir se cacher ici, sur la côte, durant toutes ces années, avait fait partie de ce voyage vers son état d'homme en devenir. Il regardait alors la ville des heures durant. Il lui arrivait de se projeter comme étant son seigneur, tout comme il rêvait aussi de guerre et de conquêtes. Alors il rêvassait. Assis là, tout en haut de l'allée de tilleuls qui menait à son lieu de retraite, il se reposait du poids que l'on mettait déjà sur ses épaules. Il en profitait aussi pour chaparder du raisin au passage, quand c'était la saison et qu'il était bien mûr, avant que les vendangeurs n'emportent tout. C'est bien connu, le fruit a toujours meilleur goût englouti à la va-vite, accroupi à l'abri d'un rang de vigne.

Cela faisait des années que Charles n'était pas revenu, et c'était pour lui comme une respiration. Son départ pour Paris et ses études avaient étiré le temps au point de scinder sa vie en deux. L'avant et l'après. Mais il y avait surtout un maintenant. Violent.

Pas très loin, au-delà des cépages qui s'étendaient sur le côté, il savait qu'il y avait une grange abandonnée, perdue, et sa présence le ramenait à cette rupture si brutale dans sa vie, si rapide. Il revivait ce premier regard échangé avec Marguerite, le premier jour, de retour de ces années de guerre. Ces quelques mois à peine depuis ce jour où il avait décidé d'être un autre. Ou de devenir enfin lui-même ? pensa-t-il. C'était une nouvelle vie qu'il avait dû commencer, une nouvelle vie dont le prix à payer avait été de blesser les siens. Il espérait au plus profond de lui les revoir, renouer, recréer un lien entre ce qu'il devenait et ses proches, mais c'était un espoir qu'il savait vain. C'était impossible. On ne pouvait pas être comte et bourreau.

Et demain, il le serait, le bourreau. Celui qui exécute. S'il s'était caché jusqu'à maintenant sous sa cagoule, réprimant son effroi en se limitant le mieux possible à son rôle subalterne, c'était lui cette fois qui allait tenir la hache sur l'échafaud. Pour la toute première fois, il allait trancher la tête d'un homme vivant, et les cauchemars qui hantaient ses nuits allaient devenir réalité. Et ce n'était pas à l'exécution d'un imprimeur protestant qui crachait sur le roi qu'on viendrait assister demain, mais bien à la première décollation de l'apprenti exécuteur, planté au centre de l'échafaud, à la vue de tous. Un homme qu'on connaissait avant. Le fils du comte, devenu bourreau par amour.

La possibilité de fuir traversa alors son esprit. Il avait pris « Nord-Ouest » pour grimper jusqu'ici. C'était le cheval le plus robuste et il pourrait certainement galoper toute une nuit sans repos. Au moment de l'exécution, le lendemain, il serait déjà loin. Cette pensée le rassura un instant, puis le visage de Marguerite lui apparut, et son cœur se serra, lui faisant oublier aussitôt l'idée de cette fuite éperdue.

Alors qu'il réalisait qu'il ne pourrait pas échapper à son funeste destin, des voix le firent sortir de sa réflexion et, d'instinct, il se cacha aussitôt. À quelques mètres derrière lui, tout en haut de la côte, là où le bois délimite les vignes, un petit groupe d'individus s'était formé. Il reconnut certains vignerons et leurs familles.

— Prions ensemble, mes frères, dit une voix grave qui semblait parvenir du centre du groupe. Prions saint Vincent pour les vendanges qui s'annoncent et qu'enfin ces années de misère soient définitivement derrière nous. Que le ciel nous soit clément ! Bénis soit la vigne et son fruit !

L'attroupement se fendit et le père de Saintonge apparut, suivi de deux enfants de chœur dont l'un arborait une bannière sur laquelle le saint des vignerons était représenté sous une grappe dans un ciel crépusculaire. Derrière, la petite troupe suivit en procession, et un chant s'éleva aussitôt, chacun calquant son pas sur celui des autres. Tous, hommes, jeunes et vieux, femmes et enfants se fondaient totalement comme un seul homme en marche. Charles les regardait et cette scène l'apaisa et le rassura. Il sentait monter en lui ce même désir de prière. Ils se dirigeaient vers lui, et plus ils se rapprochaient, mieux il pouvait lire sur leurs visages une émotion qui le ramenait vers quelque chose de l'ordre de la beauté. C'était en tout cas le sentiment qui l'animait alors qu'ils arrivaient à son niveau pour le dépasser. Charles ne bougea pas. Il ne se sentait ni reconnu ni jugé. À aucun moment, on ne murmura en l'apercevant. Oui, la beauté humaine, voilà ce qu'il voyait. Cette beauté qui vient de l'intérieur et qui unit les uns et les autres, aussi différents soient-ils. Le prêtre regarda Charles dans les yeux et lui sourit.

— Vous venez ? lui proposa le père avant de continuer sa route sans attendre sa réponse.

***

Marguerite s'inquiétait. La porte de l'écurie était bien refermée et « Nord-Ouest » attaché à sa place. Mais pas de trace de Charles. Instinctivement, elle se dirigea vers la grange et trouva la porte entrouverte. Elle comprit aussitôt et se dirigea sans plus réfléchir vers le fond, là où la toile de jute était maintenue par un clou sur le côté, découvrant la petite porte de l'atelier entrebâillée.

Charles était assis à la table, penché sur un livre, l'air studieux, comme un élève à l'école.

— Entre la cinquième et la sixième vertèbre… murmura-t-il alors qu'il n'avait toujours pas remarqué la présence de Marguerite dans son dos.

— Qu'est-ce que tu fais ?

— Quoi ? fit Charles en sursautant.

— Je te cherchais. Je m'inquiétais. Tu es parti tout l'après-midi.

— Ah. Oui. Je sais. J'avais besoin de réfléchir…

— Papa était en colère.

— J'imagine, lui répondit-il en lui prenant la main, comme pour la rassurer.

— Vésale ? s'enquit-elle en indiquant l'ouvrage ouvert sur la table.

— Oui, murmura-t-il un peu gêné. Je regardais. Pour demain.

— Ah. C'est bien.

— Je ne comprends pas tout, feignit-il de plaisanter, mal à l'aise. Heureusement, il y a les dessins.

Elle le prit dans ses bras, sa tête à lui à la hauteur de sa poitrine, et le serra un instant.

— Ça va aller, ne t'inquiète pas, lui dit-elle le serrant encore.

— Je ne sais pas. Il faudra bien, ironisa-t-il.

— Je ne devrais pas mais…

— Quoi ?

— Je vais te montrer quelque chose, se décida-t-elle. Mais tu ne diras rien à mon père. Ni à personne. Ça doit rester un secret !

— D'accord… lui répondit-il, un peu perplexe.

Elle ouvrit un tiroir et en sortit une cordelette.

— Qu'est-ce que c'est ?

— Un lacet. Pour le retentum.

— Le quoi ?

— Le retentum. Pour étrangler le condamné et abréger ses souffrances. Normalement on le fait sur autorisation judiciaire. Un acte de clémence si tu préfères. Mais parfois, si c'est bien fait… Mais il ne faut pas être vu. C'est important, tu comprends ? Ça pourrait mettre tout le monde en colère. Et puis on pourrait te condamner à ton tour.

— Et c'est supposé m'aider, ça ? s'amusa-t-il en prenant le lacet. Déjà, faire ce qu'on me demande est compliqué. Alors étrangler sans être vu avec la foule tout autour…

— Savoir qu'il y a une autre possibilité, ça peut aussi aider, parfois…

— Oui, peut-être, répondit-il en regardant le petit bout de corde. Tu as raison.

Elle se détacha doucement de Charles qui observait la cordelette et la faisait glisser entre ses doigts.

— Tu veux que je te montre ?

— Que tu me montres ? fit-il, incrédule. Ah, parce que ça aussi, tu as appris ?

— Non, je plaisante, le rassura-t-elle, un peu gênée.

— Ça va ? s'inquiéta-t-il quand il remarqua que Marguerite se tenait le ventre. Tu as mal ? C'est encore gonflé, non ? Comme l'autre soir… On pourrait croire que tu es enceinte !…

Marguerite ne répondit pas, cherchant à couvrir de ses mains la forme naissante sous le tissu. Elle ne put retenir un léger sourire, timide.

— Tu es enceinte ?

— Je crois, oui, murmura-t-elle.

— Pourquoi tu ne m'as rien dit ?

Charles ne s'y attendait pas. Était-ce dû à la vie qui était la sienne désormais, avec son fardeau qu'il lui fallait porter bon an mal an jour après jour, il avait complètement omis cette possibilité. Et ce en dépit de l'amour toujours plus fort qu'il vouait à Marguerite.

— C'est pour ça que tu souffres davantage depuis quelque temps… continua Charles.

— Peut-être, éluda-t-elle.

— Les crises sont plus régulières depuis quelques semaines. Il pourrait y avoir un lien.

— Je ne sais pas, Charles, s'impatienta-t-elle un peu. Mais tu n'es pas content ?

— Mais si ! la rassura-t-il aussitôt. Bien entendu. C'est une incroyable nouvelle.

Charles aurait aimé réagir autrement. Réagir comme il s'était souvent imaginé le faire quand il lui prenait de rêver à ce jour. Réagir comme il se doit dans ce genre de situations. Sauter de joie. Crier son bonheur à qui voulait l'entendre. Courir partout dans la maison, agripper le vieux Corbeau par les épaules pour le secouer, et rire avec lui de cette heureuse nouvelle, parce que lui aussi serait forcément heureux. La prendre dans ses bras et la serrer tendrement, lui souffler des mots tendres et réconfortants et imaginer à quoi pourrait ressembler l'avenir maintenant qu'ils seraient trois. Devenir père et mère ensemble, en harmonie dès cet instant, main dans la main.

— Non. Tu n'es pas content… répéta-t-elle devant son silence.

Charles n'arrivait pas très bien à visualiser s'il s'agissait d'un garçon ou d'une fille. Il voyait l'enfant se frayer un passage entre leurs jambes. Il l'entendait l'appeler, « papa ! », là, au milieu de milliers de personnes muettes qui ondulaient comme un champ de roseaux sous le vent. Et l'enfant se faufilait malgré tout, malgré les corps des autres, malgré leurs idées et leurs opinions sur les choses, sur la vie, sur le rôle de chacun et ce qu'on devait en penser. Il luttait déjà pour sa place en devenir et il le rejoignait enfin. Il le rejoignait là, au pied de l'échafaud, et il le regardait en souriant. Lui, son père, géant magnifique, qui se tenait déjà près du billot, sa hache pesante sur le point de décapiter. Il regardait aussi le condamné la tête écrasée sur le billot, le regard hagard, et il lui souriait à lui aussi. Comme une chose normale. Le travail de papa. Un enfant pour lequel donner la mort allait de soi.

C'était un garçon.

— Charles ?

— Fuyons! fit Charles, sortant soudainement de sa torpeur.

— Quoi ?

— Fuyons ! répéta-t-il, le corps soudainement agité et se levant aussitôt. Ce soir ! Cette nuit ! Il est encore temps de refaire notre vie, ailleurs ! De tout reprendre à zéro !

— Mais qu'est-ce que tu racontes ? lui rétorqua-t-elle ahurie. Il est hors de question de fuir. Et pour quoi faire ?

— Autre chose ! Être quelqu'un d'autre. Il est encore temps.

— Mais tout le monde sait qui nous sommes ! Surtout toi ! Ta réputation est faite jusqu'à Versailles !

— Je pourrais travailler, acheter une ferme.

— Personne ne nous donnera le moindre morceau de terre à labourer, enfin ! Tu le sais très bien ! Notre nom nous précédera partout où nous irons ! Nous ne pourrons rien faire d'autre et nous crèverons de faim ! Charles, reprends-toi ! Tu dis ça sous le coup de l'émotion à cause de l'exécution de demain !

— Ça n'a rien à voir ! se défendit-il aussitôt.

— Pense à tous nos avantages, reprit-elle. C'est peut-être une vie de compromis que la nôtre, mais elle reste profitable. Surtout en ce moment où la famine sévit encore.

— Je veux donner une autre chance à notre enfant ! Une autre possibilité que celle de devenir un bourreau ou d'en épouser un !

— Pourquoi ? s'énerva-t-elle un peu plus.

— Pourquoi ? Tu me demandes pourquoi ?

— Oui ! Pourquoi ? Ça fait des générations que nous sommes bourreaux dans la famille. C'est une charge royale et nous en sommes fiers, Charles. Il n'y a aucune raison pour qu'il ait honte de sa famille et de ses origines.

— J'ai bien rompu avec la mienne, répliqua-t-il.

— Tu n'as pas le droit de me dire ça, Charles. Tu le savais. Tu savais à quoi tu t'engageais avec moi. Avec nous ! J'ai essayé de te convaincre de ne pas prendre cette décision, même si depuis je ne l'ai jamais regrettée. Alors ne me dis pas ça. Ne me fais pas regretter la mienne, s'il te plaît !

— Pardonne-moi. Je ne voulais pas dire ça, murmura Charles qui se calmait, revenant à elle et la prenant dans ses bras. Pardonne-moi.

Ils restèrent ainsi enlacés un instant, au milieu de l'atelier obscur. Un instant pour se retrouver, ressentir à nouveau ce lien entre eux, la raison de tout.

— Si c'est un garçon, il sera élevé dans la tradition familiale, reprit-elle après un court silence d'une voix assurée, tout en se détachant doucement. Et si un jour il décide de ne pas prendre la relève, je le respecterai. Parce que ce sera sa décision à lui. Tu comprends ? Comme toi tu as pris la tienne un jour. Et puis j'en ai fait la promesse à mon père. Je ne la trahirai pas.

— Et si c'est une fille ?

— Elle fera comme moi. Elle attendra de tomber amoureuse. Parce que c'est tout ce qui compte, conclut-elle avec un sourire, avant de sortir.

XV

Préparer la roue sur l'échafaud et tous les outils nécessaires à l'exécution. S'assurer que rien ne manque. Aller chercher le condamné dans la geôle du château. Respirer, toujours tâcher de respirer, régulièrement, et se calmer, malgré la cagoule qui tenait chaud et les tissus qui collaient à la peau. Oublier la foule venue en nombre pour injurier celui qui n'avait jamais voulu épouser la foi catholique. D'abord le parvis devant la porte de l'église Saint-Jean. Le faire s'agenouiller, une torche de cire ardente dans une main, et le soumettre à l'amende honorable par laquelle il se reconnaissait coupable du crime dont on l'accusait. Puis les premiers cris, à cause de la cire qui coulait déjà et brûlait son avant-bras, des cris mêlés aux pardons à Dieu, au roi et à la justice pour l'offense causée. Il manquait de lâcher le flambeau à chaque instant, mais Charles veillait, et le père de Saintonge était là, toujours à ses côtés, pour le remettre systématiquement dans le droit chemin de la prière, dévié sans relâche par l'affliction déchirante. Plus nombreuses encore que de coutume, les prières résonnaient dans l'assemblée qui regardait avec cette curiosité malsaine qui seyait toujours à l'événement. Puis retour dans la cour Lamort. Pleine, bondée. Des personnes se tenaient sous la tente officielle sur le côté, surtout ne pas regarder. Rester concentré. Pousser le pauvre imprimeur devant, pour qu'il presse le pas. Gravir les marches de l'échafaud. Le retenir alors qu'il manquait de s'écrouler. Vite, ne pas réfléchir. L'installer sur la roue, sur le dos, les bras et les jambes attachés en croix, le visage vers le ciel. Faire fi des remontrances de Damien qui passait systématiquement derrière pour vérifier chaque nœud, tout en ordonnant les manœuvres pour mieux s'imposer sur l'échafaud. Peu importait, se répétait Charles. Il faisait lourd ce matin-là. De gros nuages menaçants occupaient le ciel. Ne pas regarder le condamné dans les yeux. Ne pas écouter ses supplications larmoyantes. Et se retirer sur le côté. Ce n'était pas encore à lui. La décollation, ce serait pour la fin. Dans quelques minutes que Charles s'imaginait alors des heures, des jours, des années, loin devant, pour se rassurer. Le premier coup de barre tomba, un coup sûr, donné par le vieux bourreau qui savait ce qu'il faisait. Puis un deuxième, un bruit sourd brouillé d'un craquement, comme une vieille planche de bois sèche qu'on aurait brisée à la force des bras. Un autre hurlement, et l'assemblée qui poussait un cri dans la foulée, pour encourager le bourreau, mais aussi le condamné. L'encourager à souffrir, l'accompagner vers sa peine méritée. Un troisième coup, puis un quatrième. Les genoux n'étaient plus dans la continuité des cuisses, quelque chose clochait désormais dans ce corps qui se déshumanisait. Encore un coup. Le geste fut ample et sans effort. Un hideux rictus déforma le visage du supplicié, méconnaissable sous la douleur, et la plèbe s'anima. On rit, on fit le dégoûté, on montra du doigt l'épaule démise ou le pied retourné. Un dernier coup et on chuchota, un peu déçu que ce soit déjà terminé, alors qu'une sorte de mélopée triste, déchirante, obsédante, sortait de la bouche restée ouverte du martyrisé en une logorrhée presque énervante, horripilante. Une bouche grande ouverte comme celle d'un gros poisson qu'on aurait laissé mourir sur la rive et qui chercherait désespérément de l'air. Maintenant détacher les mains et les jambes qui tombaient désormais lamentablement sur le côté. Un pantin désarticulé qu'il fallut soulever pour l'amener sur le billot. Il faisait chaud, de plus en plus chaud. L'air manquait et le silence était pesant. Oui, le silence. Charles n'entendait plus rien. Était-ce parce que plus personne ne parlait, maintenant que c'était son tour ? S'approcher du corps maintenu tant bien que mal à genoux la tête sur le bois. Prendre la hache. Juste là, posée sur le côté. Il avait bien affûté la lame un peu plus tôt ce matin, ça devrait aller. Le manche, la sensation du bois, le poids de la tête qui tombait vers l'avant. Se rapprocher encore un peu. Tout était bien à sa place. En ordre. Comme à l'entraînement. Corbeau, le condamné, la populace agglutinée, et eux, sous la tente, tout là-bas. Tous les acteurs de l'histoire qu'il avait décidé d'écrire malgré la peine étaient réunis pour l'acte suprême. Le dénouement. Et Marguerite. Elle était là elle aussi, un peu plus loin, à l'écart derrière, et elle le fixait comme pour lui tenir la main. Soudain, l'image de l'enfant, leur enfant, lui traversa l'esprit. Et il lui souriait.

L'instant. Le non-choix. L'impasse.

Frapper. Comme il l'avait appris. Avec les hommes de paille et les moutons.

Frapper. Et abréger les souffrances du pauvre homme. Frapper et le libérer, pensa-t-il, comme pour se donner la force d'en terminer.

Frapper. Et rentrer. Se cacher. Se terrer. Et tenter de respirer à nouveau et reprendre le cours de son existence, comme si rien ne s'était passé.

Frapper, une seule fois.

Un petit rond noir se dessina sur le plancher. Puis un autre, plus loin. Puis un autre encore. Et, rapidement, des dizaines de petits ronds noirs constellèrent le sol de l'échafaud avec des clapotis secs.

— Attends, lui fit Corbeau, scrutant le ciel qui s'était noirci.

Charles sentait l'eau se répandre sur son corps et le rafraîchir. Il pleuvait maintenant des cordes et il ne bougeait pas. Il restait là, la hache entre les mains, et il savourait l'instant de grâce. Même s'il savait cette grâce temporaire. On ne pouvait pas procéder à une décapitation sous la pluie, les lames mouillées étaient moins efficaces et on risquait la blessure. Le corps du pauvre Larcher affalé sur le billot juste en dessous se dandinait mollement sous l'effet de la douleur. Charles aurait voulu l'aider, le réconforter, lui dire que tout ceci n'était pas bien grave et que ça allait cesser très vite. Il glissa sa main dans sa poche et sentit le lacet. Il lui suffirait de se baisser, de faire comme s'il lui chuchotait à l'oreille, et personne ne verrait rien, tout occupés qu'ils étaient à se protéger de la pluie qui ne cessait de tomber toujours plus fort. Poser la hache et s'agenouiller, sortir la cordelette et lui murmurer quelques mots. La passer autour de son cou et serrer, pour lui permettre de partir enfin. Mais le père de Saintonge se pencha sur le supplicié pour lui parler, empêchant Charles de réaliser ce qui lui avait semblé pourtant impossible jusqu'alors, abandonnant le pauvre homme à sa peine. Corbeau observait toujours les nuages noirs alors que la foule commençait à s'impatienter.

— Bourreau ! ordonna Paul qui se tenait alors sur les degrés de l'échafaud. Il faut procéder.

— Mais c'est impossible ! répondit Corbeau. Avec cette pluie, on risque de le blesser encore plus !

— Désolé, rétorqua Paul. Nous n'avons pas le choix. Le commissaire royal l'a ordonné. Exécutez ! Sur-le-champ !

Charles et Paul se regardèrent avant que ce dernier ne tourne les talons pour rejoindre sa place sous la tente, de l'autre côté de la foule qui s'animait de plus en plus. Il était désolé, Charles en était sûr. Il avait perçu du désarroi dans le ton de son frère malgré son apparente détermination. Et cette sensation lui fit du bien.

— Tu as entendu ? Il faut y aller, lui dit Corbeau alors qu'il s'était approché de lui. Fais au mieux. Frappe fort. Plus fort que d'habitude.

Oui, Paul compatissait, pensait encore Charles alors qu'il reprenait sa position au-dessus du condamné. Il pleuvait toujours, et le son des gouttes qui frappaient le bois lui faisait l'effet d'une berceuse.

La hache s'éleva dans le ciel d'été triste, déchirant le rideau de pluie. Lourde, en équilibre incertain, elle resta là, dressée vers les cieux l'espace d'un instant, en une grande respiration comme avant de plonger. Les gouttes d'eau s'étaient cristallisées comme autant de petits diamants suspendus dans l'espace et le monde entier était pétrifié dans l'attente. Entre la cinquième et la sixième vertèbre, pensa Charles, le corps en extension et les muscles des bras tendus. Sa cagoule trempée lui collait au visage. Il fixait l'ossature en petits reliefs sur la nuque qui s'exposait sous lui, docile et abandonnée. Il n'était pas très sûr. Il ne voyait plus très bien. Il attendait un signal. Il ne voulait pas prendre la décision tout seul.

« Amen. »

Presque inaudible, la voix du père de Saintonge lui parvint comme un souffle divin, venant de partout et de nulle part. Le signe qu'il pouvait laisser son arme retomber. Qu'il pouvait frapper, puisque c'était Dieu qui le commandait.

Et il frappa.

Mais la tête ne se détacha pas. La blessure était béante et le corps se contorsionnait toujours plus et dans tous les sens.

— Frappe encore ! hurlait Corbeau qui s'était précipité avec Damien pour maintenir le condamné en place.

La pluie avait cédé la place à la tempête. Une tempête humaine, hurlante. Larcher n'était plus un homme mais une créature désarticulée avec une tête de mouton qui bêlait et qui le fixait de ses yeux exorbités. Tout autour de l'échafaud, l'indignation avait supplanté l'impatience. On aboyait son fiel, on s'égosillait à se rompre les cordes vocales pour faire entendre son effroi, on beuglait justice, on s'invectivait à qui serait le plus choqué, pointant du doigt le vrai coupable, celui qui n'avait pas su exécuter, l'exécuteur des hautes œuvres qu'on était prêt à ramener sur terre pour le traîner dans la boue.

— Donne-moi ça ! hurla enfin Corbeau en lui arrachant la hache des mains. Pousse-toi !

Charles ne résista pas et se laissa pousser sur le côté par le bourreau qui se positionnait aussitôt au-dessus du corps désormais difforme. Il leva la hache et l'abattit aussi sec, détachant la tête du corps une bonne fois pour toutes. Elle tomba lourdement sur le plancher détrempé et roula jusqu'aux pieds de Charles. Elle le regardait droit dans les yeux. Du moins fut-ce la sensation qu'il eut avant de perdre connaissance.

***

— Jamais je n'ai subi un tel déshonneur de toute ma carrière ! s'énervait Corbeau. Et devant un commissaire royal, encore !

La sortie de la cour Lamort avait été difficile. Si la cohue avait tardé à se dissiper sitôt l'exécution achevée, les musards les plus sots étaient restés, certains riant et montrant du doigt l'apprenti bourreau sans connaissance, quand d'autres lançaient déjà des poignées de boue à l'équipage qui quittait prestement les lieux.

— Je n'aurais jamais dû accepter, continua-t-il. Ce mariage était une folie. Sans compter que je vais avoir le comte sur le dos maintenant. C'est sûr ! Tomber en pâmoison sur l'échafaud ! Je vous jure ! Je n'ai jamais vu ça !

Charles n'avait rien dit depuis leur retour. Le cahotement de la charrette sur le chemin lui avait fait reprendre connaissance et, sitôt revenus à la maison des Fossés, il avait tâché de se concentrer sur le rangement des outils comme d'habitude, avant de nettoyer sa hache encore souillée par endroits malgré la pluie. Des petites taches, là où le cou de la lame s'enroule autour du bois du manche. Il s'apprêtait à frotter pour les retirer puis s'arrêta. Il fixa les traces d'un peu plus près, les traces d'une vie il y a quelques minutes encore. Un peu de Larcher y subsistait, et il décida de ne pas les effacer tout à fait. Pour mémoire. Pour se souvenir de lui, et de la douleur qu'il lui avait infligée par son incapacité. Il voulait apercevoir ces traces chaque fois qu'il soulèverait la hache sur un autre, pour ne pas oublier, pour ne pas l'oublier, espérant ainsi que, peut-être, il serait plus efficace et qu'il occasionnerait moins de souffrances.

— Je n'aurais pas dû te laisser le choix, continua le bourreau à l'intention de Marguerite. Le fils du bourreau de Dieppe était un bon parti. Et les choses auraient été comme il se doit.

Corbeau avait monologué pendant tout le dîner. Charles n'avait pas touché à son assiette et le pied de Marguerite qui venait se frotter contre le sien ne suffisait pas à le ramener à elle.

— Terminées les décollations pour toi, fit-il sans même regarder Charles. Pour le moment. Dorénavant, tu te borneras à m'assister, et on verra plus tard. Tu n'es pas prêt. Et je ne peux pas prendre plus de risques, sinon je vais perdre ma réputation.

— Tout à fait d'accord, répondit Charles, sortant soudainement de son mutisme.

Tous les regards se tournèrent vers lui. Même Damien, qui n'avait pas caché sa satisfaction à la suite de la décision de son maître, s'était figé d'un sourire bête. Charles semblait étonnamment calme. Il posa sa main sur celle de Marguerite pour la caresser. Elle lui rendit son sourire, quoiqu'un peu déconcertée par sa sortie.

— Bien, finit par dire Corbeau, à qui le geste n'avait pas échappé.

Un air. Un bout de chanson leur parvenait par la fenêtre laissée ouverte sur cette soirée d'août particulièrement chaude. Tous l'entendaient et tous s'étaient raidis. Quelqu'un chantonnait quelque part là-dehors. Un peu trop loin pour qu'ils distinguent les paroles au début, jusqu'au refrain, répété encore et encore. Personne ne bougeait. Tous écoutaient la chanson qui racontait l'histoire d'un bourreau qui ne savait pas décoller.

XVI

Les arbres à la frondaison déjà dorée annonçaient un automne précoce et le temps semblait s'écouler plus lentement. Des condamnations étaient ordonnées durant l'été, parfois les fruits de la traque du prévôt qui ne lâchait rien, mais le plus souvent elles concernaient de petits larcins et menus délits habituels. Depuis son échec sur l'échafaud, Charles n'exécutait plus. Il faisait calmement ce qu'il avait à faire et le faisait bien, si bien que Corbeau n'avait désormais plus besoin de lui donner d'instructions. Les outils étaient toujours bien rangés et nettoyés, les bois de justice montés et démontés promptement quand le lieu d'exécution était autre que l'habituelle cour Lamort, parfois plus efficacement que Damien lui-même, ce qui ne manquait pas d'agacer le valet qui avait pourtant retrouvé en partie la place qu'il pensait avoir perdue. Charles la lui avait laissée sans discuter. Sur l'échafaud, la cagoule ne lui pesait plus autant qu'au début. Sa rigueur dans le travail devenait sa distance de protection. Il allumait le réchaud, tendait les outils qu'on lui demandait, amenait les condamnés sur le billot et les y maintenait, retirait le corps sans vie ou trop abîmé pour se déplacer seul, et le chargeait sur la charrette. Parfois

Corbeau lui demandait de procéder à des exécutions mineures, sans risques. Alors, Charles marquait sans mot dire le galérien au fer rouge, essorillait le violeur ou fouettait le vagabond récidiviste. S'il ne se faisait pas à la douleur infligée, Charles respirait mieux et son geste était plus sûr. Il allait vite, partant du principe que, la condamnation étant inéluctable, autant l'exécuter promptement, pour libérer le pauvre hère le plus rapidement possible. Et surtout se libérer lui-même. Et cette promptitude, la foule toujours aussi nombreuse pour l'occasion ne manquait pas de la remarquer et d'exprimer sa frustration. Si on venait encore voir l'apprenti bourreau en espérant un faux pas ou une nouvelle pâmoison sous le coup de l'émotion, les rires se faisaient de plus en plus rares. Était-ce dû à son attitude à lui, désormais froide et professionnelle, ou à l'habitude de le voir dans son costume, l'intérêt qu'on lui avait porté au départ s'était clairement estompé. Cependant, venait immanquablement le moment pendant l'exécution où un badaud perdu dans l'assemblée bigarrée entonnait la chanson dont les paroles étaient désormais connues de tous. Une chanson qui, si elle le blessait avant, le faisait sourire aujourd'hui. Personne ne pouvait le voir sous sa cagoule, mais Charles en marmonnait parfois un couplet ou le refrain.

C'est Charlot le bourreau,
Que décoller préfère plutôt,
Avoir sa tête sur le billot,
Et la laisser au Corbeau.

Charles n'hésitait plus à se promener. Pour s'aérer, se retrouver. Discrètement au début, la tête couverte, puis rapidement sans plus aucune protection, s'exposant à la vue des gens comme un quidam parmi les autres qui vaquerait à ses occupations. Hors la ville dans un premier temps, il avait pris l'habitude d'arpenter les chemins qui séparaient les champs pour observer les gens normaux qui allaient et venaient, travaillaient, charriaient, pêchaient, ou encore flottaient le bois sur la rivière. Jour après jour, il renouait avec les vies normales des hommes. Il en ressentait un besoin pressant. Des vies qu'il avait presque oubliées, aveuglé par les tourments de la sienne qui lui faisait encore l'effet d'un déchirement malgré le temps passé.

La population se remettait doucement de trois années de disette, et les hommes s'étaient réapproprié les champs, dont certains avaient pendant des années été laissés en friche par manque de main-d'œuvre ou d'argent pour acheter des semences de qualité. On faisait à nouveau appel aux journaliers pour les récoltes de céréales et de fruits, et les vignerons se vantaient d'une très bonne année. Le pain lui aussi était meilleur. Fabriqué à partir de la farine fraîche de seigle récolté en quantité qu'on mélangeait à celle de froment, il n'était pas tout à fait blanc mais il séchait moins vite. Il y aurait assez d'orge et d'avoine pour les bêtes cet hiver, et les premiers plants de maïs faisaient leur apparition avec leurs « poils sur la tête », attirant la curiosité de ceux qui passaient sur les chemins en revenant de leur journée de travail, ou des promeneurs qui venaient rêver de contrées lointaines et mystérieuses à l'évocation de ce millet qu'on disait d'Espagne ou de Turquie, ou qu'on appelait encore blé d'Inde. Cependant, l'ergot traînait toujours dans les grains achetés au rabais et semés les années passées, et la famine avait laissé des traces avec ses épidémies. Joigny n'était pas épargnée. Le flux de ventre et la fièvre putride frappaient toujours les plus pauvres, notamment dans la cour des Miracles en plein centre-ville, où même la maréchaussée n'osait plus pénétrer, mais aussi les riches. La maladie était partout, tapie dans les tissus, sur le sol, dans les aliments, on prétendait même qu'elle était dans l'air. Les déjections jetées dans la rue par les portes ou les fenêtres et qui stagnaient dans le conduit central des ruelles ou entre les pavées irréguliers, les linges souillés lavés dans le lavoir public ou dans la rivière elle-même, source des puits d'où l'on tirait l'eau pour la boire, sans oublier les mouches infectieuses qui infestaient les aliments exposés à l'air, l'hygiène et les habitudes du quotidien étaient devenues les vecteurs de la mort qui rôdait partout, invisible, et l'humidité qui s'installait déjà n'allait rien arranger.

Charles s'aventura aussi en ville plus fréquemment, et plus particulièrement au petit matin, quand les rues se réveillaient au son des crieurs d'eau-de-vie munis de leurs tonnelets et gobelets pour vendre de l'alcool à l'artisan qui gagnait son atelier. Quand les charrettes des maraîchers des alentours entraient par les portes de la ville, lourdement chargées de légumes et de fruits de saison, laissant derrière elles des senteurs de terroir mélangées aux crottins de chevaux aux allures de gros moines. Il aimait surtout les jours de marché pour leur désordre. On y croisait des troupeaux de vaches, de bœufs, de veaux et de moutons, évoluant en ballets désordonnés pour finir à la boucherie, bloquant le passage aux voitures de poste en partance pour Auxerre, Sens ou Paris. « Part quand il peut », comme disait le prospectus dont Charles se souvenait encore, amusé, alors qu'un cocher criait sur un bouvier tardant à dégager la voie, pressé d'emporter une lettre à vingt lieues pour trois sous, ou peut-être des courriers royaux. Charles se dirigeait ensuite vers le centre-ville et la porte aux Poissons, où un gentil vacarme l'attendait. Là où les rues se resserraient et où les maisons de guingois en pans de bois colorés se pressaient les unes contre les autres, jouant des coudes et penchant dangereusement. Là où les corniches en saillie de l'une frôlaient l'échauguette de l'autre, et où les arcades des piliers d'angle débordaient sur la rue, sans oublier les auvents des boutiques et les enseignes bariolées sous lesquelles on passait en baissant la tête. Ici on circulait de toutes parts et dans tous les sens, à pied, à cheval, ainsi qu'à dos de mulet. La population se diversifiait, certains baguenaudant, d'autres flânant entre les bancs ombragés par les treilles de vignes l'été, d'autres encore se rendant au travail. Ouvriers en sarrau de cuir, bourgeois en drap noir, moines en robe de bure souvent malpropre, ribaudes aguicheuses de bon matin, mendiants déguenillés demandant l'aumône. Là, un colporteur vendait sous le manteau un libellé, et là un autre chantait une chanson satirique alors qu'un charlatan proposait son orviétan extraordinaire, censé guérir de tous les maux. Ici un montreur de marionnettes installait ses pantins devant la façade d'une boutique, provoquant la colère du marchand. Les vitrines étaient décorées et les étals chargés de denrées, alors que le nouvelliste, l'air sérieux et consignant les derniers potins de la ville, s'entretenait avec un boquillon dont la brouette était chargée de bûches.

Cette animation ramenait Charles à la vie normale, celle qui était la sienne peu de temps auparavant, et qu'il arrivait enfin à retrouver par bribes. Il était juste un passant qui se promenait les mains dans les poches, sans avoir de croix à tracer à la craie sur le dos de quiconque. Il profitait de tout et de tous, et ne se souciait plus de reconnaître ou d'être reconnu. S'il arrivait qu'on change de côté de rue pour ne pas le croiser de trop près, s'il percevait parfois dans son sillon des chuchotements et des ricanements, il croisait aussi des regards qui lui paraissaient différents, moins hostiles. Il lui arrivait même de percevoir un « bonjour » murmuré discrètement, comme un enfant qui se carapaterait après avoir volé une pomme. Et ça lui faisait du bien.

Quant à sa famille d'avant, ses amis, il les apercevait de temps en temps, mais de loin. Il n'osait plus les approcher. Lui était là, bien visible, déambulant parmi les étals. Mais jamais on ne le gratifiait d'une tape sur l'épaule.

Et quant à son père, il ne l'avait toujours pas recroisé ni même aperçu de loin. Comme si le comte avait décidé de ne plus jamais sortir de son château. Et cette pensée l'attristait.

Le reste de son temps, Charles le passait avec Marguerite. Si la nouvelle de l'enfant à venir l'avait paniqué au début, il s'était vite accroché à cette perspective de bonheur et se montrait plus attentionné qu'avant, s'inquiétant pour elle à la moindre occasion. Il s'amusait à la convaincre de la laisser l'aider à étendre le linge, ou de s'occuper du potager, l'assurant qu'aucune tâche ne l'attendait pour l'heure et qu'il avait tout son temps. Elle en était un peu gênée mais se prenait à ce petit jeu qui s'était instauré entre eux. Elle le laissait parfois faire, heureuse de sa compagnie et de le voir sourire. Mais quand il s'agissait de l'accompagner dans ses visites aux orphelins, elle refusait toujours, et ça le contrariait. D'abord il aurait voulu qu'elle lâche un peu la bride de ce côté pour se préserver, ces allées et venues devenant pénibles physiquement pour elle. Et surtout, il ne comprenait pas pourquoi elle avait toujours refusé qu'il vienne. Il plaisantait alors, la suspectait d'avoir un amant malgré son état, ce qui ne manquait pas de la choquer. Un jour il la suivrait et la surprendrait, la menaçait-il avec tendresse. Elle riait mais cachait mal son inconfort, passait vite à autre chose ou l'embrassait encore, parfois sous les yeux de Damien impassible, toujours affairé. Quant à Corbeau, les deux hommes ne se parlaient plus guère. Si le vieil homme n'avait plus à se plaindre du travail de son gendre, il était toujours excédé par la réputation que Charles s'était faite le premier jour, rappelée par cette satanée chanson qu'on entendait encore parfois. Et le fait qu'il n'ait exprimé aucune émotion le jour où on lui avait appris l'heureuse nouvelle n'avait pas arrangé les choses entre les deux hommes. Il attendait certainement que l'enfant voie le jour pour se réjouir, avait justifié Marguerite, mal à l'aise.

Charles priait aussi beaucoup. Il priait pour l'homme ou la femme qu'il avait fait souffrir le jour même en assistant le bourreau à l'œuvre. Il n'était que le bras séculier de la justice, mais il ne s'en sentait pas moins responsable. C'était sur lui que se posaient les yeux implorant la pitié, c'était à lui que s'adressaient les plaintes terrifiantes. Et il ne pouvait rien faire, il n'y avait rien à faire, si ce n'était abréger au mieux leur supplice, et prier pour les âmes déchirées le soir venu. Il priait aussi pour son père, espérant que sa colère et ses larmes se tariraient un jour, lui apportant un peu de paix.

Mais il priait surtout pour Marguerite qui souffrait toujours autant et pour l'enfant qu'elle portait. Et il se sentait impuissant. Il pensait parfois au fameux onguent dont il avait appliqué les restes sur son ventre dans l'atelier. Un endroit empreint de mystère où il retournait d'ailleurs de temps en temps. Sans le dire. Pour le calme. Il restait là, à humer les odeurs si particulières qui émanaient des pots, ouvrant parfois les livres, rapidement, comme s'il avait peur d'être surpris, se perdant toujours plus dans les dessins fantastiques pour des voyages aux confins de son imaginaire. Mais, malgré sa curiosité, il n'avait pas encore osé ouvrir le fameux manuscrit de Corbeau. Alors, à défaut d'onguent, il ne lui restait que la prière et l'amour qu'il lui portait chaque jour pour l'aider dans sa peine, et surtout chaque soir une fois la porte de leur chambre fermée. Les sourires, les baisers, leurs étreintes douces et tendres, et toujours aussi passionnelles, les étoiles plein la tête, avant de s'alanguir dans les bras l'un de l'autre. Charles parlait alors des heures passées sans elle dans la journée. Il évoquait peu le travail et lui racontait ses promenades avec force détails. Elle l'écoutait et lui souriait en retour.

***

Ce jour-là, trois hommes étaient condamnés à être pendus. Paul avait redoublé d'efforts pour arrêter la bande des Tranche-Montagnes qui sévissait toujours, et les effectifs supplémentaires dont il disposait depuis peu donnaient déjà des résultats. Retrouvés dans la forêt encore chargés des sacs de sel volés au grenier de la ville dans la nuit, les bandits avaient été jugés et condamnés à la pendaison le matin même, et l'exécution aurait lieu dans la foulée. Si la rapidité de la décision prit au dépourvu une grande partie du public habitué à assister à ce genre d'événements, le crachin matinal et le froid finirent de décourager les autres. Et l'affaire fut vite menée sous les yeux des quelques badauds les plus curieux.

— Comment allez-vous ce matin ?

Les mains jointes juste en dessous de l'épais chapelet de bois qui reposait sur sa poitrine, le père de Saintonge attendait tranquillement Charles qui redescendait de l'échelle encore apposée sur la potence. Il le regardait droit dans les yeux et lui souriait avec une gentillesse honnête. Charles en fut intimidé. La pâleur du visage, qui contrastait avec l'austère soutane noire, et le cou étrangement dessiné en deux rectangles par le rabat encadré d'un étroit liseré blanc lui faisaient une impression étrange. Il regarda sur le côté, comme s'il craignait d'être vu discutant avec l'homme d'Église. Corbeau et Damien s'affairaient dans leur coin, Paul était reparti, et la cour Lamort s'était déjà complètement vidée.

— Je vais bien. Merci… lui répondit-il timidement.

— Venez me voir un de ces jours, enchaîna le père. Vous me trouverez au prieuré Notre-Dame. Nous parlerons.

— D'accord, mon père, répondit Charles un peu hagard, alors que Saintonge s'éloignait déjà.

La petite bruine continuait de peindre en tons aquarellés le ciel souris, et au lointain les bois moutonneux se découpaient à peine à l'horizon. Sur le côté, les hautes tours du château filaient, larges et paresseuses, vers le haut, et leurs créneaux faisaient l'effet de dents de géant. Sur la porte du Bossu, le garde prostré était en granit, et l'oriflamme pendait tristement, repliant les ailes des griffons qui avaient perdu de leur superbe ce matin-là. Charles sortit de sa torpeur et se saisit de l'échelle pour la charger dans la charrette. Avant de partir, il ne put s'empêcher de jeter un dernier regard vers la tour de la Dame et sa fameuse fenêtre. Et il le vit. Il en était sûr. Sa silhouette, postée derrière la vitre en petits carrés colorés. Qui le regardait.

***

Était-ce le père qui l'impressionnait, Charles avait mis du temps à se décider à venir. Et, quelques minutes plus tôt, c'était d'un pas timide qu'il était entré dans l'église. Le crissement de l'ouverture de la grande porte avait résonné dans le silence glacial du vide qui rebondissait sur les pierres froides. Dans le rectangle de soleil qui accompagnait le visiteur et où se dessinait sa propre silhouette distendue, il avait cru déceler un léger mouvement vers lui des visages des statues disposées par endroits, intriguées par cette visite inopinée. Quand la porte se ferma avec un claquement lent et dramatique, laissant l'astre à l'extérieur, Charles fut immédiatement attiré par le jeu dansant des couleurs qui peignaient les dalles claires et larges de la nef devant lui. À travers les vitraux situés de chaque côté, la lumière retraçait à qui voulait bien l'écouter des yeux le chemin de croix en touches arc-en-ciel qui se fondaient les unes dans les autres au sol, au fur et à mesure du parcours, pour lui donner vie. Du moins était-ce la sensation de Charles alors qu'il avançait vers le chœur et que l'encens envahissait son âme pour mieux l'élever vers les voûtes en arc brisé au-dessus de lui. Alors qu'il gravissait les quelques marches vers l'autel, son regard fut attiré par une petite châsse dorée finement ouvragée qui dormait dans une alcôve sculptée nichée dans le mur juste derrière. À l'intérieur, ce qui ressemblait à un minuscule bout de branche reposait sur un petit coussin de satin rouge.

— Une épine de la couronne du Christ, résonna une voix qui surprit le visiteur.

Contrairement à ce que pouvait laisser augurer l'homme par son apparence, le père de Saintonge avait décidément un don pour la mise en scène et semblait affectionner les effets de surprise, pensa Charles.

— Un cadeau de Saint Louis au comte de Joigny. Pour le remercier d'avoir participé aux négociations pour acquérir la Sainte Couronne auprès de l'empereur de Constantinople.

— C'est incroyable ! s'exclama Charles. Je n'en avais jamais entendu parler.

— Et pour cause. Beaucoup la convoiterait, voire la détruirait. Un trésor de taille pour une ville comme la nôtre. En tout cas, pour celui qui veut bien y croire. Je vous attendais.

D'un geste, le prieur l'invita à le suivre. Ils passèrent une porte et débouchèrent sur le jardin de la Sagesse comme aimait à l'appeler le prêtre, un éden aux yeux de Charles. Situé derrière le chœur de l'église Notre-Dame, il longeait son cloître dans un silence ponctué de sifflements et de gazouillis qui rassuraient le visiteur. Des allées de graviers blancs couverts de givres ce matin-là filaient en lignes droites et virages élégants, formant en leur centre des parterres à angles droits ou arrondis aux couleurs mentholées. Des structures de bois alambiquées ornaient le potager qui depuis quelques semaines hibernait déjà. Seules touches de couleur, des citrouilles orange un peu passé se reposaient, autoritaires et à l'assise large dans le gel, étroitement surveillées par les poireaux au garde-à-vous coiffés de leurs couvre-chefs en jet de feuilles vertes qui formaient les rangs. De l'autre côté d'un puits sur la margelle duquel des mésanges et des rouges-queues picoraient les graines laissées là à leur intention, des tonnelles de lin formaient des petits tunnels qui protégeaient de la froidure des herbes médicinales, herbe de la Saint-Jean ou gant de Notre-Dame. Au terme de ce voyage vers un ailleurs que l'on pouvait croire habité par les anges, un grand pigeonnier en armature de fer élégamment forgé se dressait là, abritant un couple de paons aux parures bleu et or qui paonnaient en guise de bienvenue.

— J'aurais voulu être botaniste, confia le prieur, rompant ainsi le silence qui les avait accompagnés tout au long de la traversée du jardin. J'ai été élevé chez les Lazaristes. Il y a longtemps déjà, Vincent de Paul a créé une congrégation pour évangéliser les pauvres des campagnes. J'étais un orphelin et ils m'ont recueilli, élevé, et finalement j'ai choisi de marcher dans ses pas en venant à Joigny. Comme lui. Et je suis devenu « serviteur des pauvres » pour continuer son travail. Je trouve quand même le temps de jardiner. Mais chut ! C'est mon petit secret.

— Promis, lui répondit Charles, à la fois amusé par le personnage et étonné par ses révélations.

Les deux hommes progressaient dans les allées, faisant un premier tour, puis un deuxième, prenant les virages au gré du hasard, accompagnés par les rosiers grimpants qui s'étalaient nus sur les murs. À leur pied, les hellébores parsemaient l'herbe givrée.

— Je vous ai observé depuis ce jour, continua le prêtre.

— Ce jour ? interrogea Charles.

— « Votre » jour, renchérit de Saintonge. Celui de votre décision. Moi, j'ai laissé la botanique pour l'amour de Dieu. Vous, votre carrière et votre titre pour l'amour d'une femme. Nous sommes assez semblables finalement.

— Mais vous, vous ne coupez pas des têtes, fit Charles, amer.

— Non. Je les sauve. Enfin, d'une certaine manière, s'amusa-t-il. C'est vrai. Le prix à payer pour vous est cher. Cela dit, moi, je n'ai pas de femme. Et ça aussi c'est un prix cher à payer ! plaisanta-t-il à nouveau, étonnant Charles au point de le sortir de sa torpeur, et le faisant même sourire à son tour. Croyez-vous en Dieu ? reprit-il après un court silence.

— Oui, bien entendu, rétorqua immédiatement Charles. Je le prie tous les jours.

— Et ça vous fait du bien ?

— Si ça me fait du bien ? demanda Charles, perplexe.

— Oui. Parler avec Dieu vous fait-il du bien ?

— Oui, bien sûr. C'est juste que…

— Que ?

— Parfois je me demande où il est, dans tout ça. Avant je sentais sa présence, elle allait de soi, même sur le champ de bataille. En me battant pour le roi je me battais pour lui.

— Logique.

— Non ? demanda Charles, devinant une pointe d'ironie chez le prêtre.

— Si, si. Continuez.

— Mais quand je suis sur l'échafaud, je ne le sens pas. Je ne le vois pas. Ou alors, si telle est sa volonté, je ne la comprends pas. Je ne comprends pas cette douleur orchestrée infligée au préalable d'une mort annoncée en son nom. Demande-t-il vraiment ces tortures, ces cris, ces corps déchirés, écartelés ? A-t-il besoin de cette foule avide de sang qui réclame la souffrance comme au cirque ? Dieu n'est-il pas miséricorde ? N'est-il pas bon ? Où est le pardon dans tout ça ?

— Ce n'est pas Dieu qui est sur l'échafaud. Mais l'homme.

— Oui, mais au nom de Dieu.

— Au nom d'une justice qu'il pense être celle de Dieu.

— Je ne sais plus. Je veux continuer de croire, mais parfois je suis perdu. Parfois, sur l'échafaud, je doute.

— Tant mieux !

— Pardon ?

— Je dis tant mieux si vous doutez. C'est la condition *sine qua non* pour croire. Moi, je doute tout le temps.

— Vous, mon père ? s'étonna Charles.

— Vous avez lu Descartes ?

— Euh… Oui, il y a longtemps, quand j'étudiais à Paris, hésita-t-il.

— Le doute est nécessaire pour se fonder des certitudes. « Je pense, donc je suis », vous vous souvenez ?

— « *Cogito, ergo sum* », oui.

— Rappelez-vous. Partant du principe que tout n'est que doute, illusion, il se demande comment être certain qu'il existe lui-même. Qu'il n'est pas le néant. « Je pense, donc je suis. » Le simple fait de poser cette question prouve sa propre existence. « Penser ». Et penser est un don de Dieu, car lui-même est un tout immuable et infini, à l'opposition absolue du néant.

— Je le relirai.

— Bon, même si je ne suis pas d'accord avec tout ce qu'il a dit, continua le curé. Il ne loue que les mathématiques et rejette l'astrologie, ou l'alchimie. C'est dommage.

— L'alchimie ? rebondit Charles, pensant immédiatement aux onguents mystérieux du bourreau.

— Oui. Après tout, pourquoi pas ? Les mathématiques n'ont certainement pas le monopole de la vérité solide. Ce n'est pas faire preuve d'absence soudaine de ce bon sens qu'il affectionne tant que d'envisager une autre vérité qui pourrait compléter la première. N'est-ce pas ?

— Non… fit Charles qui ne s'attendait pas à une telle opinion de la part d'un homme d'Église.

— Votre place est près d'elle.

— Près d'elle ?

— Ou plutôt « près d'eux », devrais-je dire, précisa le prêtre avec un sourire entendu. Si Marguerite et votre enfant à naître sont votre raison de vivre, et qu'être bourreau est la condition pour être avec eux, alors vous monterez sur l'échafaud sans plus vous poser de questions. Et ce sera votre place. Et Dieu y pourvoira grâce à vos doutes. Quant à votre rôle dans la souffrance infligée, même si elle peut parfois paraître perverse, dites-vous qu'il n'est que technique. Et ceux qui jugent, ceux qui condamnent, ou ceux qui se repaissent du spectacle, ce n'est pas votre affaire. Laissez Dieu en juger. Que pensez-vous de mes soleils ? lui demanda-t-il en lui indiquant le parterre de chrysanthèmes jaune or qui faisait l'effet d'un feu ardent au beau milieu du décor aux tons désaturés.

— Ils sont magnifiques, répondit Charles, tout en réfléchissant encore aux paroles du prêtre.

— Je les ai volés.

— Pardon, mon père ? s'étonna Charles.

— Dans le cimetière, là, à côté. Il y en a plein chaque automne. Je les ai déterrés et replantés ici. Revenez me voir, de temps en temps. L'échafaud n'est pas le lieu idéal pour se parler.

Ils étaient arrivés devant une porte flanquée discrètement dans le muret. D'un sourire ils se dirent au revoir, et Charles sortit du paradis pour retourner sur terre.

XVII

S'il y venait désormais chaque jour, Charles n'avait pas encore osé toucher quoi que ce soit dans l'atelier. Il restait juste là, à fouiller des yeux. Guettant les bruits de l'autre côté de la porte, vers la grange. Des fois qu'on viendrait, qu'on le surprendrait. Lui le voleur, l'espion. Étreint par ce sentiment de s'être introduit dans un monde intime, interdit, à l'insu du propriétaire.

Jusqu'à ce jour.

Pourquoi celui-ci plutôt que le précédent, ou celui d'avant, ou le lendemain ? Il ne le savait pas. Sans révéler le secret de cet endroit ni les mystères qu'il renfermait, il en avait parlé au père de Saintonge à qui il avait pris l'habitude de rendre visite de temps en temps, pour parler, et parfois en confession. L'évocation de ce secret avait immédiatement éveillé la curiosité du prieur, le ramenant à ses rêves d'alchimiste.

— Les mathématiques et le bon sens ne peuvent pas tout, avait insisté le prêtre lors d'un de leurs entretiens. Il y a probablement d'autres choses qui dépassent notre entendement et qui recèlent des vérités qu'il faudra bien accepter un jour. Parce qu'elles sont elles aussi des rouages essentiels à la compréhension de notre monde. N'en déplaise à ceux qui décrètent quel est le bon savoir pour les autres, croyant ainsi séparer le bon grain de l'ivraie.

Charles devait continuer de chercher sa voie dans cette nouvelle vie comme il le faisait depuis des mois, mais avec encore plus d'abnégation maintenant que l'enfant allait arriver. Et sans qu'il puisse se l'expliquer, c'était dans ce lieu qu'il ressentait la nécessité de venir se recueillir. Comme s'il y avait là, cachée quelque part dans un pot en grès ou dans un des livres, la solution à ses questions.

« Je me disais que, peut-être, tu pourrais t'y intéresser. Étudier les corps te permettrait peut-être d'être plus... efficace. Et donc d'occasionner moins de douleur. Tu ne crois pas ? Et pourquoi pas soigner aussi ? » Charles entendait encore la proposition que lui avait faite Marguerite quand elle l'avait amené ici pour la première fois. Apprendre comment fonctionne le corps, les mécanismes de l'ossature, de la musculature, mieux, comprendre le corps pour abréger la douleur infligée. Il repensait aussi à leurs échanges sur ces fameux onguents qui faisaient la réputation de certains bourreaux, provoquant parfois même la jalousie de la médecine officielle. Et aussi les recherches qu'avait menées son père, auxquelles Marguerite avait fait allusion de manière assez vague, sur le ton du mystère. Ces fameuses études qui avaient fait sa renommée de guérisseur à l'époque de Clermont et qu'il avait abandonnées un jour avant de venir prendre la charge de Joigny. On pouvait aisément imaginer à quel point elles avaient été poussées, à la vue de tout le matériel et des ouvrages conservés dans cette pièce. Mais pourquoi cette rupture brutale ? Pourquoi avait-il arrêté de soigner ? Était-ce lié à la mort de sa femme ? Les questions se bousculaient dans la tête de Charles, et la possibilité de soigner faisait son chemin en lui avec le temps. Comme une quête d'équilibre. Faire du bien aux autres, mais d'abord se faire du bien à lui-même. S'aider à soulager sa conscience alourdie par les exécutions de la journée, en soulageant d'autres personnes. Oui, il pourrait reprendre les études de Corbeau là où il les avait laissées. Tout était là, à sa disposition.

À plusieurs reprises, il avait été sur le point de lui en parler. Mais il n'avait pas osé, se ravisant au dernier moment, un peu honteux. Car ça aurait été lui avouer qu'il savait des choses. Ces choses qui appartenaient au bourreau, à sa vie d'avant, et qu'il semblait avoir enterrées. Ça aurait aussi été lui avouer qu'il avait pénétré dans son antre secret à son insu.

Non, il n'avait pas encore franchi le pas.

Mais l'idée s'était d'ores et déjà imposée.

Ce jour-là donc, sa main se porta vers l'étagère poussiéreuse et se saisit du mystérieux manuscrit. Le souffle court, il le posa précautionneusement sur la table. Il le scruta un moment, sans faire de bruit, comme si l'objet était endormi. La couverture de cuir était abîmée par endroits, laissant apparaître des coins de feuillets rongés par le temps. Il l'ouvrit. Les pages étaient reliées les unes aux autres par une couture simple. Une écriture étonnamment belle et soignée pour un bourreau, pensa Charles en survolant les premières pages. Si certains feuillets étaient méticuleusement rédigés, d'autres étaient barrés et pourvus d'annotations qui partaient dans tous les sens, soulignées, encadrées, rayées, raturées. Un schéma rapidement exécuté décrivait l'alambic posé sur le sol dans un coin de la pièce. Un réseau complexe de tuyaux s'étalait sur deux pages consécutives. Des chiffres étaient annotées en colonnes sur une autre, et derrière, d'autres pages révélaient des formules aussi complexes qu'incompréhensibles pour le profane qu'il était alors. Il reconnaissait parfois certains des noms mystérieux qui étaient écrits sur les pots alignés sur le mur. Et puis il y avait aussi ces notes rédigées à la va-vite, comme des commentaires sur le vif : « Faux », « Ne marche pas », « Effets indésirables », « Rhumatismes », « Amélioration mais rechute », « Dangereux », « Migraines », ou encore « Mort ». Des tests, encore et encore, et des recettes plus ou moins fructueuses, une écriture soignée au début puis plus brutale par la suite, plus sauvage. Plus Charles avançait dans l'ouvrage, plus la plume semblait graver le papier plus en profondeur, d'une main plus lourde, plus nerveuse, raturant encore, rayant plus fréquemment, tachant parfois, salissant, à force d'essais, d'échecs ou de succès mitigés au mieux, apparemment décevants la plupart du temps. Par endroits il devinait des traces de doigts, couleur safran ou verdâtre. L'empreinte de Corbeau lui-même qui, pris par le temps et certainement pressé par une nécessité évidente d'aboutir, ne prenait plus soin de se laver les mains avant de noter, jetant en toute hâte sur le papier les derniers résultats, ses dernières impressions, de peur qu'elles ne lui échappent, d'en oublier un détail qui aurait été fatal pour la suite. Charles s'évertuait à lire, page après page, une histoire écrite dans une langue qui lui était étrangère, et plus il avançait, plus il avait l'impression que la fin manquait. À partir d'un moment, il lui sembla que la même formule était reprise encore et encore, à un détail près, un élément constitutif, une plante, une huile, une poudre, dont la quantité variait de manière infime. Toujours la même recette jusqu'à l'éclat d'encre en étoile. Comme une goutte d'eau qui serait tombée là, sur le dernier mot d'une ligne avortée. Une goutte d'eau ou une larme. Plus rien ensuite. Les pages vierges et jaunies se succédaient jusqu'à la fin d'une histoire qui n'en avait finalement pas.

— Qu'est-ce que vous faites là ?

La voix de Corbeau lui fit l'effet d'une main qui l'aurait attrapé par le col pour l'arracher violemment à un rêve éveillé.

— Pardon ! balbutia-t-il maladroitement, s'étant levé d'un bond de sa chaise.

Les deux hommes restèrent un moment face à face, silencieux, l'un mal à l'aise pris la main dans le sac, l'autre l'air renfrogné, regardant l'endroit comme pour constater ce qui avait été dérangé, vérifiant s'il manquait quelque chose.

— Je regardais… reprit fébrilement Charles. Je vous prie de m'excuser. Je sais que je n'aurais jamais dû entrer ici sans votre permission. Ni lire votre travail…

Corbeau aperçut alors son manuscrit ouvert à la dernière page. Lentement, il alla jusqu'à la table et le referma en douceur. Il resta un moment la main fermement appuyée sur la couverture, comme pour empêcher qu'on ne l'ouvre à nouveau. Il ne bougeait plus. Le petit mouvement de son dos trahissait sa respiration rapide. Le vieux bourreau était essoufflé par l'émotion.

— Apprenez-moi, osa Charles après un long silence.

Doucement, Corbeau souleva son ouvrage et le rangea sur l'étagère à sa place. Sans dire un mot, il fit le tour de la pièce, replaçant parfois d'un rien un pot, un bocal, ou un tube. Charles le regardait faire son inspection comme si lui-même n'était pas présent dans la pièce.

— Apprenez-moi, insista-t-il. Je sais que vous étiez aussi connu comme guérisseur. Et que vous aviez vous-même développé des onguents qui avaient fait votre réputation.

— Tout ça est loin maintenant, répondit le bourreau, laconique. Vous n'auriez jamais dû venir ici. Et je n'aurais jamais dû garder tout ça.

— Encore une fois, je suis désolé, reprit Charles. Oui, je n'aurais pas dû. Mais laissez-moi apprendre. Écoutez, je sais que je ne suis pas un bon bourreau.

Corbeau arrêta tout net son tour de la pièce.

— Mais peut-être que je pourrais être un bon guérisseur ? enchaîna-t-il, sentant qu'il avait capté l'attention du vieil homme. Expliquez-moi l'onguent. Je veux faire du bien aux gens.

— Dans ce cas, il ne fallait pas devenir bourreau.

— Marguerite souffre, vous le savez, enchaîna Charles. Et c'est pire depuis qu'elle est enceinte. Je veux avant tout pouvoir l'aider.

Corbeau s'était tourné vers lui et le fixait de ses petits yeux sombres oscillants, comme sur le point de chavirer.

— Vous perdez votre temps avec cette histoire d'onguent, finit-il par lâcher. Comme moi j'ai trop perdu le mien.

Corbeau sortit aussi silencieusement qu'il était entré. Comme un fantôme. Le fantôme de celui qu'il avait été il y a longtemps, dans une autre vie, ramené du passé par l'évocation des souvenirs dans ce lieu, et traînant sa peine comme un lourd fardeau.

« Vous perdez votre temps. »

Il ne lui avait pas demandé de sortir. Il ne lui avait pas fait promettre de ne plus jamais revenir ici. Il n'avait pas menacé de tout brûler, de tout faire disparaître. Non. Il avait juste dit : « Vous perdez votre temps. » Et il était parti.

C'était une invitation à rester. Charles en était convaincu.

Après s'être assuré du silence à l'extérieur, dans la grange à côté et plus loin dehors, Charles reprit le livre que Corbeau venait juste de ranger sur l'étagère et le reposa sur la table, toujours délicatement, avant de s'asseoir devant. Puis, toujours précautionneusement, il l'ouvrit à la toute première page. Comme personne ne l'aiderait, il décida de tout reprendre par le début. Il fallait qu'il comprenne, et il était prêt à tout pour cela. Il allait prendre le temps. Il allait ouvrir tous les livres et lire toutes les lignes. Les unes après les autres. Il allait les décrypter, comme s'il s'agissait d'une nouvelle langue. Il commença sa lecture et nota ses premières remarques.

Et il se mit à étudier. Chaque jour, chaque fois que le travail le lui permettait, et sans plus se cacher. Il analysa, décortiqua, s'aidant de l'étude des ossatures faite par ce Vésale dans son ouvrage *De humani corporis fabrica*, et surtout des *Discours anatomiques sur la structure des viscères* de ce Malpighi, plus contemporain d'après la date indiquée sur le livre dont l'état attestait d'une utilisation plus régulière. Les dessins anatomiques et physiologiques y étaient remarquables par leur précision et leur qualité picturale. Un univers inconnu s'ouvrait à Charles, presque vertigineux, et il y plongeait chaque jour un peu plus, écourtant souvent ses nuits.

Si sa quête lui apparaissait quelque peu illusoire au début, la main légère et parfumée au muguet qui venait se poser de temps en temps sur son épaule, toujours suivie d'un baiser sur le front, ravivait aussitôt son désir d'aboutir, et ainsi trouver au plus vite sa place dans cette nouvelle vie qui se profilait.

— Je n'y comprends rien, ironisa-t-il ce soir-là.

— J'ai peur de ne pas pouvoir t'aider, lui répondit Marguerite. Quand j'étais petite, à Clermont, je passais des heures à observer mon père quand il faisait sa cuisine. Mais il ne m'a jamais rien expliqué.

— Toutes ces formules, ces dessins, continua-t-il, la voix fatiguée. Et puis ces pots, sur les étagères, avec leurs noms farfelus. Tu sais ce que c'est, toi, « GH » ? C'est écrit sur ce pot, là, fit-il en prenant le gros bocal.

— Graisse humaine.

— Pardon ? balbutia-t-il.

— Oui. « GH » ça veut dire graisse humaine.

— Mais… fit-il, ahuri, posant immédiatement le pot sur la table, comme s'il lui brûlait les mains. Mais on a le droit de… ?

— C'est courant chez les bourreaux, oui. Mon père en faisait le commerce à Clermont. Très efficace contre les rhumatismes. Mélangée à des herbes aromatiques.

— Je croyais que tu n'y connaissais rien ! continua-t-il, toujours éberlué.

— Des heures à observer, je t'ai dit. Mais je n'en sais pas plus, s'amusa-t-elle avant de le quitter.

Sa nouvelle occupation prenait définitivement des tournures inattendues. Charles s'assit devant le pot et en relut l'étiquette. Il essaya de distinguer la matière, un peu effrayante, à travers le verre épais, imaginant les corps sur lesquels elle avait été prélevée eux-mêmes enfermés dans le bocal. Il tendit l'oreille, presque certain de percevoir leurs cris.

Puis il s'en saisit, et l'ouvrit.

XVIII

Marguerite n'était pas elle-même ce jour-là. Quand les bourreaux rentrèrent après avoir mis au pilori un négociant dûment fouetté pour faux témoignage, ils la trouvèrent préparant encore le repas alors que l'heure du souper avait déjà sonné, dérogeant ainsi pour la première fois au rituel de la maison. Chacun observait d'un œil discret son va-et-vient incessant, sans faire de remarque.

— Tu veux que je t'aide ? s'enquit Charles après un temps.

— Non, ça va, répondit-elle sèchement.

— Tu es sûre ? insista-t-il.

— Je me suis juste mise en retard, c'est tout.

— Il s'est passé quelque chose ? insista-t-il encore, alors qu'elle déballait d'un geste nerveux un gros fromage de son torchon et le jetait sur une assiette.

— Je suis désolée, la soupe n'est pas encore chaude. On commencera par le fromage en attendant, lui fit-elle froidement sans le regarder, avant de retourner à la cheminée touiller le bouillon.

On fixait son écuelle comme on aurait lu un livre. Seul le tintement sec de la cuillère que Marguerite plongeait nerveusement à intervalles réguliers dans son assiette résonnait dans le vide. Charles, lui, n'avait presque pas touché à son repas. Il n'avait de cesse d'essayer de capter le regard de sa femme qui semblait traverser le mur face à elle pour s'échapper vers des soucis qu'il ne s'expliquait pas.

— Demain tu assisteras à ta première question, dit Corbeau à l'intention de Charles, rompant ainsi le silence.

Si Marguerite avait été complètement absente jusque-là, elle se figea dans l'instant, sa cuillère à mi-parcours, comme suspendue dans l'espace. Était-ce une impression, il sembla à Charles que le bourreau avait lancé un regard de côté vers sa fille après avoir parlé. Comme si cette annonce la concernait d'une manière ou d'une autre.

— Un autre de leurs Tranche-Montagnes a été pris la main dans le sac, reprit-il après un temps. Ils veulent le faire parler avant qu'on l'exécute. Qu'il donne ses complices.

La cuillère de Marguerite amorçait sa descente vers son assiette pour s'y poser en douceur. Son regard était cette fois fixé sur son potage. Elle semblait retenir sa respiration. Charles lui jetait des coups d'œil à la dérobée, inquiet, tout en tâchant de porter un intérêt à ce que le bourreau lui disait.

— La question ? demanda-t-il mal à l'aise, donnant le change malgré sa préoccupation croissante.

— Personnellement je n'ai jamais aimé faire ça, reprit le bourreau. Mais là, pas le choix. Tu n'y couperas pas non plus. C'est bien que tu sois là. Mais tu ne feras que regarder. Damien m'aidera.

Le valet répondit par un ricanement satisfait.

— Je ne me sens pas très bien, maugréa Marguerite. Je vais monter m'allonger un peu. Je rangerai plus tard.

Sans attendre, elle se leva, ses mains soutenant son ventre maintenant proéminent, et disparut dans les escaliers sans donner à Charles la possibilité de réagir. Les trois hommes restèrent là un moment. Corbeau et Damien finissaient leur assiette comme si tout était normal. Charles, lui, écoutait le moindre bruit qui aurait pu parvenir d'en haut, de leur chambre où elle s'était réfugiée.

— Ensuite nous le pendrons, conclut Corbeau après un nouveau silence.

***

Charles n'avait pas dormi de la nuit. Quand il l'avait rejointe, Marguerite dormait déjà ou faisait semblant, et il était resté à côté d'elle, à regarder son corps, le dos tourné, caché sous le drap d'où ses cheveux noirs aux reflets bleus débordaient en longues vagues recourbées. Cette distance physique marquée pour la première fois depuis qu'ils étaient ensemble avait attisé son appréhension. Quelque chose n'allait pas. Quelque chose la préoccupait au point de la refermer, de la couper de lui. Même quand il leur était arrivé de ne pas être d'accord, ils avaient toujours su communiquer, échanger. Mais là, c'était le silence. Comme une faille béante entre eux. Une faille qu'il aurait voulu enjamber pour la rejoindre. Mais cette nuit-là il n'avait pas voulu la brusquer, la forcer à s'expliquer. Elle se serait peut-être encore plus braquée. Il l'avait regardée dormir jusqu'à ce que l'aurore pourpre le lin qui enveloppait son corps comme un cocon de soie.

Un moment de douceur dont il avait voulu profiter avant de la quitter, malgré le tourment qui l'habitait.

***

Il râla et dégobilla bruyamment, sortant instantanément Charles de ses pensées et le ramenant à la réalité. Le dénommé Bouchard, un ancien soldat déserteur qui vivait de larcins et faisait le mercenaire quand on le payait bien, était fermement attaché à la table par des lanières de cuir larges et épaisses. À peine Corbeau avait-il retiré le tuyau qu'il avait jusqu'alors maintenu enfoncé dans son gosier comme lorsqu'on gave une oie, que le prévenu régurgitait l'eau en gerbes anarchiques, éructant des sons rauques et gutturaux. Son corps semblait possédé, pris de soubresauts frénétiques.

— Le plus vite vous nous direz qui sont vos complices, le plus vite ce sera terminé, conseilla Paul au pauvre hère dont le corps encore essoufflé finissait par se calmer un peu.

Le greffier, qui faisait l'effet d'un nain à côté du prévôt, notait les moindres mots qui sortaient de la bouche encore inondée du supplicié, le moindre son susceptible de constituer un aveu, une preuve, ou une dénonciation. De l'autre côté de la table, un médecin attendait, affichant l'attitude du professionnel qui observe sans juger. Ce n'était pas la pièce basse et voûtée, dans les sous-sols du château, un endroit sale, lugubre et sombre, à peine aéré par un soupirail mince et qui servait de salle de torture, qui avait fait frissonner Charles ce matin-là. C'était l'appréhension de revoir son frère. Surtout dans cette situation. À leur arrivée, ils s'étaient salués d'un regard bref, et le prévôt avait immédiatement procédé au protocole, annonçant au prisonnier qu'on attachait déjà sur la table à quoi il était condamné.

— Non ? reprit Paul, son oreille attentive proche de la bouche du condamné qui maintenant vomissait par petits ruissellements sur les côtés. Procédez, bourreau.

D'une main autoritaire, Corbeau enfourna à nouveau le tuyau profondément dans la gorge du condamné, provoquant immédiatement une nouvelle réaction de son corps. De l'autre, il maintenait droit le gros entonnoir dans lequel Damien, juché sur un tabouret, déversait l'eau en quantité. Les soubresauts reprirent dans la seconde. L'énorme gourde que l'assistant tenait, non sans effort, à bout de bras, se vidait, et le ventre de Bouchard gonflait. Malgré la gorge obstruée, des râles se frayaient un chemin et des bulles éclataient à la lisière des lèvres étirées par la douleur. Charles aurait voulu détourner les yeux mais il ne pouvait s'empêcher de regarder le spectacle de ce corps qui se transformait. La deuxième gourde à peine jetée au sol, le flux reprenait avec une troisième, l'eau envahissant les moindres recoins de l'enveloppe désormais difforme d'un homme qui n'en était déjà plus un, ses yeux exorbités, ses membres raidis, ses ongles gravant le bois de la table, là où des petites marques profondes avaient déjà été faites par d'autres suppliciés avant lui. L'œil suspicieux, le médecin s'était approché du corps qui se braquait toujours plus, comme possédé, et indiqua au bourreau qu'il pouvait continuer. Continuer de le remplir comme on remplirait une bonbonne, l'abdomen prenant des proportions inhumaines, absurdes, prêt à rompre, à éclater à n'importe quel instant. Mais l'explosion n'eut pas lieu. Tout s'arrêta net. Le corps cessa de remuer d'un seul coup. Les yeux de Bouchard se révulsèrent avant de se refermer, et sa tête bascula sur le côté. Corbeau retira précipitamment le tuyau.

— Qu'est-ce qui se passe ? demanda autoritairement le prévôt.

— Il s'est juste évanoui, monseigneur, le rassura le médecin qui avait déjà posé deux doigts sur l'aorte pour vérifier le pouls.

— Eh bien, bourreau, réveillez-le, ordonna-t-il, cachant difficilement son embarras à l'endroit de Charles dont il fuyait le regard, comme s'il était lui-même gêné par la situation.

Sans émotion apparente, Corbeau posa le tuyau et l'entonnoir, se plaça au-dessus du visage sans connaissance, et le gifla violemment une première fois.

— Encore ! ordonna Paul, alors que de l'eau continuait de s'écouler de la bouche de Bouchard, toujours inconscient.

Corbeau infligea une deuxième gifle, puis une troisième, toujours plus forte, le gros corps gonflé tanguant mollement à chaque fois d'un côté à l'autre comme une grosse baudruche pleine.

— Je vous préviens, bourreau, si vous l'avez perdu, vous en paierez les conséquences, s'impatienta le prévôt.

Une dernière gifle magistrale finit par réveiller Bouchard qui dégueula aussitôt de plus belle, ressentant à nouveau et encore plus violemment la douleur que la pâmoison lui avait fait oublier quelques secondes. Quand il aperçut le tuyau se présenter à nouveau au-dessus de sa tête alors que deux mains lui pressaient déjà la mâchoire pour la lui ouvrir autoritairement, il supplia d'un cri déchirant qui ricocha dans le couloir obscur qui filait au-delà de la porte. Charles et Paul eurent le même réflexe à cet instant : tous deux regardèrent dans la direction du son qui se propageait. Comme quand ils étaient enfants et qu'ils s'amusaient à celui dont l'écho durerait le plus longtemps, essayant des tonalités différentes et criant toujours plus fort. Ils se regardèrent, l'un gêné et l'autre tâchant de garder une prestance de circonstance. La question semblait avoir abouti. Bouchard allait parler.

***

Il faisait beau et froid. Les pavés renvoyaient la lumière dorée vers le ciel azur alors que de l'autre côté du mur parvenait le murmure de la foule déjà réunie dans la cour Lamort pour assister à l'exécution. Charles faisait les cent pas pour calmer son appréhension. Paul sortit, suivi du greffier toujours affable et rampant, et du médecin qui déclarait qu'il avait une faim de loup. Tous se saluèrent avant de se séparer, et déjà Corbeau et Damien traînaient par les épaules le condamné presque inconscient vers la porte du Bossu derrière laquelle l'échafaud l'attendait.

— Il a avoué, confia Paul à Charles.

— Comment aurait-il pu faire autrement ? Tu y as mis les moyens, ironisa Charles.

— C'est bien un Tranche-Montagne, répondit-il, éludant sa remarque. Et Monier les conduit toujours, semble-t-il. Monier, tu te souviens ? Celui que tu as fait libérer, reprocha-t-il. Quand je pense à tout ce temps perdu à le chercher. Tous ces efforts. Et ce à cause de toi !

— Je suis désolé, marmonna Charles après avoir accusé le coup. Je ne pouvais pas savoir.

— Pas grave. D'une manière ou d'une autre, je l'aurai.

Les deux hommes restèrent là un instant sans se parler. Sans se regarder mais l'un dans l'attente de l'autre. Le prévôt et le bourreau. Deux frères.

— Je n'aime pas procéder à ce genre de séance, tu sais ? s'excusa Paul après un silence.

— Oui. Je sais. Tu fais ton travail, répondit Charles cette fois sans ironie.

— Comment tu vas, toi ? lui demanda encore son frère dans un souffle, comme s'il était gêné de poser la question.

— Ça va, lui répondit Charles, un peu surpris. Je suis avec elle.

— Tant mieux, alors. Parce que j'ai peur que tu ne chômes pas dans les temps qui viennent. Adieu.

Dans la cour Lamort la foule exultait.

Bouchard se balançait certainement déjà au bout de la corde.

XIX

Le visiteur pénétra par une ruelle étroite et sombre. Alors qu'il progressait à tâtons, manquant de glisser sur le sol d'immondices et se retenant de ses mains aux murs humides, des petites voix l'invitaient à entrer à chaque ouverture devant laquelle il passait. Des silhouettes vagues s'y trémoussaient, y ondulaient, difformes, dans l'obscurité d'une impasse, grouillant, rampant, se faufilant comme de la vermine. La nausée le prenait, la puanteur le soûlait et la peur lui nouait le ventre. Il aurait voulu revenir sur ses pas mais une sorte de brume semblait le suivre, recouvrant son passé, empêchant la possibilité d'un retour en arrière. Alors il continuait de progresser vers une sortie qu'il espérait proche, de l'autre côté de ce qui ressemblait désormais à un labyrinthe. Il cria quand quelque chose d'invisible lui frôla le mollet. L'écho de son cri se noya presque aussitôt, absorbé par les façades spongieuses qui se rapprochaient de lui comme un étau géant. Le souffle court, il accéléra le pas, regrettant déjà sa curiosité perverse, mais il étouffait. Le conduit se rétrécissait et il allait se faire écraser, être réduit en une bouillie qui se répandrait entre les pavés. Les murs lui touchaient déjà les épaules quand il se décida à entrer par un des interstices sur le côté. Là où elles l'attendaient. Les grosses araignées tapies sur leur toile, le guettant de leurs yeux multiples. Car c'était trop tard. Il avait beau se débattre avec énergie, il était déjà pris dans les fils collants. Il remuait dans tous les sens, mais la fatigue le gagnait, et le cocon se tissait doucement, enveloppant son corps. Il avait de plus en plus de mal à respirer et se sentait s'abandonner.

Les grosses araignées se rapprochèrent alors.

En un instant le visiteur disparut, évidé, dévoré, digéré puis déféqué.

Charles se remémorait les histoires qu'on lui racontait sur la cour des Miracles alors qu'il remontait la Grand-Rue ce soir-là. Une ville dans la ville, flanquée en hauteur comme un îlot érigé de constructions biscornues enchevêtrées ; personne n'osait pénétrer dans ce petit monde mystérieux qui contrastait avec les autres habitations environnantes, pas même le guet ni la maréchaussée. Et encore moins Charles, car les grosses araignées de son enfance avaient toujours eu raison de sa curiosité, le faisant irrémédiablement reculer au dernier moment les fois où l'idée de s'y aventurer l'avait pris. Il souriait à l'évocation de ce souvenir alors qu'il atteignait enfin la rue Montant-au-Palais. Sur sa gauche, la silhouette de la porte aux Poissons se dressait, protectrice, dans la nuit calme. Juste devant lui, la cour et ses miracles le regardait, répondant à sa présence incongrue par un silence inquiétant. Charles se sentait observé. De l'autre côté des façades fissurées, à travers les nombreuses petites fenêtres béantes, parfois simplement occultées à l'aide d'un morceau de tissu, on l'observait certainement à l'instant même. On espérait qu'il allait faire le pas et enfin pénétrer dans le dédale, à ses risques et périls. Il attendit encore un moment. À travers la toile de son sac qu'il portait en bandoulière, il sentait la forme du pot qu'il avait emporté avec lui.

Il avait travaillé dur ces dernières semaines. Dès qu'il le pouvait, Charles s'enfermait dans l'atelier pour étudier, décrypter, lire et relire. Les mots mystérieux avaient commencé à prendre sens et ses notes s'étaient progressivement ordonnées sur les feuilles noircies qui s'empilaient. Puis il était passé aux essais. Précautionneusement, il avait monté l'alambic et reconstitué tout le système de réseau, raccordant les tuyaux les uns aux autres, aidé par les schémas de Corbeau. Il s'était trompé maintes fois, recommençant, se désespérant, puis reprenant. Quand il rejoignait Marguerite, tard dans la nuit, il lui faisait part de la progression de ses recherches, toujours plus excité de jour en jour, et elle en était heureuse et l'encourageait. Pour commencer, il avait décidé de suivre la recette d'un onguent censé soigner la goutte. Mais il voulait faire les choses méthodiquement. Il voulait comprendre pourquoi tel élément agissait sur tel autre, et sous quelles conditions. Puis était venu le jour où il s'était senti prêt, et il avait allumé le petit réchaud pour cuire sa première mixture. Un mélange d'herbes variées, de cendre d'abeille, de sel de cloporte et de ver de terre. Trop cuite ou pas assez diluée, le résultat n'avait rien donné dans un premier temps et l'odeur était insupportable.

Une autre fois, s'étant endormi après des heures laborieuses passées à la lumière de la bougie, il brûla le tout, manquant de mettre le feu à la bâtisse.

Mais ce soir-là, quelque chose se produisit. Devant lui, posé sur la table, le mélange de l'essence tout juste sortie du bec de l'alambic et de graisse animale tenait. Onctueux, de couleur presque blanche, sa légère âcreté ne dérangeait pas trop. Charles avait refermé le précieux pot d'un couvercle de bois bien ajusté qu'il avait entouré de chanvre préalablement graissé au suif pour éviter qu'il ne s'ouvre malencontreusement. Une dernière pression, doucement, comme pour ne pas réveiller l'onguent qui dormait à l'intérieur. Son premier onguent. C'est alors que l'idée lui vint. Pas une minute à perdre. Il lui fallait l'essayer. Il fallait le tester, pour savoir. Pour espérer. Et s'ouvrir alors à d'autres possibilités, d'autres onguents pour soigner d'autres maux. Surtout un, celui de Marguerite, et la guérir tout à fait. Extirper la souffrance de son corps à tout jamais. Alors il s'était décidé. Il fallait procéder à l'insu de tout le monde, au cas où ça ne fonctionnerait pas. Il lui fallait faire ses essais de nuit, et sur des gens qui ne parleraient pas, et à qui on ne parlerait pas. Des fois que le mal aurait empiré. Il ne faudrait surtout pas que ça se sache. Des gens qui souffraient, terrés, et qui n'avaient pas les moyens de se soigner. Mais des gens qu'il espérait aussi pouvoir aider, si toutefois son onguent avait les effets espérés. La cour des Miracles lui était alors venue à l'esprit comme une évidence. Sa décision était prise. Il mit le gros pot dans son sac, alla déposer un baiser sur le front de Marguerite qui dormait déjà, et prit la direction de la porte du Pont au sud de la ville. De là, il remonterait la Grand-Rue jusqu'à sa destination.

Charles se rappela une dernière fois le visiteur de son enfance dévoré par les grosses araignées et se décida à pénétrer enfin dans la mystérieuse cour des

Miracles. La légende n'était pas surfaite, et les gravures qu'il en avait vues ne dépassaient pas la réalité. La petite rue par laquelle il était entré était vilaine et puante, le sol inégal et cahoteux. De chaque côté, il devinait par les fenêtres des taudis infects de quelques toises où survivaient par dizaines des existences misérables de tous âges. Les rues s'entrecroisaient aussi vite qu'elles étaient courtes, rétrécissant en ruelles, s'abrégeant en impasses aveugles, inquiétantes. Tout autour, les bâtisses étaient vieilles et chancelantes, certaines même faites de boue et à demi enterrées. Il ne savait pas où il allait, ni à qui s'adresser. En progressant, il sentait son appréhension monter. La police ne s'aventurait jamais ici, l'impunité y était donc totale. Tous les vices y étaient pratiqués et on ne reculait pas devant le crime si le jeu en valait la chandelle. Il sentait les regards. On marchait juste derrière lui, les pas dans les siens, silencieux, comme une menace sourde. Charles ne se démonta pas. Il continua d'avancer, tenant fermement son sac en toile et protégeant son bien précieux, blotti contre sa hanche. Il s'enfonça encore un peu et de partout on sortait des antres à son passage, devant et sur les côtés. Chômeurs déguenillés, impotents, mendiants misérables, estropiés couverts de plaies purulentes, drilles, voleurs, souteneurs, filles et femmes toutes laides sous leur couche de crasse qui se prostituaient pour deux liards, leur bébé maigre contre leur sein creux pour attiser la compassion du chaland et arracher l'aumône. L'armée de la misère et du vice s'ébattait tout autour de lui en un essaim prêt à fondre, et l'appelait de ses chants plaintifs inquiétants.

— Je veux voir le grand coësre, cria Charles, tâchant de cacher au mieux le sentiment de panique qui l'étreignait.

Personne à l'extérieur de la cour des Miracles ne savait à quoi ressemblait son chef suprême. Depuis des générations, la succession obéissait à un rituel obscur. S'il lui arrivait parfois de sortir en ville, on ne le reconnaissait jamais.

— Qu'est-ce que tu lui veux, bourreau ? lui demanda-t-on, alors que le brouhaha montait tout autour dans une langue argotique que Charles ne comprenait pas.

Un jeune homme s'était écarté de la foule. S'il était lui aussi crasseux et vêtu de guenilles, il se distinguait des autres par une certaine allure, un œil vif qui pointait sous un curieux couvre-chef auquel des sortes de cornes étaient fixées. Sur sa chemise souillée, des dizaines de bouts de tissu de toutes formes et de toutes couleurs étaient accrochés comme des médailles.

— J'ai de l'onguent, répondit Charles après un temps, tâchant de garder contenance.

— Pour quoi faire ? rétorqua le jeune homme qui s'était approché et tournait autour du visiteur, le détaillant attentivement.

— Pour soigner. Je crois que je peux soulager la goutte.

— Je pourrais te le voler.

— Je ne suis pas ici pour le vendre. Mais pour le donner.

— Vraiment ?

— Et c'est pour ça que je veux voir le grand coësre. Pour lui demander l'autorisation, continua Charles, suivant du regard celui qui vint finalement se poster juste devant lui après son inspection.

— C'est moi ! déclama soudainement l'étrange individu, dans une attitude grotesque et théâtrale, et provoquant les rires de l'assemblée.

— Vous ? fit Charles, incrédule.

— Et pourquoi pas ? Tu es bien le jeune « roi des ribauds ». Pourquoi ne serais-je pas le jeune roi de la cour des Miracles ? se moqua-t-il.

— Je ne tire aucun profit de la débauche, se défendit Charles, cachant difficilement sa gêne.

— Alors juste le bourreau amoureux ? continua-t-il l'air satisfait, entraînant Charles par le bras, comme s'ils étaient de vieux amis. Je te connais, bourreau. Tout le monde te connaît. On a tous entendu parler de ton histoire. « Bourreau par amour ! » se moqua-t-il encore, provoquant toujours plus l'hilarité de la foule qui faisait cercle autour d'eux. Alors que tu étais le fils du comte et donc riche. Presque une injure pour les gens d'ici. Mais toi, tu préfères couper des têtes pour être avec ta bien-aimée. Moi, je te tire mon chapeau.

Il se découvrit et effectua une révérence ridicule avec des gestes vastes et désordonnés, découvrant une tonsure nettement dessinée en rond parfait dans sa chevelure blonde. L'assemblée bigarrée riait toujours plus fort en autant de rictus disgracieux flanqués de bouches noires édentées ou crénelées, de rires gras ou ricanements nasillards auxquels Charles feignait de répondre par un sourire crispé. Des enfants s'étaient déjà agglutinés autour de lui, s'agrippant à ses jambes, leurs petites mains s'aventurant dans ses poches pour y trouver de quoi se nourrir.

— J'espère en tout cas que tu es meilleur guérisseur que tu n'es bourreau, plaisanta encore le chef des lieux. Tu n'as pas l'air bien doué.

— C'est pour ça que je suis venu, rétorqua Charles, repoussant d'un geste les enfants comme on éloigne des mouches.

— Vraiment ? fit le jeune coësre redevenu sérieux. Et tu t'es dit qu'ici tu trouverais des misérables prêts à se sacrifier pour tes recherches ?

— Au pire, si ça ne marche pas, ça ne fera de mal à personne, rétorqua fermement Charles, tâchant de contenir son émotion. Mais si ça marche, ça les soulagera, et ça ne leur coûtera rien.

Le silence s'était installé. Seuls les enfants continuaient de piailler comme des petits oiseaux.

— Et pourquoi tu ferais ça pour rien, bourreau ? lui demanda-t-il enfin.

— Et toi ? Pourquoi fais-tu ce que tu fais ? riposta Charles, de plus en plus sûr de lui. On a chacun ses raisons, tu ne crois pas ?

Les deux hommes se faisaient face, droits, se regardant fixement. Ils devaient avoir sensiblement le même âge. Ils auraient pu se connaître, plus jeunes, s'ils avaient fait partie du même monde. Enfants, ils auraient pu jouer ensemble, vivre les mêmes aventures dans la forêt, combattre les mêmes ennemis avec leurs épées de bois, et plus tard regarder les mêmes filles et se raconter les mêmes histoires. Devenus adultes, ils se seraient rappelé les mêmes souvenirs autour d'une pinte à l'auberge des Trois Rois. Il aurait pu faire partie de leur bande, pensa Charles. Avec Defosse, Vallier, Michel ou Bellin. Mais il était né ici, dans la cour des Miracles, et Charles dans le château, juste au-dessus. À quelques mètres l'un de l'autre, et pourtant assez loin pour ne jamais s'être croisés, ni même aperçus.

— Suis-moi, fit le grand coësre en se dirigeant vers l'entrée d'une des masures.

Charles eut du mal à distinguer le vieillard affalé. Ses guenilles étaient de la même couleur que le mur du bouge sombre contre lequel il était adossé. Un miracle qu'il ait vécu aussi longtemps ici. Peut-être est-ce pour cela qu'on appelle cet endroit la cour des Miracles, pensa Charles alors qu'il s'approchait pour mieux distinguer son premier patient et prenant sa respiration par petites bouffées, sentant la tête lui tourner. Car ici pas d'air. Juste une nappe malodorante qui agressait le nez et serrait la gorge. Il contint son dégoût et, sous les regards de la petite assemblée qui l'avait suivi et se tenait derrière lui sur la pointe des pieds pour mieux voir, il sortit son pot de son sac. Il en défit le couvercle, cérémonieusement, provoquant un murmure de curiosité dans la pièce. De deux doigts il préleva de la précieuse matière nacrée et l'appliqua avec précaution sur le corps abîmé qui s'offrait à lui, dans le silence le plus total.

Était-ce le fruit de l'imagination du vieil homme qui avait probablement perdu la raison depuis longtemps, il déclara à qui voulait l'entendre que le remède du bourreau avait des effets miraculeux sur sa goutte et le bruit fit son chemin en quelques jours.

Désormais *persona grata* à la cour des Miracles, Charles revenait presque chaque nuit pour prodiguer ses soins, continuant le reste du temps à travailler d'arrache-pied sur ses recherches, testant, mélangeant inlassablement les crèmes et les baumes. Il variait les recettes parfois d'une seule pincée de fleur du diable réduite en poudre, ratait, reprenait, et corrigeait certaines formules de Corbeau qui s'avéraient erronées. Les pots se remplissaient. Remède contre les maladies de peau, les rhumatismes, l'acné, Charles s'attaqua aussi à la fièvre pourpre qui continuait de sévir encore un peu partout. Sa réputation de guérisseur enflait, et chacune de ses venues était attendue, les patients de plus en plus nombreux. Quand il revenait à la maison des Fossés, la lumière du matin pointait déjà sur la rivière en contrebas. Et s'il commençait alors sa journée de travail sans même se reposer un instant, il ne manquait pas de monter embrasser Marguerite qui se réveillait à peine, dont le sourire valait toutes les heures de sommeil manquées.

***

Les cris et les plaintes lui perçaient toujours le cœur sur l'échafaud, mais Charles savait aussi qu'il allait soulager la douleur de bien d'autres le soir venu, et cette idée l'apaisait chaque jour un peu plus. L'hiver s'était installé et il tâchait de faire son travail le mieux possible malgré le froid, laissant toujours à Damien le soin d'exécuter lui-même quand Corbeau ne voulait pas s'en charger. Sous sa cagoule, alors qu'il passait une pince ou allumait le brasier, il réfléchissait à ses recherches, se concentrant sur une formule sur laquelle il avait buté la veille, ou se demandant si tel ingrédient n'aurait pas été plus efficace que tel autre. Il pensait aussi à Marguerite. Elle le préoccupait toujours autant. Plus sa grossesse avançait, plus ses douleurs étaient fréquentes. La vieille femme décharnée qu'il traita un soir à la cour des Miracles et qui présentait les mêmes symptômes qu'elle, le stimulèrent encore plus dans ses études. Corbeau s'y était lui aussi attardé à un moment donné, il le savait, avait buté lui aussi dessus, ses notes en attestaient sur les toutes dernières pages de son manuscrit. Ses fameuses notes dont la dernière ligne était ponctuée d'une larme et qui restaient un mystère. Corbeau savait pertinemment que son gendre occupait son laboratoire tous les soirs puisque Charles ne s'en cachait plus. Mais s'il ne disait toujours rien, s'il ne l'avait jamais empêché d'y aller, il refusait toujours de l'aider ou de lui donner le moindre conseil.

— Je voulais vous demander, osa un jour Charles à l'intention du bourreau alors qu'ils pansaient les chevaux dans l'écurie. Le dernier onguent sur lequel vous travailliez. Les notes à la toute fin…

— Tu as décidé de perdre ton temps, le coupa Corbeau d'un ton impassible, sans quitter la bête des yeux. Ne me fais pas perdre le mien.

Alors Charles replongeait dans le livre chaque soir, inlassablement, parcourant encore et encore les pages énigmatiques, essayant de déchiffrer les formules et de compléter celles restées inachevées. Il procédait à une nouvelle fabrication d'onguent qui tournait parfois, dont la couleur virait souvent, et dont l'odeur était chaque fois pestilentielle. Puis il retournait à la cour des Miracles l'essayer sur la vieille dame qui prétendait se sentir dès lors beaucoup mieux. Mais Charles voyait bien que ça ne marchait pas. Que la vieille divaguait. C'était encore un échec qu'il lui fallait essuyer, comme tant d'autres qui s'accumulaient déjà. Mais il ne désespérait pas pour autant. Il était hors de question de capituler.

***

L'homme était condamné au tenaillement pour infanticide. Le nouveau-né avait été retrouvé sous une épaisse couche de sel dans une maie, à côté d'un jambon. Le père s'était défendu en affirmant que l'enfant était mort prématurément, mais le médecin mandaté par la justice conclut qu'il y avait été aidé par étouffement. La pauvreté poussait souvent certains parents au pire quand ils avaient trop de bouches à nourrir.

À l'aide d'une tenaille, Corbeau venait d'ouvrir consciencieusement des plaies à plusieurs endroits sur le corps du supplicié dont les cris finissaient en râles larmoyants. Malgré les nombreuses chaînes et les menottes qui l'entravaient, Charles et Damien peinaient à le maintenir. C'était la première fois que Charles assistait à ce genre de supplice, et le regard apaisant et complice du père de Saintonge qui n'était jamais très loin sur l'échafaud n'était pas de trop pour l'aider. Corbeau approcha la louchette de soufre ardent. Charles ferma alors les yeux pour penser au jardin de la Sagesse, s'efforçant de se remémorer les chrysanthèmes, quand les soubresauts violents du supplicié le ramenèrent à la réalité. Éclaboussant le plancher de l'échafaud, le soufre coulait en traits sirupeux de lave argentée dans l'ouverture de chair entre ses omoplates, provoquant un hurlement bestial, et le dégoût et l'effroi de la foule réunie en nombre pour l'occasion dans la cour Lamort. Les plaies furent remplies l'une après l'autre et les deux bourreaux soutenaient désormais le condamné non par crainte qu'il n'arrache ses entraves, mais simplement pour éviter qu'il ne s'écroule, proche qu'il était désormais de l'évanouissement. Ils le laissèrent finalement choir sur le plancher une fois l'opération terminée, sous les applaudissements d'une assemblée contentée par le spectacle, alors que les premiers flocons de neige se mettaient à tomber.

L'assemblée le regardait désormais d'une autre manière. Charles l'avait remarqué. Depuis quelque temps on le sifflait moins, on se moquait moins de lui.

Il arrivait même parfois qu'il n'entende pas la chanson du bourreau qui ne pouvait pas décoller.

***

Un soir qu'il travaillait à son étude, Marguerite vint le voir. Une couverture sur les épaules, elle était vêtue d'une robe de nuit toute simple, presque transparente, et il pouvait deviner la silhouette de son gros ventre arrondi à la lueur de la bougie.

— Tu es sortie comme ça par ce froid ? lui demanda-t-il un peu inquiet. Tu n'arrives pas à dormir ?

— Charles, il y a quelqu'un pour toi dehors.

— Quelqu'un ? À cette heure ?

— Ça fait un moment qu'il t'appelle. Va voir. Si mon père se réveille, ça pourrait faire du grabuge.

Charles sortit mais la nuit était noire ce soir-là. En contrebas, le degré Notre-Dame jusqu'à la tour Millon était vide, et au-dessus la Guimbarde semblait déserte.

— Ça fait un bail qu'on ne t'a pas vu, bourreau, fit une voix qui provenait de la pénombre du côté du rempart.

— Qui est là ? demanda Charles à voix basse, pour ne pas réveiller le reste de la maisonnée, cachant difficilement son inquiétude.

Deux hommes sortirent de l'ombre. Charles reconnut immédiatement la silhouette du grand coësre à son couvre-chef corné et son large sourire. Ce qui ressemblait à un vieillard courbé sur sa canne le suivait en se traînant avec difficulté.

— Je t'ai amené un patient, reprit le jeune homme l'air de plaisanter. Puisque tu ne viens plus chez nous. Tu dois être très occupé…

— Tu sors de la cour ? s'étonna Charles, interloqué par cette visite inattendue.

— Mais oui, je sors ! Et bien plus souvent que tu ne le crois. Parfois même je viens te voir travailler sur ton échafaud !

Marguerite revint après être allée chercher un manteau pour se réchauffer.

— Le grand coësre, fit Charles à Marguerite, conscient de l'incongruité de la situation. Le chef de…

— Suprême ! ajouta l'autre avec une pointe d'ironie.

— Oui, le chef suprême de la cour des Miracles, reprit Charles un peu gêné de dévoiler ses curieuses relations. Ma femme, Marguerite.

— Madame, mes respects, fit révérencieusement le chef de la cour des Miracles.

— Monsieur… répondit-elle un peu perplexe à la vue de l'étrange visiteur.

— Voilà donc la fameuse dame grâce à laquelle tu es devenu notre ami à tous, s'émerveilla-t-il.

— Je suis désolé de ne pas pouvoir venir plus souvent en ce moment, s'excusa Charles, reprenant le cours de la discussion.

— Ne t'excuse pas, coupa le grand coësre, sans pour autant cesser de regarder Marguerite qui s'emmitouflait un peu plus pour se protéger du froid, mais aussi pour se cacher. Chacun ses affaires. Moi aussi je suis fort occupé. C'est pour ça que je me suis permis de te l'amener.

— Tu as bien fait, reprit Charles. Qu'il entre. Mais en silence !

C'était la première fois que Charles recevait dans son atelier. Il pensa immédiatement à Corbeau, et à la réaction qu'il aurait s'il venait à le savoir. Après tout, c'était chez lui. Mais Charles n'en avait cure. Ce qui l'intéressait, ici et maintenant, c'était soigner le vieil homme qui avait déjà retiré le pan de tissu crasseux qui lui servait de liquette et découvert son dos osseux et taché de salissures. La nouvelle formule d'onguent contre les rhumatismes fonctionnait, et Charles l'appliquait avec soin et certitude. Le coësre, lui, visitait des yeux ce lieu avec ses pots de tout genre, son alambic alors en cuisson, et son silence inhabituel attestait de son étonnement respectueux. De son côté, Marguerite assistait à la séance avec émotion. Pour la toute première fois, elle voyait son mari, le bourreau, prodiguer des soins à un malade, et elle percevait aussi le respect qu'on lui vouait. Mais ce qu'elle voyait surtout, c'était la quiétude de Charles alors qu'il soignait. Méthodique, les yeux rivés sur le dos malade, il appliquait sa pommade, à l'écoute du vieillard qui se mettait totalement à nu devant lui. D'abord muet, ne comprenant pas les questions que lui posait Charles pour mieux situer son mal, le pauvre hère finissait par lui parler de sa vie par bribes, et de ses épreuves. Des mots simples, des phrases maladroites, par manque d'habitude de parler de lui. Et Marguerite en était émue. Elle réalisait aussi que le grand coësre, le chef de la cour des Miracles, celui dont personne ne connaissait l'identité, s'était découvert pour venir jusqu'ici, à ses risques et périls. Oui, elle regardait son mari et ressentait de l'admiration et de la fierté pour cet homme qui avait tout laissé pour elle, et qui semblait avoir trouvé une voie malgré les circonstances. Sa voie. Être devenu quelqu'un malgré tout aux yeux de beaucoup. Aussi un peu grâce à elle, peut-être, se dit-elle en souriant.

— Tu veux que je t'aide ? lui demanda-t-elle après un silence qui ramenait à la paix.

— Oui, lui répondit-il, en souriant. Apporte-moi cet autre pot, là, fit-il en lui en indiquant un fermé sur la table. Si tu veux bien, tu lui en mets sur les épaules là, en massant légèrement.

— Très bien, fit-elle, visiblement enjouée. Vous permettez, monsieur ? s'enquit-elle auprès du vieillard, gêné qu'une femme le touche, avant de finalement se laisser faire, peut-être aussi rassuré par sa condition de femme enceinte.

Le chef suprême, toujours silencieux, regardait le couple s'affairer sur le corps du malheureux.

— On te réclame à la cour, bourreau, tu sais ? reprit-il. Ta réputation de guérisseur est faite.

— Charles, corrigea-t-il alors qu'il finissait de traiter le vieillard qui semblait déjà moins souffrir. Je m'appelle Charles.

— Charles. Très bien.

— Et toi ?

— Il semblerait que ma mère, qui qu'elle soit, ait oublié de me donner un nom, répondit-il après avoir fait une grimace grotesque comme à son habitude. Mais tu n'auras jamais besoin de m'appeler. Je viendrai toujours à toi.

— Comme tu voudras, répondit Charles qui avait terminé son soin. Voilà. Ça devrait aller mieux d'ici le matin.

— Je n'ai pas le sou, articula péniblement le vieux.

— Je ne t'en demande pas. Va, et reviens me voir si tu en as besoin.

— À très bientôt alors, « Charles », le salua avec un clin d'œil le coësre qui avait remis son couvre-chef cornu, avant de quitter les lieux en tenant par le bras le vieil homme qui déjà marchait plus facilement.

Quelques jours plus tard, c'est un éclopé qui vint se présenter de nuit à la grange. Le surlendemain encore, un mendiant, qui lui aussi avait entendu dire que le bourreau-guérisseur recevait. Silencieux et dociles, apparaissant dans la lumière basse et bleutée de la lune, les visiteurs attendaient patiemment, bravant parfois la neige, qu'on veuille bien les accueillir pour s'occuper d'eux. Si la réputation de Charles avait fait son chemin à la cour des Miracles, elle s'établissait aussi ailleurs. Il était désormais réputé capable de traiter la fièvre pourpre, la dysenterie et aussi les blessures physiques. Ses connaissances en matière d'ossature et de muscles l'autorisaient à effectuer quelques manipulations basiques comme remettre une épaule démise, ou atteler une jambe cassée, livre de Vésale à l'appui. La population la plus pauvre des alentours venait le voir, veuve sans le sou comme paysan rompu par l'effort, pour recevoir ses soins gratuits. Mais aussi parler. Tous ces gens, tous ces gueux, à qui la vie n'avait jamais laissé ni le temps ni l'opportunité d'exprimer leurs ressentis et leurs peines, tous ces misérables toujours conduits par l'urgence de ne pas mourir malgré la souffrance, se nourrissant parfois uniquement d'herbes et de racines, vivant la plupart comme des bêtes, venaient ici, chez le bourreau, et se confiaient. Et Charles les écoutait et apprenait parfois même leur nom. Car il y avait toujours un nom derrière l'épaisse couche de crasse, derrière la paroi de misère qui emmurait, et faisait ressembler l'homme ou la femme à un monstre. Excepté le grand coësre, s'amusa à penser Charles alors que le dernier patient venait de sortir et qu'il fermait la porte de l'atelier. L'aube ébauchait déjà le contour rosé des moulins aux ailes immobiles en contre-jour. Il avait juste le temps de s'allonger un moment auprès de Marguerite avant de commencer une nouvelle journée. Une nouvelle exécution était prévue dans quelques heures.

XX

Charles avait hâte d'essayer son nouvel onguent. Une cuisson originale à base de fiente de paon qui faisait partie de la recette initiale que Corbeau avait consignée dans son journal. Le problème majeur consistait jusqu'alors à faire pénétrer la pommade dans la peau. Pour cela, il utilisait de la graisse animale, mais un massage méticuleux et fastidieux restait nécessaire, parfois répété sur plusieurs séances. Or la nouvelle pommade durcissait aussitôt qu'elle refroidissait, la rendant impossible à appliquer. Charles était dans l'impasse. Dépité par ce nouvel échec, il parcourait des yeux les récipients bien rangés sur les étagères quand son regard s'arrêta sur le pot « GH ». L'idée lui vint aussitôt. Une idée qu'il n'avait pas encore osé envisager. « La graisse humaine », serait-ce possible ? pensa alors Charles. Il prit le pot des deux mains avec précaution, de peur de le faire tomber, et, une fois posé sur la table, l'ouvrit non sans une certaine appréhension. L'odeur un peu fétide et âcre qui s'en dégagea disparut presque aussitôt. L'onctuosité de la matière et sa couleur blanchâtre à peine altérée le rassurèrent, même si sa provenance le mettait un peu mal à l'aise. Il en incorpora une mesure dans le mélange qui avait déjà cuit et touilla à feu doux. Une fois la cuisson terminée, comme il le faisait chaque fois qu'il terminait une préparation, il étala le contenu crémeux sur un torchon de lin propre qu'il noua par le haut avant de presser le tout pour en extraire une substance sirupeuse et sans défauts par le bas. L'onguent qui en résulta était sans comparaison avec tous ceux qu'il avait pu cuisiner jusqu'à présent. Presque translucide, il avait des reflets pourpres violacés qui lui donnaient l'aspect d'une créature de nacre liquide. Une créature tapie, vivante, le moindre mouvement du pot provoquant une légère ondulation qui perdurait un instant, comme une respiration. Sans attendre, Charles se précipita vers la maison pour rejoindre Marguerite qui dormait certainement à cette heure avancée de la nuit, manquant de renverser une chaise et de buter dans la table de la grande salle, avant de monter bruyamment les escaliers, au risque d'alerter Corbeau.

À peine éveillée, Marguerite se laissa faire. Ce n'était pas la première fois que Charles essayait une nouvelle recette sur elle dans l'espoir de la soulager. Comme elle aimait parfois l'assister quand il avait une visite nocturne, elle acceptait aussi de lui prêter son corps pour ses essais. La pommade s'appliqua plus facilement que d'habitude et pénétra aussitôt. Le gros ventre rond brilla un instant dans la clarté de la lune, bien pleine elle aussi, pour reprendre rapidement son aspect velouté et mat. Marguerite, qui était tout à fait revenue de son rêve, pouvait lire dans les yeux de Charles un bonheur qu'il ne contenait plus. Il resta là, à genoux près du lit, fixant avec envie et curiosité son ventre qui se soulevait au gré de sa respiration à elle, apaisée, attendant avec impatience un résultat qu'il aurait voulu immédiat et flagrant, avant d'y poser sa tête pour écouter. Et s'y reposer.

***

Marguerite se levait plus facilement et s'était même remise à certaines tâches qu'elle avait laissées de côté depuis quelque temps. Charles la regardait se préparer à retourner rendre visite à ses orphelins.

— Je vais venir avec toi, lui fit-il après l'avoir surprise d'un baiser dans le cou.

— Non. Je t'ai déjà expliqué.

— Mais pourquoi, enfin ?

— Ils auraient peur, répondit-elle après avoir hésité une seconde. Ils sont sauvages, tu comprends ?

— Il n'y a que toi qui t'en occupes ?

— Non. D'autres aussi. Bien sûr. Mais ils ne sont habitués qu'à moi

— Mais dans ton état… renchérit-il. Ce n'est pas raisonnable.

— Je vais bien, affirma-t-elle avant de l'embrasser à son tour et s'en aller.

Charles la laissa finalement partir, avant de se décider à la suivre. Cela ne lui plaisait pas, mais son inquiétude avait pris le dessus. Si elle allait mieux, sa grossesse était bien avancée, et marcher était parfois une épreuve pour elle. Il savait aussi combien Marguerite pouvait être mystérieuse. Ne lui avait-elle pas longtemps caché sa vraie identité ? Le fait d'être la fille d'un bourreau l'avait poussée au fil du temps à développer un certain talent pour transformer la réalité. Pour mentir. Par nécessité. Alors pourquoi pas encore aujourd'hui, ne pouvait-il s'empêcher de ressasser alors que, devant lui, Marguerite passait devant la porte Percy sans entrer dans la ville. Elle continua de marcher toujours tout droit sur le chemin de la Croix vers la forêt qu'elle atteignit non sans difficulté, ayant dû s'arrêter plusieurs fois pour reprendre son souffle en se tenant le ventre. Charles s'était alors réfugié dans le fossé ou derrière un arbre pour ne pas être vu. Quand elle pénétra dans le bois, son inquiétude grandit. Il s'y engagea à son tour, mais Marguerite avait disparu comme par enchantement.

***

Le havage avait cessé d'être une épreuve pour Charles depuis longtemps. Il n'entendait plus de moquerie et ne surprenait plus de regards inquisiteurs sur lui. Rares étaient ceux qui s'écartaient sur son passage dans la rue, et certains allaient même jusqu'à le saluer. Il ne sentait plus le poids de son costume rouge sang sur ses épaules et il en venait presque à oublier qu'il pouvait croiser le chemin de son frère, ou pire, de son père. Et surtout, il n'entendait plus la chanson qui racontait les déboires de ses débuts.

Quand ils prélevèrent leur part d'impôt ce matin-là, l'ambiance était plutôt joyeuse dans la rue. Les fêtes de fin d'année tout juste terminées y étaient certainement pour beaucoup, chacun espérant que la nouvelle année serait aussi bonne que la précédente. L'abondance de blé et de vin dans les réserves faisait oublier les mauvais souvenirs de la famine passée. L'un après l'autre, les trois bourreaux plongeaient la louche dans les sacs de céréales ou d'épices bien rebondis. Quand ils ponctionnèrent le marchand de sel, celui-ci ne cacha pas sa satisfaction quand Charles s'approcha pour tracer lui-même la croix sur son épaule, ce qui ne manqua pas de faire grogner Damien. Corbeau, lui, fit mine de ne pas y accorder plus d'importance que cela, et reprit sa route vers l'étal suivant. Arrivés en haut de la Grand-Rue, ils tournèrent comme d'habitude sur la gauche vers la porte aux Poissons derrière laquelle ils s'arrêteraient sur la place du Pilori pour prélever la viande aux bouchers. Mais Charles ne put s'empêcher de marquer un arrêt. Face à lui, la cour des Miracles apparaissait en un méli-mélo de masures biscornues, éventré de ses fameux passages obscurs qui ne l'effrayaient plus. Il reconnut tout de suite certains des habitants qui en sortaient pour se mêler à la foule, et notamment « le Cafard », une des célébrités de la cour qui se déplaçait sur une planche à roulettes aidé de deux fers en fonte. Par réflexe, Charles vérifia qu'il avait toujours bien sa bourse, intrigué par le clin d'œil que lui adressa alors un voleur éclopé qui avait aussi été son patient. Un peu plus loin, « la Miche » se tenait au coin d'une ruelle, alléchant de son sein unique le chaland qui s'aventurait de trop près. Mais pas de grand coësre, se dit Charles alors qu'il reprenait son chemin pour rejoindre ses collègues. Il devait certainement l'observer de loin avec son sourire narquois. Charles se sentait un peu chez lui, à cet endroit et avec ces gens. Un peu protégé, aussi. Et cette idée lui faisait du bien.

— Vallier ! cria-t-il lorsqu'il aperçut son ami qui passait d'une allure pressée.

L'homme qui se dirigeait lui aussi vers la place du Pilori ne semblait pas l'avoir entendu dans le brouhaha général, ou peut-être l'avait-il feint. Résolu à ne pas se laisser distancer, Charles accéléra le pas pour le rejoindre. Corbeau s'étonna de voir son gendre passer à vive allure devant lui sans s'arrêter, et poursuivre dans la direction du petit cabaret qui faisait face au parvis de l'église Saint-Thibault, pour y entrer sans hésiter. L'endroit était constitué d'une petite pièce où seules quelques tables tenaient. Mais Vallier avait disparu. Par une porte dérobée très certainement, pensa Charles. Le réparateur de cloches qui s'occupait notamment de l'église juste en face avait certainement ses habitudes dans ce café.

— Un pot, bourreau ? lui lança le cabaretier de derrière son comptoir.

Charles ne comprit pas tout de suite que c'était à lui qu'on s'adressait. Comme il ne s'était pas rendu compte que tous les clients le regardaient en silence.

— Pardon ? fit-il ahuri après un instant, alors qu'il cherchait encore du regard son ami qui avait disparu.

— C'est pour la maison, reprit le tenancier. Vous avez soigné un cousin à moi. Un paysan, qui s'était déboîté l'épaule.

— Ah ? Oui, peut-être, répondit Charles, toujours sur le seuil et ne sachant que faire

— Il lui a remis recto ! renchérit l'homme de sa grosse voix à l'intention de ses clients. Et il paraît même qu'il sait guérir de la fièvre pourpre. Et des maux de ventre !

— Je ne saurais prétendre guérir de tout, s'excusa presque Charles, de plus en plus gêné. Il vaut mieux aller voir le médecin…

— Rien du tout ! Surtout au prix qu'ils prennent ! À part vous « saigner » justement ! plaisanta-t-il encore et provoquant le rire de l'assemblée. Alors que lui, il a soigné mon cousin pour rien !

— Je crois qu'il est temps de partir, maintenant, entendit Charles dans son dos.

Corbeau se tenait derrière lui.

— Va chercher Joyeuse, nous t'attendons ici, continua le bourreau d'un ton ferme qui ne souffrait pas la discussion.

— Merci, s'excusa Charles en se tournant une dernière fois vers le tenancier. Une prochaine fois. Peut-être.

Charles s'en alla, laissant sur place le bourreau silencieux. Les discussions reprirent immédiatement dans la salle. Le cabaretier ne proposa rien à boire au bourreau. Il aurait de toute façon refusé.

***

Charles ne lui avait rien demandé sur son voyage dans la forêt, même si ce mystérieux « orphelinat » perdu là-haut le tracassait de plus en plus. Il ne voyait vraiment pas où il pouvait se situer. Peut-être était-il un peu plus loin, vers Looze, le village campé dans le vallon juste derrière, mais le périple aurait alors été bien long pour quelqu'un dans l'état de Marguerite. Mais il ne voulait pas la questionner, de peur de lui donner le sentiment qu'il la suspectait de quelque chose. Il s'en voulait déjà d'avoir tenté de la suivre. Elle avait certainement ses raisons, pensait-il, et elle lui en parlerait sûrement un jour. Quand elle le jugerait nécessaire ou opportun. Il avait toujours eu confiance en elle et ne voulait pas se mettre à douter. Et pour l'heure, et malgré les premiers effets prometteurs de son nouvel onguent qui avaient perduré plusieurs jours, les douleurs étaient malheureusement revenues. Peut-être moins fortes qu'auparavant, mais assez handicapantes pour obliger Marguerite à garder un peu le lit ce jour-là. Alors il s'était remis au travail la nuit même.

Il allait faire un nouvel essai quand on frappa à la porte de la grange. Habitué aux visiteurs nocturnes, il se leva pour accueillir le probable manchot fiévreux ou la prostituée épicée, afin de les soigner.

— C'est bien ici que l'on trouve le fameux bourreau ? appela une voix féminine dans la nuit.

La silhouette ne ressemblait pas à celles qui se présentaient habituellement à lui dans la pénombre, et la voix, plus douce, n'avait clairement pas été éraillée par une vie de labeur et de peines. Le visage était caché par une grande capuche, et l'ample manteau de velours dont était vêtue l'inconnue à l'aspect mystérieux finissait d'attester de son noble rang. Derrière, un magnifique étalon blanc broutait paisiblement.

— Je reste là ou vous me faites entrer ? demanda-t-elle à l'hôte qui n'avait toujours pas réagi, comme pétrifié.

— Oui, pardon, balbutia Charles, s'écartant pour la laisser passer.

Très naturellement, la dame ôta son manteau, laissant apparaître une belle robe de chasse de damas finement brodée de feuilles de chêne entremêlées. Sa taille mince dessinait son allure élancée qui s'ouvrait en haut sur un col pigeonnant profond surpiqué de dentelles, avec sur le visage un petit air de rien, presque hautain, souligné par son port de tête altier. Des perles nacrées parsemaient sa chevelure aux reflets de feu ramenée vers le haut par un bandeau. L'amorce de sa nuque incurvée en douceur plongeait dans le creux sous le tissu comme une invitation à s'y glisser du regard. Elle se découvrait ainsi comme une fleur aurait éclos, tournant sur elle-même, parcourant la pièce du regard, sans exprimer le moindre inconfort ni la moindre surprise, comme si la singularité du lieu correspondait à l'idée qu'elle s'en était faite. Charles la déshabillait des yeux et, l'espace d'un instant, il revit en elle toutes les femmes qu'il avait fréquentées à une époque aujourd'hui révolue. La musique du satin des robes frottait alors sur les hanches fines, rythmée par le claquement sourd des talons sur les parquets cirés. L'odeur des poudres à la maréchale aux senteurs d'iris et de souchet et les fards de Chypre se mêlaient aux parfums capiteux qui le grisaient quand, après des heures de cour et des paroles plaisantes, et après y avoir été invité d'un léger mouvement de tête sur le côté, il finissait par plonger le nez dans une nuque. Ou mieux, dans un corsage aux lacets déjà relâchés laissant s'échapper des désirs en reliefs rebondis. Cette vie d'avant, frivole, lui revenait en mémoire, et il s'en émut aussitôt.

— Madame… osa Charles, un peu gêné d'accueillir une telle personne ici, dans son atelier poussiéreux et à l'odeur suspecte.

— On m'a parlé de vous, fit-elle, continuant son petit tour d'inspection. De votre histoire. Mais surtout de vos talents.

— Je ne m'occupe que des gens simples, madame. Une personne de votre rang devrait aller consulter un médecin. Il y en a un très bon à Joigny…

— Je n'ai pas besoin d'un médecin, l'interrompit-elle.

Elle s'approcha de Charles qui se tenait toujours sur le seuil et son visage fut éclairé par la lumière de la bougie qu'il portait encore à la main. Elle était très belle. Son visage blanchi de céruse semblait en porcelaine. L'arête de son nez était parfaitement droite, comme tracée d'un coup de pinceau sûr, dirigeant naturellement le regard de celui qui la dévisageait vers sa bouche sous laquelle une mouche équivoque en cœur badinait à l'aplomb de son cou. Ses deux lèvres charnues se séparaient au centre en un petite interstice qui laissait apparaître l'ébauche de dents blanches magnifiques, pour s'étirer le long de son sourire qui se dessina alors qu'elle se trouvait juste devant lui. Elle lui souriait aussi des yeux, et ses jolies pommettes poudrées de rouge carmin s'arrondissaient encore plus saillantes vers le haut, soulignant son regard en amande.

— Je m'appelle Lison de la Faye, continua-t-elle, alors que Charles semblait égaré par son trouble. Je suis arrivée il y a quelques années. Pour épouser le marquis que vous connaissez, je crois.

— Je me souviens l'avoir rencontré, il y a longtemps, balbutia-t-il, tâchant de recouvrer ses moyens. Une connaissance du comte.

— Oui, votre père et lui ont fait affaire à une époque, en effet, confirma-t-elle, lui faisant comprendre qu'elle savait parfaitement qui il était.

— Que puis-je faire pour vous, madame ? Vous avez besoin d'onguent ?

— Ce n'est pas de l'onguent que je suis venue chercher ici, fit-elle, mystérieuse, laissant un silence s'installer. On dit que les bourreaux sont dotés d'une certaine vaillance physique. Certainement l'habitude de « traiter » les corps, j'imagine. J'avoue regretter mon bourreau de Reims. Il était tellement serviable, murmura-t-elle un peu déçue, alors que ses doigts fins tiraient sur la ficelle, relâchant déjà le tissu de son corset étiré par sa poitrine contenue.

Charles fit un pas en arrière, arrêtant net l'élan de la muse vers lui.

— J'ai de quoi payer, affirma-t-elle non sans avoir manifesté sa surprise.

— Je suis désolé, madame, s'excusa-t-il le plus poliment possible. Je ne suis pas certain de vous satisfaire.

— Ah ? fit-elle, se ravisant.

— J'aime ma femme, madame.

— C'est donc vrai ? dit-elle tout en relaçant son corset à peine ajouré.

— Quoi, madame ?

— Cette histoire qu'on raconte sur vous. Que vous êtes devenu bourreau pour l'amour d'une femme.

— Oui.

— Elle doit être exceptionnelle, cette femme.

— Elle l'est.

— Elle a de la chance, fit-elle enfin, lui souriant sincèrement. Je l'envie presque.

Charles ne savait que répondre. Lui si prompt à entreprendre les femmes jadis se retrouvait aussi penaud que mal à l'aise. Le Charles d'avant était décidément bien loin désormais.

— Ça existe vraiment l'amour, alors, reprit-elle, en observant les pots rangés sur une des étagères. Ce n'est pas que dans les poèmes. Vous aimez la poésie ?

— La poésie ? fit-il perplexe. Je ne sais pas. Oui. Enfin, ça fait longtemps que…

— Je tiens une petite ruelle au château de temps à autre.

— Une « ruelle » ?…

— Un petit salon. À la mode des alcôves. Comme chez madame de Rambouillet à Paris. Vous voyez ?

— Oui, enfin je crois…

— Je n'ai pas le privilège comme elle de recevoir Corneille ou Bossuet, mais j'ai la chance de connaître ici quelques esprits galants et fantaisistes. Et même libertins pour certains.

Madame de la Faye se dirigea vers son manteau qu'elle avait laissé sur la chaise, annonçant ainsi son départ. Charles se précipita pour le prendre et le poser sur ses belles épaules.

— Peut-être pourriez-vous venir un soir ? lui dit-elle alors qu'ils sortaient de la grange.

La nuit était calme, et la blancheur de l'étalon tranchait avec la pénombre glaciale. Charles aida la jeune femme à grimper sur sa monture.

— Moi ? rétorqua-t-il surpris.

— Vous avez de l'éducation, non ?

— Je ne suis pas certain que la présence d'un bourreau soit appréciée par vos convives.

— Au contraire ! dit-elle en lançant sa monture d'un coup d'étrier.

Charles regarda la cavalière partir au galop, remontant la Guimbarde pour s'enfoncer dans l'obscurité et disparaître derrière un rideau de flocons. Il avait été ému par sa beauté et son audace, comme on peut l'être lorsqu'on croise un parfum dans la rue. Le temps de s'imaginer une vie, un amour, ou une passion passagère, des images et des mots qui s'évanouissent aussitôt, la senteur se dissipant dans la distance des corps qui s'éloignent déjà. Tout le contraire de son amour pour Marguerite qui n'avait jamais cessé de grandir en lui depuis le premier jour, et qui aujourd'hui était devenu son armure.

XXI

Le boyau sombre et tortueux débouchait sur une vaste ouverture éclairée par endroits par des torches et un brasier. Les parois de craie de la caverne froide et humide semblaient respirer dans la lumière vacillante, et des ombres inquiétantes s'y projetaient étirées et grotesques au gré des flammes. On s'y cachait, on y dormait, on y mangeait, on y buvait, on y jouait, on y lutinait même, sans chercher à s'abriter du regard des autres. Partout des paillasses, des tonneaux, mais aussi des dizaines de sacs contenant toutes sortes de denrées volées, blé, orge, seigle et sel pour la plupart, gardées secrètement ici et dont la plus grande partie serait un jour ou l'autre redistribuée aux plus nécessiteux. Bref on y vivait, parfois sans jamais voir le jour. Certains incapables physiquement, éclopés, blessés, ou trop malades pour s'aventurer dehors, et d'autres trop connus par les autorités, sûrs de se faire repérer à peine le nez dehors. Les autres sortaient pour aller « travailler ». Débardeurs, larrons, voleurs de paquets et de hardes, ou encore mendiants prétendument malades de la rage ou de la fièvre pour mieux susciter la pitié du passant. Mais surtout les fameux narquois, ces hommes autrefois soldats, pour la plupart déserteurs, désormais mendigots à l'allure misérable, mais par-dessus tout truands trimardeurs auxquels il ne fallait jamais tourner le dos. Des gredins criminels pour les uns, des justiciers pour les autres, qui volaient les riches pour redistribuer aux pauvres.

Marguerite était éreintée, son souffle court. Elle s'assit aussitôt arrivée, alors que la Louise, une ancienne maquerelle borgne, lui apportait de l'eau. Son ventre s'alourdissait de jour en jour et ses douleurs avaient repris. Venir jusqu'ici avait été difficile et périlleux. Mais elle n'avait pas eu le choix. Il fallait impérativement qu'elle les voie.

— Tu ne devrais plus venir ici, lui dit Monier. Tu n'es plus en état. Tu nous as bien assez aidés depuis tout ce temps.

L'homme le plus recherché de la région ne payait pas de mine. Une expression douce émanait de son visage buriné. À le regarder, on n'aurait jamais imaginé qu'il avait combattu auprès des Ottomans avant de revenir d'Europe centrale à pied en traversant les Alpes, ni qu'il n'hésiterait pas à tuer si cela s'avérait nécessaire.

— Il vous faut fuir, lui annonça-t-elle.

Derrière, un hurlement retentit. Près du braséro, un homme était fermement maintenu allongé alors qu'on lui brûlait la plante des pieds. L'odeur insupportable de chair calcinée montait déjà aux narines de Marguerite qui ne put contenir sa nausée.

— Ça va ? s'inquiéta le chef de la bande. Va me chercher encore de l'eau et un linge propre, ordonna-t-il à Louise. Excuse-nous, c'est un type que nous interrogeons. On l'a surpris traînant à l'entrée de la caverne ce matin. On cherche à savoir ce qu'il sait exactement.

— C'est ce que je suis venue te dire, le coupa-t-elle en reprenant son souffle. Des bruits courent en ville. Le prévôt sait que vous vous cachez dans la forêt. Et je crois qu'on me surveille. J'ai surpris un homme derrière moi l'autre jour. Le lieu n'est plus aussi sûr qu'avant. Il vous faut partir.

— Partir ? rétorqua Monier, visiblement préoccupé. Mais comment ? Ils sont partout. Toutes les routes aux alentours sont gardées, jusqu'à Sens et même Auxerre.

— Par la rivière.

— Tu veux que nous prenions le coche pour Paris ? plaisanta-t-il un peu amer. Ils sont certainement surveillés aussi.

— Tu ne crois pas si bien dire. Je connais un batelier. Il m'aime bien. Il devrait arriver de Clamecy et faire halte ici dans quelques jours. Je suis sûre qu'il ne refusera pas de l'argent. Déguisés, vous passeriez inaperçus. Tu pourrais en profiter avec quelques hommes tout au plus.

— Et les autres ? l'interrogea-t-il en regardant la troupe bigarrée avec laquelle il vivait depuis des mois.

— Ils devront se débrouiller.

***

Quand elle sortit enfin de la forêt ce soir-là, Marguerite retrouva Joyeuse qui l'attendait. Reprenant son souffle, elle aperçut la ligne d'horizon qui filait au loin en un trait bleu parfait en dessous duquel son regard plongeait sur la vallée. Tranquillement, elle décida de rentrer, laissant les Tranche-Montagnes derrière elle. Elle se souvint de la première fois qu'elle les avait rencontrés. Arrivée à Joigny, elle avait fait la connaissance d'une famille qui ne se remettait pas de la famine et qui vivait dans une ferme dans la misère la plus complète. Quatre enfants élevés par un père souffreteux et seul depuis que sa femme avait été emportée par la fièvre. À cette époque, Marguerite avait besoin de quelque chose à quoi se raccrocher pour ne pas se perdre totalement dans cette vie en retrait qu'elle avait eu le sentiment de reprendre à zéro en arrivant dans cette nouvelle ville. Elle décida donc de les aider, puis d'autres très rapidement. Un jour qu'elle leur apportait quelques provisions, elle tomba sur trois hommes qui étaient venus apporter un sac de blé au fermier. Elle les reconnut aussitôt à leur allure excentrique. On commençait déjà à parler des Tranche-Montagnes à l'époque, ceux qui volaient aux riches pour redistribuer aux pauvres, et elle avait toujours trouvé leur cause juste. Elle se mit immédiatement en tête de contribuer à leur cause, mais celui qui semblait leur chef s'y refusait. Elle insista cependant. Sans rien dévoiler de son identité, elle prétendit être assez bien placée pour leur donner des informations qui pourraient leur être utiles. Juste des informations, pas plus. Elle savait qu'elle prenait des risques, son père pouvait perdre sa charge. Mais c'était plus fort qu'elle. Elle en ressentait le besoin. Ils finirent par accepter et elle commença ses voyages dans la forêt, avant d'être conduite jusqu'à la grotte, bien plus tard, une fois ses preuves faites. Une aventure insensée, se disait-elle aujourd'hui, alors qu'elle venait probablement de les quitter pour la dernière fois.

Joigny s'étirait en contrebas, calmement, au centre de la vallée, jusqu'à la rivière. Les deux mains soutenant son ventre, elle décida de prendre un moment pour elle, malgré le froid. Elle ressentait le besoin de se poser physiquement, mais aussi mentalement. Remettre de l'ordre dans ses idées. Tout s'était accéléré ces derniers temps dans sa vie, autrefois si calme. La mort de sa mère, la revente de la charge de Clermont quelques années après pour partir refaire leur vie ailleurs. Son père, désormais plus sombre, courbé par le poids de la peine certainement, lui autrefois si plein de vie, inventif, toujours là pour aider et soigner les autres. Si amoureux. Et elle. Depuis toute petite, élevée dans ce monde mystérieux des bourreaux. Sa vie recluse, à l'écart, avec sa manière propre de gérer ses relations aux autres sans s'exposer, sans se mettre en danger. Quand elle commença à attirer les regards des hommes, elle s'en amusa, sans jamais aller trop loin. Elle savait qu'elle ne pouvait pas se le permettre. Elle savait que dès le moment où le prétendant apprendrait de qui elle était la fille, l'histoire à peine entamée s'arrêterait. Alors elle avait appris à mentir. Mais juste ce qu'il fallait. Le temps de se faire courtiser, légèrement, sans trop s'engager, sans trop s'exposer. Quelques regards, un ou deux billets doux, laisser une ouverture, aussi illusoire fût-elle, et rêver à une vie normale, avant de revenir à la sienne, cloîtrée dans cette nouvelle maison devenue un tombeau. Ne pas s'exposer pour ne pas fâcher son père ni manquer de respect à cette charge qui était la leur depuis des générations, et dont il fallait être fier quoi qu'il en coûtât. Une charge dont la continuité dépendait d'elle. Une épée au-dessus de sa tête. « Un jour, tu te marieras avec un jeune bourreau, et tout continuera comme il se doit », l'avait prévenue son père alors qu'elle n'avait pas cinq ans. Combien de cousins mariés entre eux, combien de charges liées, par conséquent toujours plus importantes, constituant des territoires familiaux aux ressources financières puissantes ? Et la lignée des Corbeau pouvait désormais se prévaloir d'un cousin illustre qui avait la charge de Paris. Alors il était hors de question de faillir. Son père avait bien essayé de la marier avec un de ces fameux cousins « éloignés ». Et avec ce jeune bourreau de Dieppe, il n'y a pas si longtemps encore, dont l'aspect bourru et l'odeur aigre avaient suffi à repousser cette éventualité lors de leur seule et unique rencontre. Damien non plus n'avait pas éveillé en elle l'ombre d'une envie, et ce malgré les derniers espoirs de son père qu'elle savait toujours autant préoccupé à ce sujet. Non. Marguerite avait besoin d'être amoureuse. Comme ses parents l'avaient été. Et c'est ce qui était arrivé. Une histoire impossible. Une rencontre improbable, et pourtant une évidence en l'espace de quelques jours. Il lui avait suffi d'un regard, dès la première fois, pour qu'elle flanche. Un seul regard et la messe avait été dite. Elle n'avait pas pu résister. Elle avait bien tenté de le fuir mais tout en l'aimant déjà, elle s'extirpait de ses bras tout en voulant s'y fondre, et quand elle l'avait laissé la suivre vers la grange dans les vignes ce jour-là, tout allait de soi. À aucun moment elle n'avait douté, elle n'avait pensé rebrousser chemin. Elle aurait dû se donner à un jeune bourreau et c'était au fils d'un comte qu'elle s'était offerte pour la première fois. Hors mariage. Sur une couche de vieux foin. Elle n'aurait pas dû y croire, elle n'avait pas le droit d'y croire, mais elle y était allée quand même. Parce que c'était lui. Et peu lui importait alors l'issue probable de cette aventure, elle ne pouvait ni ne voulait lui échapper. L'histoire qui aurait dû prendre fin à peine commencée avait eu une suite. Il avait tout abandonné et était devenu bourreau pour elle.

Emmitouflée dans son manteau épais, en bordure du plateau qui dominait la vallée, elle regardait la rivière scintiller comme un collier de diamants ornant la ville en contrebas. Et elle n'en revenait toujours pas qu'il ait fait ce choix.

XXII

Charles n'attendait plus qu'on frappe à sa porte. Depuis quelques nuits, à peine avait-il raccompagné un patient qu'il en trouvait un autre qui patientait en silence caché dans la pénombre. Parfois même deux. Au risque de mettre en péril la discrétion à laquelle il tenait à l'égard de son beau-père. Depuis le jour où il avait refusé de l'aider à reprendre ses recherches, le vieux bourreau ne lui avait plus fait aucune remarque. Mais il ne pouvait pas ne pas savoir. Tout comme la réputation de guérisseur de Charles dans la ville et aux alentours ne pouvait pas lui avoir échappé. Mais rien. Jamais une allusion. Charles avait bien essayé à nouveau de lui en parler. De l'y intéresser, mais en vain.

Un jour que le bourreau était occupé dans la grange, Charles s'était décidé à lui montrer le dernier onguent qu'il venait de cuire. Une crème à base de tilleul et de poils de vache, supposée calmer les chaleurs de poitrine. Le vieux bourreau avait feint le dédain, mais il s'était trahi par ce coup d'œil rapide, suivi d'un haussement d'épaules comme s'il ne voyait pas l'utilité de la chose. Charles savait pertinemment qu'il avait éveillé sa curiosité. Après tout, il l'avait bien laissé faire depuis ce jour où il l'avait surpris dans l'atelier :

par son silence, le bourreau l'avait autorisé à l'occuper, à manipuler les accessoires avec lesquels il avait lui-même travaillé, son alambic, les ingrédients qu'il avait dû mettre des années à réunir, à classer, à ranger dans les pots soigneusement étiquetés. Il lui avait abandonné ses livres, et surtout son journal, et lui avait ainsi permis d'accéder à ses propres écrits, ses recherches, et surtout son échec. « Qui ne dit mot consent », avait pensé Charles en regardant son beau-père tourner les talons et sortir de la grange. Non, il ne ressentait plus de gêne. Il avait trouvé son équilibre, se délestant du poids de la souffrance à laquelle il contribuait sur l'échafaud en soignant gratuitement les plus pauvres la nuit venue. Et ça se savait.

— Le bon bourreau ! l'accueillit le père de Saintonge lors d'une de ses visites devenues rituelles.

— Le « bon bourreau » ?

— C'est ainsi qu'on parle de toi, reprit le prêtre. Je les ai entendus. Il paraît même que tu fais des miracles ! Attention, tu vas « Lui » faire concurrence !

Le prêtre aimait lui aussi venir respirer les odeurs de potions mystérieuses qui mijotaient en permanence. Les substances étranges, les vapeurs parfois teintées, les ustensiles en verre, en plomb ou en terre cuite, le ramenaient à ses vieux démons d'alchimiste comme il aimait à les appeler. Il était sincèrement heureux pour son ami dont il recueillait parfois la confession dans l'atelier.

Des notables commencèrent aussi à se présenter devant la porte du guérisseur. Madame de la Faye n'y était pas étrangère, Charles en était sûr. Alors qu'il pensait ne plus jamais la revoir après sa première visite lorsqu'il l'avait éconduite, elle aussi revint régulièrement. Si elle souffrait parfois du dos et des épaules, elle ne le laissait jamais s'occuper d'elle, comme si elle cachait quelque chose, et se contentait de prendre de la pommade pour l'appliquer chez elle. Mais c'était surtout un prétexte pour entendre Charles lui raconter encore son histoire d'amour avec Marguerite. Une histoire qui, selon elle, aurait fait un merveilleux poème. Elle lui parlait à son tour de son monde, s'ouvrant chaque fois un peu plus à lui. Son vieux mari acariâtre et avare, qui avait parfois la main lourde, et son petit salon de lecture dont la réputation n'était plus à faire, qui accueillait de jeunes poètes prometteurs et des esprits fins de la région. Elle amusait Charles qui ne s'en cachait pas, et ça lui plaisait. Elle repartait alors, dans son magnifique manteau, Charles la raccompagnant dehors où sa belle monture l'attendait patiemment.

Quand ils sortirent de la grange ce soir-là, un homme habillé d'une veste de soldat caressait la croupe de la bête. Il s'écarta aussitôt, saluant timidement la dame qui partit aussitôt au galop. Charles fit entrer l'inconnu, tout en gardant une certaine distance avec lui. Non parce qu'il craignait quoi que ce soit, il avait combattu des hommes plus coriaces sur les champs de bataille et aurait certainement su se défendre le cas échéant. Mais c'était son air qui l'intriguait, sa manière de regarder partout, comme s'il cherchait quelqu'un. Sa veste militaire était tellement tendue aux épaules qu'elle aurait pu se déchirer au moindre mouvement, mais son déplacement plutôt leste et vif contrastait avec sa forte corpulence. Peut-être était-ce un de ces soldats déserteurs dont on parlait depuis des mois et que Paul chassait sans cesse ? pensa Charles, un peu sur ses gardes.

— Que puis-je faire pour vous ? demanda Charles à l'homme dont la carrure cadrait mal avec l'exiguïté de l'endroit.

— Une douleur à l'épaule, répondit laconiquement le visiteur.

— Enlevez votre chemise, rétorqua Charles alors qu'il prenait déjà un pot et l'ouvrait.

L'épaule large et musculeuse constellée de cicatrices conforta Charles dans son idée que l'homme était un combattant et avait essuyé des coups rudes à de multiples endroits. Il étala l'onguent sur la partie endolorie.

— Continuez de vous masser vous-même pendant quelques instants, d'avant en arrière, comme ça, lui dit-il en lui montrant le geste. Je vais vous en donner un peu que vous appliquerez chaque soir. D'ici quelque temps, vous devriez ne plus rien sentir.

— J'ai un message pour Marguerite, lâcha le visiteur qui prenait le relais avec sa main.

— Marguerite ? Comment la connaissez-vous ? l'interrogea Charles, cachant mal sa surprise.

— Dites-lui qu'on sera quatre demain soir, lui répondit-il alors qu'il remettait déjà sa chemise pour partir. Merci pour l'épaule.

L'homme quitta les lieux aussitôt, laissant Charles ahuri, perdu dans ses pensées, et surtout dans ses craintes.

***

— Non, c'est vrai. Il n'y a jamais eu d'orphelins.

Il bouillonnait à l'intérieur. « On sera quatre demain soir. » La voix du mystérieux patient résonnait encore dans sa tête, annonçant un danger imminent. « On sera quatre demain soir », mais qui ? Et pour quoi faire ? Qu'est-ce qui va se passer demain soir ? Et en quoi cela concerne-t-il Marguerite ? Charles avait quitté l'atelier précipitamment, s'excusant à peine auprès d'un autre hère qui attendait son tour, lui demandant de revenir une autre fois. Poussé par l'envie de savoir, il était entré dans la maison et avait gravi les marches quatre à quatre jusqu'à leur chambre avant de s'arrêter devant la porte fermée. Il ne l'ouvrit finalement pas avec fracas comme il s'apprêtait à le faire. Il prit un temps pour souffler, se calmer tout à fait. Un instant pour se retrouver, lui et l'amour qui le portait, et abandonner sur le palier sa colère stimulée par l'angoisse. Il leva enfin la clenche le plus doucement possible pour qu'elle ne tinte pas. Marguerite dormait profondément. Il la regarda un instant. Sa silhouette se découpait dans la pénombre, sa hanche dessinant une jolie courbe de profil sous le drap. Sans faire de bruit, il se glissa tout contre elle. Comme pour la protéger. Ses bras autour de son corps chaud et ses mains sur son gros ventre qui reposait sur le côté. L'enlacer de tout son corps, de toute sa force. L'envelopper de tout son être physique, et aussi de tous ses sentiments sans limites qu'il exprimait pour elle depuis le premier jour, la première fois, le premier regard. Avec sérénité, certitude. Du moins tâchait-il de s'en convaincre alors que la peur continuait de l'étreindre. Peur pour elle. Il la serra plus fort encore pour prévenir des coups qui pourraient survenir à n'importe quel moment. Il ne fallait pas lui faire de mal. Il ne le supporterait pas. Il en deviendrait fou. Violent. Animal. Il se perdait dans ses tourments intérieurs quand elle se tourna vers lui, éveillée par sa présence tout contre elle, avant d'ouvrir ses yeux comme on ouvre une porte pour recevoir. Ses yeux qu'il devinait si verts malgré la lumière tamisée de la lune par la fenêtre.

— C'était un des hommes de Monier, reprit-elle alors que Charles attendait qu'elle s'explique.

Depuis qu'il avait parlé du visiteur, ils n'avaient pas bougé, toujours dans les bras l'un de l'autre.

— Je savais qu'on me suivait depuis peu, enchaîna-t-elle calmement.

— Tu dis ça comme s'il s'agissait de quelque chose sans importance ! rétorqua Charles incrédule. Tu aurais pu être arrêtée pour complicité ! Tu pourrais encore l'être s'ils te dénonçaient !

— Personne ne me dénoncera.

— On peut faire dire n'importe quoi à n'importe qui à la question. Quand je pense que tu me mentais depuis tout ce temps !

— Je suis désolée. C'était pour te protéger. Je ne voulais pas t'impliquer, tu comprends ? Je les aidais déjà avant de te connaître. Je les ai rencontrés quand je suis arrivée ici. Par hasard. Et j'ai trouvé leur cause juste. Tout ce blé qui partait pour la guerre, alors que les gens ici criaient famine. Je voulais faire quelque chose de bien. J'en avais besoin, tu comprends ?

Elle se blottit un peu plus dans ses bras, comme pour le rassurer.

— Qu'est-ce qui doit se passer demain soir ?

— Tu ne dois pas t'inquiéter. C'est terminé, d'accord ?

— Dis-moi, insista-t-il.

— Monier va partir, lâcha-t-elle enfin. Les Tranche-Montagnes auront disparu sous peu.

Une nouvelle douleur déchira son ventre soudainement, braquant son corps et le durcissant comme de la pierre.

— Ne bouge pas, je vais chercher de l'onguent, dit-il en se levant précipitamment.

— Non, ça ne sert plus à rien, répondit-elle péniblement sous le coup de la douleur. Ça ne me fait plus d'effet. Ça doit être normal. C'est le bébé.

— Respire profondément, lui souffla-t-il, tâchant de la calmer de ses caresses.

— Ça fait tellement mal !

— Respire, répéta-t-il avec douceur. Je crois qu'il faut que tu gardes le lit, maintenant. On ne peut pas prendre de risques.

— Non ! fit-elle, contenant une nouvelle crise. Ce n'est pas possible. Il faudra bien que je me lève… Demain soir…

— Demain soir ? Mais qu'est-ce qu'il y a de si important demain soir, enfin ? lui demanda-t-il encore une fois.

— La fuite de Monier. Je me suis arrangée avec un coche d'eau…

— Un coche d'eau ? Mais qu'est-ce que c'est encore que cette histoire ?

— Il repart demain soir vers Paris avec des marchandises. Il n'y aura pas d'autres passagers.

Marguerite lui expliqua son plan. Il n'en croyait pas ses oreilles, mais il lisait dans ses yeux une volonté farouche, dans la musique de ses mots une résolution sans faille. S'il avait toujours vu en sa femme un caractère opiniâtre et parfois borné, il la découvrait désormais sous une autre lumière. Elle était aussi une combattante, une guerrière, une résistante. Sûre d'elle et de ses convictions, prête à tout mais protégeant les siens. Charles l'écoutait révéler son secret, et elle n'en devenait que plus belle encore. Il l'aimait d'admiration.

— Je vais m'en occuper, lui dit Charles, alors qu'elle s'était tue depuis quelques instants.

— Mais tu ne peux pas. C'est trop dangereux.

— Et tu voudrais que je te laisse y aller sachant ça ? lui rétorqua-t-il en tâchant de plaisanter.

— Ils ne te connaissent pas. Ils n'auront pas confiance.

— Je te rappelle que c'est moi qui ai fait libérer Monier. S'il n'a pas confiance en moi, en qui alors ? Et pour ce qui est du batelier, il suffira de le prévenir avant.

Marguerite n'avait plus la force d'argumenter. Et, surtout, elle savait qu'elle était dans l'incapacité physique d'agir elle-même. Elle se résolut à accepter la proposition de Charles qui, de toute façon, avait pris sa décision, et lui fournit les derniers détails de l'opération.

Des détails qui n'échappèrent pas à Damien qui écoutait derrière la porte depuis un long moment déjà.

XXIII

Damien dormait mal ces derniers temps. Il était perturbé. L'été précédent, la première et unique décapitation ratée de Charles et les huées de la foule l'avaient ravi. L'échec lui avait laissé augurer un nouvel espoir alors qu'il pensait avoir perdu cette place qui aurait dû logiquement lui revenir. Celle pour laquelle il avait travaillé dur pendant des années, depuis ce jour où le bourreau de Clermont l'avait surpris lui faisant les poches. Plutôt que de le punir ou de le donner à la maréchaussée, il lui avait alors proposé de devenir son aide. Si être l'assistant du bourreau n'enchantait guère le simple vide-gousset qu'il était, il avait cependant été impressionné par le médaillon que l'homme portait autour du cou. Une tête de mort aux yeux rouges avec des ailes de chaque côté. Peut-être qu'il le porterait un jour, s'était-il dit l'une des nombreuses fois où il l'avait admiré par la suite, hésitant parfois à s'en emparer pour s'enfuir avec. Mais il n'en faisait jamais rien et le laissait pendu à son clou quand le bourreau ne le portait pas.

Il n'était pas si mal, finalement, à exécuter les ordres qu'on lui donnait. C'était en tout cas mieux que de vivre de petits larcins comme avant, et surtout plus confortable que la rue ou les taudis infestés par la vermine dans lesquels il croupissait d'habitude. Il avait un vrai logis et le couvert en échange d'un travail, ça ferait bien l'affaire pendant quelque temps. Et la douleur ne l'effrayait pas, surtout celle des autres. Les cris lui rappelaient son enfance, quand il vivait chez un oncle boucher. Ce cri si particulier de la bête quand elle sent la lame lui inciser la peau dans le cou, traverser la couche du cuir pour finalement trancher la chair. Et le sang. Il apprit donc à préparer les outils, panser les chevaux, aiguiser les tranchants, et s'il lui arrivait de voler encore parfois, c'était pour ne pas perdre la main, des fois qu'il devrait retourner dans la rue. Puis l'assistant officiel du bourreau mourut en quelques semaines d'une maladie qui lui avait fait le visage tout boursouflé de pustules et, dès le lendemain matin, Damien se retrouva pour la première fois sur l'échafaud à maintenir un condamné la tête sur le billot. Et il aima ça. Le costume rouge sang lui allait bien, il se trouvait beau dedans. Ce qui lui plaisait surtout, c'était le regard que lui jetaient les gens lors des exécutions, ou quand ils havaient sur le marché. Il se sentait alors important. On le craignait, et on le respectait. Et puis il y avait les perspectives. Corbeau vieillirait et il faudrait bien le remplacer un jour. Une possibilité qui dans l'esprit du valet devint rapidement un projet. Et ça, ça dépendait de la fille du bourreau, il le comprit très vite. Car la charge passerait à celui qu'elle épouserait un jour. Et Damien aimait bien Marguerite. Plus jeune, elle était déjà jolie, mais maintenant que c'était une femme, elle était devenue belle. Peut-être l'aimait-il ? C'est ce que les gens disaient dans ces cas-là, se rappelait-il alors quand il la regardait de loin. « Aimer ». Il ne savait pas trop ce que ça voulait dire, n'ayant jamais été « aimé », et n'ayant jamais « aimé » lui-même. Sa seule expérience avec les femmes se limitait aux catins crasseuses qui lui ouvraient leurs cuisses le temps de quelques coups de reins dans l'ombre d'impasses malodorantes. Quelques secondes, et cette sensation comme des coups de fouet dans le ventre qu'il ne comprenait pas très bien mais qui lui faisaient du bien. C'était peut-être ça, « aimer » ? se disait-il alors, remettant sa culotte en place. Mais il préférait Marguerite. Elle ne sentait pas mauvais, elle, et ses habits étaient toujours propres. Sa voix était douce, comme son rire, pas comme les beuglements des créatures à qui il rendait visite. Il allait donc se marier avec Marguerite un jour et « l'aimer ». C'était décidé. Puisqu'il allait devenir le nouveau bourreau quand Corbeau prendrait sa retraite. Puisqu'il l'avait formé pour ça.

Mais l'autre était arrivé. « Le nouveau ». Le fils du comte. Avec son beau costume de riche et sa gloire. Tout le monde l'aimait, lui, tout le monde le saluait dans la rue. Et Marguerite aussi. Ça ne lui avait pas échappé. Il les avait vus plusieurs fois dans les vignes. Puis il y eut cette fameuse nuit et l'accident de cheval. Dieu seul sait comment ça aurait fini s'il ne les avait pas suivis. Il le regrettait presque. « Le nouveau » serait peut-être mort, et ça aurait remis les choses à leur place. Mais non, il les avait suivis et les avait ramenés, et à compter de ce jour plus rien ne fut comme avant. Corbeau semblait troublé, ennuyé. De méchante humeur même. Marguerite ne manquait pas une occasion d'aller s'occuper de ce « Charles », restant des heures entières à le veiller, oubliant parfois de préparer le repas. Et plus un mot gentil pour lui, plus une attention. Elle passait devant lui comme s'il n'existait plus. Damien en était excédé, jusqu'au jour où l'intrus s'en alla enfin. Un soulagement de courte durée puisqu'il revint presque aussitôt pour ne plus jamais repartir. Tout s'accéléra alors. La présentation du nouvel apprenti bourreau au magistrat et au prévôt, le mariage, et l'apprentissage. Et ce sentiment pour Damien de disparaître complètement. D'être oublié. Par Corbeau qui devait former son remplaçant, mais aussi par Marguerite. Son « amour » lui échappait, et avec lui la charge. Lui qui avait toujours manqué de tout, et à qui on avait offert une possibilité dont il n'aurait jamais osé rêver jusqu'alors, se voyait tout retirer d'un coup. Le choc fut violent. Le vide abyssal. Et la colère qui montait en lui irrépressible. Sourde. Fielleuse. Mais il ne pouvait pas bouger. Encore moins exprimer son désaccord. Il lui fallait revenir à sa place. Celle de l'exécutant obéissant, toujours là, efficace, silencieux, qui garde ses émotions en lui. Alors il se mit à espérer, malgré tout. Espérer le faux pas du « nouveau » comme il continuait de l'appeler en silence, l'erreur, la catastrophe qui amènerait sa capitulation et libérerait la place qui lui revenait de droit. Et le fait que Marguerite soit maintenant enceinte n'y changeait rien. Au pire, il se débarrasserait du petit une fois né. Des enfants mort-nés ou qui disparaissaient étaient chose courante après tout. Et puis il pourrait lui en faire un autre tout de suite après, si elle y tenait tant. Effaçant ainsi le passé, et surtout toute trace de l'autre. Reprenant enfin leur histoire d'amour au début, comme elle aurait dû commencer, en la possédant elle, à jamais.

Mais aujourd'hui Damien n'y comprenait plus rien. Rien ne se passait comme il l'espérait. S'il avait retrouvé sa place sur l'échafaud, quelque chose lui échappait toujours. Le « nouveau » n'était plus le même. Lui au début si peureux, si fragile même quand il s'agissait simplement d'allumer le brasier, lui dont le bras tremblait quand il fallait marquer au fer rouge, semblait de plus en plus impassible. Calme et efficace dans son rôle. Et il y avait aussi le regard des autres. Les gens croisés les jours de marché ou dans la cour Lamort. Ils souriaient maintenant à ce maudit Charles, ils le saluaient. Il y en avait même un qui l'avait appelé « le bon bourreau » l'autre jour. Certainement à cause de ce qu'il faisait chaque nuit, enfermé dans cette pièce dont il ne connaissait lui-même pas l'existence jusqu'alors. Avec ces outils étranges, ces ustensiles bizarres et ces gros livres, et tous ceux qui attendaient désormais devant la porte de la grange chaque nuit. Il les soignait, soi-disant. De quoi ? Et comment ? Avec ces crèmes dans ses pots ? Et pourquoi ? Il était bourreau, pas médecin ! Non, la tournure des événements ne plaisait pas à Damien, et la sympathie que suscitait désormais le « nouveau » éloignait encore un peu la possibilité d'acquérir cette place qu'il convoitait. Non, jamais il n'assisterait le « nouveau », jamais il ne recevrait d'ordre de lui. Il lui fallait donc partir. Il ne voyait pas d'autre solution. Après tout, il avait été bien formé. Il était un bon bourreau, il en était sûr. Bien meilleur que le « nouveau » ne le serait jamais. Il pourrait exercer ailleurs. Il avait récemment entendu parler de la charge de Nevers qui s'était libérée depuis peu. Mais une charge coûtait cher. Et il n'avait pas d'argent. Ou si peu. Mais il avait décidé de l'avoir. Et il l'aurait.

Damien ressassait ces idées sombres ce matin-là, assis sur le petit banc contre le haut mur de la salle des gardes. Il repensait à ce qu'il avait entendu la nuit dernière. Alors qu'il rêvassait sur sa paillasse à la charge de Nevers, il avait perçu des pas dans les escaliers de la maison de son maître juste à côté. Des pas rapides, comme s'il y avait le feu. Poussé par la curiosité, il s'était décidé à aller voir ce qui se passait. Comme un chat, il avait gravi les escaliers à son tour. Il n'y avait pas un bruit, Corbeau devait dormir. Attiré par des chuchotements au-dessus, il était monté et avait aperçu le rai de lumière sous la porte de leur chambre. L'oreille contre le bois, il avait tout entendu. La révélation. Une opportunité inespérée s'offrait à lui. Il avait décidé d'agir dès le lendemain matin, et pour la première fois il avait menti à son maître, prétextant une course à faire, pour venir ici et demander une audience au prévôt.

La porte s'ouvrit sur le chef de la police qui entra d'un pas pressé. Il avait l'air sombre des hommes préoccupés qui n'ont pas de temps à perdre.

— Que me veux-tu, valet ? lui demanda-t-il autoritairement, à peine l'eut-il rejoint. Je n'ai pas de temps.

Damien se leva immédiatement, le souffle court, le regard rivé sur les dalles du sol devant lui, les deux mains torturant le bord de son pauvre couvre-chef qui se déformait, et tanguant nerveusement d'un pied sur l'autre. Il n'arrivait pas à parler. Il suait, son odeur aigre et incommodante flottait déjà autour de lui.

— Alors ? renchérit le prévôt, marquant son impatience.

— Je… tenta le valet, s'arrêtant aussitôt.

— Tu ?

— Des sous, lâcha-t-il enfin.

— Des sous ? s'étonna Paul.
— Un secret pour des sous.

***

À l'église, personne n'aurait osé s'asseoir sur le banc du bourreau. Il lui était réservé, à lui et sa famille, seul à l'écart sur le côté, éloigné du reste de l'assistance. Comme d'habitude, Corbeau avait attendu que les fidèles soient entrés et installés pour s'avancer à son tour, discrètement, alors que le père de Saintonge faisait déjà entonner le premier cantique de la messe du dimanche. Marguerite était restée au lit. La Grétaude, une vieille femme un peu sorcière qui aidait aux tâches quotidiennes depuis peu, avait posé ses mains osseuses sur son ventre et déclaré que l'enfant allait arriver. Malgré les réticences de Charles, Marguerite le convainquit d'accompagner son père. Ce n'était pas le moment d'éveiller les soupçons. La fuite était prévue pour le soir même.

— Je ne suis pas seule, vas-y, ne t'inquiète pas, insista-t-elle.

— Tu es sûre ?

— Oui. La vieille Grétaude veille sur moi.

— Elle ne me rassure pas du tout. On dirait une folle. Et une sorcière !

— Elle est un peu des deux, plaisanta-t-elle. Je la connais bien.

Les deux hommes avaient gravi la Guimbarde silencieusement, l'un à côté de l'autre, avant de passer la porte Percy et de pénétrer dans la ville en direction du château. Damien avait demandé la permission de les rejoindre plus tard.

C'était la première fois qu'il marchait seul dans les rues à ses côtés, pensa Charles qui observait par intermittence le vieil homme du coin de l'œil. Pas une fois, durant tous ces mois, Corbeau n'avait fait allusion à l'enfant à naître, pensa-t-il alors. Il avait même semblé encore plus fermé que d'habitude depuis le jour où il avait appris la nouvelle. Pas l'ombre d'une émotion, pas un sourire. Même aujourd'hui, alors que l'enfant pouvait arriver d'un moment à l'autre. Après avoir hésité, Charles abandonna l'idée d'aborder le sujet ; après tout le bébé serait bientôt là et il serait toujours temps de constater la réaction du vieil homme. Ils progressaient dans la rue Saint-Jacques-d'Auxerre qui longeait de loin le rempart nord du château. Tout autour d'eux des personnes empruntaient le même chemin avec pour destination l'église Saint-Jean, dont le clocher filait droit vers le ciel au-delà de la citadelle. Un carrier les salua. Corbeau ne répondit pas, ou alors à peine d'un regard curieux, comme s'il était surpris. Charles, lui, osa un sourire. Car il savait que c'était lui que saluait l'homme à la peau blanchie par la poussière de pierre extraite dans la carrière en amont de la rivière. Il avait soigné sa femme la semaine passée, et on lui avait rapporté qu'elle se portait déjà mieux. D'autres saluts fusèrent alors qu'ils entraient dans l'enceinte du château par la porte du Bossu, certains murmurés par timidité ou par bienséance, il s'agissait quand même du bourreau, d'autres plus francs, d'une voix posée voire joviale. Deux ou trois mendiants, réunis comme chaque dimanche pour l'aumône rituelle après la messe, et que Charles avait eux aussi soignés, mais aussi des journaliers, un bûcheron que des douleurs lombaires empêchaient de travailler, le brêleur qui ne pouvait plus attacher les troncs d'arbres pour les flotteurs à cause de flux au ventre incoercibles, et une prostituée, la seule tolérée aux abords du château pour son ancienneté, qui alla même jusqu'à tapoter l'épaule de Charles au passage. Charles qui, s'il était gêné, était fier aussi, et ce même si Corbeau continuait de ne pas exprimer la moindre réaction face à ces manifestations de sympathie, ces remerciements sincères. Et encore, s'amusa-t-il en pensée, il n'y a pas tous ceux de la cour des Miracles. Celles et ceux qui formaient la majorité de ses patients. Peut-être Corbeau était-il au courant, pensa encore Charles alors qu'ils attendaient patiemment dehors sur le parvis que tout le monde soit installé. Le clin d'œil que madame de la Faye lança à Charles quand elle entra à son tour au bras de son « méchant » mari ne pouvait pas avoir échappé au vieux bourreau. Charles la salua d'un mouvement respectueux de la tête tout en se découvrant, marquant ainsi sa volonté d'affirmer son identité nouvelle.

S'il se tenait droit aux côtés de son beau-père en attendant de pouvoir pénétrer dans l'église, ce n'était pas tant pour lui montrer qui il était devenu, malgré ses déconvenues sur l'échafaud quelques mois auparavant, que pour affronter celui qui venait de sortir du château, accompagné de Paul, et s'avançait vers eux. Ses réflexions et les rencontres sur le chemin lui avaient complètement fait oublier cette possibilité. Son père. Il ne l'avait plus jamais revu après leur altercation suite à sa décision. Combien de fois depuis s'était-il aventuré de nuit dans la ville pour tâcher de deviner sa silhouette dans l'encadrement d'une fenêtre de la tour au loin ? Combien de fois avait-il craint, tout en espérant le revoir ? Animé par la peur d'être chassé d'un regard dédaigneux ou triste, comme par l'espoir d'un geste, d'un sourire. Comme une invitation à retisser un semblant de lien.

Il avait vieilli. Les mois passés éloignés l'un de l'autre avaient été des années pour le vieillard qu'il était devenu. Il semblait plus petit, plus maigre aussi, et même la couleur du brochet brocardé qui ornait sa poitrine ce jour-là semblait terne. Plus il approchait, plus le cœur de Charles se serrait. Il sentit Corbeau se redresser à son tour pour se préparer à cette rencontre. Enfin, ils se firent face. Un instant hors du temps, improbable, quatre hommes autour desquels le monde se serait arrêté de tourner, de respirer. Paul regarda Charles et lui sourit brièvement. Le comte, lui, regardait Corbeau d'un œil humide et comme empreint de lassitude.

— Monsieur le comte, dit sobrement Corbeau en baissant la tête en guise de salut.

Le regard du comte se porta alors sur Charles. Lentement. Comme s'il s'était agi d'une mécanique lourde et pesante, consentant un effort auquel il avait dû se préparer. Son regard prisonnier derrière ses yeux vitreux. Son cri contenu derrière sa bouche fine et scellée.

— Monsieur le comte, murmura alors Charles presque à son insu, baissant la tête à son tour.

Le comte reprit son chemin aussitôt pour disparaître dans l'église, accompagné par l'orgue à l'intérieur qui soufflait les premières notes.

— Fais attention à toi, lui glissa Paul juste avant de lui emboîter le pas.

Charles ne comprit pas très bien le sens de cette phrase, alors qu'il allait prendre sa place sur le banc à côté de Corbeau. Elle lui avait fait l'effet d'un avertissement. Ce qui l'attendait le soir même devait certainement influencer son impression, se rassura-t-il. Il se mit à chanter aussi, et sa voix s'envola avec toutes les autres, unies et harmonieuses, vers le Christ au loin dans la nef. Corbeau, lui, chantait si bas qu'on aurait dit qu'il fredonnait en dedans.

Une autre voix se mit à brailler de l'autre côté. Damien venait juste de les rejoindre. Les traits maladroits de son visage grossier affichaient alors, sans gêne, sa satisfaction.

XXIV

Il l'embrassa une dernière fois, descendit les escaliers à pas de chat et arriva dans la pièce du bas. Aucun bruit. La maison était endormie. Une fois dehors, il se dirigea vers l'écurie dont il avait laissé la porte entrouverte. Nord-Ouest l'attendait sagement, déjà sellé. Il le sortit calmement, et s'engagea sur la Guimbarde à pied et rênes en main, en silence. Une fois un peu plus haut, il grimpa sur le cheval et contourna la ville par le nord. Arc-bouté sur sa monture puissante, Charles se sentait pousser des ailes. Il n'avait pas peur malgré le danger qu'il s'apprêtait à courir cette nuit. Bien au contraire, tout avait enfin du sens. Tout ce qu'il avait enduré ces derniers mois pour être avec elle prenait corps dans ce projet, le sien à elle, mais qu'il allait faire aboutir, pour elle. C'était une évidence. Non, il n'avait pas peur. Il n'avait aucun doute. Il arrivait déjà devant la porte du Bois tout au nord et prit la direction du chemin qui remontait vers les vignes. Un peu plus loin, cachée dans un virage à l'abri de la végétation, se trouvait une grange qu'il connaissait bien et dans laquelle il n'était pas revenu depuis longtemps. C'était là qu'il avait rendez-vous avec quatre hommes, également vêtus de noir, et cagoulés.

— C'est pour ce soir ? demanda Monier.

— Pour ce soir ? rétorqua Charles, pas certain de comprendre la question.

— Le bébé.

— Ah ! Oui, peut-être, répondit-il, un peu gêné. Je ne sais pas. Dans les jours qui viennent en tout cas. Allons-y !

— Au fait, je ne vous ai jamais remercié de m'avoir fait libérer, la première fois, enchaîna le chef des Tranche-Montagnes alors qu'ils se mettaient en mouvement. Décidément, je vous suis redevable.

— Je fais ça pour elle, rétorqua Charles en sortant de la grange, s'assurant qu'ils étaient bien seuls.

— Ah bon ? La première fois aussi c'était pour elle ? s'amusa Monier.

— Peut-être bien, fit Charles après un instant, en vérifiant que son cheval était bien attaché et à l'abri.

— C'est une femme courageuse, continua le chef des brigands. Au début, je ne voulais pas l'impliquer. Mais il n'y avait rien à faire. Vous la connaissez.

— Je croyais la connaître, ironisa Charles.

— Ses renseignements nous ont été précieux. Mais il est temps que tout s'arrête. Pour tout le monde.

— Je suis d'accord. On y va ?

Les uns derrière les autres et en silence, ils descendirent les vignes, laissant sur le côté la ville endormie en contrebas. La porte Saint-Jacques qui protégeait la ville à l'ouest rapetissait derrière eux alors qu'ils progressaient maintenant sur le chemin de halage le long de la rivière. Tout autour, le monde s'étalait de son immensité jusqu'à l'horizon vallonné à l'encre noire. Quand ils arrivèrent enfin à la berge d'Épizy, les cinq hommes se tapirent derrière un épais bosquet. C'était à peine s'ils respiraient. Depuis leur position, ils pouvaient distinguer sans être vus le plateau auquel était amarré le bateau.

Des silhouettes apparurent et deux sifflements retentirent dans la nuit.

— Le signal ! réagit promptement Charles.

Il siffla à son tour à trois reprises, et le batelier lui répondit aussitôt.

— C'est bien lui. Vous avez l'argent ?

— Oui, fit Monier, lui montrant une bourse bien pleine.

— Alors, allez-y.

Les trois acolytes de Monier se dirigèrent aussitôt vers la rivière.

— Merci encore, souffla Monier. Et remerciez Marguerite pour tout.

— Je le ferai.

Soudain des bruits sourds retentirent. Des sabots de chevaux au galop. Puis des cris. L'alerte d'un côté, et la rage de l'autre. Sans attendre, Monier tira son épée de son fourreau et se précipita vers les cavaliers sortis de la nuit qui se précipitaient déjà sur eux l'arme à la main. Charles ne savait pas quoi faire. Il réalisait qu'il n'avait sur lui que son poignard. La scène se déroulait à quelques mètres devant lui. Les hommes sur les chevaux entouraient déjà la troupe et les tintements des lames claquaient, soutenus par des cris de guerre. Il se décida à les rejoindre, mais s'arrêta dans son élan quand il aperçut un autre cavalier qui se tenait sur le côté. C'était Paul qui observait, silencieux et immobile. Charles ne comprenait pas. Comment pouvait-il savoir ? Qui l'avait prévenu ? Il était coincé. Il ne fallait surtout pas qu'il se montre. Il se mettrait en danger, lui, mais aussi et surtout Marguerite qu'on ne manquerait pas d'accuser de complicité. S'ils combattaient avec acharnement, les hommes de Monier furent vite acculés, alors que le coche d'eau glissait déjà sur le cours de la rivière au loin pour se fondre dans l'obscurité, le batelier ayant coupé les amarres sitôt l'alerte donnée.

— Il me les faut vivants ! cria Paul à ses hommes avant de s'approcher calmement de la rixe sans pour autant se décider à y participer.

Charles aperçut un homme blessé qui rampait vers lui dans l'herbe. Il se précipita pour l'aider et découvrit Monier. Le saignement abondant par la déchirure du tissu sur son flanc laissait craindre une blessure profonde. Sans réfléchir plus longtemps, Charles le traîna en le tirant par les aisselles jusque derrière le bosquet pour l'y cacher.

— Essayez de respirer en silence, demanda-t-il haletant à Monier qui contenait difficilement sa douleur.

Charles se redressa du mieux qu'il pouvait sans être vu pour observer. Sur le plateau, le calme était revenu. Paul était descendu de son cheval pour rejoindre ses hommes. À leurs pieds, les trois complices de Monier étaient maintenus par terre les poings liés, leurs visages découverts.

— Il n'est pas là ! entendit Charles de loin. Où est l'autre ? Il y en avait forcément un autre !

— Il a fui, Monseigneur, répondit l'un des soldats. Mais je l'ai blessé, j'en suis sûr ! Il est certainement dans les parages !

S'ils restaient cachés là, ils étaient perdus, pensa Charles. Il constata qu'un petit bras de rivière se situait juste derrière eux, au bas de la pente où ils étaient terrés. Charles se laissa glisser vers l'eau, tirant à lui le corps presque inerte de Monier. Sans faire de bruit, ils se laissèrent flotter, emportés par le courant glacial pour disparaître dans un virage, alors que la troupe du prévôt fouillait déjà derrière le bosquet où ils étaient planqués quelques minutes plus tôt.

***

Charles soutenait avec difficulté Monier qui marchait à peine. Une fois à la grange et le blessé hissé sur sa monture, ils remontèrent par la forêt pour contourner la ville au plus large, au cas où Paul aurait donné l'alerte. Un détour assez long pour que le jour soit presque levé quand ils pénétrèrent sans bruit dans le jardin du bourreau de l'autre côté de la Guimbarde, avec au fond le vieux moulin aux ailes toujours immobiles. À l'intérieur, cachée derrière la meule balafrée d'une profonde fissure, une échelle menait à l'étage, un simple plancher ajouré par endroits. Usant de ses dernières forces, Charles y fit grimper Monier, avant de le laisser enfin choir sur un matelas de paille improvisé.

— Voilà. Ça fera l'affaire pour le moment, soupira Charles après avoir lavé puis pansé la blessure de Tranche-Montagne avec les lambeaux d'un vieux drap de lin trouvé dans une malle posée sur le côté. Vous serez tranquille. Personne ne monte jamais ici. Le moulin ne sert plus depuis longtemps. De toute façon, je ne vois pas d'autre solution pour le moment.

Mais Monier s'était déjà assoupi. Quand Charles sortit du moulin, il faisait jour. Il prit un temps pour lui. Pour respirer. Devant lui, les arbres si riches de leurs fruits la première fois qu'il était venu ici étaient comme des squelettes muets statufiés en ramifications complexes. Un peu plus près dans l'herbe givrée, le billot était toujours là, comme une souche banale, trace d'un arbre qui se tenait là il n'y a pas si longtemps encore et qu'on avait scié pour faire du bois pour l'hiver. Une souche aux racines trop profondes pour qu'on prenne la peine de l'arracher. Après tout, elle ne gênerait pas et on pourrait toujours s'en servir pour fendre la bûche. Ou s'entraîner à couper des têtes, pensa Charles qui décida de s'asseoir dessus. Il avait besoin de se poser encore quelques minutes pour digérer le flot d'émotions qui le traversait. Appréhender cette vie qui se révélait à lui, seconde après seconde, toujours aussi inattendue.

Et continuerait de l'être puisque, à peine revenu à la maison des Fossés, des cris lui parvinrent de la fenêtre de sa chambre.

***

C'était un garçon. L'enfant reposait sur la poitrine humide de sueur de sa mère encore sous le coup de l'effort. Rassuré par le sourire qu'elle lui adressa dès qu'elle le vit, Charles entra dans la chambre et se rapprocha d'elle, doucement, comme s'il avait eu peur de réveiller le nouveau-né. Personne dans la pièce ne s'inquiéta ni de son absence ni de son habit noir encore humide. Appelé pendant la nuit par Corbeau, le père de Saintonge avait déjà béni l'enfant. Corbeau ne tenait pas en place. Méconnaissable, il arborait un large sourire et avait des étincelles dans les yeux.

— C'est un garçon ! répétait le vieux bourreau, allant et venant avec excitation dans la pièce. Elle est vivante ! Et c'est un garçon !

Charles se pencha vers Marguerite et lui embrassa le front.

— Tout va bien ? lui demanda-t-elle, allusive.

— Oui. Tout va bien, répondit Charles alors qu'il prenait son fils de ses mains pour le soulever et le regarder dans la lumière du matin. Et toi ?

— « Nous », tu veux dire… Nous allons bien, je crois, sourit-elle en retour.

— C'est un garçon ! répéta encore Corbeau dans son dos. L'avenir est assuré !

Charles regardait son fils. Son fils, un soleil qu'il tenait à bout de bras. Soudain il eut la sensation que le bébé était plus lourd. Il aperçut alors le maillet et l'échelle brodés sur le linge désormais rouge qui enveloppait le nouveau-né. Charles cligna des yeux, comme pour recouvrer la vue, s'extirper de ses hallucinations, mais du sang coulait sur ses mains, qui tenaient toujours l'enfant fermement, se répandant le long de ses bras. Il avait peur de le lâcher. Le faire tomber et le blesser. Le tuer. Il sentit alors une main se poser sur son épaule.

— Tout va bien, Charles ? fit la voix réconfortante du père de Saintonge derrière lui.

Charles cligna des yeux une nouvelle fois et vit son enfant calme et serein, devinant le monde qui s'agitait autour de lui, petite chose entre deux grosses mains.

— Oui, tout va bien, balbutia-t-il, replaçant l'enfant dans les bras de sa mère. Il s'appellera Henri, tu veux bien ? demanda-t-il à Marguerite.

— Comme le comte ?

— Oui. Comme mon père.

***

Au premier cri, Damien s'était rué dans la petite maison de guingois qui lui servait de logis. À peine la porte ouverte à la volée, il avait traversé l'unique pièce du bas d'un bond, râlant et heurtant le foutoir qui jonchait le sol depuis toujours, morceaux de bois, meubles brisés et autres objets disparates à peine discernables sous l'épaisse couche de poussière, avant de gravir les degrés qui menaient à la seule pièce à l'étage. Un endroit sombre et sans air, auquel une paillasse malodorante et quelques affaires jetées en boule dans un coin conféraient la fonction de chambre. À quatre pattes comme un animal haletant, il avait beau plaquer ses mains sur ses oreilles, les cris de l'enfant qui lui parvenaient par les carreaux cassés de la fenêtre lui vrillaient le crâne. Il se mit à gémir en appuyant toujours plus fort sur le morceau de charbon, occasionnant un crissement qui se mêlait aux mots sortant de sa bouche au rictus effrayant, noyés dans sa salive. Une plainte larmoyante qui n'avait de sens que pour lui et qui finissait en incantation douloureuse, rythmée par ses gestes hystériques répétés sur la feuille de bois posée sur le plancher, et sur laquelle il dessinait un visage maladroit aux traits noircis par le chagrin.

XXV

La goutte huileuse et dorée apparut enfin au bec de l'alambic. Paresseusement, elle s'extirpa presque entière pour se retrouver en équilibre précaire au bord de l'orifice. Avant de se laisser tomber, lasse, dans le récipient placé juste en dessous, pas trop bas pour ne pas occasionner d'éclaboussures. Charles ne pouvait pas se permettre de perdre une once de ce précieux liquide sur lequel il travaillait depuis des jours. Une recette à base d'ail, d'oignon, de poireau des vignes et surtout de bile de vache, dans laquelle il mettait tous ses espoirs pour guérir les douleurs intestinales. Une fois tout le fluide récupéré, il ne lui resterait plus qu'à le mélanger à de la graisse humaine pour en faire un nouvel onguent qu'il ne tarderait pas à essayer sur ses patients.

— Quand la nuit revêt son manteau pourpre et sombre… murmurait-il alors qu'il retirait le réceptacle avec précaution. Sur les yeux clos de la muse au corps nu, elle fait planer… Son ombre ?

Charles s'empara du pot de graisse alors qu'il répétait encore les deux derniers vers qu'il venait d'imaginer.

— Non, se reprit-il. Pas une ombre. Trop dangereux. La nuit est plus légère, plus douce. Elle apporte les rêves, pas des cauchemars. Une autre rime en « ombre »…

— « Pénombre » ? fit une voix derrière lui. Je ne savais pas que tu étais aussi poète.

— Paul ? fit Charles surpris, découvrant son frère à l'entrée de l'atelier.

Paul était entré sans faire de bruit, il retirait déjà sa cape noire qu'il portait sur son costume sombre.

— Le voilà donc, le fameux « atelier » dont tout le monde parle, fit-il alors qu'il découvrait le lieu. Ta réputation est faite, on dirait.

— Je fais au mieux, répondit Charles, toujours perplexe.

— « Le bon bourreau ».

— C'est comme ça qu'on m'appelle, oui. Et j'en suis heureux.

— De la « fiente de paon » ? lut le prévôt sur l'étiquette d'un des pots. Diable ! Si jamais je tombe malade, surtout ne me soigne pas avec ça !

— Tu es malade ?

— Tu as quelque chose contre les problèmes respiratoires ?

— Les problèmes respiratoires ? Pour toi ?

— Oui. Ça me gêne en ce moment. Tu as quelque chose ou pas ?

— Oui… répondit Charles un peu déstabilisé. Bien sûr. Enlève ta chemise et assieds-toi.

Sans hésiter, Charles se saisit d'un gros pot rempli d'une masse visqueuse alors que son frère commençait à se dévêtir.

— Ce n'est pas de la fiente de paon, au moins ? ironisa Paul.

— Non. C'est de la pulmonaire. Une plante qui agit sur les voies respiratoires.

— Bon…

— Retourne-toi.

Paul s'exécuta sans plus de questions, et Charles commença à appliquer l'emplâtre sur son dos au niveau des poumons.

— C'est froid, réagit Paul.

— C'est la menthe qui fait cet effet. C'est pour une meilleure pénétration.

— Tu t'y connais donc bien.

Charles avait du mal à masquer sa fébrilité. La dernière fois qu'il avait vu son frère, ou plutôt l'avait aperçu, c'était à Épizy, lors de l'évasion avortée de Monier et ses hommes. Monier qui depuis était caché dans le vieux moulin et qu'il allait voir tous les jours pour le soigner et le nourrir, s'exposant ainsi, mais aussi Marguerite et Corbeau, à une condamnation certaine si les autorités venaient à le découvrir. Et, comme par hasard, pour la première fois le prévôt débarquait à ce moment-là dans son atelier.

— J'ai cru comprendre que du monde venait te voir. Le soir, reprit Paul après un temps.

— J'ai de plus en plus de patients, c'est vrai, répondit Charles, craignant la voie que prenait son frère.

— Des gens pas tous très fréquentables, à ce qu'on m'a dit.

— Je n'en sais rien. Ils viennent parce qu'il ont besoin de moi, et je les soigne, c'est tout.

— Certains viendraient de la cour des Miracles.

— Peut-être, se hasarda Charles, après une hésitation.

— Je dis ça parce qu'on t'aurait aussi aperçu par là-bas.

— Oui. J'avais besoin d'essayer mes onguents. Et je savais que des gens étaient en souffrance là-bas.

— Des gens comme le grand coësre ?

— Le grand coësre ? Peut-être. Je ne sais pas. Personne ne le connaît. Voilà, j'ai terminé, coupa-t-il en se relevant. Tu devrais te sentir mieux dès demain.

Paul se releva pour se détendre tout à fait. Il fit craquer son ossature en faisant jouer la musculature de son dos. Charles avait toujours été fasciné par le corps de son frère. Depuis toujours beaucoup plus costaud que lui, Paul travaillait son corps par des exercices quotidiens. Comme pour gagner en force, en puissance, comme pour acquérir une position physique, à défaut d'une place dans le cœur d'un père. Et surtout pour être plus fort que lui.

— Et des Tranche-Montagnes ? continua Paul tout en se rhabillant. Tu n'en vois jamais ?

— Je pensais que tu les avais tous arrêtés depuis le temps.

— Non. Pas tous. Il me manque toujours leur chef. Tu te souviens de Monier ? ironisa-t-il.

— Oui, tu me l'as assez rappelé pour que je m'en souvienne, essaya de plaisanter Charles.

— J'ai été sur le point de mettre la main sur lui l'autre soir, près de la rivière. Il tentait de filer.

— Ah ? fit Charles l'air de rien, tâchant de ne pas se trahir.

— Oui. C'est ce que je crois. Il m'a échappé de peu.

— Dommage… continua Charles, alors qu'il rangeait le pot d'onguent sur l'étagère après s'être essuyé les mains pour garder contenance.

— Fais attention, Charles, dit Paul alors qu'il reprenait la visite de l'atelier en s'arrêtant particulièrement sur le manuscrit de Corbeau grand ouvert sur la table. Fréquenter une certaine population pourrait te créer des ennuis. Même sans le savoir, bien entendu. Je ne t'accuse de rien. Mais les bruits courent vite. Et d'ici à ce qu'on te suspecte de connivence avec certains criminels…

— Je ferai attention.

Paul se retourna vers son frère pour le regarder droit dans les yeux. Comme s'il évaluait la véracité de sa réponse. Comme s'il jaugeait l'honnêteté de l'homme. Charles soutenait le regard comme il pouvait, son esprit encore perturbé par les événements récents auxquels il avait participé et qui le rendraient, sans contestation possible, coupable aux yeux de la justice.

— Bien sûr, conclut Paul en lui souriant. Je sais que tu feras attention. On se bat ?

— Comment ça ? s'étonna Charles.

— Allez ! On se bat ! insista Paul avec plus d'entrain. Comme avant ! Tu te souviens ? Ça fait combien de temps ? Des années !

— Non mais je ne suis pas sûr que…

— Allez ! Une petite lutte ! Ça me manque, tu sais ? Pas toi ?

Paul s'était déjà mis en position sur ses jambes, de profil, les deux mains tendues ouvertes devant lui, prêtes à agripper son adversaire. Dans ses yeux, une étincelle brillait. Cette étincelle que Charles connaissait si bien pour l'avoir vue s'allumer lors de leurs nombreux combats de lutte auxquels ils s'adonnaient quand ils étaient plus jeunes, le plus souvent provoqués par Paul. Des combats que Charles perdait souvent à dessein, surtout quand ils avaient lieu devant leur père.

— Paul, je ne sais pas si…

À peine eut-il le temps de finir sa phrase que son frère s'était rué sur lui, lui empoignant un bras et tournant l'autre dans son dos pour opérer une clé. Charles était coincé. S'il ne s'était pas attendu à l'attaque, il était surtout surpris par la force de son rival, devenue stupéfiante. D'un coup de pied, il fut immédiatement balayé et perdit l'équilibre sous le poids de l'autre, pour s'écrouler dans la poussière, ses deux bras maintenus fermement plaqués au sol.

— Tu as perdu, lui souffla Paul dans l'oreille, alors qu'il le maintenait toujours immobile.

— Oui, j'ai perdu, admit Charles, essoufflé.

Paul roula sur le côté pour le libérer de son étau. Les deux frères restèrent ainsi allongés par terre, les yeux rivés au plafond, comme quand ils étaient enfants et qu'ils essayaient de reprendre leur respiration après l'effort.

— Je pensais que ta décision m'arrangerait. À l'époque, reprit Paul après un temps. Je pensais que la place était enfin libre. Mais tu resteras toujours son fils, malgré sa peine et sa colère.

— Il n'aura pas d'autre choix que de te donner le titre.

— Un bâtard, comte de Joigny ? s'amusa Paul en retour.

Leurs deux corps étaient immobiles, mais le combat continuait. Combat invisible, entre deux enfants devenus des hommes en lutte pour garder leur place. Un combat permanent.

— Est-ce qu'il est vraiment trop tard ? demanda Paul.

— Trop tard pour quoi ?

— Pour que tu reviennes. Il est peut-être encore temps de faire marche arrière. Je suis sûr qu'il serait prêt à oublier. Te redonner ta place.

— Et toi ?

— Moi ? Ne t'inquiète pas pour moi. Je la connais, ma place.

Charles avait envie de prendre son frère dans ses bras. Là, maintenant. Au-delà de l'envie, de la jalousie, c'était bien de l'amour fraternel qu'il y avait là, tapi sous l'épaisse couche de rancœur accumulée pendant des années. Une rancœur dont ni l'un ni l'autre n'étaient responsables. Oui, il avait envie de l'étreindre pour le réconforter, malgré sa corpulence et son autorité affichée à cause d'un rôle qu'on l'avait poussé à jouer contre son gré pour la quête désespérée d'un amour paternel.

— C'est impossible, répondit enfin Charles. Je suis entaché à jamais, quoi que je fasse. Je suis un bourreau désormais.

— Il suffirait qu'on demande au roi de démettre Corbeau pour le faire remplacer et tout serait oublié, rétorqua Paul.

— Je suis père, Paul, le coupa-t-il aussitôt.

— Tu es père ?

— C'est un garçon. Il est né hier. Il s'appelle Henri.

— Henri… prononça doucement Paul, le regard soudainement absent.

Le prénom du nouveau-né résonna dans le vide. Puis le prévôt se releva pour se vêtir en silence.

— Je suis content pour vous, fit-il après avoir refermé son manteau et il se dirigea vers la sortie.

Il se retourna une dernière fois pour regarder son frère. Avec un air plein de regrets.

XXVI

— Je n'assisterai pas aux exécutions dans les jours qui viennent, lâcha Charles entre deux cuillerées de soupe.

Le silence durant les repas était devenu une chape de plomb depuis que Marguerite gardait la chambre. Quelques jours à peine après l'arrivée de l'enfant, la joie avait fait place à l'inquiétude. Affaiblie et à nouveau prise de douleurs incoercibles, elle n'avait pu sortir depuis l'accouchement, restant même parfois alitée toute la journée. Elle s'occupait d'Henri quand son état le lui permettait, aidée de la vieille Grétaude, et de Charles qui faisait de son mieux pour la soulager. Plus que jamais, l'enfant et elle étaient sa priorité. Chaque jour, il montait la voir dès que possible, juste pour un baiser ou le temps de la réconforter d'un mot doux, d'une caresse, ou d'un regard entendu.

Il lui avait avoué l'échec de l'évasion. Paul et ses hommes leur avaient tendu un guet-apens. Quelqu'un les avait prévenus, cela ne faisait aucun doute. Il lui avait raconté sa fuite avec Monier blessé jusqu'au moulin dans le jardin, où il l'avait caché pour le soigner. Inquiète, Marguerite avait proposé de l'aider, mais Charles l'en avait aussitôt empêchée. Elle était trop faible, et vu son état elle s'écroulerait probablement sur le chemin avant d'atteindre l'enclos. Et aller là-bas aurait été le meilleur moyen de dévoiler la planque, si jamais elle venait à être suivie. Non, il fallait qu'elle soit raisonnable pour l'heure et qu'elle le laisse faire. Il allait s'occuper du blessé, elle devait se reposer. Il avait alors pris son enfant dans ses bras pour couper court à la discussion, et pour profiter de ce moment de paix dans cette chambre, un peu leur paradis.

Il remontait aussi parfois les rejoindre, tard dans la nuit, pour dormir un peu à leurs côtés, après avoir travaillé des heures dans son atelier, continuant d'étudier des formules nouvelles, cherchant encore et encore le remède miracle qui sauverait définitivement sa bien-aimée. Mais le temps lui manquait. Les huiles et les liniments qui complétaient désormais ses fameux onguents avaient définitivement établi sa réputation de guérisseur, et il n'eut pas d'autre choix que de recevoir un peu en journée pour satisfaire sa clientèle chaque jour plus nombreuse. S'il continuait à prodiguer ses soins gratuitement aux pauvres, c'est-à-dire la grande majorité de ses patients, il faisait payer très cher les quelques fortunés qui avaient pris l'habitude de venir chez lui sans plus se cacher. Dire qu'on allait voir le bourreau était en effet devenu du meilleur effet chez quelques bourgeois, et il n'était pas rare d'en entendre certains dans la rue se vanter de posséder une pommade de sa fabrication.

Les exécutions s'étaient quelque peu raréfiées. La bande des Tranche-Montagnes semblait s'être définitivement dispersée depuis la tentative de fuite de leur chef, et les larcins étaient redevenus sporadiques, et surtout banals. On ne volait plus des denrées mais à nouveau de l'argent. Le temps où le crime servait les plus démunis semblait définitivement révolu. Quant à Monier, il était toujours impotent et n'avait pas bougé du moulin. Charles continuait de s'occuper de lui secrètement. La blessure était profonde, et les soins et l'application de linges propres nécessitaient des visites quotidiennes. Un des emplâtres supposé nettoyer les plaies et accélérer la cicatrisation semblait efficace. Mais le danger restait permanent. Les maraudes du guet étaient fréquentes. Le bruit courait partout que le soldat déserteur était certainement terré quelque part, dans l'incapacité de bouger parce que blessé. Certains de dire qu'il serait même peut-être mort. Mais le prévôt ne semblait pas vouloir se contenter des on-dit, bien déterminé à mettre enfin la main sur son trophée. Ce qui inquiétait surtout Charles, c'était le comportement étrange de Damien. Il avait changé. Sur l'échafaud déjà, il avait eu le sentiment que le valet l'observait particulièrement ces derniers temps, devinant son sourire sous la cagoule, un sourire qui le mettait mal à l'aise. Et aussi le reste du temps, où qu'il aille et quoi qu'il fasse, l'aide-bourreau n'était jamais très loin, à portée de vue, pansant un cheval ou aiguisant une lame. Ou même traînant, flânant, les mains dans les poches comme il en avait l'habitude, avec, coincé entre ses lèvres, son maudit brin d'herbe qu'il n'avait de cesse de mâchouiller, quand ce n'était pas son herbe à Nicot qu'il chiquait continuellement avant de la cracher, faisant les cent pas sur le degré de Notre-Dame juste devant la maison, ou dans la grange alors que Charles recevait un patient. Un jour qu'il travaillait à ses recherches, il l'avait surpris sur le seuil de la porte en train de le regarder en silence, sans aucune gêne. Ou encore dans l'escalier menant à la chambre où Marguerite était alitée, comme l'autre soir, l'air de rien. Et toujours ce sourire narquois sur ce visage grossier qu'on aurait dit sommairement exécuté dans la glaise, avec ses deux billes noires qui lui faisaient le regard d'un renard madré. Mais les craintes de Charles se transformèrent en soupçons le jour où il aperçut le valet se promener du côté du jardin du moulin alors qu'il n'y allait que très rarement habituellement. Damien se doutait de quelque chose, Charles en était certain. Il le surveillait.

— J'ai besoin de passer plus de temps dans l'atelier, continua Charles après avoir repoussé son écuelle dans laquelle il avait laissé un fond de soupe.

Damien lançait des petits coups d'œil inquiets à Corbeau qui n'avait pas encore levé les yeux. Il faisait sombre ce soir-là. La nuit était sans lune, et les murs tristes de la pièce semblaient se rapprocher les uns des autres autour du feu qui mourait dans l'âtre au fond, comme pour se réchauffer.

— Tu y passes déjà beaucoup de temps, je crois, non ? fit Corbeau, d'un ton agacé. Tu es bourreau. Pas médecin.

— L'argent rentre aussi, rétorqua Charles avec une audace nouvelle.

L'homme était près de ses sous, et Charles le savait. Ses revenus complémentaires de guérisseur ne lui déplaisaient pas. Charles guettait une réaction qui ne venait toujours pas. Corbeau restait impassible. Lui qui avait laissé échapper ses sentiments jusqu'aux larmes le jour de la naissance du petit s'était renfermé aussitôt après, pour redevenir le bourreau taciturne qu'il avait toujours été. Il montait une fois par jour dans la chambre voir sa fille, prenait l'enfant entre ses grosses mains, le regardait dans les yeux, avant de le reposer dans les bras de sa mère ou dans le berceau. Et à peine l'ébauche d'une phrase. Juste assez pour s'enquérir de son état, avant de quitter la pièce. De fuir. Comme si la vision de sa fille pâle à la dérive le ramenait à une souffrance du passé. Comme s'il revivait un échec. Et Charles voyait cet échec. Il le lisait dans le regard du vieil homme quand il le croisait dans l'escalier alors qu'il redescendait après sa courte visite. Il le voyait aussi à l'instant même, à l'autre bout de la table, qui semblait s'allonger encore dans la lumière changeante des flammes qui vacillaient. Lui, le bourreau, mais aussi un père, de l'autre côté, encore plus loin et plus petit, plus inaccessible.

— Marguerite ne va pas mieux, insista-t-il encore. Vous le savez très bien. Et je dois trouver une solution.

— L'enfant va très bien, rétorqua sèchement Corbeau.

— Oui… répliqua Charles perplexe. Bien sûr qu'il va bien.

— Et la Grétaude est là, non ? continua le bourreau.

— Je vous parle des douleurs de Marguerite, s'indigna Charles en se levant de table.

La cuillère de Damien était tombée dans son assiette. Corbeau s'était affalé dans sa chaise, comme s'il avait pris un poing en pleine figure. Son regard fixait le vide.

— De toute façon, vous n'avez pas besoin de moi, continua Charles alors qu'il se préparait à sortir. Il n'y a que des condamnations mineures en ce moment.

— Le prévôt remarquera ton absence.

Charles s'était arrêté sur le seuil de la porte. Quand il se retourna, Corbeau le regardait droit dans les yeux.

Ce n'était pas une menace qu'il lisait dans le regard de son beau-père, mais un avertissement. Il en était certain. C'était une alerte. Il en savait plus qu'il ne voulait bien le montrer, pensa Charles. Et s'il avait compris la situation ? S'il en saisissait l'enjeu ?

— Alors je lui expliquerai si jamais il s'interroge, conclut-il avant de sortir.

***

« La mère de l'amour eut la mer pour berceau,
Le feu sort de l'amour, sa mère sort de l'eau,
Mais l'eau contre ce feu ne peut fournir des armes.

Si l'eau pouvait éteindre un brasier amoureux,
Ton amour qui me brûle est si fort douloureux,
Que j'eusse éteint son feu de la mer de mes larmes. »

Ce soir-là, madame de la Faye rayonnait de toute sa beauté en étoffes satinées couleur bouton-d'or, auréolée de ses longs cheveux en torsades finement entremêlées, plus flamboyants encore dans la lumière des bougies qu'elle avait placées tout près d'elle afin de pouvoir lire. Sage, le livre bien ouvert sur ses genoux, elle inclinait élégamment sa tête, allongeant d'autant la ligne de sa nuque, que balayaient quelques mèches qui se laissaient choir en virgules avec une savante négligence. Plus qu'une patiente, elle était devenue une amie. Du moins était-ce de cette manière qu'elle avait demandé à Charles de la considérer dorénavant. Et si elle avait toujours besoin de la pommade pour ses douleurs au dos et aux épaules, et aussi de ce nouvel onguent qui rendait ses amants plus fougueux, elle aimait surtout la compagnie silencieuse de Charles et lui lisait parfois un peu de poésie.

— Alors ? Qu'en pensez-vous ? lui demanda-t-elle après un léger silence.

— C'est beau, répondit-il tout affairé à préparer un pot d'onguent.

— Vous ne m'avez pas écoutée, minauda-t-elle.

— Si ! Si ! Même si je ne suis pas certain d'avoir jamais vraiment compris la poésie. J'ai toujours préféré les romans. Ou les nouvelles.

— Il ne s'agit pas de comprendre, mais de ressentir. Ce ne sont pas tant les mots en soi qui comptent mais les images qu'ils véhiculent. La sensation qu'ils vous apportent individuellement, et liés les uns aux autres. Vous comprenez ?

— Oui. Comme de la musique.

— Exactement !

— Tenez, votre onguent est prêt, lui dit-il en lui tendant le petit pot de porcelaine qu'elle lui rapportait chaque fois vide.

— Vous ne voulez toujours pas me dire ce qu'il y a dedans ? plaisanta-t-elle en le prenant avec précaution.

— De la corne de minotaure réduite avec quelques gouttes de sang de salamandre.

— Du minotaure ? Vraiment ?

— Évidemment ! plaisanta-t-il, étouffant un rire.

— Vous me faites marcher !

— Secret de bourreau, la taquina-t-il.

— L'effet est remarquable en tout cas. Mes amants sont infatigables !

— Et cette marque, là ? Un amant ? osa Charles en indiquant la trace carmin foncé qui apparaissait derrière le tissu à la naissance de l'épaule.

— Ah ! Ça… fit-elle gênée. Non. Mon mari. Un témoignage de son « désamour grisé ».

— Je suis désolé, fit-il mal à l'aise.

— Et encore, il a le bon goût de ne pas toucher mon visage, ironisa-t-elle.

Elle se leva et fit le tour de la pièce qu'elle connaissait pourtant par cœur.

— C'est de Pierre de Marbeuf, reprit-elle pour changer de sujet.

— Pardon ?

— Le poème. Il est de Marbeuf. Vous connaissez ?

— De nom, je crois.

— La prochaine fois je vous lirai Boileau. Ou Malherbe.

— Avec plaisir.

— Comment va Henri ?

— Bien. Parfaitement bien. Dieu merci. C'est juste que…

— Que ?

— Marguerite ne quitte plus le lit, se désespéra-t-il après un temps. Et je n'arrive plus à la soulager.

— Vous devriez lui lire des poèmes.

— Pardon ?

— Oui, vous devriez lui lire des poèmes, à Marguerite. Ou même lui en écrire.

— Moi ? Écrire des poèmes ?

— Et pourquoi pas ? Les femmes aiment la poésie. Et puis ça la soulagerait peut-être.

— Je ne sais pas, fit-il, perplexe. Je n'y ai jamais pensé.

— Vous avez une feuille et une plume ?

***

« Quand la nuit revêt son manteau pourpre et sombre,
Dans les yeux clos de la muse danse la pénombre.
Souviens-toi de la rosée sur les champs nus bleus,
Comme une mer irisée par le reflet des cieux.
Le vent chassé par les ailes frêles des moulins sourds
Pousse au loin les nuages et chante notre amour. »

Marguerite s'était redressée pour mieux l'écouter, intriguée par sa curieuse initiative. Quand il l'avait rejointe, tard dans la nuit, elle ne dormait toujours pas, impatiente de le retrouver comme chaque soir, la condition pour elle pour se détendre au mieux et se laisser enfin aller au sommeil.

— Je t'ai écrit un poème, lui avait-il murmuré la mine timide, tâchant de ne pas faire trop de bruit pour ne pas réveiller leur enfant qui dormait dans son berceau.

Perplexe, elle l'avait alors regardé se placer face à elle, un peu penaud comme un enfant s'apprêtant à dire sa récitation. Elle s'était retenue de pouffer tellement elle le trouvait ridiculement magnifique et touchant. Lui qui avait déjà tout fait pour elle. Lui qui avait accompli le pire pour prétendre au meilleur, voilà maintenant qu'il lui écrivait des poèmes ! Et il se lança. Comme on se laisse tomber les bras en croix en un saut de l'ange du haut de la falaise. Il la regarda droit dans les yeux et dit ses premiers vers un peu platement au début, avant de s'emporter au gré des images naïves, accompagnant ses mots de gestes qui prenaient de l'ampleur alors qu'il flattait sa beauté en alexandrins. Pour reprendre sa position initiale une fois le dernier vers achevé, l'air toujours aussi penaud et presque désolé, les bras revenus le long du corps dans l'attente d'un verdict certain. Les rires. Les huées. Le coup de bâton dans le creux des genoux ou sur le revers des mains, la honte, le piquet. Le pilori.

Marguerite ne contenait plus son émotion. Une larme silencieuse apparut au coin de son œil, cherchant son chemin entre ses cils de biche. Pour enfin aller rouler sur sa pommette arrondie par l'effet de son sourire.

— Alors ? s'inquiéta-t-il.

— Viens, lui fit-elle enfin, écartant les bras pour le serrer tout contre elle. Merci. C'était très beau.

— Vraiment ?

— Oui, répondit-elle, retenant difficilement une envie de rire.

— Mais quoi ? Tu vois, tu te moques !

— Mais non ! se défendit-elle ne se retenant plus de rire.

— Tu me trouves ridicule, c'est ça ? demanda-t-il, riant à son tour.

— Non, je ne me moque pas. C'est juste que… Je ne sais pas si tu seras jamais un bon bourreau, mais pour ce qui est de devenir poète… Et ça t'est venu comment, cette idée ?

— Elle n'est pas de moi.

— C'est elle ?

— Qui, elle ?

— Cette femme de la haute qui te visite parfois. Tu crois que je ne l'ai pas remarquée ? Ça m'arrive de me pencher par la fenêtre, tu sais ?

— Oui. C'est une patiente. Une amie aussi, avoua-t-il un peu gêné. Et oui, c'est elle qui m'a conseillé de t'écrire des poèmes.

— Alors, c'est une bonne amie. Tu peux la garder, lui souffla-t-elle, ses lèvres se collant aux siennes.

Elle le prit à nouveau dans ses bras. Elle avait envie de lui. Le sentir en elle. Cela faisait tellement longtemps que son corps endolori faisait obstacle au sien et elle ressentait, toujours aussi ardent, le feu qui la consumait à trop attendre. Mais la douleur eut encore raison de leur désir. Doucement, il se glissa sous le drap à ses côtés et elle vint se caler dans le creux de son épaule.

— Comment va Monier ? lui demanda-t-elle enfin.

— Mieux, lui souffla-t-il. Ne t'inquiète pas.

— Je voudrais aller le voir. Je pourrais m'en occuper, prendre la relève.

— C'est trop dangereux, Marguerite. Tu le sais bien. Et puis tu en serais incapable. Tu es trop épuisée.

— Je vais un peu mieux, certains jours, lui assura-t-elle.

— Certains jours ? Certains moments, peut-être, juste le temps de faire quelques pas dans la chambre pour te recoucher aussitôt. Même soulever Henri te demande un effort. Et tu voudrais marcher pour aller jusque là-bas ? Lui changer ses pansements ? Non. Sois raisonnable. Oublie.

— D'accord.

— Tu sais, je me demande encore comment Paul a su, pour la fuite.

— Je ne sais pas. Peut-être un membre de la bande ? Jaloux de ne pas partir avec eux ?

— Oui, peut-être, fit Charles pensif. Peut-être.

Charles ne trouva pas le sommeil. Aux aguets, il accompagna le mieux possible Marguerite dans sa souffrance ensommeillée, assimilant en lui les petits soubresauts dus à la douleur qui agitaient parfois le corps toujours plus fragile de son amour. Juste à côté, Henri dormait paisiblement dans son berceau et cette image l'apaisait.

XVII

À peine arrivait-il au niveau de la maison du bourreau que Defosse aperçut trois personnes aux allures hétéroclites qui semblaient attendre devant une grange un peu en amont. Le premier avait l'aspect d'un mendiant, la deuxième d'une vieille sorcière, et le troisième se tenait un peu à l'écart, se pinçant le nez avec un mouchoir de dentelle. Le manteau de belle facture dans lequel il était enveloppé comme pour se protéger et le couvre-chef qu'il avait sciemment incliné sur son visage venaient parfaire l'allure du visiteur désireux de rester incognito, mais le médecin l'avait tout de suite reconnu comme le banquier de Toucy.

— Viens me voir, je t'en supplie ! avait prié Charles la veille au soir, après être entré de force dans le cabinet de Defosse une fois le dernier patient parti.

— Je ne peux pas… avait rétorqué mal à l'aise le médecin.

— Je vais la perdre, Pierre ! hurla son ami. Mes soins n'ont aucun effet sur elle. Depuis que l'enfant est né, elle s'affaiblit de jour en jour ! Ne me laisse pas tomber, je t'en conjure ! Au nom de notre amitié d'autrefois !

La lune était haute et la ville dormait depuis longtemps de l'autre côté du rempart. Toute la nuit et la journée d'après, Defosse n'avait pu se concentrer sur son travail, se perdant dans des souvenirs qui le ramenaient à cette amitié à laquelle Charles avait soudainement tourné le dos en devenant bourreau. Ou était-ce lui qui s'était éloigné ? En refusant de comprendre ? En s'obstinant à ne pas accepter son choix ? Charles avait décidé de tout faire voler en éclats. Sa famille, ses amitiés, et ses projets d'avenir. Et d'embrasser une carrière terrifiante pour être avec une personne qu'il connaissait alors à peine. C'était en tout cas ce que tous pensaient. Vallier, Michel, Bellin et lui, lorsqu'ils en parlaient ensemble à l'auberge. Ce qui arrivait de plus en plus rarement d'ailleurs. La bande semblait se disloquer gentiment depuis le schisme, les occasions de se retrouver devenaient rares. Et elles n'étaient plus vraiment festives comme avant. Ils l'avaient rejeté. Un bourreau ! Impossible. On ne fréquentait pas le bourreau. Même si, dans certaines villes, ça se faisait, paraît-il.

« Finalement, ça reste un homme… » avait souligné Bellin une fois. Pour se faire moucher dans la foulée par le silence réprobateur des autres. Remettant ainsi les choses à leur place, comme il fallait. Comme il se devait. Pour se rassurer surtout. Refoulant l'idée de revenir sur leur décision. Comme si revenir en arrière était un acte honteux. Avouer que peut-être ils avaient été trop bêtes. Trop obstinés. Trop conformistes. Se fiant plus à l'opinion qu'auraient eue les autres s'ils avaient continué de fréquenter leur ami désormais bourreau qu'à leurs propres convictions et désirs. Peur d'admettre qu'ils avaient peut-être eu tort, et laissé le mal s'étendre dans la trame de leur amitié tout entière et la condamner à jamais. Le regret et l'amertume planaient désormais au-dessus de leurs têtes penchées sur leurs chopines, et quand ils se séparaient, une fois sortis de l'estaminet, chacun reprenait sa route vers sa vie, les mains dans les poches et l'air triste, se promettant de se revoir vite, laissant sur le pavé l'absence de leur ami qu'ils avaient eux-mêmes condamné à l'état de fantôme.

Et ce n'était ni un fantôme ni un bourreau qui avait débarqué chez lui ce soir-là. C'était Charles, son ami, celui avec lequel il avait partagé son enfance et s'était construit. Il l'avait reconnu dans sa peine humaine. Celle d'un homme désemparé face à la douleur de celle qu'il aimait et pour l'amour de laquelle il avait tout sacrifié.

— D'accord, je viendrai, avait-il fini par dire.

— Merci, avait soufflé Charles soulagé. Même tard dans la nuit. Je serai dans la grange, celle juste avant la maison quand tu descends la Guimbarde. La porte est toujours ouverte. Tu reconnaîtras, il y a souvent des gens qui attendent devant. Mon atelier est au fond.

— « Le bon bourreau », c'est vrai.

— Et puis la nuit c'est mieux si tu ne veux pas être vu. Merci encore, Pierre.

« Si tu ne veux pas être vu », se rappelait Defosse, un peu honteux, alors qu'il observait l'étrange bâtisse qui se dessinait dans la nuit en contrebas. Il se souvenait d'un apothicaire qui vivait là. Un vieux sorcier que lui et Charles venaient espionner pour déguerpir à toutes jambes sitôt qu'il les apercevait.

— Ah ! Tu es venu ! s'exclama Charles en sortant de la grange, raccompagnant un boiteux qui n'en finissait pas de le remercier.

— Tu vois, lui fit Defosse un peu timide devant l'assemblée bigarrée.

— Tu veux entrer ? Je n'en ai pas pour longtemps, lui proposa Charles alors qu'il invitait déjà le mendiant et la sorcière à le suivre.

« Le bon bourreau ». Assis dans un coin, Defosse assistait incrédule au spectacle silencieux des corps tordus des deux pauvres hères dans la lumière basse et tremblante, le banquier s'étant finalement volatilisé, certainement dérangé par la présence inopportune du médecin. Des corps sur lesquels son ami « d'avant » se penchait, appliquant des onguents contenus dans une multitude de pots tous soigneusement étiquetés et qu'il semblait choisir sans réfléchir, à peine le patient avait-il exprimé ses maux. Charles savait. Il comprenait dans l'instant la douleur et comment la soigner. Comme s'il était médecin lui-même, mais un médecin dont les pratiques ne seraient connues que de lui seul, et en lesquelles la confiance des malades paraissait totale. Presque aveugle. Des êtres détruits par la misère qui parlaient aussi sans gêne, se confiant au bourreau guérisseur mais sans jamais vraiment se plaindre. Charles les écoutait tout en continuant à passer une pommade, une huile, massant, malaxant les muscles, manipulant un bras ou un genou pour les faire craquer, opinant du chef de temps à autre comme pour acquiescer et réconforter. Et, sitôt le soin terminé, le malade se sentait visiblement mieux. Le représentant de la médecine officielle que Defosse était n'en revenait pas, alors que la vieille femme se retirait, remerciant encore le bon bourreau pour ce qu'il faisait pour elle, et sans lui demander le moindre sou.

— Si tu continues, tu vas me faire perdre tous mes patients, plaisanta Defosse un peu gêné.

— Ces deux-là ? Ils n'auraient jamais mis les pieds chez toi, s'amusa Charles en retour. Ils n'ont pas les moyens de se payer tes services.

— Raison de plus si tu ne fais pas payer !

— Ne t'inquiète pas. Les autres, les quelques riches qui viennent, eux paient. Et certainement bien plus cher que chez toi.

Defosse continuait de regarder un peu partout, curieux des noms bizarres inscrits sur les pots et des livres exposés sur les étagères.

— Vésale ? Mais dis-moi, c'est du sérieux, s'étonna-t-il.

— Ce n'est pas à moi, rétorqua Charles. Tout ceci appartenait à Corbeau. Je n'ai fait que reprendre ses recherches. Dans l'espoir de…

— Soigner Marguerite ?

— Oui.

— On y va ?

Un large sourire se dessina sur le visage de Charles. Il souffla la dernière bougie, et ils quittèrent la grange.

***

Une grande table, un coffre, une maie et un prie-Dieu dans un coin. L'image d'une sainte sur un mur et quelques cuivres accrochés au-dessus de la cheminée dans laquelle fumaient des cendres. Chaque chose était à sa place et tout était propre. La maison du bourreau ressemblait à n'importe laquelle.

— Il… Il n'est pas là ? demanda Defosse, cachant mal son inconfort.

— Qui ?

— Eh bien… Tu sais bien… murmura le médecin encore plus mal à l'aise alors qu'il entrait.

— Ah ! Lui ? Si. Bien sûr il est là. Tu es chez lui ! le taquina Charles. Mais à cette heure, il dort, ne t'inquiète pas. Suis-moi.

La chambre était faiblement éclairée par une bougie qui s'achevait dans un petit bougeoir sur la table de nuit. Quand il s'approcha du lit, Defosse aperçut sur le côté le berceau et la forme de l'enfant qui reposait paisiblement dedans, emmailloté dans un linge. Sa tête pointait à peine, laissant juste apparaître son petit nez duveteux et son front plissé.

— Je te présente Henri, lui souffla Charles.

L'enfant respirait calmement, posément. Il semblait en paix, comme n'importe quel enfant dans n'importe quelle maison. Defosse le regardait et enrageait intérieurement. Il sentait monter la colère. Une colère sourde contre lui-même et les idées que lui et tous les autres pouvaient se faire des choses. Il s'en voulait de réaliser ici et maintenant l'évidence. Le bourreau était un homme comme les autres, avec une femme, un enfant, et une maison bien tenue. Loin de l'image lugubre colportée à dessein par une justice soucieuse du respect de ses sujets. L'image d'un personnage aux mains toujours tachées de sang qui vivait à l'écart, ne parlait jamais, et sur lequel planaient le silence et le secret. Un monstre entre les mains duquel on pouvait finir, cassé, rompu, tenaillé ou écartelé, si on contrevenait aux lois. Pourtant, pas de monstre ici, mais un homme. Defosse prenait conscience de son intransigeance et de celle des autres, Bellin, Vallier et Michel. Et surtout du sentiment d'abandon qu'avait dû ressentir leur ami. Il s'en voulait alors qu'il découvrait la raison de tout ça, l'amour indéfectible et foudroyant de Charles dans les magnifiques yeux verts de Marguerite qui l'accueillait de son sourire.

— Bonsoir, Pierre, lui murmura-t-elle faiblement.

— Bonsoir, Marguerite, fit-il en lui souriant, ému par sa beauté malgré sa pâleur et ses traits fatigués.

Charles regarda son ami ausculter sa bien-aimée. Ses gestes étaient calmes, sa voix empathique et sincère, rassurante. Marguerite se laissait faire en toute confiance, et Charles se sentait déjà mieux. L'espoir renaissait en lui.

— J'ai bien peur de ne pas être en mesure de t'aider, Charles, lui avoua-t-il après l'avoir emmené à l'écart sitôt son examen terminé.

— Comment cela ? se désespéra Charles.

— C'est certainement un déséquilibre des humeurs. Peut-être une maladie des nerfs. Et les purges ou les saignées habituelles n'y changeront rien, continua-t-il. La médecine classique ne sait pas encore quoi faire face à ce genre de maux. Je suis vraiment désolé.

— Il n'y a vraiment rien que tu puisses faire ? insista Charles. Quelqu'un que tu puisses m'indiquer ?

— Si, il y aurait bien peut-être quelqu'un, concéda le médecin après avoir hésité un moment, un peu mal à l'aise. Je ne devrais pas mais…

— S'il te plaît.

— Bon. J'ai entendu parler d'un certain Ravieri. Un soi-disant médecin italien un peu farfelu qui ferait des recherches… pas très académiques. Il aurait travaillé sur les maladies des nerfs justement.

— Ici, à Joigny ?

— Oui, il est arrivé il y a quelques mois. Mais ça m'ennuie quand même de t'envoyer là-bas.

— Où puis-je le trouver ? demanda Charles.

— Il habiterait du côté de la porte du Bois. Dans l'ancien pressoir, m'a-t-on dit.

— Merci, Pierre, fit Charles sincèrement.

— Mais je ne t'ai rien dit !

— Bien sûr.

— Bien. Je vous laisse, conclut l'autre, s'apprêtant à partir.

— Je te raccompagne.

— Charles…

— Oui ?

— Je suis désolé, admit le médecin. Pour tout ça. Notre silence. Notre distance. Je suis désolé de t'avoir abandonné.

— Tu n'as pas à t'excuser, Pierre, le rassura-t-il. Ce n'est pas votre faute. J'ai fait un choix avec des conséquences graves et j'essaie de les assumer. Ce n'était pas à vous de le faire. Mais merci pour tes mots. Ils me font du bien.

— Peut-être, un jour…

— Peut-être.

Ils se serrèrent la main. Fermement. Longtemps. Les yeux dans les yeux.

XXVIII

— Entrez ! lui avait lancé en roulant les « r » la personne dont il devinait l'œil inquisiteur dans l'entrebâillement de la porte.

À peine Charles avait-il pénétré dans la pièce que l'hôte avait déjà disparu. Il lui avait semblé apercevoir une forme de petite taille s'éclipser sur la droite alors qu'il fermait la porte derrière lui. Ou sur la gauche ? On venait de bouger de ce côté-là aussi.

— Monsieur ?… osa-t-il après un instant.

Aucune réponse. Personne. Charles s'avança et découvrit un capharnaüm indescriptible. Un autre monde dans le monde. Au fond, une large verrière sculptait la salle immense en jeux d'ombres dramatiques, dessinant en son centre la silhouette d'un énorme pressoir qui reposait comme une bête assoupie. Ici, des plantes tropicales coexistaient avec des animaux venus d'ailleurs, notamment des perroquets multicolores qui volaient librement, et là, dans des caisses grandes ouvertes, des serpents s'entremêlaient langoureusement, dont certains d'une taille que Charles n'aurait jamais imaginée. Il s'avançait encore un peu plus vers le pressoir quand il sentit une présence derrière lui. Il se retourna aussitôt, mais rien.

Seules de larges feuilles bougeaient encore, comme si quelqu'un venait de se cacher derrière.

— *Signore ?* fit une voix nasillarde qui surprit Charles.

Elle provenait de l'imposant fouloir en pierre, juste devant lui. Il ne distinguait pas très bien l'énorme machine à contre-jour, mais il lui semblait que quelque chose bougeait à l'intérieur de la structure, là où reposait lourdement une roue colossale en granit. On s'y agitait. On y allait et venait.

— Monsieur ? répéta Charles, se rapprochant un peu, guidé par la voix d'un homme qui paraissait se parler à lui-même dans une langue inintelligible, rouspétant peut-être, ou grognant d'exaspération.

— Ici ! tonitrua le petit homme que découvrait enfin Charles. Ah !... Le voilà, le coquin ! s'exclama-t-il en se redressant tout à fait, tenant à bout de bras par le cou un petit macaque qui se débattait, ses petits yeux jaunes piqués sur son faciès rougeâtre fixant le visiteur d'un air étonné.

Le cri soudain et strident de l'animal sortit Charles de sa torpeur. Tout comme le singe qu'il tenait toujours fermement à bout de bras, le personnage était extravagant et de petite taille. Il portait une veste élimée richement brodée aux couleurs dissimulées sous la crasse et les taches de toute nature. Des cuissardes lui remontaient jusqu'à mi-cuisse, accentuant encore un peu sa hauteur déjà rognée, et les jabots de dentelles qui fleurissaient tristement sur son col et ses manches, comme des pétales fanés, cachaient maladroitement son cou ridé comme celui d'un poulet. Le tout était surmonté d'une tête ébouriffée, son visage émacié était celui d'un petit rongeur. Deux petites prunelles noires d'onyx fixaient Charles avec la fierté du chasseur qui aurait capturé sa proie.

— Des heures que j'essaie de l'attraper ! déclara-t-il fièrement avec un accent italien très prononcé, en agitant l'animal qui pendait toujours dans le vide. Il met le foutoir partout ! Et chie dans mes affaires !

La bête toujours à la main, le bonhomme enjamba difficilement le muret qui entourait le pressoir. Il était réellement petit, à la limite du nanisme, pensa Charles.

— Ravieri ! se présenta-t-il en lui tendant la main après avoir enfermé le singe dans une cage. Voyageur botaniste naturaliste alchimiste et, par-dessus tout, de *Milano* ! Je fais aussi un peu de magie. Enchanté !

— Enchanté, lui répondit Charles perplexe en lui serrant la main. Charles.

— *Ma !* Je sais qui vous êtes ! Tout le monde vous connaît ici. « Le bon bourreau » !

Ravieri fit faire à Charles un petit tour qui prit rapidement des allures de voyage où il était question de bateaux sur des mers démontées, d'Afrique, de Nègres qui se mangeaient les uns les autres, de croisements de races de serpents et de plantes carnivores tellement grosses que certaines pouvaient avaler un bœuf d'une bouchée. La logorrhée exotique continuait sans fin alors que Charles se demandait dans quel piège il avait bien pu tomber.

— Et votre atelier ? l'interrompit Charles.

— Mon atelier ?

— On m'a dit que vous fabriquiez des onguents, non ?

— Ah !… *Si !* Des onguents ! *Si !*

— Vous avez un endroit où vous travaillez…

— Mon « cabinet », vous voulez dire ! Bien sûr ! Là-bas, fit-il, indiquant une porte fermée plus loin.

— Je peux voir ?

— *Ma !* Je ne sais pas si je peux vous montrer l'endroit… protesta-t-il visiblement gêné. C'est une pièce secrète, vous comprenez ?

— Je fabrique moi-même des onguents, vous savez…

— Oui. C'est vrai. On m'a dit, coupa-t-il en barrant la route à Charles qui se dirigeait déjà vers la fameuse porte. Mais vous savez ce que c'est, continua-t-il, avec connivence. On a chacun ses petits secrets… Alors je préfère que personne n'entre. Je suis sûr que vous comprenez ?

— Bien, répondit Charles un peu déçu, et pas tout à fait rassuré par le refus de l'étrange personnage.

— Alors ! Expliquez-moi en quoi je peux vous aider, enchaîna l'Italien, tout en entraînant Charles par le bras loin de son mystérieux « cabinet ».

Il lui exposa alors l'état de Marguerite, lui donnant tous les détails possibles, et son incapacité à trouver une solution. L'Italien, si éloquent jusqu'alors, l'écoutait avec une attention toute particulière, et toujours ce petit « trop » dans sa manière d'être, opinant du chef sans cesse et soulignant son écoute de petits « hum » compréhensifs.

— Je sais exactement ce qu'elle a, déclara-t-il après avoir visiblement mûri sa réflexion en faisant les cent pas.

— C'est vrai ? rétorqua Charles, plein d'espoir.

— Oui. J'ai eu à traiter quelques cas de ce type à *Milano*. C'est une maladie des nerfs, comme vous l'a dit votre ami. Et le cerveau est directement relié au ventre par les nerfs. D'où les douleurs.

— Et ces patients ? Vous les avez guéris ?

— *Si*, répondit avec assurance le petit Italien. Un moment, s'il vous plaît.

D'un pas rapide, Ravieri se dirigea vers son mystérieux cabinet, en ouvrit la porte prestement pour la refermer aussitôt derrière lui. Charles se retrouva soudainement seul au milieu de cette faune inhabituelle. Il n'en revenait pas. Il ne savait pas quoi penser de cet homme si particulier qui prétendait avoir la solution tant espérée à son problème. Mais, tout au fond de lui, il avait envie d'y croire. Il se serait accroché à n'importe quel espoir qui aurait sorti Marguerite de sa situation désespérée. Il ne voulait pas douter de cette possibilité et remerciait déjà Defosse en pensée de lui avoir permis de rencontrer ce magicien, aussi singulier, voire inquiétant, fût-il.

— Oui. C'est ça. C'est ce que je pensais, affirma Ravieri pensif, en ressortant précipitamment de son cabinet un instant plus tard et, prenant bien soin de refermer la porte derrière lui. Il me faudra des têtes.

— Des têtes ? s'étonna Charles, sortant de ses réflexions.

— *Si*. Pour fabriquer l'onguent. Il me faut des crânes humains.

— Des crânes… répéta Charles, un peu ahuri par la demande particulière.

— *Sine qua non*, renchérit l'Italien.

— Très bien. Je me débrouillerai pour vous en fournir.

— Parfait ! Et c'est un louis d'or la fiole.

— Pardon ! s'exclama Charles. Un louis d'or ? Mais c'est exorbitant !

— Le travail est colossal, rétorqua aussitôt Ravieri d'une voix dramatique. Et la guérison est à ce prix. Si vous n'acceptez pas, la sortie est là-bas.

— Et combien de fioles seront nécessaires ? s'inquiéta-t-il encore.

— Autant qu'il en faudra !

Quand il sortit du pressoir, Charles avait déjà pris sa décision. Il avait gagné un peu d'argent et il pouvait encore se permettre d'augmenter ses prix. Concernant les crânes, il n'en avait pas sous la main et les condamnations à la décollation se faisaient rares ces derniers temps. Mais il n'avait pas d'autre solution pour le moment et le temps pressait. L'état de Marguerite s'aggravait chaque jour. Il lui fallait agir. Et il savait comment.

***

Les têtes de mort veillaient de leurs orbites creuses et leurs sourires effrayants en reliefs sculptés sur tout le pourtour de la chapelle qui dominait le cimetière. Charles s'était vêtu de noir et avait charbonné son visage comme lors de la fuite ratée quelques semaines plus tôt. Armé d'une pelle, il poussa doucement la grille et pénétra dans la petite nécropole en silence, s'assurant à chaque instant qu'il était bien seul. Après une dernière travée de pierres tombales, le carré sombre de la fosse commune s'étendait jusqu'au mur du couvent Notre-Dame un peu plus loin. Il ne lui restait que quelques heures avant les laudes. Charles devait faire vite, déterrer des morts était puni de pendaison. Sans plus attendre, il se mit à creuser. La terre était encore meuble à certains endroits. Des pauvres sans le sou, n'ayant pas les moyens de se payer un caveau ou une simple tombe, mouraient chaque jour et étaient enterrés ici, sans oublier les vagabonds qui infestaient les campagnes et qu'on retrouvait morts sur les bords des chemins sans certificat de catholicité.

« Des têtes intactes ! avait précisé le savant italien. Sinon je ne pourrai rien en faire ! »

Charles creusait avec précaution, guettant de sa pelle une résistance, un obstacle qui l'alerterait de la présence d'un cadavre. Le premier se présenta rapidement, à peine enfoui sous quelques pelletées de terre. Une fois la tête émergée du tissu qui l'enveloppait, il ne lui restait qu'à la trancher. La situation le fit sourire. Lui, le bourreau qui n'avait pas réussi à couper une seule tête jusqu'à maintenant, si ce n'était celle d'un mouton et seulement après de nombreuses récidives, était sur le point de trancher celle d'un mort. Dans le silence le plus total. Sans personne pour le huer. Se moquer de lui. La chanson du bourreau qui ne pouvait pas décoller lui revint alors en tête. Il se mit à la chantonner. Doucement mais aussi ostensiblement, pour lui-même. Par bravade certainement. Et pour se donner du courage. Sûr qu'il était de ce qu'il faisait. Il sortit la hache de sa besace et se plaça au-dessus du cadavre. Sans attendre, il frappa et coupa la tête tout net.

XXIX

L'onguent crémeux était légèrement verdâtre, et son odeur âcre agressa le nez de Charles sitôt qu'il déboucha la petite fiole.

— C'est tout ? avait-il demandé un peu dubitatif à Ravieri.

— On ne peut en faire que de toutes petites quantités par crâne, s'était énervé l'Italien. Si vous en voulez plus, il me faut plus de crânes ! Mon argent ?

Depuis qu'il avait apporté la tête à Ravieri quelques jours plus tôt, le temps lui avait semblé une éternité. Il avait décidé de ne pas parler de ce nouvel espoir à Marguerite, certainement par superstition, tâchant de la réconforter du mieux possible par ses mots, et surtout l'application d'un onguent de sa fabrication qui la détendait et facilitait son sommeil. Charles se contenta donc sans plus discuter de la petite dose que Ravieri lui donna en échange de son argent.

À peine sorti du pressoir, il se mit à courir à toutes jambes pour retrouver Marguerite et lui appliquer la crème mystérieuse qui incarnait tous ses espoirs. Il dévala la Guimbarde vers la maison des Fossés, passant devant Damien sans le voir, avant d'entrer et de se précipiter dans les escaliers qu'il monta quatre à quatre.

— Qu'est-ce qui se passe ? s'étonna Marguerite qui s'était redressée dans son lit et tenait l'enfant dans ses bras.

— Allonge-toi ! lui intima Charles, visiblement excité.

— Pourquoi ? Tu as vu ? Je vais un peu mieux, fit-elle un peu perplexe face au comportement de son mari.

— J'ai un nouveau traitement ! lui déclara-t-il fièrement, arborant la petite fiole qu'il tenait entre deux doigts.

Charles lui prit l'enfant pour le reposer doucement dans son berceau.

— Tu vas voir ! Tout ça sera bientôt terminé ! Grâce à ça ! C'est miraculeux !

— Tu as fabriqué un nouvel onguent ? s'enquit-elle alors qu'elle remontait déjà sa chemise de nuit pour découvrir son corps.

— Non, ce n'est pas moi. C'est un Italien…

— Un Italien ?

— Oui, enfin, je t'expliquerai, coupa-t-il alors qu'il versait déjà précautionneusement le contenu de la fiole sur le ventre de Marguerite.

— Je ne sais pas si c'est miraculeux, mais ça ne sent pas bon ! plaisanta-t-elle alors que Charles commençait à faire pénétrer l'onguent en mouvements lents et circulaires.

— Chut… rétorqua-t-il, très concentré sur son geste.

Marguerite aimait par-dessus tout ce moment-là. Quand Charles avait la tête penchée sur son ventre, la massant consciencieusement en silence, lui murmurant des mots doux et rassurants. Comme des petites parenthèses, dans cette chambre où elle passait la plus grande partie de son temps à se reposer, et à s'occuper d'Henri quand les douleurs lui laissaient un peu de répit.

— Voilà ! fit-il enfin en s'essuyant les mains, sans quitter le ventre des yeux comme s'il attendait une réaction immédiate. Maintenant tu restes au lit et tu ne bouges pas. C'est important.

— Ah bon. Et Henri ? J'allais le changer…

— Je m'en occupe, coupa-t-il, se précipitant déjà sur son enfant pour le prendre et le serrer tout contre lui encore plus fort que d'habitude.

***

Charles ne dormait quasiment plus. Son activité de guérisseur ne lui laissait pas de répit en journée, et la demande d'onguents était toujours plus grande. Le soir, quand il n'avait plus de visiteurs à soigner, il s'occupait de Monier, qui commençait à pester contre sa convalescence qui lui pesait, et ce malgré la température plus clémente. Et les quelques tours du moulin que lui faisait faire Charles en guise d'exercices ne changeaient rien à son humeur. Ses douleurs étaient toujours vives, et sa démarche mal assurée. Le chef des Tranche-Montagnes n'avait pas d'autre choix que de rester caché et d'attendre. En revenant du jardin, Charles profitait de la nuit pour se rendre à la fosse commune et déterrer des crânes. Car le traitement miraculeux de l'Italien traînait en longueur, et il lui fallait toujours plus de têtes. Et si Marguerite se sentait mieux par moments, les crises finissaient toujours par revenir, la replongeant dans des affres de douleurs.

— Il faut continuer, insistait l'Italien. Le mal est là depuis longtemps. Il a probablement eu le temps de s'enraciner profondément dans son corps, et il ne faut pas espérer s'en débarrasser du jour au lendemain.

Toujours plus de crânes, pour toujours plus de fioles donc, et les allers-retours discrets au pressoir pour récupérer la précieuse crème en échange de toujours plus d'argent. Un argent qui commençait à manquer avec le temps. Certes la clientèle augmentait, mais elle était en grande majorité composée de pauvres qui ne rapportaient rien. Et si, grâce à sa réputation et à la publicité que lui faisait madame de la Faye, de nouveaux patients plus fortunés venaient parfois s'aventurer jusqu'à la maison du bourreau, les rentrées ne suffisaient plus à couvrir les dépenses. Charles ne voulait cependant rien lâcher. Il travailla davantage encore, augmentant ses tarifs au risque de perdre certains de ses clients bourgeois les plus avares. Les voyages nocturnes à la fosse commune devinrent quotidiens. Il avait retourné la terre de celle de Notre-Dame à tellement d'endroits que son aspect en était devenu suspect à la lumière du jour. Qu'à cela ne tienne, Charles irait au cimetière de Saint-Thibault où se trouvait l'autre fosse commune de la ville. Située juste contre l'église, au milieu du quartier le plus populaire près de la porte aux Poissons, elle était beaucoup plus exposée et les risques, plus grands. Mais peu lui importait. Chaque nuit, il décapitait les cadavres d'un geste plus sûr à présent, et après quelques semaines il n'y avait plus que des corps sans tête sous la terre des cimetières de Joigny.

— Où étais-tu ?

Quand il revint du cimetière cette nuit-là, Charles trouva Corbeau assis sur les marches de la maison. Le vieil homme semblait paisible, apparaissant dans l'obscurité en une forme arrondie par ses épaules voûtées. Par intermittence, un petit point incandescent apparaissait quand il tirait sur sa pipe, suivi de volutes de fumée blanche qui s'envolaient vers le ciel.

— Je prenais l'air, répondit maladroitement Charles, pris au piège et cachant du mieux qu'il pouvait le sac qu'il tenait dans son dos.

— L'air ? fit le bourreau après avoir pris une nouvelle bouffée. Habillé comme ça ? Et tu as pris l'air où, pour être aussi sale ?

Charles se passa la main sur le visage, d'instinct, se trahissant aussitôt.

— Je dois me reposer, fit-il, coupant court à la discussion qui devenait dangereuse.

— Le prévôt m'a encore demandé où tu étais aujourd'hui, enchaîna Corbeau alors que Charles ouvrait la porte de la grange.

— Et que lui avez-vous répondu ? demanda Charles, arrêté dans son élan.

— Que tu t'occupais de ta femme malade.

— Merci, lâcha-t-il après un temps, rassuré.

***

Son corps avait changé. Ou était-ce son regard ? Sa manière de se percevoir dans le reflet piqué de la glace ?

Le besoin s'était imposé à elle ce jour-là. Nécessaire. Impérieux. Elle se leva. Doucement. S'assurant de son équilibre, respirant profondément, fermant les yeux par moments comme pour faire un point sur elle-même, visualiser son propre corps de l'intérieur. Chacun de ses membres. S'assurer de leur état. De leur solidité. Se sentir entière, autonome, vivante. Elle saisit des deux mains le bas de sa robe de nuit pour la soulever en douceur. Le tissu frôlait sa peau en remontant petit à petit, découvrant ainsi sa nudité dans le silence de la chambre, puis la tête, ses cheveux retombant en masse désordonnée sur ses épaules jusqu'à la naissance de ses omoplates. Elle ressentit les sensations oubliées du corps dans l'espace, dans le vide. Et surtout la quiétude physique liée à l'absence de douleur à ce moment précis. Ne rien brusquer. Ne pas prendre le risque de rompre cette paix, ici et maintenant. Elle avait besoin de se voir. Regarder ce qui avait changé en elle après ces semaines de souffrances. Après la délivrance aussi. Puisqu'elle était devenue mère. Elle voulait se voir « mère ». Constater les changements que ce nouvel état avait opérés sur elle. Une main en appui sur le mur. Par sécurité. Un premier pas, puis un deuxième, elle se sentait étonnamment libre, légère, presque leste dans ses mouvements. Enfin, elle faisait face à son image. Elle, là, juste devant. Les bras le long de son corps nu qu'elle redécouvrait alors. Dans toute sa simplicité. Sa silhouette. Ses formes. Ses hanches un peu alourdies bien que sa taille fût encore fine. Son ventre désormais un peu pâteux. Ses seins plus pesants, presque tristes par le manque d'exercice, et surtout à cause de la position allongée dans laquelle elle avait dû rester depuis des semaines. Elle pivotait sur le côté comme on tournerait une poupée sur son socle pour regarder le dessin de son profil, quand elle s'arrêta sur son visage qui apparaissait soudainement dans la lumière provenant de la fenêtre. Si l'arête de son nez paraissait plus saillante, ses yeux se noyaient dans des cernes profonds comme deux petits marécages. Et leur couleur lui semblait éteinte. Marguerite détourna alors le regard vers l'extérieur, par la fenêtre. Vers la clarté du jour qui l'aveuglait un peu. Elle devinait la campagne tandis que ses yeux s'accommodaient à la lumière. Elle se rapprocha de l'ouverture pour mieux voir le paysage qu'elle connaissait si bien et qu'elle avait presque oublié en quelques semaines. Les champs encore endormis mais déjà pourvus d'un embonpoint vert, et les moulins qui se dressaient toujours de-ci, de-là avec leurs ailes paresseuses. La brise légère et fraîche la fit frissonner, la ramenant aussi à cette autre réalité. Soudaine. Monier se trouvait encore dans le moulin justement, en face, pas très loin. Une réalité qu'elle avait laissée trop longtemps entre les mains de Charles. Son mari qui était exsangue, se rappela-t-elle alors. Lui aussi était devenu l'ombre de lui-même à force de travail. S'il avait trouvé un équilibre grâce aux soins qu'il donnait aux pauvres, elle savait qu'il se tuait aussi à la tâche.

Elle s'habilla. Mesurant toujours ses gestes et son effort. La Grétaude avait pris Henri pour lui faire prendre l'air, et elle ne reviendrait que pour le repas. Elle avait le temps. Juste un aller-retour. Et puis ça lui ferait du bien de marcher. Faire travailler un peu son corps, à nouveau. L'escalier. Les marches, l'une après l'autre. La salle. Déserte. La porte ouverte sur la vie qui reprenait. Quelques marches encore. Un peu plus loin, deux personnes attendaient patiemment devant la grange. Parfait. Charles était occupé avec des patients. Devant elle, la Guimbarde remontait toujours et de l'autre côté le calvaire, derrière lequel le chemin s'enfonçait à travers les champs vers le jardin. Marguerite marcha tranquillement, s'assurant parfois de la main sur un arbre, ou sur un muret. Il faisait bon mais son manteau n'était pas de trop pour la protéger. Enfin elle le vit. Son toit en pointe troué par endroits et une aile décharnée maintenue vers le ciel comme en quête d'un vent qui lui donnerait une nouvelle vie. Le moulin. Elle poussa enfin la porte et entra dans le jardin.

***

Monier se redressa sur ses coudes avec difficulté. Il avait entendu fouler l'herbe en bas, il en était certain. Pourtant, Charles ne passait jamais le voir en journée. Au prix d'un effort qui lui coûta, il réussit à s'asseoir, s'appuyant sur sa main droite pour soulager le poids de son corps sur sa plaie. Sa blessure semblait s'être définitivement refermée mais la douleur était cinglante au moindre mouvement. Il ne bougeait plus, ne respirait presque plus. À l'affût. L'oreille tendue vers la porte d'entrée, s'attendant à l'entendre grincer sur ses gonds. Ce fut un autre bruit qu'il entendit. Plus sourd. Plus lourd, comme quelque chose qui serait tombé par terre. Quelque chose de mou. D'inerte. Un corps qui aurait chu dans l'herbe ? pensa-t-il alors. Cette fois, il en était certain. Quelqu'un était là. Ou quelque chose, il ne savait pas. Il n'osait toujours pas bouger, de peur d'être repéré. Le silence avait repris sa place, l'inquiétant un peu plus. Au prix d'un grand effort, il se dressa sur ses jambes après s'être saisi du bâton qu'il avait toujours à portée de main et qui lui servait de canne. Les lattes grossières du plancher grincèrent immédiatement. Il s'immobilisa, craignant de s'être trahi. Le silence le rassura. Il se rapprocha alors de l'ouverture étroite dans le mur qui servait de fenêtre, dosant chacun de ses pas sur le sol capricieux, faisant porter une partie de son poids sur la canne qui ployait légèrement. Il s'adossa enfin au mur sur le côté et se pencha discrètement pour regarder à l'extérieur.

Et il la vit. Là, juste en bas, étendue par terre devant la porte du moulin. Une grande tache claire étalée dans l'herbe, et sa chevelure de jais comme un soleil noir tout autour de sa tête tournée sur le côté. Marguerite était allongée de tout son long. Elle semblait endormie. Ou évanouie ? s'inquiéta-t-il alors. Il s'apprêtait à se précipiter pour lui porter secours malgré son état, quand il se ravisa. À quelques mètres du corps inanimé se tenait un homme. De petite taille, râblé, l'air tranquille et les mains dans les poches, il regardait Marguerite sans bouger tout en mâchouillant paisiblement un brin d'herbe. Comme un mouton.

XXX

Il saisit de ses petites mains la grosse poignée dorée dans laquelle il pouvait deviner le reflet de son visage. Lentement, il l'abaissa et la porte lourde et rassurante s'ouvrit sans un bruit. Par l'entrebâillement étroit, il jeta un coup d'œil. D'abord aveuglé par un rai de lumière, il aperçut le coin du grand lit à baldaquin au fond. Sur le côté, la cheminée avec ses griffons. Il pivota, le front appuyé contre le bois de la porte la poussant encore un peu plus. Dans la lumière de la fenêtre apparut le profil de sa mère à contre-jour. Assise à son cabinet, elle était occupée à écrire, des secrets comme il aimait à se l'imaginer.

— Entre, lui fit-elle sans bouger.

Un peu déçu d'avoir été aussi facilement débusqué, le petit Charles s'avança et la rejoignit. Vêtue d'une immense robe de satin rouge brocardée d'argent, elle avait remonté ses cheveux en un chignon essaimé de perles, découvrant sa nuque duvetée autour de laquelle elle passait un collier de petites pierres rondes vertes et bleues qui scintillaient à la lumière du jour.

— Tu m'aides à le fermer ?

Charles savait faire. Il en avait l'habitude. Il ramena un petit marchepied qui était toujours près du lit, le positionna et se hissa à la hauteur de la nuque de sa mère. Il saisit précautionneusement les deux parties du collier et, un bout de sa langue pointant sur le côté de sa bouche crispée sous l'effet de la concentration, il boucla le petit mécanisme du premier coup.

— Merci, lui fit-elle avec un sourire. Je suis presque prête.

Par les fenêtres leur parvenaient les bruits des carrosses et phaétons des invités qui se garaient dans la cour. La réception du comte s'annonçait somptueuse, et la comtesse était une reine pour l'occasion. Un joyau éblouissant de poussières d'étoiles que le petit Charles enlaçait du regard pour se la garder pour lui seul encore un instant.

— Tu vois ce sachet ? lui dit-elle alors qu'elle rangeait dans une poche de satin un bracelet qu'elle avait hésité à porter. Il y a des bijoux dedans. Ils seront à toi un jour. Et tu les offriras à celle que tu aimeras. D'accord ?

— D'accord, répondit-il sans bien comprendre.

— Maintenant, regarde bien.

Elle posa son doigt sur la tête d'un des personnages d'ivoire qui occupaient la petite scène de campagne sculptée dans la niche d'ébène devant elle. Une légère pression la fit légèrement basculer, provoquant un déclic sonore. Immédiatement, un tiroir, invisible jusqu'alors, s'ouvrit légèrement. Elle le tira en grand et y glissa le trésor avant de refermer, dans un autre petit bruit sec.

— Tu as compris ? demanda-t-elle avec un sourire complice auquel il répondit d'un léger mouvement de tête, impressionné par ce qu'il venait de voir. C'est notre petit secret à tous les deux, d'accord ? Tu n'en parles à personne, c'est promis ?

— Promis.

Charles n'avait plus le choix. Il avait fait ses comptes, et l'argent qui lui restait se résumait à quelques livres et une poignée de liards. En quelques semaines, ses économies avaient été englouties dans les fioles de Ravieri. Il était ruiné, et le traitement de Marguerite ne semblait pas terminé. Il se sentait incapable, démuni. Il n'avait pas cessé de travailler de son côté mais n'aboutissait pas non plus. Tout comme Corbeau n'avait pas abouti autrefois. L'onguent de Ravieri était toujours son seul espoir, mais il n'avait désormais plus les moyens de se le procurer. La situation devenait critique.

Quand Damien était revenu, quelques jours plus tôt, portant dans ses bras Marguerite évanouie, Charles avait paniqué. Et le fait qu'il l'ait trouvée dans le jardin près du moulin avait accentué son anxiété.

— Mais pourquoi es-tu sortie ? lui avait-il demandé au comble de l'angoisse après l'avoir recouchée.

— Je voulais m'occuper de lui à mon tour, lui avait-elle murmuré, épuisée. Pour te soulager…

— Tu aurais pu te blesser. Ou pire…

Dès qu'il le put, Charles était allé retrouver Monier pour s'assurer que tout allait bien. Par chance, le valet du bourreau n'avait pas eu la curiosité de rentrer dans le moulin. Il était resté un moment à observer la jeune femme inerte dans l'herbe, avant que celle-ci ne se réveille finalement et ne lui demande de la raccompagner chez elle. Monier avait bien cru que son heure était arrivée.

Ce soir-là, seul dans son atelier, Charles se figurait la scène encore et encore. Rangeant le peu d'argent qu'il possédait, il imaginait Damien entrant dans le moulin et découvrant le blessé. Un combat se serait probablement engagé entre les deux hommes, un combat perdu d'avance puisque Monier n'aurait pas été en état de se défendre. Il aurait été fait prisonnier et les soupçons se seraient portés sur Charles, il aurait été arrêté lui aussi, et jugé pour complicité. Et fin de l'histoire. Fin de son histoire. Celle d'un homme qui avait décidé un jour de devenir bourreau pour être avec celle qu'il aimait. Abandonnant sa vie d'alors et décevant ceux qui l'aimaient. Tout ça pour rien.

Et Marguerite n'aurait probablement pas survécu.

Il n'avait plus le choix. Il ne lui restait plus que cette solution s'il voulait éviter le pire. Il souffla sur la seule bougie qui éclairait encore l'atelier et sortit. Non pas pour rentrer et rejoindre Marguerite comme il aurait dû le faire, mais pour prendre la direction de la Guimbarde et retourner dans la ville. Vers le château.

***

La petite porte en bois grossier cachée dans la douve sèche à l'aplomb du flanc sud du château ne fermait toujours pas. L'ouverture était gênée par la végétation qui s'était immiscée un peu partout dans les gonds et sous le passage, et Charles peina un peu pour se dégager une voie. Il connaissait le chemin par cœur. Combien de fois Paul et lui s'étaient-ils amusés à parcourir le dédale, les yeux fermés, s'efforçant de ne pas toucher les parois, avec pour gage une nuit dans l'échauguette sans couverture pour celui qui perdrait ? Ou à repousser des ennemis imaginaires ? Combien de fois s'étaient-ils échappés en ville sans prévenir, pour aller jouer dans la rivière ou encore s'aventurer dans les bois ? Et aussi parfois pour fuir la colère de leur père. Ce passage n'avait certainement pas été emprunté depuis lors. La couche de poussière immaculée au sol et les nombreuses toiles d'araignées épaisses qui enguirlandaient le tunnel des murs au plafond attestaient de l'intégrité du secret après toutes ces années. L'autre porte tout au fond attendait elle aussi, fidèle à son poste, dernier rempart à l'accès au château. Plus épaisse et plus grande celle-là, elle était décorée de rinceaux rouillés. La grosse clé qu'il retrouva au même endroit entre les deux pierres dans le mur déverrouilla la serrure ouvragée sans difficulté. L'escalier se hissait en colimaçon juste derrière, bouché tout en haut par la doublure de l'épaisse tapisserie qui, de l'autre côté, ornait le mur du cellier.

L'office était endormi, mais les senteurs du dîner aillé préparé quelques heures plus tôt planaient encore sous les hautes voûtes. Le tapis de cendres rougeâtres dans l'âtre immense donnait à l'ensemble un air d'enfer paisible après la fournée de la journée et avant la prochaine du lendemain. Sans perdre de temps, Charles prit le chemin qui le mènerait à sa destination, le pas sûr mais prudent, épousant délicatement de ses chausses les dalles pour faire le moins de bruit possible. Les couloirs, la salle de réception, chaque pièce qu'il traversait le ramenait à ses souvenirs. Les odeurs aussi. Celles de la pierre froide, des tapis au sol et des tentures aux murs pour prévenir du froid, du bois des tables et du mobilier, de la cire, et les restes des odeurs de ceux qui étaient passés dans la journée. Courtisans, marchands, gens de maison, et le comte lui-même, bien sûr. Et les gardes aussi. Si la plupart étaient postés de nuit à l'extérieur de l'enceinte, Charles savait qu'un binôme parcourait toujours le bâtiment la nuit. Il connaissait leur parcours et espérait qu'il n'avait pas changé alors qu'il empruntait le large escalier de la tour de la Dame menant à la chambre de feu sa mère. La poignée dorée était désormais plus petite entre ses mains d'adulte, et il était trop grand pour y deviner son reflet déformé. Charles souriait à cette évocation, quand il se souvint soudainement que son père avait l'habitude de venir ici tous les jours. Et s'il était là, derrière ? Peu lui importait. Il n'avait pas le choix. Et il était trop tard pour reculer. Il actionna la poignée et ouvrit largement la porte. Il n'y avait personne.

Le cabinet était toujours à sa place, sur le côté, entre les hautes fenêtres. À la lueur de la lune, il lui sembla que rien n'avait bougé. Tout était exactement comme s'il venait de quitter sa mère, juste après qu'elle lui avait confié son secret. Sans faire de bruit, il tira un peu la chaise et s'assit devant le meuble. Devant lui, les tiroirs dormaient comme autant de caches qui le faisaient fantasmer enfant. Tout était parfaitement rangé. Sur le côté, quelques feuillets vierges parfaitement empilés, et de l'autre le petit encrier d'argent dans lequel la plume d'oie blanche était plongée à jamais dans l'encre séchée. Charles observa les petits personnages d'ivoire qui jouaient toujours en silence leur scène de campagne dans leur niche. Après un court instant, il se décida, posa un doigt sur la tête de l'un d'entre eux et appuya. Sans aucune résistance, le mécanisme fonctionna comme des années auparavant, et le petit tiroir secret s'ouvrit aussitôt, offrant silencieusement le sachet de satin qui reposait sagement là depuis une éternité. Libérant aussi un parfum qui lui sauta au nez, celui de sa mère, et qui lui étreignit le cœur. Une mémoire olfactive précieusement conservée dans le tissu et s'échappant enfin, soulagée après tout ce temps passé enfermée dans le petit compartiment d'ébène. Hésitant, il saisit enfin le sac par sa cordelette et sortit la créature endormie à la panse généreuse. À peine le nœud simple défait, le sachet s'ouvrit sur un bouquet d'étamines, éclats scintillants.

— Comment oses-tu ! tonna soudain une voix sourde dans l'obscurité.

Le reflet métallique de son épée scindait d'un trait argenté la silhouette noire du comte, impressionnante comme l'ombre d'un golem. Surpris, Charles se leva aussitôt, faisant basculer la chaise avec un fracas qui résonna comme l'orage qui gronde. Le vieux gouverneur se tenait immobile, une statue, un spectre prêt à fondre sur lui.

— Comment oses-tu ? répéta-t-il. Pénétrer dans le château et venir jusqu'ici, dans cette chambre. Comment oses-tu !

— Père… commença Charles.

— Je ne suis plus ton père ! le coupa-t-il aussitôt, avant de s'avancer vers lui, le menaçant de sa lame.

— Père ! cria Charles à nouveau, tout en reculant pour se protéger.

— Je vais te faire payer une bonne fois pour toutes tes actes ! renchérit le comte alors, poursuivant son fils qui reculait toujours, se heurtant au mobilier, passant derrière le lit, et se protégeant de tout ce qui pouvait lui servir de rempart. Après tout ce que tu nous as fait, tu reviens nous voler !

— Je ne vole rien ! Maman m'avait promis…

— Je t'interdis de l'appeler comme ça ! hurla-t-il à nouveau en s'approchant de Charles qui se retrouva acculé contre le mur. Elle n'est plus ta mère depuis que tu es devenu un bourreau ! Comme je ne suis plus ton père ! cria-t-il en levant son épée.

— Si ! Vous êtes et restez mon père ! Comme vous êtes le grand-père d'Henri ! cria Charles, qui se protégeait le visage de ses bras d'un mouvement désespéré.

L'épée redescendit doucement jusqu'à ce que son extrémité tinte sur la dalle. L'ombre massive du golem redevint celle d'un vieil homme. La stupeur fit place aux frissons, puis aux cahots sous les à-coups de la peine qui déferla alors dans son corps tout entier. Et les larmes jaillirent. Le comte pleurait, et il fanait. L'épée heurta le sol avec fracas et le comte porta ses deux grosses mains à son visage pour cacher sa douleur qu'il ne pouvait plus contenir.

— Père… osa encore Charles, se retenant de le rejoindre pour le prendre dans ses bras.

— Henri ? balbutia le comte entre deux sanglots.

— Oui, Henri. Comme vous, renchérit Charles.

— Mon Dieu… soupira le vieil homme.

Ses mains étaient retombées de chaque côté de son corps, son visage dressé vers la lumière blafarde de la lune qui l'inondait par la fenêtre. Ses yeux fixaient le vide, ou peut-être les cieux, le lointain, où il s'imaginait la retrouver elle, un jour. Des yeux vitreux d'avoir trop pleuré, fatigué qu'il était d'avoir cherché à comprendre, des heures durant, ici même, dans cette chambre, espérant vainement un signe, une aide, un chemin à suivre. Des yeux sans plus d'espoir puisqu'il était blessé à mort, et attendait désormais le coup de grâce qui achèverait son supplice. Il se détourna de Charles pour se diriger vers le lit, pesamment, traînant les pieds, et s'y asseoir en poussant un profond soupir. Charles n'osait pas encore bouger, adossé au mur, le sachet de satin dans sa main crispée.

— Je le savais, soupira enfin le comte qui fixait le sol devant lui. J'avais entendu dire que… Mais je ne savais pas son nom. Comment est-il ?

— Il sera fort, reprit Charles avec conviction. Il est déjà robuste. Et il est curieux aussi ! Il n'a de cesse de regarder tout ce qui se passe autour de lui.

— Son caractère ?

— Heureux ! Mais on ne lui fera pas faire ce qu'il ne veut pas.

— Comme son père, fit alors le comte en regardant Charles dans les yeux.

— Et son grand-père.

— Il aurait fait un comte digne, souffla le vieil homme après un silence.

Le comte se redressa sur ses jambes, comme pour partir. Il n'y avait plus d'animosité dans son comportement, la tension semblait totalement retombée.

— Qu'es-tu venu faire ici ? lui demanda-t-il enfin.

— Je suis venu prendre les bijoux que mère m'avait promis.

— Les bijoux ? s'étonna le comte. Tu savais donc où ils se trouvaient ?

— Elle m'avait fait jurer de ne le dire à personne, concéda-t-il.

— Pas même à moi ?

— Pas même à vous.

— Alors prends-les, conclut le comte. Et pars comme tu es venu.

— Père, cet argent, c'est pour…

— Mais promets-moi de ne plus jamais revenir ici.

La porte était restée ouverte, noire et béante, comme une grande bouche qui venait d'avaler celui qui ne lui avait pas laissé le temps de s'expliquer, ni de lui dire son amour. Charles n'avait pas bougé. Seul, il faisait face au vide comme jamais. Étalée comme morte sur les dalles, l'épée brillait de son filet tranchant. Il avait toujours rêvé de cette lame. Enfant, il l'avait convoitée, la devinant enfouie dans son fourreau à la ceinture de son père. Parfois il lui était arrivé de la sortir quand il la trouvait posée sur la table. Il se laissait alors hypnotiser par le métal ouvragé, si propre et en même temps si dangereux. Il rêvait qu'elle serait sienne un jour, et qu'il partirait à la guerre avec.

Respectueusement, il la saisit par la poignée. Lentement il souleva la lame et la porta à la hauteur de son regard, dans la ligne de son bras qu'il tendait droit devant pour la ramener en position verticale devant son visage, sa bouche contre la lame, comme à l'exercice. Puis il la posa sur le lit.

Quand il sortit par la petite porte dans la douve, il eut la sensation de respirer à nouveau. Si la rencontre inopportune avec son père l'avait apaisé, elle avait aussi creusé sa peine. Avec ce sentiment qu'il ne reviendrait plus jamais ici. Une amertume qui se dissipa presque aussitôt alors qu'il remontait la rue Montant-au-Palais. Il avait désormais de quoi faire fabriquer de nouvelles fioles à Ravieri. Assez en tout cas pour guérir Marguerite. Du moins l'espérait-il.

XXXI

Charles marchait d'un pas rapide et déterminé vers le centre-ville et déjà la porte aux Poissons se dressait devant lui, fantomatique et majestueuse, mais aussi un peu inquiétante dans la brume matinale. Sur le côté, la cour des Miracles semblait toujours assoupie alors que les bouchers commençaient à peine à installer leurs étals un peu plus loin sur la place du Pilori, sans prêter attention au pauvre hère qui n'avait visiblement pas survécu à la nuit dans le cachot. Sans hésiter, Charles prit tout de suite sur la droite la rue du Bled et s'arrêta devant une porte cochère à la peinture bleuâtre défraîchie. Ça faisait longtemps qu'il n'avait pas vu Michel. Le souvenir douloureux de ses amis à l'auberge lui revenait à l'esprit, et il appréhendait sa réaction. Il glissa une main dans sa poche pour sentir une dernière fois le sachet de satin entre ses doigts, et les bijoux à travers. La nuit avait été longue et il n'avait pas pu trouver le sommeil. La confrontation inattendue avec son père l'avait chamboulé. Il avait constaté de ses yeux sa peine et combien elle avait eu raison de sa personne. Et cette promesse qu'il avait dû faire de ne jamais revenir. De ne plus jamais le revoir. Dès lors, il n'avait eu qu'une seule idée en tête : retrouver

Marguerite, au plus vite. Sa raison d'être. La raison pour laquelle il traversait toutes ces épreuves.

— Ne t'inquiète pas, l'avait-elle rassuré cette nuit-là.

Depuis l'accident du moulin, elle n'avait plus quitté son lit.

— J'ai dit que j'étais allée au jardin pour prendre l'air, avait-elle continué. Que j'avais eu besoin de marcher, et que j'avais dû me sentir mal, c'est tout. Et je lui ai demandé de me raccompagner. Il ne sait rien de Monier.

— Et ton père ? s'inquiéta Charles. Il ne t'a pas vue ?

— Non. Il n'était pas là.

— Tu étais sortie parce que tu te sentais mieux, alors ? L'onguent marche ?

— Je ne sais pas, Charles, se désola-t-elle. Par moments, oui, peut-être. Jusqu'à une nouvelle crise, quelque temps plus tard. Tu sais, tu ne devrais pas te faire de faux espoirs avec cet onguent. Je ne suis pas certaine qu'il soit vraiment efficace.

— Il faut être patient ! affirma Charles. C'est ce que m'a dit Ravieri. Ça prendra certainement un peu de temps avant d'agir.

— Et un peu d'argent, aussi, non ? s'inquiéta-t-elle.

— C'est la seule solution. Je n'y arrive pas tout seul. Je continue de chercher de mon côté, mais je ne trouve pas. Si seulement ton père avait voulu… Je ne le comprends pas. Il ne semble pas touché par ton état. Comme s'il l'ignorait. Tout ce qui compte à ses yeux, c'est Henri.

— Je suis fatiguée, le coupa-t-elle alors. Je vais essayer de dormir, tu veux bien ?

Elle s'était alors retournée et avait fait semblant de dormir. Il le savait. Combien de fois était-il resté là ces derniers mois, allongé à côté d'elle, maintenu en éveil par l'inquiétude ? Il connaissait sa respiration, et la forme de son corps qui s'affaissait un peu quand elle s'endormait enfin. Il y avait quelque chose qu'elle ne lui disait pas et il le sentait.

Charles prit une grande inspiration, saisit la main de bronze fixée sur la porte qui faisait office de heurtoir, et cogna fermement. Le grincement de la grille qu'il avait si souvent ouverte et les pas dans le corridor juste derrière la porte qu'il connaissait si bien retentirent aussitôt. Comme si on l'attendait.

— Entre, lui fit Michel, à peine lui avait-il ouvert.

— Salut, Michel, répondit Charles, ne cachant pas sa surprise et s'engageant dans le couloir au bout duquel la grille ouverte donnait sur un jardin.

La maison du banquier enlaçait un petit jardin clos encore endormi sous le frimas ce matin-là. Le grand pommier trônait toujours en son centre. Sur son tronc, Charles pouvait toujours déceler de loin les traces de leurs jeux d'enfants. L'arbre avait souvent été un ennemi à abattre et les nombreuses flèches qu'ils avaient plantées dedans pendant des années n'avaient jamais eu raison de lui.

— Comment va ta mère ? demanda Charles alors qu'il se retournait pour regarder la bâtisse en colombages qui le ramenait à ses souvenirs.

— Elle ne sort plus, répondit simplement Michel.

L'escalier étroit de la tour carrée aux marches inégales débouchait sur une unique pièce. Le bureau de Michel, autrefois celui de son père, lui-même banquier, était une pièce tout en longueur envahie du sol au plafond de papiers en tout genre. Partout où l'on regardait, des dossiers étaient empilés. Un désordre qui n'était qu'apparent puisque Michel était capable de retrouver n'importe quelle affaire remontant à n'importe quelle année en un claquement de doigts. Les deux hommes s'assirent l'un en face de l'autre et restèrent un moment sans se parler. Comme se préparant à engager une conversation qui devait avoir lieu depuis longtemps, mais qu'ils ne savaient par quel bout prendre.

— Tu n'as pas l'air surpris de me voir, se lança enfin Charles.

— Pierre m'a dit qu'il était venu chez toi, répondit-il un peu gêné. Pour ta femme. Il nous a tout raconté. Je suis désolé.

Michel paraissait étonnamment calme. Il ne semblait pas surpris par sa visite. Presque content.

— On parle de toi en bien dans la rue, continua-t-il. « Le bon bourreau ». Qui passe plus de temps à soigner que sur l'échafaud.

— J'ai essayé de trouver ma place, répondit Charles d'une voix timide.

— Je suis content de te voir, avoua le banquier après un temps d'observation. Même si je ne comprends toujours pas… Enfin.

— J'ai besoin de toi, coupa Charles, sortant le petit sachet de sa poche.

Il l'ouvrit et fit délicatement rouler sur le bureau les bijoux éclatants devant les yeux ébahis du prêteur. Michel se saisit d'une bague dont l'émeraude sertie entre les serres d'un griffon scintillait dans la lumière pâle de la fenêtre. Il l'examina de près un instant, la faisant tourner entre ses doigts boudinés.

— Le griffon ? s'étonna-t-il.

— Combien ?
— Tu veux les vendre ?
— Les mettre en gage. J'ai besoin d'argent. C'est urgent. Combien ?
— Je ne peux pas les prendre, fit Michel en reposant l'objet.
— Mais pourquoi ?
— Ces bijoux appartiennent à ta famille. Enfin… se reprit-il.
— Ma famille, c'est Marguerite dorénavant, riposta Charles, cachant difficilement son désespoir. Et mon fils.
— J'ai été content de te revoir, Charles, dit-il, l'air de conclure. Mais je suis désolé. Je ne te laisserai pas dilapider un peu plus ton héritage.

***

À peine sorti de chez Michel, Charles erra dans les rues, le pas lent et le regard vide. Il ne s'était pas attendu à un tel revers. L'espace d'un instant, il avait cru pouvoir recréer le lien. Mais à nouveau la fatalité s'était imposée, le prix de sa décision d'un jour, définitivement sans retour. Il était un bourreau, et tous ses efforts n'y pourraient rien. Personne ne lui viendrait en aide, malgré sa peine et son désespoir. Alors il se rendit chez l'Italien pour lui proposer un marché. C'était la seule solution. Les bijoux en échange du reste du traitement jusqu'à ce que Marguerite soit complètement remise.

Les pierres brillaient de mille feux dans les yeux de Ravieri.

— Ça devrait suffire, souffla l'alchimiste, hypnotisé par les joyaux.

— Le problème, ce sont les têtes, nuança Charles. Je ne peux plus aller à la fosse. Des bruits courent déjà. Cela devient trop dangereux.

— Pas de souci. Je vais me débrouiller, répondit Ravieri avec son accent italien prononcé alors qu'il manipulait les bijoux les uns après les autres, les faisant miroiter dans la lumière. Je connais des personnes qui pourront nous fournir.

— Vraiment ? Mais pourquoi ne pas avoir fait appel à elles plus tôt ?

— Parce que je ne pouvais pas les payer, pardi ! Mais maintenant, ça n'est plus un problème, fit-il malignement. Et puis il y a urgence, non ? Il faut en finir au plus vite, et que votre femme aille mieux. N'est-ce pas ?

— Vous pensez que c'est pour bientôt ?

— Oui. Revenez dans une semaine, j'aurai certainement de quoi finir le traitement.

Une semaine. Une semaine à attendre, mais Charles avait retrouvé le sourire. Occupé par ses patients, il les traitait toujours avec soin, à l'écoute. De temps à autre, il montait voir Marguerite qui se reposait et cajolait son enfant.

— Tu as l'air joyeux, lui avait-elle dit un peu surprise par son entrain.

— Bientôt, tout ira mieux, lui avait-il simplement répondu avant de l'embrasser.

— Et Monier ? Tu es allé le voir ?

— Je lui ai apporté du pain et du lard ce matin.

Monier était presque remis. Sa blessure avait bien cicatrisé, et il sortait seul de nuit dans le jardin pour faire de l'exercice. En attendant que les choses se tassent, ils étaient convenus avec Charles qu'il resterait quelque temps encore dans le moulin. Après tout, la planque semblait sûre, la quitter aurait été dangereusement inutile. Car si on entendait moins parler des Tranche-Montagnes, la détermination du prévôt à mettre la main sur leur chef était toujours intacte. Et il était fréquent de le croiser avec sa garde faisant des rondes dans la ville, mais aussi dans ses environs.

***

Madame de la Faye n'était pas venue depuis un certain temps, et Charles s'en était inquiété. Quand elle apparut ce soir-là, il fut soulagé. Un peu plus passive que d'habitude, un peu ailleurs même, elle l'avait écouté se confier et raconter l'aventure récente des bijoux et la confrontation avec son père, et surtout l'histoire de la rencontre avec cet étrange Italien dans lequel il plaçait tous ses espoirs.

— Des têtes ? s'étonna-t-elle avant d'éclater de rire.

— Voilà ! Je savais que je ne devais pas vous en parler, regretta-t-il aussitôt.

— Difficile de faire autrement, continua-t-elle, peinant à retrouver sa respiration. J'ai tellement insisté.

— Et ça vous fait rire ?

— Quand je pense que vous me cachez depuis toujours la composition de l'onguent pour stimuler la virilité… Je n'ose plus imaginer ce qu'il y a dedans ! fit-elle avant de rire à nouveau.

— Vous vous moquez, réagit Charles un peu gêné, souriant à son tour.

— Oh non ! Je trouve ça si romantique ! le coupa-t-elle avec un soupir.

— Romantique ? Ah bon ? Vous trouvez ?

— Bon, ça aurait été encore plus beau s'il s'était agi de cœur, par exemple, reprit-elle. Mais une tête. Pour sauver l'être aimé. J'adorerais qu'on m'aime de la sorte, fit-elle un peu amère.

— Le problème est qu'elles viennent à manquer, se désespéra Charles.

— J'imagine que ça ne se trouve pas sous le sabot d'un cheval, plaisanta-t-elle tendrement. Même pour un bourreau.

— Non. Même pour un bourreau.

— Courage, mon ami, le rassura-t-elle. Je suis certaine que vous la sauverez. Je le sais. Vous trouverez ce qui vous manque.

— Vous le croyez ?

— J'en suis certaine. Je suis un peu sorcière aussi.

— Je n'en serais pas étonné, s'efforça-t-il de plaisanter alors qu'elle remettait son long manteau pour quitter les lieux. Vous partez ?

— Oui, Charles. Et… fit-elle soudainement un peu grave.

— Et ?

— Je crains que ce ne soit la dernière fois que nous nous voyons, soupira-t-elle, tout en se forçant à sourire. Je vais devoir m'en aller.

— Vous en aller ? Mais où ?

— Loin, je le crains.

— C'est votre mari ? Vous le suivez pour ses affaires ?

— Lui ? Oh non. Vous savez bien.

— C'est à cause de lui que vous n'êtes pas venue me voir pendant tout ce temps ?

— Disons que j'ai été… indisposée, finit-elle par concéder.

Le silence gêné qui s'installa était éloquent. Charles aurait voulu la rassurer, la pensée de la prendre dans ses bras lui traversa l'esprit.

— Non, c'est un voyage que je fais seule, éluda-t-elle.

— Et vous ne reviendrez pas ?

— Si c'est le cas, je ne manquerai pas de venir vous voir aussitôt.

— Que de mystères !

— Tenez, fit-elle en lui tendant un livre. En souvenir.

— *L'Art poétique* de Boileau, lut-il sur la couverture.

— Vous lui écrivez toujours des poèmes ?

— Oui… répondit-il en feuilletant l'ouvrage. Enfin moins ces derniers temps, je l'admets. Merci… C'est un magnifique présent mais…

— Continuez à l'aimer comme vous le faites, Charles. Comme vous l'avez toujours fait. Venir ici et vous écouter parler de votre amour pour elle m'a fait beaucoup de bien. Et je suis heureuse que vous ayez retrouvé espoir. Mais attention, il faut toujours se méfier des Italiens, plaisanta-t-elle avant de quitter l'atelier.

Quand il aida la marquise à se hisser sur son cheval, il sentit la pression inhabituelle de sa délicate main dans la sienne. Comme une dernière fois. La confirmation d'un adieu.

— Peut-être nous reverrons-nous plus vite que vous ne le pensez, lui dit Charles alors qu'elle allait partir.

— Peut-être. Mais ça risque tout de même d'être un long voyage, lui répondit-elle avec un dernier sourire avant de lancer sa monture.

— Alors bon voyage ! lui souhaita Charles le cœur un peu triste, tandis que la silhouette de la cavalière disparaissait déjà dans la pénombre.

XXXII

La porte du vieux pressoir bâillait légèrement.

Charles s'était préparé tôt ce matin. Après son dernier patient parti en pleine nuit, il avait essayé en vain de trouver le sommeil à côté de Marguerite qui semblait dormir profondément. Il avait rendez-vous quelques heures plus tard avec l'Italien, et son impatience l'animait malgré sa fatigue.

Il toqua, mais personne ne répondit. Il se rappela la première fois qu'il était venu ici et qu'il avait trouvé la porte entrouverte, et il entra.

— Ravieri ? lança-t-il dans le silence.

À peine Charles eut-il pénétré dans la grande pièce qu'il sentit son ventre se braquer. Quelque chose clochait. Le silence. Ce silence si particulier qui accompagne la rupture du cours normal des choses. Tout semblait pourtant à sa place, les plantes, les meubles, les objets, et l'imposant pressoir toujours endormi là, au beau milieu. Tout était en place, mais parfaitement immobile. Charles s'avança un peu plus et sa surprise se transforma en crainte lorsqu'il aperçut des papiers éparpillés partout sur le sol, et par la porte ouverte de ce qui devait être une chambre, un lit défait à côté d'un placard duquel quelques linges froissés pendaient.

Le cœur de Charles s'emballa. Il se précipita vers le fameux « cabinet » dont la porte était toujours fermée, espérant y trouver ce qu'il était venu chercher. Il l'ouvrit autoritairement et découvrit une pièce complètement vide. L'endroit était sale et poussiéreux, comme inoccupé depuis des années. Et rien qui puisse faire penser à un atelier. Aucune fiole. Aucun livre. Aucun pot sur les étagères. Et surtout, aucun onguent qu'on aurait laissé là à son intention.

— Ravieri ? insista-t-il plus fort, peinant à contenir la panique qui l'étreignait alors qu'il réalisait le pire. Vous êtes là ?

Il se mit à fouiller partout, ouvrant les placards et les tiroirs, frénétiquement, débouchant une bouteille restée debout dans le désordre général pour en respirer l'odeur, espérant reconnaître celle âcre de l'élixir qu'il était venu chercher. Mais rien. Rien que des odeurs fades ou des relents de poussière. Dans un coin de la pièce, un gros sac visiblement plein attira son attention. Charles l'ouvrit aussitôt pour y découvrir des têtes. Les têtes qu'il avait lui-même volées dans les fausses communes. Il en était sûr, il en reconnaissait certaines. Il les jeta rageusement les unes après les autres, provoquant un son lourd et creux dans le calme ponctué par sa respiration haletante. Il se sentait partir dans un abîme sans fond. Il ne comprenait pas. Ou du moins refusait-il de comprendre. Et les bijoux ? La pire des possibilités se dessina dans son esprit tourmenté alors que ses yeux hagards continuaient de se perdre dans le vide. Il retourna dans la grande salle, refusant toujours l'évidence, jusqu'à ce qu'il bute sur une petite masse inerte étendue par terre. Le cadavre du petit singe qui le fixait de ses yeux jaunes et froids.

— Si vous le cherchez, il est plus là, fit une femme dont la silhouette massive venait d'apparaître dans l'entrebâillement de la porte d'entrée.

— Il n'est plus là ? rétorqua Charles immédiatement, sortant de sa torpeur.

— Il est parti, répondit-elle, pas rassurée par l'état du visiteur.

— Mais comment ça, parti ? Quand ?

— Cette nuit. Enfin je crois. Y a eu du grabuge. Faut dire qu'il était bizarre, l'animal. Moi je l'aimais pas trop. Il était un peu sorcier, je crois. Et puis après les soldats sont venus.

— Les soldats ? réagit Charles, ahuri.

— Un peu après, oui. M'étonnerait pas qu'il voulait pas discuter avec eux, ironisa-t-elle. Non mais regardez-moi ce foutoir !...

— Et il ne vous a rien dit ?

— Mais je lui parlais pas, moi ! J'ai juste entendu, je vous dis. Alors j'ai regardé, de loin. Comme ça. Oh mais dites ? Ce serait pas vous, des fois ? fit-elle soudainement curieuse.

— Et vous n'avez rien pris ?

— Pris quoi ? Je ne suis pas une voleuse, moi !

— Ce n'est pas ce que j'ai voulu dire...

— C'est vous le bon bourreau ! reprit-elle.

— Des fioles ! Vous n'avez pas vu des fioles ?

— J'ai des douleurs dans le dos, enchaîna-t-elle sans prêter plus attention aux questions de Charles. Vous pourriez y regarder ? Il paraît que z'êtes un magicien !

— Des fioles !? Vous les avez vues ? lui hurla-t-il alors qu'il lui avait empoigné le bras violemment.

— Mais arrêtez ! réagit la voisine prise de panique face à la fureur du visiteur. Vous êtes fou ! Lâchez-moi ! Ou j'appelle !

— Des petites fioles avec une crème verdâtre dedans, continuait-il en la remuant avec force.

— Au secours ! cria-t-elle alors qu'elle arrivait à se défaire de son emprise pour fuir en hurlant. À l'aide !...

— Madame ! se reprit Charles. Pardonnez-moi !...

Mais la grosse dame était déjà loin, et Charles se retrouva seul et désabusé. Il fallait qu'il réfléchisse. Qu'il se reprenne. Il lui fallait retrouver ses moyens et analyser la situation. Ravieri était parti dans la précipitation. Il avait fui parce qu'on le cherchait. Pourquoi ? Charles avait peur de comprendre. Il réalisait l'arnaque dont il venait d'être victime et qui allait être son coup de grâce. Il manqua de tomber, ses jambes ne le soutenaient presque plus. Déjà des voix lui parvenaient. Des bruits de pas comme si on se réunissait, comme si on se dirigeait par ici. La voix de la mégère plus haute que les autres. Sans plus attendre, il quitta le pressoir. Il marcha dans la rue comme un somnambule, le regard perdu, hypnotisé par le sol qui défilait sous ses pas. Prendre par la poterne du Bossu et continuer le long de la muraille jusqu'à la porte Percy, pensa-t-il. Là, tourner sur la Guimbarde pour descendre vers la maison des Fossés. Et s'y enfermer. S'y laisser mourir, puisque tout espoir était désormais vain. Il n'y aurait plus d'onguent, et il n'avait plus d'argent puisqu'on lui avait volé ses bijoux. Marguerite était condamnée à cause de lui, à cause de sa naïveté. Son amour pour elle l'aveuglait et le menait à sa propre perte. Il naviguait à vue et la lenteur de son allure attirait la curiosité des passants qui le croisaient et qui le saluaient pour la plupart, mais auxquels il ne répondait pas. Charles n'était plus là. Son père avait raison. Son fils était bel et bien mort le jour où il avait pris sa décision.

***

Plus rien ici n'avait de sens. Ces pots, ces livres, ces ustensiles, et l'alambic. Il était pourtant devenu un homme respecté malgré sa charge. Ses talents de guérisseur, et la renommée de ses onguents avaient fait sa réputation dans la ville et bien au-delà, lui permettant de se construire en tant qu'homme et bourreau. L'endroit la première fois si glauque, si inquiétant, était devenu son repaire. L'abri qui devint par la suite un lieu de recherches et d'espoir, et pour finir un dispensaire où les démunis pouvaient recevoir des soins, et trouver une écoute. Mais maintenant il le regardait et l'endroit lui était étranger. Le lien était rompu. Il lui semblait que tout ce qu'il y avait effectué, le temps passé à travailler et à soigner, n'avait plus aucun sens. Comme s'il s'agissait d'une vie d'avant qui s'était terminée ce matin-là. Fébrilement, il prit le manuscrit rangé sur l'étagère toujours à la même place et le posa sur la table. Sans conviction il l'ouvrit à la dernière page. Celle où tout s'était arrêté un jour, avec cette rature en bas de page, comme un échec. Il se mit alors à pleurer. Et une larme vint frapper le papier à l'endroit même où Corbeau avait pleuré des années auparavant.

— Charles ? entendit-il dans son dos.

Le père de Saintonge se tenait à l'entrée de l'atelier, l'air soucieux.

— On m'a dit qu'on t'avait vu traîner dans les rues, l'air perdu, continua-t-il. Je me suis inquiété. Tu vas bien ?

— Mon père… marmonna Charles, séchant aussitôt ses larmes du revers de sa manche.

Charles se confia à son ami. Si le prêtre s'était étonné de ne plus voir le bourreau sur l'échafaud ces derniers temps, il le savait aussi très occupé à soigner les pauvres que lui-même lui envoyait parfois, et ne s'était pas inquiété pour lui jusque-là. Mais son écoute silencieuse cachait difficilement sa surprise à l'évocation de la tournure qu'avaient prise les choses sous le coup de l'urgence.

— Tu n'as rien à te reprocher, Charles, le rassura-t-il. Tout ce que tu as fait, tu l'as fait par amour. Mais aujourd'hui tu n'as plus le choix.

— Que voulez-vous dire ?

— Il faut parler à Corbeau.

— C'est sans espoir. Il ne veut pas m'écouter, se désespéra Charles. Il s'y est toujours refusé.

— Laisse-moi faire, lui glissa le prêtre avant de partir.

***

Marguerite ressemblait à une princesse endormie par un sortilège. Sa beauté était rayonnante malgré sa fatigue et sa peine. Sitôt après le départ du prêtre, Charles était venu se réfugier auprès d'elle. Il s'était assis sur une chaise juste à ses côtés, pour la regarder encore et encore, et trouver dans sa présence la source d'un apaisement malgré la tempête.

— C'est tout le portrait de sa mère, fit Corbeau d'une voix sourde, pour ne pas la réveiller.

Charles se leva aussitôt, un peu gêné d'avoir été surpris dans une situation intime.

— Vous ne m'avez jamais parlé de sa mère, osa-t-il en guise de réponse après un court silence.

Le bourreau se tenait toujours sur le pas de la porte. Le vieil homme d'habitude bourru et taciturne regardait sa fille avec une tendresse que Charles ne lui connaissait pas.

— Il y a des souvenirs qu'il vaut mieux enfouir. Même si c'est inutile, au fond. Ils reviennent quand même. N'importe quand. Mais les oublier permet de petites respirations. Avant de suffoquer le reste du temps.

Marguerite remua. Un léger mouvement comme quand on passe d'un rêve à l'autre. Un léger mouvement du corps et la courtepointe qui descendit un peu, découvrant son cou. Charles la remonta aussitôt de peur qu'elle ne prenne froid. Quand il se redressa, Corbeau avait disparu.

***

Sa silhouette massive de dos était éclairée par la lumière ambrée de la bougie posée sur la table. Assis et penché vers l'avant, Corbeau faisait l'effet d'un corps sans tête, comme quand il était en prière, se surprit à penser Charles alors qu'il entrait à son tour dans l'atelier. C'était la première fois qu'il le voyait ici, attablé, comme s'il avait repris possession des lieux et travaillait. Sans faire de bruit, Charles avança et aperçut le manuscrit ouvert. Le vieil homme le feuilletait doucement, précautionneusement, marquant une pause à chaque page. Le temps de parcourir les formules et les descriptions des expériences d'une époque lointaine, de se perdre dans les schémas de tendons, de muscles ou encore les esquisses d'un réseau sanguin. Le temps de se perdre aussi dans des souvenirs. Charles scrutait son visage de profil dans la lumière orangée. D'habitude buriné par la peine, il apparaissait bizarrement plus serein. Son regard jusqu'alors triste semblait apaisé, et son humeur par trop souvent atrabilaire paraissait disposée à une quiétude soudaine. Comme si chaque page qu'il tournait le ramenait à une époque où il était heureux, à un temps de paix. Au bonheur.

— J'avais bonne réputation à l'époque, dit Corbeau, rompant le silence. À Clermont. J'étais un bon bourreau. Et on me respectait pour ça. J'étais également un bon guérisseur. On venait aussi de loin pour mes onguents. On était heureux. Avec Blanche.

— Blanche ? reprit timidement Charles, ne voulant pas rompre l'humeur de l'instant.

— Ma femme.

La voilà enfin. Celle dont le fantôme errait partout dans cette maison depuis qu'il y était entré, et surtout dans le regard du vieux bourreau, comme un voile sur ses yeux qui aurait transformé la réalité à jamais. Corbeau tourna alors l'ultime page et s'arrêta sur les dernières lignes qui finissaient en rature ponctuée de larmes. Son visage un moment calme se referma aussitôt.

— Quand Marguerite est venue au monde, Blanche était déjà malade, reprit-il après un temps. Elle avait des crises depuis longtemps. Mais rien qui durait. Mais quand elle est tombée enceinte, ça s'est aggravé.

— Comme Marguerite aujourd'hui ? osa Charles.

— Et après l'accouchement ce fut de pire en pire, continua Corbeau sans relever. Alors, j'ai travaillé plus dur encore. J'ai cherché. Dans des directions parfois pas très avouables, je dois le dire. J'ai tout essayé. J'avais tellement peur de la perdre. Tu comprends ? Oui. Bien sûr que tu comprends. Je travaillais sur un onguent. Une vieille un peu sorcière m'avait donné des instructions, ça comportait des risques. Mais rien à faire. Ça ne fonctionnait pas. Tous les jours j'essayais de nouvelles formules, je changeais les doses. Je savais que je pouvais aboutir. Ça a duré comme ça pendant des années. Et puis un matin je me suis réveillé et j'ai senti le corps de Blanche froid et rigide à mes côtés.

Il ferma son cahier sur ces mots et sur les souvenirs de son amour qu'il n'avait pas pu sauver. Il ouvrit alors sa chemise et tira sur la chaîne du médaillon qu'il portait autour de son cou.

— C'est tout ce qui me reste d'elle, souffla-t-il en observant le bijou posé dans sa main, faisant jouer la lumière sur les facettes des pierres écarlates. Ces deux rubis. Elle les portait aux oreilles. Et Marguerite, bien sûr, se reprit-il. J'ai essayé de continuer, là-bas. Malgré le deuil. Malgré son absence. Je m'occupais de la petite du mieux que je pouvais. Les années passaient mais la douleur, elle, ne passait pas. Je faisais mon travail de bourreau et j'avais de moins en moins le cœur à guérir. Je perdais ma clientèle. Et ma réputation. Il fallait partir. J'ai appris que la charge ici était à vendre. J'ai fui Clermont et ma vie avec elle. Mais les souvenirs eux aussi voyagent. Où que tu ailles, ils viennent avec toi.

Corbeau se leva pour faire le tour de l'endroit du regard. Chaque objet était un lien avec cette vie d'avant. Cette vie qu'il avait passée à faire du bien aux autres, lui aussi.

— À peine arrivé ici, j'ai installé cet atelier, continua-t-il. J'avais tout préparé. Mais je n'ai jamais pu m'y remettre.

— Pourquoi ?

— La culpabilité, affirma-t-il d'un ton calme et résolu. Non seulement je n'ai pas réussi à la sauver, mais je me demande si je ne l'ai pas condamnée.

— Mais vous disiez y être presque !

— Oui, j'étais sur une piste. Mais quelque chose n'allait toujours pas, et je l'ai compris trop tard. Le fameux matin où je l'ai retrouvée morte, je lui avais fait essayer une nouvelle potion la veille. Tu comprends ?

Pour la première fois, Corbeau le regarda dans les yeux, et Charles y lut un appel à l'aide. Le désir profond de partager un fardeau porté seul depuis trop longtemps.

— La rature dans vos notes ? osa Charles en réponse. Cette fameuse formule ?

— Quand je t'ai vu investir les lieux, je me suis revu, moi, autrefois, enchaîna-t-il, éludant sa question. Tu ne seras probablement jamais un bon bourreau, Charles. Ça, je l'ai su dès le début. Mais tu es devenu un bon guérisseur. Et tu aimes profondément ma fille. Personne d'autre n'aurait fait ce que tu as fait pour elle. Tout abandonner pour elle. Et ça, je le respecte. Alors je t'ai laissé faire. Entrer ici et chercher. Et abandonner l'échafaud. Même si ça m'a occasionné quelques soucis avec le prévôt. Mais ta réputation de guérisseur était devenue plus forte, et ça me rappelait moi à une époque meilleure. Et puis il fallait que tu t'occupes de Marguerite. Moi, je ne m'en sentais plus capable, je dois l'avouer.

— Aidez-moi à la sauver ! implora Charles. Je n'y arriverai pas seul. Et je n'ai plus rien ! J'ai tout fait pour trouver une solution. J'ai lu tous vos livres, j'ai repris toutes vos formules. J'en ai même amélioré certaines. Et puis j'ai rencontré cet Italien. Il avait la solution ! Mais il a disparu ! Il m'a tout pris. Je suis désespéré !

— Je suis désolé, mais je ne peux rien faire.

— Et si ça réussissait avec elle ?

— Et si ça la tuait, elle aussi ?

— Mais elle est condamnée de toute façon ! cria Charles.

Corbeau semblait perdu, en proie à un combat intérieur, tiraillé entre ses peurs et son désir de corriger le passé, d'effacer la rature de sa vie.

— L'onguent de cet Italien, il t'en reste ? demanda-t-il enfin après un long silence.

— Attendez ! fit Charles alors qu'il ouvrait un tiroir d'où il sortit une des fameuses fioles. Il en reste un fond dans celle-ci.

Corbeau retira le bouchon et sentit son contenu. D'un geste assuré, il en retira le reliquat à l'aide d'une tige et l'appliqua sur ses doigts pour en tester la consistance. Avant de le sentir à nouveau.

— Je dois vous avouer quelque chose, dit Charles qui assistait à la scène. J'ai dû voler des têtes pour qu'il puisse fabriquer l'onguent.

— Des têtes ? réagit Corbeau, ne cachant pas sa surprise. Comment ?

— À la fosse commune. Les décapitations se font rares. Et n'étant pas sur l'échafaud…

— J'aurais fait pareil, avoua sans détour le bourreau avec un sourire. Mais tu t'es bel et bien fait avoir.

— J'en ai peur, oui, concéda Charles.

— Il n'y a rien de plus que de la graisse de porc et du poivre, là-dedans. Et quelques herbes aromatiques. De la marjolaine, probablement.

Charles était abattu. Toutes ces nuits passées à déterrer des corps pour leur couper la tête à ses risques et périls. Et l'image du visage de son père l'autre nuit, détruit par la douleur dont il était la cause. Les bijoux que sa mère lui avait promis et qu'il avait perdus comme on perd toute sa fortune au jeu en une seule nuit.

— C'est la piste sur laquelle j'étais à l'époque, reprit Corbeau. L'usnée. Ton Italien devait en avoir entendu parler, mais ça n'allait pas plus loin, si tu veux mon avis. Un charlatan, voilà tout.

— L'usnée ?

— Ou magister de crâne humain. La mousse verdâtre qui se trouve à l'intérieur des crânes des cadavres. Mais elle ne se forme que si la mort est violente, soudaine. Et surtout, il faut faire vite, après. Il faut que la mort soit récente. C'est ce que j'avais compris à l'époque, mais trop tard, ajouta-t-il tristement. Aussitôt le crâne récupéré, reprit-il, il faut le vider de sa cervelle et de tout ce qu'il contient. Une fois bien lavé et bien séché, on calcine la partie interne pour récupérer la substance sous forme de poudre. Il y en a très peu évidemment. L'opération est délicate. Tes cadavres de la fosse commune n'avaient aucune chance de convenir.

— Mais maintenant que vous savez comment faire, ça peut réussir pour Marguerite !

— Et si ça ne marchait pas ? s'inquiéta aussitôt le bourreau. Si ça la tuait quand même ? Comme sa mère ! Si je me trompais encore ?

— Mais rien ne prouve que c'est votre onguent qui a tué Blanche ! Et Marguerite a peut-être encore une chance, insista doucement Charles alors qu'il posait une main sur l'épaule de son beau-père.

Un contact physique, comme un lien qui s'établissait entre deux hommes unis par le même amour pour les femmes de leur vie.

— Très bien, acquiesça enfin Corbeau. Tu as raison. Et puis il est temps pour moi d'en finir avec toute cette histoire. Et s'il reste une chance…

— Mais on a besoin d'une tête ! rappela Charles, ne cachant plus son espoir renaissant.

— Une décollation ferait l'affaire, réfléchit Corbeau. C'est net et soudain. Exactement ce qu'il nous faut. Il faudra attendre la prochaine condamnation.

— Je m'en occuperai.

— Toi ? s'étonna-t-il. Tu vas retourner sur l'échafaud ?

— Et pourquoi pas ? Après tout, je suis le prochain bourreau, non ?

— Je le crains, plaisanta Corbeau.

Le vieil homme souriait. Son visage jusqu'alors rugueux et dur comme un rocher se fendait d'un large sourire qui fit du bien à Charles. Pour la première fois depuis toute une année il ne se sentait plus seul. Si le père de Saintonge lui avait apporté un soutien spirituel et même amical, allant jusqu'à convaincre ce jour-là le vieux bourreau de s'ouvrir à lui et de rompre enfin la glace, Charles avait toujours été seul face à ses choix, cette nécessité de faire son chemin malgré tout. Mais alors qu'il se trouvait dans l'impasse, après avoir perdu tout ce qu'il possédait et surtout tout espoir, il trouvait un soutien qu'il n'attendait plus en son beau-père. Cet homme jusqu'alors mystérieux et inaccessible qui venait de se dévoiler en quelques minutes, et dont l'histoire était semblable à la sienne.

— Je voudrais que tu me fasses une promesse, Charles, fit le bourreau alors qu'il s'apprêtait à sortir.

— Laquelle ?

— Si jamais ça venait à mal tourner. Enfin, si jamais ça ne marchait pas et que Marguerite…

— Ça n'arrivera pas, protesta Charles aussitôt.

— Si jamais, insista Corbeau. Fais-moi la promesse que la charge ira à Henri.

— Je vous le promets.

XXXIII

La rue Mal-Pavée portait bien son nom. La nuit tombée, le promeneur qui s'y aventurait ne manquait jamais de buter sur une pierre plus saillante que les autres, quand il ne risquait pas la glissade aux abords du goulet central qui débordait des immondices jetées par les fenêtres. Légèrement penchée sur la voie juste avant le puits aux Ânes, L'Amazone annonçait sa présence de loin par le grincement des chaînettes auxquelles était suspendue son enseigne en tôle, en partie rongée, qui se balançait dans la lumière hésitante d'un lampion. Presque effacée par le temps, une jeune femme accorte, nue, aux cheveux hirsutes, y était naïvement peinte, chevauchant un cheval blanc disproportionné. Trois coups brefs, puis un quatrième, et la glissière de la meurtrière grillagée creusée au milieu de la porte épaisse s'écartait d'un mouvement vif sur une paire d'yeux scrutateurs. Le temps de vérifier l'identité du visiteur et la porte s'ouvrait promptement, éclairant d'un rai de lumière vertical l'homme pressé d'entrer, son col maintenu remonté au-dessus de ses oreilles et son couvre-chef bien abaissé sur son visage emmitouflé. Si la maison de la mère Martin n'avait pas la réputation de certains établissements plus huppés et surtout plus propres de la ville et des environs, celle de ses filles suffisait à attirer certains notables qui venaient jusqu'ici, parfois d'Auxerre et de Sens, pour bénéficier d'un savoir-faire qu'on ne trouvait pas ailleurs. La vieille maquerelle avait en effet rapporté de Nouvelle-France certaines pratiques qui avaient fait sa notoriété et dont elle faisait profiter ses gagneuses qu'elle éduquait elle-même. Dans la grande salle du bas, on buvait et on discutait, parfois on se battait quand la nuit était bien avancée. À l'étage, le grand balcon qui faisait le tour de l'endroit distribuait les « loges » exiguës dans lesquelles on expédiait son affaire plus ou moins rapidement en fonction du prix payé.

Le marquis de la Faye tenait difficilement debout et dut s'appuyer un instant sur un mur pour reprendre ses esprits. Il avait encore bu plus que de raison cette nuit-là, mais il ne pouvait rien y faire. Il aimait ça. Il aimait la décadence qu'il trouvait ici, et surtout cette fille qu'il pouvait frapper jusqu'au sang. Il aimait cette violence qu'il pouvait se permettre grâce à l'argent, puisque sa propre femme ne s'y pliait plus. La veille au soir encore, il avait essayé de la battre pour assouvir ses pulsions, mais elle s'y était refusée, le menaçant à son tour. Lui, son mari, alors qu'elle lui devait tout. Son « cabinet », ses livres, et ses visiteurs, qu'il l'autorisait à recevoir malgré ce qu'il suspectait. Mais il n'en avait plus cure. Il voulait juste la paix dorénavant. Et s'il pouvait la croiser le moins possible au château, il en ferait parfaitement son affaire pour le restant de ses jours. Mais que faisait donc ce satané cocher ? s'énerva-t-il en regardant vers l'entrée de la rue, de l'autre côté. À tous les coups, il n'avait pas pu passer à cause d'une charrette mal garée, ou d'un tas de détritus bouchant la voie. Avec un grognement, il se décida à devancer sa voiture. Le frottement de son pas traînant chuintait alors qu'il tâchait d'équilibrer son allure chancelante en écartant les bras comme un funambule, marmonnant des menaces contre son cocher peut-être encore endormi dans son véhicule garé comme d'habitude dans la ruelle de Paris. Soudain des voix, des murmures. Et des pas, pressés. Il les avait entendus, il en était certain. Puis plus rien. Des hallucinations dues à l'alcool ? se demanda-t-il. Pourtant il l'aurait juré, il avait entendu des voix. Sur le côté, et derrière. Aux aguets, il reprit son chemin vers le puits aux Ânes qu'il apercevait maintenant nettement, et pressa le pas. À peine débouchait-il dans la ruelle où il pensait apercevoir sa calèche, qu'il reçut un coup par-derrière et s'étala de tout son long sur le pavé humide. Il essaya de se redresser avec peine à l'aide de ses bras, de se retourner pour faire face à l'agresseur et surtout tirer sa lame. Mais déjà celles de ses assaillants brillaient autour de lui dans les premières lumières de l'aurore.

***

— On en fait beaucoup avec la mandragore, déclara Corbeau, alors qu'ils finissaient de manger, plus loquace que de coutume ce jour-là. Sous prétexte que la racine rappelle la forme d'un corps humain.

Marguerite les rejoignait parfois pour le repas, même si elle mangeait peu. Depuis quelques jours, les conversations étaient plus animées, et ça lui faisait du bien. Elle berçait Henri et se réjouissait de voir son père et Charles se parler enfin, échanger, et même plaisanter. Quand Charles lui avait annoncé qu'ils allaient travailler de concert pour trouver un remède, elle avait eu du mal à le croire. Mais c'était un fait. L'espoir était revenu dans la maison, et elle le sentait. La veille, alors qu'ils étaient étendus dans les bras l'un de l'autre, il lui avait dit que la solution était proche et que bientôt ses douleurs seraient derrière elle. Il leur manquait juste un ingrédient, lui avait-il confié, mais sans plus de précisions. En attendant, il continuait chaque soir de la soigner avec une pommade à base de menthe poivrée qui avait la vertu de lui rafraîchir l'abdomen et d'atténuer ses humeurs le temps de trouver le sommeil. Marguerite se reposait ainsi, alternant les périodes de calme et les crises passagères qui la clouaient au lit. La Grétaude s'occupait désormais de l'intendance.

— Pourtant, c'est connu que des sorcières en utilisent, rebondit Marguerite. Elles se frottent les aisselles avec pour se mettre dans des états.

— Et d'autres s'en enduisent le corps avant de s'envoler dans les airs sur une fourche pour aller au sabbat ? ironisa son père. Voilà bien un truc de sorcières ! C'est ce que je disais.

— On dit qu'elle ne pousse que sous un pendu qui aurait perdu sa semence sous le coup de la strangulation, glissa Charles.

— Ben voyons ! s'amusa encore le bourreau. Foutaises ! Encore des balivernes !

— Mandragores maléfiques, marmonna alors Damien. Pas bien de parler comme ça. Toujours trois cercles autour avant de creuser la racine. Sinon, c'est le malheur. Comme la famine !

— Mais qu'est-ce que tu racontes, toi ? se moqua Corbeau, après un silence surpris de l'assemblée.

— Maléfique, insista le valet vexé, après avoir encaissé le coup. Faut pas l'entendre crier. Faut attacher le chien qui arrache la racine pour pas l'entendre crier. Et après tuer le chien.

— Tu es sorcier maintenant ? Mange donc ta soupe et tais-toi. Non, contre les morsures de vipère, je ne dis pas, reprit le bourreau, ignorant son valet. Éventuellement, ça peut marcher, oui. Mais c'est tout.

Vexé et contenant sa rage, Damien plongea le nez dans son écuelle.

Depuis quelques jours, Corbeau passait beaucoup de temps avec « l'autre », et ça le tracassait. Les deux hommes s'enfermaient dans la pièce derrière la grange. Parfois il s'approchait silencieusement de la porte pour écouter et essayer de comprendre ce qui se tramait là-derrière afin d'apaiser ses craintes. La veille encore, il les avait vus s'affairer par l'ouverture entrebâillée, le vieux bourreau assis, penché sur la table, qui écrivait dans un grand livre, et l'autre debout à ses côtés, argumentant, pointant du doigt quelque chose, vidant le contenu d'un pot dans un mortier avant de le passer au pilon. Ils étaient animés par un projet qui les unissait et Damien n'aimait pas ça. Et surtout ils avaient ri, une fois. C'était la première fois qu'il entendait son maître rire. Jamais il n'avait ri avec lui, il ne lui avait même jamais souri. Toujours cette expression dure, empreinte de sévérité sans faille. Permanente. Et là, il l'avait entendu rire. Aujourd'hui encore, autour de cette table, il sentait la douleur grandir en lui à cette pensée. Plus sourde, plus équivoque et plus complexe. Comme un poison. La même douleur qu'il avait ressentie à l'église de Saint-Julien-du-Sault l'année précédente, alors que Marguerite se promettait à ce satané type qui pourrissait toujours son existence.

Oui. Le poison, c'était lui, pensa-t-il en observant son rival par-dessus son écuelle qu'il portait alors à sa bouche. Et il allait employer les grands moyens pour s'en débarrasser une fois pour toutes. Si le secret de la fuite dévoilé au prévôt avait porté sur le plan financier, il n'avait pas eu les effets attendus concernant son rival. Il lui fallait encore attendre le bon moment, une autre opportunité. Ou avoir la bonne idée.

Et Damien l'avait eue, la bonne idée, pensa-t-il en finissant bruyamment sa soupe. Il en était certain.

Soudain, des coups retentirent et la porte s'ouvrit en grand sur le père de Saintonge.

— Charles ! fit-il visiblement préoccupé alors qu'il s'avançait.

— Mon père ? s'étonna Charles.

— J'ai une terrible nouvelle.

***

L'histoire avait déjà fait le tour des rues et des commerces. Le corps du marquis de la Faye avait été retrouvé dans la nuit sans vie dans la ruelle de la Providence près de la porte Saint-Jacques, son corps transpercé de toutes parts. Quelques heures plus tard, sa femme la marquise avait été arrêtée, accusée d'avoir fomenté le meurtre de son mari.

À peine avait-il appris l'horrible nouvelle que Charles avait accouru au château. Il était effrayé. Paniquée. « Va voir ton frère », lui avait dit Marguerite qui connaissait le lien d'amitié que Charles entretenait avec cette femme. Oui, il allait voir son frère et lui demander des comptes. Une explication. Pour essayer de comprendre l'incompréhensible. L'allure rapide, comme sous hypnose, il se fraya un chemin entre les badauds, se repassant les images de la dernière visite, quelques jours plus tôt, de son amie si chère.

« Ça risque d'être un long voyage », avait-elle dit en lui serrant la main plus fort qu'à l'accoutumée avant de s'évanouir dans la nuit. Et s'il n'avait pas compris ? Si ce long voyage était celui d'un projet fou, à l'issue incertaine ? Comme un meurtre ? Combien de fois avait-elle partagé avec lui son malheur de femme mariée à un homme violent, dangereux ? Combien de fois s'était-elle plainte de cette relation sans amour qui ternissait parfois son sourire, malgré ses efforts pour paraître forte, pleine de vie ? Il la revoyait dans sa mémoire à vif alors qu'il entrait dans la cour du château, et l'impossible prenait forme dans son esprit, l'impensable devenait probable, ravivant ses craintes.

— Paul ! cria-t-il à son frère qui sortait de la grande salle, accompagné d'un greffier.

— Charles ? s'étonna-t-il en retour. Mais qu'est-ce que tu fais là ? L'exécution n'a lieu que demain. En tout cas, tu tombes bien, on vient de parler de toi.

— L'exécution ? balbutia-t-il.

— Oui. Celle de la marquise.

— Mais… Comment ? C'est vraiment elle ? demanda-t-il, ahuri.

— Mes soldats ont mis la main sur un des gars qui ont fait le coup, et il nous a tout raconté.

— Tu ne peux pas la condamner sur la base d'un témoignage !

— Elle a tout avoué, Charles. Le coup était planifié d'avance.

« Ça risque d'être un long voyage. » Elle lui susurrait encore ces mots à l'oreille, là, à l'instant même, qui rebondissaient dans son esprit tourmenté. Un long voyage dont elle savait pertinemment qu'elle ne reviendrait pas. Charles réalisait l'ampleur du désastre. Et il lui en voulait de ne pas lui avoir tout dit. De ne pas avoir su lui avouer l'horrible secret, comme il lui avait confié les siens. Peut-être aurait-il réussi à la détourner de son terrible dessein ? Et lui éviter l'issue fatale qui se profilait désormais avec certitude.

— Je suis désolé, reprit Paul, gêné. Je sais que tu la connaissais. Tiens, ton ordre d'exécution. Tu l'exécuteras demain matin.

Le greffier, qui s'était jusqu'alors tenu silencieux un peu en arrière, sortit un rouleau cacheté sur le signe du prévôt et le tendit au bourreau que Charles redevenait alors.

— « Je » l'exécuterai ? peina-t-il à articuler sous le coup de l'émotion.

— C'est une requête de la condamnée, fit Paul après un temps, encore plus mal à l'aise. C'est elle qui a insisté. Elle veut que ce soit toi. Je suis vraiment désolé, Charles, s'excusa-t-il encore, posant une main compatissante sur l'épaule de son frère avant de le laisser seul.

Le parchemin chut comme une feuille dans le vent léger pour s'échouer sur une dalle à ses pieds. Un bruit imperceptible pour le monde tout autour. La déflagration d'un orage pour Charles.

XXXIV

La cour Lamort était bondée et la foule se pressait au-delà de l'enceinte du château jusque dans les rues. Cela faisait longtemps qu'une exécution n'avait pas suscité un tel intérêt. Même si l'assassinat du marquis de la Faye par sa femme nourrissait copieusement les ragots, l'annonce de l'identité de l'exécuteur attirait tout autant la curiosité des gens. Le « bon bourreau » allait revenir sur l'échafaud pour effectuer une décollation.

Dans l'assemblée, on chuchotait, se rappelant avec force détails et le mimant même parfois le fiasco du pauvre apprenti bourreau, la seule et unique fois. Mais on ne riait pas. On ne se moquait pas et aucune chanson racontant l'histoire du bourreau qui ne savait pas décoller n'était reprise. Bien au contraire, c'était un murmure attentif mêlé d'appréhension qui planait sur la place juste devant la porte du Bossu d'où, d'un moment à l'autre, la condamnée allait sortir accompagnée de son exécuteur.

Charles n'avait pas dormi. S'il avait trouvé en Marguerite un peu de réconfort, cela n'avait pas suffi à l'apaiser. Il s'en voulait. Il se reprochait de n'avoir pas su lire entre les lignes. De ne pas avoir su deviner le drame qui se tramait. Il faisait les cent pas devant la porte de la tour de la Prison, se demandant encore et encore s'il aurait pu la dévier de son obscur projet. Et il lui en voulait aussi. Il lui en voulait d'avoir demandé à mourir de sa main. Une main qui avait passé plus de temps à guérir ces derniers temps. Une main qui n'avait jamais réussi à exécuter sur l'échafaud jusqu'à présent. Et si cela se reproduisait ? Si son bras venait à trembler ? Sa peur s'était accentuée le matin même, quand Corbeau lui apprit qu'il allait falloir utiliser l'épée et non la hache, étant donné le rang de la condamnée. Une épée qu'il lui avait mise dans les mains, lourde et large, et à bout plat.

— Je l'ai préparée. Son fil est net. Il faut juste une impulsion au début quand tu l'abats, lui avait dit le vieux bourreau, tâchant de le rassurer. Le poids fera le reste. Vise juste, c'est tout. Je suis désolé de tout ça, avait-il ajouté, avant de sortir de la grange pour s'assurer que la charrette était bien prête, laissant Charles seul avec son angoisse et le glaive monumental qui lui brûlait les mains.

La porte de la tour s'ouvrit enfin, et Paul sortit, suivi du père de Saintonge et de Corbeau. Et elle apparut. Vêtue d'une robe de lin blanche sans col, ceinturée d'une simple cordelette, sa tête était recouverte d'un voile écru qui collait à ses pommettes, trahissant des larmes. Ses beaux cheveux avaient été coupés.

Quand elle aperçut Charles, elle se redressa tout à fait et avança vers lui d'un pas assuré.

— Charles, fit-elle en lui prenant la main.

— Bonjour, Lison, répondit-il, cachant mal son émotion et son inconfort.

— Je suis tellement heureuse de vous voir.

— Je suis désolé… soupira-t-il avec émotion.

— Ne le soyez pas, Charles, le rassura-t-elle. J'ai fait ce que je devais, et je ne regrette rien. Cela aurait donné un joli poème, vous ne trouvez pas ? Tuer par désamour. C'est romantique, non ? Peut-être écrirez-vous quelque chose en ma mémoire ?

— Je n'ai pas de talent pour l'écriture, vous le savez bien. Je ne pourrai jamais vous faire honneur.

— Vous continuez d'écrire pour Marguerite, au moins ?

— Je la fais rire, plaisanta-t-il malgré la situation.

— Croyez-moi, c'est un bon début. C'est par ici ? demanda-t-elle en indiquant la porte du Bossu derrière laquelle la foule agglutinée les observait de loin, en silence.

— Oui.

Ils se mirent en marche vers la cour, comme en procession, encadrés par des soldats, suivis du prévôt, du prêtre et de Corbeau.

— Je suis désolée de vous imposer cette épreuve, reprit-elle alors qu'ils s'approchaient du public qui attendait cérémonieusement. Mais il n'y a qu'en vous que j'aie confiance. Et quitte à partir, autant que ce soit de la main d'un ami. Car nous sommes amis, n'est-ce pas ?

— Oui, murmura-t-il, la gorge serrée.

La foule se fendit pour leur offrir un passage, les accompagnant de regards compatissants et un peu curieux aussi. Charles perçut quelques sourires, et son anxiété s'apaisa un peu. Pas de violence aujourd'hui, pas de cris, pas d'injures, pas de doigts moqueurs pointés vers lui. Des sourires, de plus en plus nombreux, comme des étoiles tout autour, alors que les bois de justice se profilaient un peu plus loin. Mais aussi le calme extraordinaire de Lison face à sa mort imminente. Le calme. La sérénité, pensa-t-il, alors qu'il la regardait avancer comme une reine vers son dernier trône. Et Charles se calmait aussi, guidé par la nécessité impérieuse d'être à la hauteur de la preuve d'amitié qu'elle venait de lui faire en désirant partir de sa main. « Le bon bourreau. » Était-ce une voix dans sa tête, ou quelqu'un avait-il prononcé ces mots ? « Le bon bourreau », oui, quand il s'agissait de guérir. Et pourquoi pas sur l'échafaud, si la cause était bonne ?

Les premières marches se présentaient à eux, et la marquise marqua le pas. Elle tremblait. Sans réfléchir, Charles lui saisit la main. On chuchota aussitôt. Le bourreau avait pris la main de la condamnée, ça ne s'était jamais vu. Mais personne n'intervint, pas même Corbeau. Pas même le prévôt. Soutenue par son ami, la marquise commença à gravir les quelques degrés qui la mèneraient au plateau de bois au milieu duquel l'attendait le billot.

— Mon Dieu, souffla-t-elle en l'apercevant, serrant la main de Charles encore plus fermement. Mon père ! appela-t-elle.

Le père de Saintonge se précipita aussitôt à ses côtés pour l'écouter en prière une dernière fois. Charles se détacha pour respirer, profondément, et tâcher de rester maître de son émotion fragile. Garder le contrôle. L'épée reposait contre la potence. Il leva les yeux au ciel pour se remplir du bleu azur et garder l'équilibre. Sur le faîte du toit de la porte du Bossu, les griffons de la ville volaient majestueusement sur les drapeaux, les ailes largement déployées dans le vent calme. Au loin, de l'autre côté, il aperçut la loge officielle. Son père, le comte, était bien là cette fois. Pour la première fois depuis qu'il était bourreau. Le rang de la condamnée devait l'y obliger, se dit-il. Ou peut-être était-ce pour lui ? Pour l'accompagner dans cette terrible épreuve. À son grand étonnement, cette idée lui fit du bien. Oui, il était là pour l'accompagner, comme la foule l'accompagnait aussi.

— Charles, fit doucement Corbeau qui s'était approché de lui. Ta cagoule.

Charles réalisa qu'il avait oublié de l'enfiler. Depuis le début, son visage était exposé à la vue de tous contrairement à la tradition, et il ne s'en était pas rendu compte. Il porta la main à la poche de sa ceinture où il la rangeait, mais se ravisa aussitôt. Après tout, à quoi bon ? se dit-il immédiatement. Il était le bourreau, et tout le monde le savait. Et c'était à lui, Charles, fils du comte de Joigny, aujourd'hui simple bourreau de la ville, que madame de la Faye avait demandé de procéder à l'exécution. Alors pourquoi se cacher derrière un masque de tissu ? Elle avait certainement besoin de voir son visage pour se rassurer aussi. Oui, c'était mieux ainsi.

Ça y est. Il respirait mieux. Son souffle redevenait régulier.

— Non, répondit-il d'une voix calme et ferme.

— Comme tu voudras. En tout cas, c'est maintenant.

Charles s'empara de l'épée, naturellement, comme s'il en avait l'habitude. Étrangement, son poids ne le gêna pas. Il s'avança calmement vers la jeune femme qui l'attendait sagement, les mains jointes comme si elle était encore en prière, le père de Saintonge à ses côtés. Elle le regardait et elle lui souriait. Et Charles lui sourit en retour dans un silence de cathédrale.

— Charles, voudriez-vous avoir la gentillesse de me dire comment je dois me mettre ? fit-elle d'une voix douce et posée.

On écoutait. Partout dans la ville et jusqu'à Sens et Auxerre, on écoutait. Seuls les claquements des ailes des griffons soulignaient la tragédie qui se jouait.

— Vous devez vous agenouiller, lui répondit-il avec la même douceur. La nuque bien dégagée.

— S'il vous plaît, tâchez de ne pas trop abîmer ma tête.

— Vous pouvez compter sur moi, lui assura-t-il.

— Et surtout… lui murmura-t-elle en se rapprochant un peu comme pour lui confier un secret. Surtout faites-en bon usage. De ma tête. Après. Pour Marguerite.

À peine Charles réalisa-t-il à quoi Lison faisait allusion qu'elle s'était déjà mise en position à genoux, le visage de côté posé sur le bois fissuré.

« Pour Marguerite. »

Un ultime cadeau comme la preuve absolue d'une amitié qui resterait indéfectible.

— Merci pour tout, lui dit-il alors qu'il s'était lui-même positionné au-dessus d'elle.

Elle lui souriait toujours, les yeux fermés, comme si elle allait s'endormir dans l'instant, la joue posée sur son coussin de bois. Tout autour, le silence de l'assemblée magnifiait ce moment crucial.

Pour Marguerite, pensa-t-il une dernière fois, alors qu'il levait l'épée à la verticale au-dessus de sa tête, les yeux rivés sur la nuque blanche bien dégagée.

Une légère impulsion et laisser faire.

Le coup fut net et précis, et la jolie tête de Lison se sépara de son corps sans difficulté, comme en témoigna le choc sourd de la lame atteignant le bois pour se planter dedans en profondeur. D'un geste autoritaire, Charles arrêta Damien qui se précipitait déjà pour récupérer la tête afin de l'exposer à la population comme c'était la coutume.

— Tu ne la touches pas, lui ordonna-t-il sèchement, alors que personne dans la foule n'avait encore osé le moindre mouvement. Tiens ! Occupe-toi de ça, lui fit-il en lui tendant l'épée.

Damien prit la lame et revint sur ses pas, la tête baissée de celui qui cache son air mauvais sous sa cagoule.

« Le bon bourreau. »

Une voix. Puis une autre.

« Le bon bourreau » était scandé d'une personne à l'autre, puis de groupe en groupe, le ton montait, et le titre qui était désormais le sien était martelé de plus en plus fort, comme un hommage, les poings se levant en rythme. Charles se remplissait de ce soutien inattendu et soudain. Les larmes lui coulaient mais dans son cœur. Des larmes invisibles qui se déversaient dans tout son corps. Des larmes de peine et de joie mêlées, comme une récompense. Pour tout ce qu'il avait vécu, ses renonciations, ses sacrifices. Le prix de son choix, un jour. Le choix de l'amour. Cérémonieusement, il saisit la petite tête de Lison qui avait dessiné un sillon écarlate en légère courbe sur le plancher, et la rangea dans le sac de son. Puis il souleva la dépouille qui s'était affaissée sur le côté comme une poupée de chiffon et la prit dans ses bras. Délicatement, il allongea cette princesse sans tête dans la charrette pour son dernier voyage.

***

Damien était sorti en colère de la grange. Non seulement il s'était retrouvé seul à nettoyer l'échafaud mais, quand il était revenu à la maison des Fossés, la dépouille de la suppliciée avait déjà été rangée dans l'appentis aux corps, ce qui normalement faisait partie de ses prérogatives.

— Damien t'en veut, fit Marguerite alors qu'elle regardait le corps de la marquise sans tête enroulé dans un drap blanc étendu sur la table.

Charles se tenait en prière, la tête baissée, les mains jointes. Dans la lumière des bougies, on aurait cru une peinture tant il était immobile. Elle se plaça derrière lui et l'enlaça.

— Je suis tellement désolée, reprit-elle avec douceur. Tu dois être triste.

— Oui, répondit-il. Mais soulagé aussi. Tout s'est bien passé.

— « Le bon bourreau », souffla-t-elle après un petit silence.

— Tu les as entendus d'ici ?

— J'étais là, avoua-t-elle.

— Comment ça ? Dans ton état ?

— Ça n'allait pas si mal. Je voulais être là. Je savais ce que ça représentait pour toi. Et j'ai vu. Je les ai vus. Te regarder avec respect. Tu as gagné ta place, Charles. À ta manière. Tu as réussi.

Il la prit dans ses bras et la serra autant qu'il put.

— Il ne faut plus tarder, déclara Corbeau en faisant irruption dans la grange.

XXXV

Marguerite avait bien cherché à en savoir plus, mais ni son père ni Charles ne lui avait donné de détails. Si ce n'était que l'instant était crucial pour leurs recherches et qu'ils étaient peut-être enfin sur le point de produire la potion miracle qui la guérirait tout à fait. Elle les laissa donc à leurs mystérieuses affaires dans l'atelier et, plutôt que de remonter se coucher, préféra s'installer dans la salle du bas juste à côté de l'âtre, emmitouflée dans une épaisse courtepointe. À ses pieds, Henri dormait paisiblement dans un grand panier. De temps à autre, elle allait jusqu'à la porte d'entrée de la maison qu'elle avait laissée ouverte pour jeter un coup d'œil vers la grange, au cas où un visiteur éventuel se présenterait en quête de soins, et le prévenir que « le bon bourreau » ne recevrait pas ce soir-là.

Mais pour l'heure personne, la nuit était d'un calme apaisant. Elle se sentait pleine d'espoir. En ce moment même, les deux hommes qui comptaient le plus pour elle travaillaient enfin main dans la main. Bientôt, ils auraient une solution à ses problèmes, et une nouvelle ère serait possible. Une ère d'entente, de cohésion. Un temps où elle allait enfin retrouver le père qui était le sien des années plus tôt, quand il était heureux, quand sa mère était toujours de ce monde. Sa mère dont le souvenir un peu flou désormais tenait à cette petite image peinte, cachée dans son cadre fermé, toujours posé sur le prie-Dieu de l'autre côté de la pièce. Un temps où, et même si Charles serait et resterait le bourreau de Joigny jusqu'à ce qu'il passe la charge, les jours fileraient plus tranquilles puisque, quoi qu'il fasse sur l'échafaud, il retrouverait le bonheur d'un foyer heureux à son retour.

Du pied elle berçait légèrement son enfant, rêvant à ces perspectives consolantes, et elle se laissa envahir par le sommeil.

***

Il fallait faire vite. Les conditions de la mort de la pauvre Lison étaient « idéales », et la fameuse usnée devait s'être déjà formée à l'intérieur de son crâne. C'est du moins ce que Corbeau espérait. Habité d'une énergie toute nouvelle, le vieux bourreau était méconnaissable. Il avait rouvert ses livres, rempli son encrier d'encre fraîche et s'était remis à écrire, essayant formules et dosages. Il avait disposé les mortiers, les pilons et l'alambic, et préparé tous les pots des ingrédients qu'il estimait indispensables à son entreprise.

— Vous êtes certain ? lui demanda Charles après avoir lu les dernières lignes que le vieil alchimiste avait griffonnées en toute hâte.

— C'est la conclusion à laquelle j'étais déjà arrivé à l'époque, répliqua-t-il aussitôt. J'ai beau tout retourner dans tous les sens, je reviens à cette combinaison. La seule différence, c'est l'usnée. J'en suis maintenant convaincu. Elle doit être fraîche. C'est ce que je n'avais pas compris.

— Et « l'huile de fourmi » ?

— Pour détendre les viscères.

— Ah. Du venin de crapaud réduit en poudre…

— Du « crapaud buffle ». Ça a la propriété de calmer le cœur. Et de ralentir les humeurs, répondit mécaniquement Corbeau, comme une chose qui allait de soi, alors qu'il était occupé à allumer le feu sous l'appareil à distillation.

— De la sauge, fit Charles en reprenant sa lecture. Du sperme de sanglier ? Vraiment ? Vous qui vous moquiez de ma mandragore l'autre jour !

— Ne perds pas de temps, lui rétorqua le bourreau pressé. Va me chercher la tête.

Charles hésita un instant avant d'ouvrir le sac de son dans lequel la tête de Lison reposait depuis le matin. Il desserra le lacet et plongea ses mains dans l'ouverture pour s'en saisir. Il sentit ses cheveux, son nez, et doucement il la retira de la poche et son doux visage apparut. Était-ce dû à la lumière basse et dansante dans l'atelier, il lui semblait qu'elle lui souriait toujours. Non, il ne l'avait pas abîmée. Si ce n'étaient les quelques grains de son qui parsemaient sa peau pâle et, dans ses cheveux emmêlés, il la retrouvait presque, sa figure bien encadrée de ses deux mains, et il lui semblait qu'elle l'encourageait à continuer à faire d'elle ce qu'elle lui avait proposé sur l'échafaud. Ce cadeau d'elle-même pour sauver celle qu'il aimait.

— Je m'en occupe, lui dit alors Corbeau. Je crois que c'est mieux.

— Non, ça va aller, répliqua Charles. Expliquez-moi.

Le fameux magister de crâne humain était bien là. En toute petite quantité, mais bien présent, tapi dans le creux de la surface osseuse. Après avoir ouvert le haut de la boîte crânienne à l'aide d'une scie, ils récupérèrent la précieuse matière à l'aide d'un scalpel, pour la mélanger immédiatement dans la préparation qu'ils avaient cuisinée un peu avant, maintenue à température idéale. Il ne fallait rien laisser au hasard, ils ne pouvaient pas se le permettre. Corbeau était concentré, méthodique, précis. Ils travaillèrent toute la nuit et Charles assista son beau-père du mieux qu'il put, se permettant même d'émettre un doute sur un dosage et d'en proposer un autre. Lui aussi avait acquis une expérience certaine depuis tous ces mois enfermé ici, et son jugement s'avérait utile. Quand enfin la mixture fut prête, ils la versèrent dans le récipient de l'alambic pour la cuire. D'ici quelques heures, une huile sortirait par le bec, juste assez pour remplir un petit flacon.

— Une huile ? s'étonna Charles.

— Oui, confirma Corbeau. Le corps assimilera plus vite un philtre qu'un onguent.

La grosse flamme paresseuse léchait le fond de la vasque en verre dans laquelle se formaient déjà de petites bulles.

— Combien de temps ? demanda Charles qui ne lâchait pas le phénomène des yeux.

— Patience, soupira Corbeau en s'asseyant, visiblement épuisé. Va te reposer si tu veux. Nous avons travaillé toute la nuit, et le jour est déjà levé. Moi, je vais surveiller. Il ne faut surtout pas que ça brûle.

— Mais ce sera prêt quand ? insista-t-il.

— D'ici ce soir, je pense.

— Très bien. Nous veillerons à tour de rôle.

La lumière du matin entrait par la porte laissée entrouverte. Un champ après la bataille. Partout des pots ouverts, de la poudre répandue sur des feuilles de papier griffonnées. Partout des livres béants. Et le silence.

— Les gens ont tort, fit Corbeau après un temps, comme un aveu. Tu n'es pas un bon bourreau. Et tu ne le seras probablement jamais.

Charles ne sut quoi répondre, surpris par cette sentence inattendue dans cette situation. Il aurait voulu argumenter, se défendre, le persuader du contraire. La preuve en était qu'il avait su décoller proprement la veille. Mais il savait aussi au fond de lui que le vieil homme avait raison. Il savait que ni son amour pour Marguerite ni l'habitude qu'il prendrait avec les années n'enlèveraient son dégoût de l'échafaud. Rien n'y ferait. Il croiserait toujours le regard apeuré des condamnés et son bras se raidirait chaque fois qu'il s'agirait de décapiter ou d'amputer.

— Mais tu es un homme bon, reprit le vieil homme après un temps. Et je suis heureux que ma fille t'ait rencontré.

Charles n'eut pas le temps de répondre à cette déclaration que Marguerite entra, visiblement ennuyée.

— C'est le frère de la marquise. Il est venu réclamer le corps.

Corbeau et Charles se regardèrent, réalisant le danger de la situation. Sur un coin de l'établi, la tête ouverte reposait dans un linge.

— Il ne faut surtout pas qu'il la voie dans cet état ! s'exclama Corbeau, en proie à la panique. On serait accusés de sorcellerie pour moins que cela ! Il nous faut du temps pour tout remettre en place.

— Je m'occupe du frère, affirma Charles en sortant d'un pas décidé.

***

Charles avait insisté pour se rendre seul au château. L'entrevue avec le frère de la marquise avait tourné au vinaigre. Si la protestation concernait le bourreau en titre, lui seul se sentait responsable de la situation. Et surtout il fallait gagner du temps. Le temps nécessaire pour remettre le haut du crâne en place et camoufler la cicatrice, et Corbeau était plus expert que lui dans ce domaine. Mais aussi le temps nécessaire à la cuisson de la précieuse potion qu'il fallait surveiller continuellement. La rater serait un fiasco et il n'y aurait probablement pas de deuxième chance de sitôt.

À sa grande surprise Charles fut conduit dans les Grands Jardins où on lui demanda d'attendre. Flanquant le château, le parc de style « à la française » s'étalait harmonieusement sur une vaste terrasse qui finissait de l'autre côté en aplomb de la ville, à l'est. Il était dessiné en petites pelouses aux formes géométriques harmonieuses, ponctuées de buis précieusement taillés, reliés les uns aux autres par d'élégants sentiers de graviers blancs en circonvolution. Quel que soit le chemin emprunté, tous aboutissaient irrémédiablement à la « cascatelle de Thérence », une élégante fontaine dressée en son centre. Offerte par le comte à sa femme, l'eau y coulait en permanence, quelle que soit la saison, symbolisant son amour sans fin pour elle. Charles parcourait du regard l'endroit avec émotion et ce sentiment fugace de se retrouver des années en arrière. Quand ils venaient jouer ici avec Paul, en cachette, puisque leur père leur avait formellement interdit d'y pénétrer, craignant qu'ils ne finissent par tout abîmer. Mais ce dont il se souvenait surtout à cet instant, c'était des matins où il décidait de se lever plus tôt pour venir se poster en silence à l'une des fenêtres à l'étage. Et attendre que le soleil se lève. Les ombres dans le jardin magique s'étiraient alors, les buis devenaient des têtes hirsutes de monstres fantastiques et la fontaine semblait prendre vie, se changer en un reptile dont le corps s'étirait langoureusement jusqu'à la porte en contrebas. Là, juché en équilibre précaire sur son tabouret, l'enfant tendait l'oreille vers l'escalier derrière lui, s'attendant à entendre le son du corps visqueux du serpent géant qui allait forcément monter jusqu'ici pour le dévorer. Depuis, le serpent s'était très certainement endormi pour toujours, et l'eau continuait de chanter discrètement, pleurant le temps d'un bonheur désormais révolu.

Personne ne venait, et Charles décida de prendre une des allées de graviers blancs jusque de l'autre côté, où la balustrade de pierre annonçait le vide qui dominait la ville, avec son échauguette dans un coin, guettant sans cesse l'ennemi invisible. Combien de nuits passées frigorifié dans cette petite niche après avoir perdu un pari stupide avec son frère ? se demanda-t-il en souriant, alors qu'il s'accoudait déjà au parapet. Juste en bas, les religieuses entraient dans le couvent, et de l'autre côté de la place Saint-André les portes de l'église Notre-Dame étaient toujours grandes ouvertes, prêtes à accueillir les âmes perdues.

Derrière, on devinait le jardin de la Sagesse de son ami de Saintonge avec ses quelques rosiers encore endormis qui jaillissaient par endroits au-dessus du muret, et un peu plus loin le rempart ceinturait la ville et derrière, invisible, la Guimbarde et la maison des Fossés où tout se jouait à la minute même. Le regard de Charles se perdit enfin sur la gauche, vers les vignes qui grimpaient la côte Saint-Jacques en lignes bien parallèles vers la forêt d'Othe qui se dessinait au faîte de la colline, le ramenant à des souvenirs qui lui serrèrent le cœur. Mais un crissement de pas sur le gravier derrière lui le sortit instantanément de sa langueur.

— Père… Monsieur le comte, se reprit-il alors que le comte avançait vers lui, accompagné de Paul.

— On m'a dit que tu ne voulais pas rendre le corps de la marquise, enchaîna Paul sans transition.

— Oui, je sais, s'excusa Charles. J'ai essayé d'expliquer le cas au frère de la défunte, mais il n'a pas voulu comprendre.

— Comprendre quoi ? demanda le prévôt.

Le comte restait silencieux. Charles remarqua le dragon brodé sur sa poitrine. Peut-être le serpent géant de son enfance, pensa-t-il alors. Un dragon calme pour le moment, assistant au débat et ne quittant pas Charles des yeux, avant de décider s'il allait se ruer sur lui pour le dévorer ou non.

— Madame de la Faye était une amie, avoua-t-il. Et je voudrais faire honneur à cette amitié en rendant sa dépouille à sa famille dans le meilleur état possible.

— Tu l'as pourtant promptement décollée, me semble-t-il, reprit Paul. Et je ne vois pas en quoi elle nécessiterait plus de soin qu'un autre. Surtout qu'il s'agit d'une meurtrière.

— C'était surtout une femme malheureuse, renchérit Charles. Son mari la frappait. C'est lui qui l'a poussée à une telle extrémité.

— Si je devais excuser tous les crimes d'amour, je ne m'en sortirais plus.

— Je ne cherche pas à excuser quoi que ce soit, Paul. Je demande juste quelques heures pour la rendre présentable, c'est tout.

— S'il dépose plainte, je ne pourrai rien faire.

— S'il dépose plainte, nous l'annulerons, intervint le comte calmement.

— Vous êtes sûr ? s'étonna le prévôt.

— Je me fiche de ce… Comment s'appelle-t-il déjà ? Oui, peu importe. Comme je me fiche de sa plainte.

— Très bien, s'étonna le prévôt.

— On lui rendra son corps en temps voulu, reprit le comte. De toute façon, le plus tôt sera le mieux. Sinon c'est la famille de la Faye qui va finir par le réclamer pour le mettre au gibet. Et ça, c'est ce qui m'inquiète le plus. De combien de temps as-tu besoin ?

Charles n'en revenait pas de la tournure de la conversation. Il était venu ici pour défendre une cause qu'il croyait perdue et être puni en conséquence, et c'était le comte lui-même, son père, qui prenait fait et cause pour lui.

— D'ici ce soir, hésita-t-il dans la précipitation.

— Tu diras à ce monsieur qu'il aura le corps demain matin, dit le comte à Paul pour conclure.

— Très bien, répondit Paul. Comme vous voudrez.

— Merci, monsieur le comte, fit Charles en le saluant.

— Ne me remercie pas, rétorqua aussitôt le vieil homme qui se rapprochait de lui.

Les deux hommes étaient maintenant face à face. Proches comme ils ne l'avaient pas été depuis longtemps. Charles n'osait pas lever le regard, ses yeux rivés dans ceux du dragon qui ne le quittaient pas. La bête semblait vivante, ondulant sous l'effet de la respiration de son père. Oui, elle le dévisageait, et Charles sentait son souffle brûlant sur son visage.

— Je t'ai vu hier, reprit le comte après un temps.

— Je sais, père. Je vous ai aperçu de loin.

— Et j'ai aussi vu un bourreau, continua-t-il aussitôt.

Une sensation de froid parcourut l'échine de Charles, comme celle d'une lame glaciale que l'on aurait fait glisser dans son dos.

— Comment va Henri ? demanda-t-il sans transition.

— Parfaitement bien, père.

— Tant mieux, conclut le comte avant de tourner les talons et de repartir.

Il n'y avait pas eu de tempête et le dragon n'avait pas craché de feu. Il ne l'avait pas mangé. Après l'avoir longtemps observé, il avait finalement détourné sa grosse tête et s'était envolé, majestueux et laissant derrière lui une mer apaisée. Je l'ai appelé « père », pensait Charles alors que son frère et lui regardaient leur père parcourir lentement le sentier blanc qui le menait vers une porte au fond, avant de disparaître.

— C'est si important pour toi ? demanda Paul, rompant ainsi le silence soudain.

— Quoi ? répondit Charles encore absorbé par la scène qui venait de se dérouler.

— Cette marquise.

— Oui.

— Alors fais vite. Le bonhomme est nerveux et je ne pourrai pas te couvrir très longtemps.

— Merci.

— Autre chose… ajouta le prévôt hésitant, visiblement ennuyé.

— Quoi ?

— Le commissaire royal revient aujourd'hui. Accompagné d'une compagnie.

— Quel commissaire ?

— Celui-là même qui était venu pour l'exécution de Larcher. On trouve que l'affaire des Tranche-Montagnes a assez duré, et le roi veut la tête du chef sans délai.

— Et ?

— Il a mauvaise réputation. Il est très proche du roi et se prend pour son cerbère apparemment. Bientôt, tout ne dépendra plus uniquement de moi. Fais attention.

Le soleil perçait l'épaisse couche de nuages et les ombres des têtes hirsutes des buis s'étiraient en murmurant. Sûrement le vent dans les feuillages… pensa Charles. Mais non. Les têtes lui murmuraient bien quelque chose. Comme pour le prévenir d'un danger imminent.

XXXVI

Corbeau s'était assis sur l'escalier devant la maison. Pour prendre l'air et se remettre de toutes les émotions qui l'avaient assailli ces dernières heures. Il attendait le retour de Charles, en espérant qu'il aurait réussi à éviter le pire. Il alluma sa pipe pour se détendre. Il faisait bon et il se surprit à sourire à un charretier qui passait par là. Il se sentait différent. Quelque chose avait changé. Il avait de l'espoir. Il respirait à nouveau. Contre toute attente, il reprenait goût à cette vie qu'il avait pourtant condamnée un jour. Bientôt Marguerite serait sauvée, et il allait redevenir, en partie pour le moins, celui qu'il avait été à une époque. Oui, tout irait pour le mieux maintenant. Dorénavant, il pouvait compter sur Charles pour assurer la charge qui lui incomberait un jour, et ce même s'il lui en coûterait jusqu'à la fin. Et puis il y avait Henri désormais, sur qui il fondait tous ses espoirs pour la suite. Bien longtemps après que lui-même aurait quitté ce monde.

Le bourreau se rappela alors que l'alambic travaillait toujours et que l'huile précieuse n'allait pas tarder à en sortir. Il retourna à l'atelier, non sans regarder une dernière fois vers le haut de la Guimbarde.

Dans le fond de la grange, il aperçut la porte de l'officine ouverte. Il l'avait bien fermée avant de sortir tout à l'heure, il en était certain.

— Qu'est-ce que tu fais là ? fit-il avec autorité à Damien qui observait l'alambic de près.

Des pots avaient visiblement été déplacés.

— Rien ! répondit le valet, s'écartant aussitôt en se protégeant le visage des mains.

Ses doigts poudrés de safran trahissaient son délit.

— Tes doigts ! Tu as fait quoi ? interrogea Corbeau entre colère et panique. Qu'est-ce que tu as touché ?

Corbeau le poussa violemment sur le côté et se précipita sur le distillateur pour regarder de plus près dedans et s'assurer que tout allait bien. Dans le fond de la vasque, le liquide avait légèrement bruni et de la buée s'était formée sur les parois. Une odeur âcre se dégageait, mais pas celle du brûlé.

— Tu n'as rien à faire là ! continua Corbeau alors qu'il vérifiait la flamme sous le gros flacon de verre.

— Je veux aider, balbutia Damien qui s'approchait la main tendue vers son maître, un sourire forcé sur son visage. Je connais la magie.

— Mais de quoi tu parles, imbécile ? rétorqua aussitôt le vieux bourreau qui rangeait fébrilement les pots ouverts sur l'établi. Il n'y a rien de magique ici ! Et tu n'as rien à y faire ! Maintenant, dehors !

— Laissez-moi aider, maître, supplia encore le valet. Je vous ai toujours aidé. Je suis un bon valet pour vous. Et un bon bourreau demain !

— Quoi ? lui répondit Corbeau, alors qu'il s'était assuré que tout allait bien, l'œil rivé sur le bec d'où la goutte tant espérée allait sortir d'un moment à l'autre. Toi ? Un bon bourreau ? Peut-être. Mais j'ai bien peur que tu ne le deviennes jamais.

— Si ! Après ! insista le valet qui cachait de plus en plus mal sa nervosité, poussé par le désespoir.

— Après moi tu assisteras Charles. Tu as toujours été un bon assistant.

— Non… murmura douloureusement Damien, qui se mit à tourner sur lui-même, heurtant la table et les étagères, faisant tomber un pot qui se fracassa par terre.

— Mais qu'est-ce que tu fais, bon Dieu ! cria Corbeau, qui tentait de l'arrêter. Ça suffit ! Maintenant tu dégages d'ici !

— Me touchez pas ! hurla-t-il en repoussant la tentative d'emprise de son maître.

— Qu'est-ce qui se passe ? fit Charles, qui entrait dans la pièce.

— Je l'ai trouvé ici en train de bricoler je ne sais quoi. Il est comme fou ! lui répondit Corbeau, hors de lui.

— Va t'occuper des chevaux, intima froidement Charles. Je crois qu'il faut changer les fers.

Damien respirait par à-coups, les yeux vers le sol. On aurait dit qu'il allait imploser d'une seconde à l'autre.

— Pas d'ordre de toi, gronda-t-il à Charles, alors qu'il passait devant lui pour quitter la pièce.

— Ça va ? demanda Charles à Corbeau.

— Oui, ça va, répondit le vieil homme, perturbé par cette visite. Je ne sais pas ce qui lui prend. Alors ? Comment ça s'est passé ?

— On a jusqu'à demain matin.

— Parfait.

— Et la potion ? demanda Charles, impatient, en scrutant l'alambic à son tour.

— Bientôt. C'est pour très bientôt.

— Et la marquise ? s'enquit Charles.

— J'ai presque terminé.

***

La feuille de bois était fixée au mur par des pointes, un peu bancale. En dessous, sur une petite table haute, deux bougies juchées sur un monticule de cire éclairaient le dessin maladroit d'une lumière hésitante. Elle. Marguerite, dont le visage était vaguement esquissé au charbon. Un squelette de rat, une mèche de cheveux soigneusement nouée et attachée en amulette sur une cordelette complétaient l'étrange et lugubre mise en scène. Assis par terre juste devant l'autel, Damien se balançait d'avant en arrière, rapidement, régulièrement, ses bras enserrant fermement ses genoux, marmonnant des mots mystérieux, produisant des sons gutturaux. Une mélodie sourde, répétitive, comme une prière, une incantation. Et il ne la quittait pas des yeux.

***

La colle de pin prenait parfaitement. Le haut du crâne rajusté sur la tête, Corbeau avait maquillé le trait laissé par la coupure avec une crème teintée couleur chair. Une fois la chevelure remise à sa place, les traces de l'opération avaient disparu, si on n'y regardait pas de trop près en tout cas.

— Je crois que ça y est ! déclara précipitamment Charles en faisant irruption dans l'appentis où Corbeau travaillait. La première goutte se forme !

— Enfin ! s'anima Corbeau qui finissait son travail. Qu'en penses-tu ? lui demanda-t-il en lui indiquant la défunte.

— C'est… parfait, répondit Charles, un peu ému.

— Allons voir ça ! renchérit Corbeau qui ne cachait plus son excitation.

La goutte épaisse rougeâtre et translucide tardait à se laisser chuter dans la fiasque placée juste en dessous. En forme de grosse poire, elle semblait s'accrocher désespérément au bec, malgré le liquide qui poussait déjà derrière. Les deux hommes ne respiraient plus. Accoudés sur l'établi, leurs yeux écarquillés, ils ne perdaient rien de l'instant imminent, contemplant la perle écarlate qui incarnait tous leurs espoirs.

— Ce n'était pas censé être vert ? s'interrogea Charles tout à son observation.

— Si, répondit Corbeau lui aussi l'air absorbé. Mais c'est peut-être justement bon signe.

Enfin elle se laissa tomber dans le vide, tout en rondeur, pour s'éclater quelques centimètres plus bas dans son lit de verre. Un bruit à peine audible, mais dont l'écho se fit assourdissant, dans l'atelier mais surtout à l'intérieur de leur corps, et dans leur cœur.

— Ça y est, murmura simplement Corbeau.

Aussitôt une deuxième perle de sang apparut, plus pressée, rejoignant la première, suivie d'une troisième. En quelques minutes, le liquide nappa le fond du flacon, aussitôt refermé une fois la dernière goutte tombée. Les deux hommes se permirent alors un repos bien mérité, l'un sur une chaise, l'autre par terre, exsangues, comme après une bataille. Une bataille qu'ils étaient sur le point de gagner.

***

Marguerite s'était recouchée. Ses douleurs avaient repris de plus belle. Elle avait beau essayer de faire comme si tout allait bien, surtout aux yeux des autres, le mal était toujours là.

— Plus pour très longtemps, murmura-t-elle à Henri qu'elle tenait tout contre sa poitrine.

Des pas retentirent alors dans l'escalier. Peut-être Charles et son père lui apportaient-ils enfin la potion tant espérée ? Mais les coups frappés à sa porte l'inquiétèrent aussitôt.

— Oui ? répondit-elle.

La porte s'ouvrit sur la petite silhouette trapue de Damien. Sur son visage disgracieux, un sourire forcé formait un rictus effrayant, inquiétant.

— Damien ? s'inquiéta-t-elle aussitôt. Qu'y a-t-il ?

— Je suis venu te voir, lui répondit-il posément, d'un ton grave et monocorde.

— Me voir ? fit-elle mal à l'aise, serrant son enfant tout contre elle, alors que le visiteur s'approchait de son lit. Mais pourquoi ? Tout va bien ?

— Te dire des choses. Te parler d'amour.

— Me « parler d'amour » ? Mais de quel amour parles-tu ?

Marguerite glissait comme elle pouvait sur le côté opposé du lit, Henri dans ses bras, pour s'éloigner toujours plus de Damien qui faisait déjà le tour pour la rejoindre. Lentement, comme un animal prêt à se ruer sur sa proie.

— Mon amour ! déclara-t-il avec un sourire inquiétant, la main tendue vers elle.

— Damien ! cria-t-elle plus fort, provoquant les pleurs de l'enfant réveillé soudainement.

Damien sembla tout à coup déstabilisé. Il se boucha les oreilles des deux mains alors que l'enfant braillait de plus en plus.

— Mon amour… marmonna-t-il encore alors que les cris lui faisaient visiblement mal. Mon amour…

— Mais Damien ! balbutia Marguerite, tâchant de garder son calme malgré les cris de l'enfant et ses douleurs qui lui poignardaient le ventre.

— Je t'aime, lâcha-t-il enfin, comme après un effort douloureux

— Mais moi aussi… murmura-t-elle après un instant. Tu as toujours été comme un frère pour moi.

— Un frère ? réagit-il aussitôt, déconcerté. Un frère ?

— Oui…

— Marguerite ! cria Charles qui se tenait juste en bas sur la Guimbarde. Ça y est !

Les bras de Damien étaient retombés lentement le long de son corps. Le rictus s'était effacé pour laisser place à son visage impassible habituel. Sans émotion. Il regarda une dernière fois de ses yeux vides Marguerite qui embrassait le front de son enfant pour le calmer.

Quand elle releva les yeux, Damien avait disparu et Charles entrait dans la chambre, dans un état d'excitation qu'il ne contenait plus.

— Mon amour ! lui fit-il en se précipitant sur elle.

— Doucement, doucement… S'il te plaît…

— Ça va ? s'inquiéta-t-il. Tu as l'air bizarre.

— Tu l'as croisé ?

— Qui ?

— Damien.

— Non. Pourquoi ? Qu'a-t-il fait encore ? s'inquiéta-t-il aussitôt.

— Non, non. Rien. Tout va bien, le rassura-t-elle, jetant un regard derrière vers la porte vide.

— Ça y est ! reprit-il fièrement.

— Ça y est ?

— Oui. On y est arrivés ! Bon. Encore quelques heures de patience. Il faut laisser refroidir. Mais demain matin tu pourras commencer ton traitement.

— Je n'arrive pas à y croire….

— C'est pourtant vrai.

— Mais ça va marcher cette fois ?

— Ton père en est certain, lui assura-t-il en la prenant dans ses bras.

— Merci, Charles, lui souffla-t-elle.

— Je t'aime, lui répondit-il avant de l'embrasser.

Entre leurs deux corps étreints, le petit Henri s'était rendormi.

***

Damien avait couru dans la forêt et y avait erré une bonne partie de la nuit. Et il avait pleuré aussi. De rage. De colère. Il avait hurlé comme un loup, frappant les arbres, s'arrachant les ongles sur leur écorce. Il avait dessiné des formes étranges dans la terre en chantant des airs qui n'en étaient pas. Braillant parfois. Comme un animal. Le visage sali et le corps endolori. Avant de s'allonger sur le sol face au ciel. Tout en haut, loin au-dessus, les cimes des arbres étaient des têtes qui se penchaient sur lui et qui le regardaient. Auréolées de leurs chevelures ramifiées et leurs grosses branches comme des bras noueux, elles lui parlaient. Et il leur répondait. Doucement, sa colère se dissipa. Son humeur se tranquillisa. Il se remit enfin sur ses jambes et prit le chemin qui redescendait vers la ville. D'une allure modérée, nonchalante, les mains dans les poches. Il arracha une brindille qu'il se mit à mâcher.

Quand il arriva devant la maison des Fossés, l'aurore ne pointait pas encore et tout le monde était endormi.

XXXVII

La chambre de Corbeau était petite et sobre. Sur le côté de la porte, une grosse armoire occupait l'espace. À gauche, par la fenêtre, le regard se heurtait aussitôt sur le rempart de la ville à l'arrière de la maison. En face, une petite cheminée creusée dans le mur décrépit était obstruée par une plaque métallique que le vent faisait vibrer par intermittence cette nuit-là, occasionnant un battement métallique sourd. De l'autre côté, le lit était coincé dans le coin. Une petite table de nuit le jouxtait, avec posés dessus un bougeoir et une bible dont une page était marquée par un petit rameau d'olivier séché.

Tout était calme dans la maison des Fossés. Quand Corbeau glissa son vieux corps endolori sous le drap, il pensait encore au sirop écarlate qu'ils avaient mis au point avec Charles. La potion miraculeuse qui allait peut-être corriger ses erreurs du passé en sauvant sa fille. Et lui offrir la paix. Enfin. Non. Pas peut-être. Sûrement. Il savait que ça allait fonctionner. Il le sentait, au fond de lui. Pour la première fois depuis qu'ils avaient quitté Clermont, il se sentait paisible alors qu'il embrassait la bible comme il le faisait chaque soir avant de souffler sa bougie. Puis il pensa à Damien. Son comportement étrange depuis quelques jours et son emportement aujourd'hui l'inquiétaient. Il savait que son valet aurait voulu que les choses se passent différemment. Mais il devait se résoudre à son sort dorénavant, pensa-t-il aussitôt, et accepter d'assister Charles un jour prochain, aussi bien qu'il l'avait assisté lui-même. Tout allait rentrer dans l'ordre, se réconforta-t-il encore alors que le sommeil le gagnait. La tempête était désormais derrière.

Le drap qu'il avait tiré jusque sous son nez sentait la lavande.

Il perçut bien le son de la porte qui grinçait légèrement, mais peu lui importa.

Le vent très certainement, pensa-t-il alors qu'il n'était déjà plus vraiment là.

Une nouvelle pulsation métallique de la plaque de la cheminée vint confirmer son idée.

Cette maison était un vrai courant d'air et le vent s'invitait partout.

***

— Debout, Charles.

Ce ne fut pas la voix qui tira Charles de son sommeil, mais la main d'un garde qui lui avait saisi le bras fermement. Face à lui, à l'autre bout du lit, il découvrit Paul, couvre-chef et large cape noire, la figure sombre de celui qui apporte de mauvaises nouvelles.

Par la fenêtre, l'aurore pointait à peine.

— Paul ? fit Charles incrédule.

— Que se passe-t-il ? s'affola Marguerite à peine éveillée, alors que l'enfant se mettait à geindre.

— « Charles le bourreau » ! Levez-vous ! fit une autre voix, plus grave et dramatique.

Un homme de haute taille était entré dans la pièce. Il portait un pourpoint et une culotte vermillon sous des hauts-de-chausses en cuir brillant. Charles remarqua le large lys qui était brodé en fil d'or sur sa poitrine.

— Vous êtes en état d'arrestation ! coupa le commissaire.

— M'arrêter, moi ? s'exclama Charles. Mais pourquoi ?

— Descendez-le dans la chambre en dessous, ordonna à ses gardes le redoutable personnage auquel tous semblaient obéir.

Le soldat qui bloquait la porte s'écarta au passage de l'émissaire de justice du roi alors qu'un autre se positionnait déjà devant Charles pour l'inciter à se lever.

— C'est Guy de Lys, Charles. Le commissaire royal dont je t'avais parlé, souffla Paul.

— La chambre en dessous ? souffla Marguerite effrayée.

— Reste là avec Henri, je vais voir, fit Charles, tâchant de la calmer.

— Mais c'est la chambre de papa… balbutia-t-elle.

— Tout va bien. Ne t'inquiète pas, renchérit-il alors qu'il enfilait une culotte.

Encadré comme un prisonnier, Charles s'engagea dans les escaliers. Sur le palier il croisa Damien qui se tenait adossé au mur, les mains dans les poches, le regard vers ses pieds. La porte de la chambre du bourreau était grande ouverte. Charles envisagea alors le pire.

— Avancez, fit le soldat derrière lui, l'incitant d'une poussée dans le dos.

Encore hagard et sous le coup de la tension soudaine, Charles réalisait qu'il n'avait encore jamais pénétré dans cette pièce. Sur le côté, la fenêtre qui donnait sur la courette derrière la maison avait été ouverte et laissait entrer une lumière encore basse et grise. Certainement à cause des remparts de la ville qui lui faisaient face à quelques toises. D'un coup d'œil rapide il remarqua la sobriété du lieu, rien aux murs, aucune décoration. C'est bien Corbeau, ça, se dit-il intérieurement. Une grosse armoire devait contenir toutes ses affaires, et le lit, là, calé dans le coin. Mais pourquoi le faire venir ici ? se demandait-il encore, comme s'aveuglant lui-même quelques secondes supplémentaires pour ne pas faire face au dénouement dramatique qu'il craignait. Charles s'avança, les yeux rivés sur le drap sous lequel un corps se dessinait. Corbeau dormait encore, se convainquait-il alors malgré les taches de sang qui maculaient le tissu par endroits.

— Le voilà donc, le lieutenant valeureux d'un jour devenu un vil criminel ! s'exclama le commissaire. À peine arrivé hier soir, et je suis prévenu d'un crime en pleine nuit. On m'envoie pêcher le crabe, et c'est un panier que j'extirpe des eaux sombres ! De quoi satisfaire le roi ! N'est-ce pas, prévôt ?

Paul assistait à la scène le visage fermé, incapable et inutile.

— L'autorité échoue depuis trop longtemps dans cette ville, continua-t-il en fixant Paul qui encaissait en silence. Il était plus que temps de reprendre les choses en main. Tout crime doit être puni !

— Un crime ? souffla Charles incrédule, devant le spectacle qui s'offrait à lui.

— Même si, dans le cas qui nous préoccupe, condamner un officier autrefois prometteur devenu bourreau, ce n'est pas rien, coupa le commissaire. Enfin, quand je dis bourreau… La triste prestation à laquelle j'ai assisté lors de l'exécution de l'imprimeur il y a peu ne laissait pas présager un grand avenir pour vous dans ce domaine, conclut-il avant de retirer le drap avec sa main gantée dans un geste ample et théâtral.

Le vieux bourreau gisait raide sur son lit en chemise de nuit. Son visage était effrayant. Les yeux étaient restés écarquillés d'effroi et ses traits figés, un masque terrifiant semblait avoir été gravé au burin sur sa peau pâle. On aurait dit qu'un cri sortait toujours de sa bouche restée grande ouverte sous les coups qu'il avait reçus dans son corps désormais mou. Une blessure plus profonde au niveau du cœur dessinait sur sa poitrine un coquelicot géant. Son bras droit pendait sur le côté dans le vide, la main ouverte, les doigts tendus comme s'il avait voulu agripper son meurtrier pour l'emmener avec lui dans l'au-delà.

— Mais ce n'est pas possible, balbutia Charles, alors qu'il ne pouvait quitter des yeux la forme immobile. Il est...

— Bel et bien mort, je le crains, ironisa Guy de Lys.

— Mais comment ? Qui ?

— Vous le demandez vraiment ?

— Comment ça ? rétorqua Charles, sonné.

— Prévôt ! ordonna le commissaire à Paul qui s'approchait déjà, tenant un objet enveloppé dans un linge.

Il ouvrit les pans de tissu et le fameux couteau à la poignée d'ivoire sculptée en tête de griffon de Charles apparut dans la lumière blafarde. Sa lame encore poisseuse de sang.

— C'est bien votre couteau, non ? continua l'inconnu.

— Oui, mais… marmonna Charles, qui ne comprenait pas.

— On l'a trouvé planté en plein cœur, se désola Paul, alors qu'il remballait avec précaution l'arme du crime. Je suis désolé, Charles. Il est tombé dessus avant moi, murmura-t-il, abattu.

— Et j'ai cru comprendre que votre relation avec votre beau-père avait toujours été plutôt « tendue », n'est-ce pas ? reprit encore le commissaire, ironique. Je sais aussi qu'au lieu d'aller sur l'échafaud vous préfériez soigner une certaine populace avec des onguents plus que douteux de votre composition. Je me suis même laissé dire que vous comptiez certains Tranche-Montagnes parmi vos « patients ». Et le coësre parmi vos amis ! Diable ! Eh oui, j'ai mes mouches… De là à en tirer des conclusions, il n'y a qu'un pas, vous ne croyez pas ?

Marguerite entra à ce moment et se précipita sur la dépouille de son père en hurlant sa douleur.

— Papa ! pleura-t-elle en boucle, hystérique.

— Mais faites-la taire, Seigneur ! ordonna le commissaire royal aux gens d'armes. J'en ai assez soupé des jérémiades pour ce matin. Allez ! Emmenez-le ! conclut-il d'un geste sévère. Je le veux écroué à ma disposition le temps d'y voir plus clair dans cette affaire, même si elle me paraît déjà limpide.

Charles était abasourdi. Sans chercher à se défendre, il se laissa passer les fers aux poignets. Il aurait voulu prendre Marguerite dans ses bras et la consoler. Il aurait voulu lui expliquer l'inexplicable. Mais il ne pouvait pas. Les mots ne sortaient pas. Il restait muet d'incompréhension. Un soldat l'entraîna dehors, laissant derrière lui les pleurs de sa bien-aimée.

Quand la charrette se mit en branle pour remonter la Guimbarde, Charles regarda la maison s'éloigner. Sur le perron, il aperçut Damien qui se tenait là. Était-ce la fatigue, sous le coup de l'émotion ? Il lui sembla qu'il lui souriait.

XXXVIII

Un personnage au sexe démesuré faisait face à un pendu rudimentaire, un peu bête au bout de sa corde, ligne verticale accrochée à une potence imaginaire. Un peu partout, des séries de traits plus ou moins réguliers et alignés témoignaient du temps passé à attendre. Des traits sûrs au départ, puis plus hésitants, ou désespérés peut-être, au fur et à mesure que l'espoir avait dû s'émietter à l'approche du dénouement irrémédiable. Çà et là, quelques phrases gravées pour les plus érudits. Un nom, un prénom, une date, un message, parfois. Une revendication le plus souvent, celle de l'innocence, ou d'un amour qu'on savait perdu. Et puis ces traces, plus profondes dans le calcaire entre les têtes de silex qui jaillissaient. Des griffures presque animales. Les ongles élimés, rongés, brisés contre le rocher, derniers outils pour une libération illusoire à laquelle des prisonniers rêvaient encore pour se donner une raison de respirer malgré tout. Des traces d'humains. Sur le sol. Dans les paillasses essaimées un peu partout pour aspirer l'humidité malodorante. L'urine, la merde, la vermine et l'eau croupie. Avec ce rat gras d'une bonne livre au moins comme dernier compagnon. Dernier témoin d'une vie de passage entre ces quatre murs. Charles aurait pu se rapprocher de la fenêtre étroite et respirer un peu d'air frais. Paul avait demandé à ce qu'il ne soit pas menotté à l'anneau mural. Mais il se sentait las, sans force, abasourdi par les événements dont il essayait de se remémorer les étapes depuis son réveil pour tâcher de comprendre. Et il pensait à Marguerite. Il la revoyait effondrée sur le cadavre de son père. Il y avait la potion, rangée dans un tiroir dans l'atelier. Elle avait dû refroidir à l'heure qu'il était, et il fallait absolument qu'elle la prenne, se disait-il, alors que la porte s'ouvrait dans un fracas de métal strident.

— Paul ! fit Charles en se dirigeant vers son frère, avant d'en être immédiatement empêché par les gardes.

— Ça va, dit le prévôt avec autorité à ses hommes. Laissez-nous.

— Il faut que tu fasses quelque chose pour moi, Paul, le pressa Charles, à peine les gardes partis. Il faut sauver Marguerite. Elle doit prendre son philtre au plus vite ! Si elle ne le prend pas, elle peut mourir d'un jour à l'autre !

— Tu risques d'être condamné pour meurtre, Charles ! le coupa-t-il sèchement.

— Quoi ? s'effraya Charles. Mais je suis innocent ! Enfin, tu le sais bien ! Tu sais très bien que je suis incapable de faire ça !

— Aux yeux du commissaire, tout joue contre toi, renchérit Paul. Il est venu pour donner des preuves de son efficacité aux yeux du roi, et ton affaire tombe à point !

— Je n'ai pas tué Corbeau !

— Peu lui importe, Charles ! Peu lui importe la vérité, il est venu chercher des résultats. Tu ne comprends pas ?

Et, tu l'as entendu, il tisse déjà des liens entre toi et les Tranche-Montagnes.

Charles s'arrêta un instant sur le ballet des pieds qu'il apercevait par la lucarne dans le mur de l'autre côté. Ils allaient et venaient, la plupart prestement, d'autres hésitants, les uns cherchant une direction, les autres s'arrêtant pour converser avec d'autres pieds. Avant de repartir. Charles se souvenait que le soupirail de certains des cachots du château donnait sur la rue de la Grosse-Tombe. Petits, il leur arrivait à Paul et lui de se mettre à quatre pattes pour surprendre, sans être vus, le prisonnier qui y était enfermé, s'imaginant découvrir un monstre sanguinaire. Peut-être un enfant était-il en train de l'observer à son tour à l'instant même, pensa-t-il.

— J'ai les mains liées, Charles, reprit Paul. Il faut que tu m'aides.

— Que je t'aide ?

— Le commissaire ne t'a pas encore condamné mais ça ne devrait pas tarder. Mais ce n'est pas toi qui l'intéresses, renchérit-il en s'approchant de son frère comme pour le convaincre. Tu n'as rien à me donner ?

— Te donner quoi ? hésita Charles, décontenancé par la demande inattendue de son frère.

— Tu les as fréquentés, les Tranche-Montagnes, ne le nie pas. Tu as entendu tout à l'heure. Ça se sait ! Moi aussi je le sais. Je l'ai toujours su. Et je ne parle pas des allées et venues de Marguerite dans la forêt. Et la nuit de la fuite ratée à Épizy. Comment crois-tu que j'étais au courant ?

— Qui ? hallucina-t-il devant les déclarations de son frère.

— Moi aussi, j'ai mes mouches. Enfin une, surtout. Et probablement la même que celle du commissaire.

Quelqu'un d'assez proche pour écouter derrière les portes, semble-t-il, ironisa-t-il en retour.

— Damien… réalisa Charles. Mais alors, Corbeau ?

— Oui, peut-être. Mais ce n'est pas la question, là, tout de suite. Pour le moment, il s'agit de toi. Tu sais où est Monier, n'est-ce pas ?

La question résonna dans le cachot. Soudaine, incisive, l'estocade portée au bon moment pour le meilleur effet.

— Alors ? insista-t-il. Tu le sais ? Je suis certain que oui. J'aurais pu tout faire fouiller depuis longtemps, Charles, pu remuer ciel et terre à la maison des Fossés, et partout ailleurs. J'aurais pu interroger plus avant le valet en le passant à la question, je suis sûr qu'il en sait plus qu'il n'en a déjà dit. Ou même Marguerite ! Mais je ne l'ai pas fait parce que, si j'avais agi de la sorte, toi et ta femme auriez promptement été décapités ! conclut-il avec fermeté. Alors ?

Charles ne répondait pas, sonné par la vérité qui se révélait à lui. Paul savait tout, et il n'avait pas agi, tâchant de garder l'équilibre aussi précaire soit-il entre la justice qu'il devait rendre et qu'il représentait, et la nécessité permanente de sauver la vie de son frère. Avec la bénédiction de leur père peut-être.

— Père est au courant de tes suspicions ? osa-t-il demander enfin.

— Il n'est pas stupide. Il me parle peu, mais je sais le lire malgré tout. Alors ? insista-t-il encore. Alors ? Le temps presse. Pense à Marguerite !

Charles pensait évidemment à Marguerite qui se morfondait probablement en ce moment même avec

Henri dans ses bras, alors qu'une petite fiole attendait sagement dans l'atelier pour lui sauver la vie.

— Oui, concéda enfin Charles.

— Oui ? reprit Paul. Oui, quoi ?

— Je sais où est Monier.

XXXIX

Quand elle aperçut par la fenêtre Monier menotté et traîné derrière un cheval, Marguerite crut défaillir. Depuis qu'on lui avait arraché la dépouille de son père quelques heures plus tôt, elle s'était enfermée dans sa chambre. Elle avait cherché à comprendre, tanguant entre la douleur liée à la perte et l'incrédulité quant à la culpabilité de Charles, alors que ses douleurs physiques la tenaillaient à nouveau comme jamais auparavant. Et maintenant Monier était arrêté. Tout semblait s'écrouler autour d'elle. De temps à autre, elle prenait Henri dans ses bras, tâchant de trouver en lui un peu de réconfort, et surtout la force qui lui permettrait de ne pas s'effondrer tout à fait. Puis elle s'était calmée. Une lumière chaude inondait la chambre par la fenêtre, et la vie sur la Guimbarde résonnait comme d'habitude. La vie normale, là-dehors, comme si rien ne s'était jamais passé. Marguerite se décida alors à aller au château. Elle n'avait plus rien à perdre. Elle allait leur expliquer qu'ils faisaient une erreur, qu'il y avait certainement une explication. Elle reposa Henri qui s'était rendormi dans son berceau et descendit pour appeler la Grétaude afin qu'elle veille sur l'enfant pendant son absence.

Résignée, elle sortit enfin, un peu comme on se jette dans le vide. Elle allait remonter la Guimbarde en direction de la porte Percy quand elle remarqua la porte de la grange entrouverte. Elle ressentit aussitôt le besoin de passer par l'atelier. Comme un appel. Une urgence. L'espoir de trouver dans ce lieu si particulier un peu de réconfort. À son grand soulagement, rien n'avait été touché. Seul le manuscrit de son père semblait avoir été déplacé. À sa vue, les larmes lui montèrent aussitôt aux yeux. Il était ouvert sur la table, comme s'il avait été feuilleté. Sur la page exposée, deux écritures distinctes se succédaient pour se croiser parfois en formules complexes et en annotations, certaines raturées. Les traces des deux hommes de sa vie dont elle pouvait presque percevoir les respirations.

— Mon amour… fit Damien qui se tenait derrière elle, brisant le silence.

— Damien ? balbutia-t-elle en se retournant sous l'effet de la surprise.

— Oui, c'est moi, grimaça-t-il, un rictus inquiétant sur le visage.

— Qu'est-ce que tu fais là ? hésita-t-elle, cachant mal son appréhension. Je dois partir…

— Où ?

— Tu me laisses passer, Damien ? s'efforça-t-elle de lui demander gentiment alors qu'elle faisait un pas pour sortir.

— Non, grogna-t-il en retour.

— Comment ça, non ? Laisse-moi passer, je te dis. Je dois aller au château, fit-elle plus fermement en avançant vers lui.

— Non ! rétorqua-t-il encore, en lui saisissant un bras fermement.

— Mais qu'est-ce que tu fais ? Tu me fais mal ! Lâche-moi ! hurla-t-elle, se débattant comme elle pouvait pour s'extirper de son emprise.

— Trop tard !

— Mais lâche-moi, je te dis ! lui ordonna-t-elle encore, en le frappant, ne se contenant plus.

Damien encaissait les coups, impassible. À chaque tentative de Marguerite pour passer, il la bloquait de son corps.

— Calme ! lui fit-il en la repoussant violemment en arrière, la faisant chuter sur une chaise. C'est fini, reprit calmement Damien.

— Mais qu'est-ce que tu dis ? Qu'est-ce qui te prend ? balbutia-t-elle, brisée par ses douleurs qui reprenaient de plus belle.

— Tout est fini. Et c'est mieux comme ça. La vie, ça sera plus simple maintenant, continua-t-il toujours en douceur alors qu'il venait s'accroupir à côté d'elle.

Elle ne bougeait plus. Pliée en deux, ses mains pressées sur son ventre. Comme il la trouvait belle dans sa faiblesse ! Sans défense. Comme il aurait voulu la prendre là, tout de suite, relever sa chemise de nuit, lui écarter les jambes et la monter sur la table ! Comme il faisait contre le mur de l'impasse sombre avec la vieille accrocheuse crasseuse qu'il allait voir de temps en temps. Sauf que ce ne serait pas pareil avec Marguerite. Il pourrait prendre son temps. Recommencer autant de fois qu'il le voudrait. Surtout ici. Dans ce maudit atelier. Et après ailleurs. Partout dans la maison. Ou dans l'écurie avec les chevaux. Maintenant, la voie était libre. L'autre allait être condamné pour avoir tué le vieux. D'une pierre deux coups ! pensa-t-il alors qu'il s'approchait d'elle un peu plus encore. Et le type dans le moulin que les soldats étaient venus chercher n'allait pas arranger le cas du « bon bourreau ». Il avait bien soupçonné quelque chose quand il avait surpris Marguerite évanouie là-bas l'autre fois. Et il l'avait vu, l'autre, se rendre au moulin presque chaque jour, se retournant sans cesse sur le chemin comme pour s'assurer qu'il n'était pas suivi. Il était d'ailleurs sur le point de le donner lui aussi, pour se faire un peu plus d'argent. Dommage ! Mais ce n'était pas grave. Parce que, de l'argent, il en avait déjà bien assez comme ça, grâce aux renseignements donnés au prévôt. Et puis, il y avait le médaillon. Le bijou serti des deux pierres précieuses, sur lequel il lorgnait depuis des années. Il n'avait plus qu'à le passer autour de son cou et enfin devenir le vrai bourreau, l'officiel. Oui, tous ses projets allaient enfin se réaliser. Et elle allait le suivre. Elle n'avait plus le choix. Puisqu'elle n'avait plus que lui désormais.

Elle n'avait toujours pas bougé, hoquetant de petits sanglots. Il se rapprocha encore, la frôlant presque. De son nez piqué et pâteux il huma sa transpiration dans son cou où sa veine palpitait sous sa chevelure en désordre. Il avait envie de la lécher, lécher ses larmes qui coulaient par vagues, lécher sa sueur. Il l'effleurait et il bandait devant ce petit animal essoufflé et à sa merci qu'elle était à cet instant. Un petit animal frissonnant de fatigue dans lequel il ne lui restait plus qu'à planter sa pique pour se l'approprier. Et la dévorer.

— Mais qu'est-ce que tu fais ! s'exclama-t-elle en se levant d'un bond quand elle sentit sa main se poser sur sa cuisse et remonter vers son entrejambe.

— Je veux te consoler, dit-il simplement, comme une évidence.

— Me « consoler » ? rétorqua-t-elle atterrée, alors qu'elle peinait à rester debout sur ses jambes frêles. Mais tu as perdu la tête ?

— Avec moi, ça ira mieux, après, enchaîna-t-il, se levant à son tour et lui ouvrant les bras maladroitement comme pour l'accueillir.

— Mais arrête ça ! ordonna-t-elle, tâchant d'échapper à l'étreinte. Qu'est-ce qui te prend ?!

— Je t'aime !

— Mais non ! hurla-t-elle immédiatement, en proie à la panique et cherchant à nouveau à s'échapper.

— Je suis le nouveau bourreau, annonça-t-il, imperturbable, la suivant, les bras toujours grands ouverts à travers la pièce alors qu'elle reculait. On part tous les deux. Dans une autre ville. Avec Henri, si tu veux.

— Mais quoi, « partir » ? Mais de quoi tu parles ? paniquait-elle alors qu'il essayait de la saisir.

— Il faut venir avec moi, continua-t-il comme une litanie. Le vieux est mort et l'autre va mourir aussi. J'ai de l'argent. Beaucoup d'argent... Regarde ! fit-il en lui montrant un petit sac de toile rebondi.

Il était comme un enfant présentant un cadeau qu'il aurait préparé pour sa mère. Marguerite avait fait un pas en arrière tout en se tenant à la table, prête à subir un nouvel assaut, et se demandant avec quel objet elle pourrait alors se protéger.

— Regarde, insista-t-il encore, en faisant un pas de plus vers elle et exposant plus avant sa fortune.

— Qu'est-ce que c'est que cet argent ? demanda-t-elle hésitante, reculant encore.

— Pas de l'argent ! De l'or ! renchérit-il fièrement. Tu vois ? Je ne mens pas. Et j'achète la charge de Nevers avec !

— D'où vient cet argent ? insista-t-elle.

Elle sentait déjà l'étagère dans son dos, elle était acculée.

— J'ai travaillé... répondit-il alors qu'il avançait encore.

— Travaillé ? rebondit-elle, cherchant désespérément du regard une issue. Vraiment ?

— Des petits « travails » à côté, plaisanta-t-il.

— Ne t'approche pas, osa-t-elle encore, contenant sa peur comme elle pouvait.

— Regarde, mon amour ! insista-t-il à nouveau, la pressant un peu plus en lui exposant son butin.

L'étagère derrière elle lui sciait le dos, et le prédateur empêchait toute possibilité de fuite. Encore un pas et il serait sur elle, quand elle aperçut quelque chose qui attira son attention dans le sac qu'il lui tendait. Parmi les pièces jaunes, elle devina un éclat rouge.

— Prends, lui fit-il doucement comme pour amadouer un petit animal sauvage. C'est pour toi.

Un deuxième éclat rouge scintillait à côté du premier, comme en une paire d'yeux, et une grosse chaîne en or émergeait par endroits de la mer de jonc comme la queue d'un monstre marin, augmentant sa frayeur. Là, noyé dans le magot du valet, c'était bien le médaillon de son père qu'elle apercevait.

XL

Le bruit s'était répandu dans la ville aussi vite que le vent. Le chef des Tranche-Montagnes avait été capturé et allait être exécuté sur-le-champ. Si la nouvelle rassurait les bourgeois et les notables, elle créa une stupeur qui se transforma aussitôt en contestation chez la plupart. D'un seul élan, dans la même direction, tous avaient rappliqué toutes affaires cessantes, artisans, marchands, jeunes, vieux, femmes et enfants. Les bouchers avaient fermé leur échoppe, les tonneliers laissé leurs maillets, les brêleurs leurs troncs d'arbres sur la rivière, les tisserands leur laine, les vignerons leurs serpettes, les paysans les faux et l'araire. Un bûcheron était même venu avec sa hache et un autre, sa scie. Derrière lui, un boulanger débarquait les avant-bras encore blanchis par le pétrin, alors qu'un mendiant s'était posté à la porte du châtelet avec sa gamelle à aumône. Déjà le murmure latent se transformait en brouhaha alors qu'on discutait, qu'on débattait, les uns défendant cet ancien soldat qui avait aidé les plus pauvres en volant les plus riches. Quant aux plus riches justement, les bourgeois, les petits nobles et quelques-uns de la robe, piqués au vif, ils levaient alors le doigt en guise de protestation tout en haussant la voix à leur tour, se faisant ainsi défenseurs de la justice du roi telles des Thémis enrubannées, la cravate encore grêlée de miettes de pain ou le revers maculé de taches de gras, reliquats d'un repas abandonné dans la précipitation. Des éclats de voix prenaient le dessus par endroits. Près de l'échafaud, le bourrelier menaçait de sa grosse paluche le frêle perruquier qui le houspillait de sa petite voix de crécelle. On prenait parti pour l'un ou pour l'autre, on se rassemblait tout autour, formant une arène avant le combat, et il fallut l'intervention d'un soldat quand la perruque du merlan giflé sans sommation s'éleva au-dessus de la cohue dans un petit nuage de poudre, provoquant l'hilarité générale.

Le vieux comte de Joigny assistait par la fenêtre à la préparation du drame. Il entendait les protestations et il les comprenait. La disette et la famine avaient laissé des traces indélébiles dans les esprits, et le travail chaque jour plus laborieux était encore plus lourdement taxé. Une grande partie des récoltes était toujours prélevée pour être envoyée sur le front afin de nourrir les soldats enlisés dans la guerre contre les Augsbourg, et la nouvelle capitation, qui remplaçait la taille depuis peu, assommait encore un peu plus le peuple. Ses efforts pour contenir l'inflation des denrées les plus élémentaires et autres baux nécessaires au commerce ne suffisaient pas. Fidèle à sa réputation, il n'avait eu de cesse de se dresser contre les décisions indigentes du roi, n'hésitant plus à faire modifier l'inventaire officiel de la ville quand le contrôleur fiscal venait prendre son dû, voire transporter une partie des réserves de blé et d'orge ailleurs. Mais tous ses efforts n'avaient pas suffi à soulager les classes les plus pauvres de Joigny et des alentours et, au fond de lui, il ne pouvait s'empêcher d'éprouver lui aussi un sentiment de sympathie à l'égard de cette bande de brigands qui avait œuvré pendant des années pour les plus démunis.

— Vous allez rater le spectacle, s'amusa Guy de Lys qui finissait d'enfiler son deuxième gant aussi pourpre que son pourpoint.

— Je resterai ici, marmonna le comte, alors qu'il continuait d'observer silencieusement par la fenêtre.

— Vraiment ? s'étonna le rapace d'une voix traînante. Vous ne voulez pas voir votre fils « dans ses hautes œuvres » ? continua-t-il en ponctuant son jeu de mots. Il s'en est fallu de peu pour qu'il se retrouve lui aussi à la potence et qu'il vous manque un bourreau.

— Mon fils est innocent du crime dont il était accusé, répondit laconiquement le comte.

— Oui. Peut-être. En tout cas il avait de quoi monnayer sa liberté, apparemment. Et il peut remercier son frère, le prévôt. Bref, peu m'importe. Pour moi, seul le résultat compte. Je suis venu chasser Monier, et je l'ai eu en une seule nuit.

— J'avais demandé que l'exécution soit rapide et sans publicité, grogna le comte.

— La justice du roi doit être rendue en exemple, monsieur le comte, rétorqua-t-il aussitôt. Et encore, je vous ai trouvé quelque peu clément. Si ça n'avait tenu qu'à moi, je l'aurais écartelé avant de le mettre en roue pour quelques jours. Ça aurait fait réfléchir les quelques-uns qui se terrent encore comme les bêtes qu'ils sont.

— Restez à votre place, commissaire, le coupa calmement mais fermement le vieux comte.

— Je vous demande pardon, monsieur le comte ? s'étonna l'envoyé du roi, le ton incertain.

— Je vous dis de rester à votre place, répéta-t-il posément après s'être retourné vers lui et le regardant d'un œil sombre. Vous n'êtes pas à Paris ou à Versailles ici. Je rends la justice dans le Jovinien et parfois même plus loin depuis plus de cinquante ans, et le roi n'a jamais eu à s'en plaindre. Alors vous êtes venu, c'est très bien. Vous vouliez votre gibier et vous l'avez eu. Vous pourrez rentrer à la cour tout auréolé de gloire. Mais vous me laisserez décider comme il me convient de la manière de punir. En attendant, ne tardez pas trop. Vous allez rater le « spectacle », conclut-il avant de se retourner à nouveau vers la fenêtre, indiquant ainsi à son interlocuteur que la discussion était close.

— Monsieur le comte, souffla d'une colère contenue Guy de Lys pour le saluer avant de se retirer.

Henri de Sainte-Croix ne regardait plus la foule. Il avait aperçu l'homme qui grimpait à l'échelle placée contre la potence. Un homme vêtu de rouge avec un tablier de cuir et des hauts-de-chausses, qui finissait de s'assurer de la prise de la corde sur la poutre. Un homme qu'il reconnaissait bien puisqu'il ne portait pas de cagoule. Un homme qui était dorénavant le bourreau officiel de la ville, le précédent venant d'être assassiné, emportant avec lui les faibles espoirs d'un possible retour en arrière que le comte avait entretenus jusqu'alors.

***

La marée humaine prenait l'allure d'une mer démontée. Hissé sur la poutre pour y assurer la corde, Charles se sentait le capitaine d'un navire qui allait chavirer. Tout s'était passé si vite depuis la visite de Paul dans son cachot. À peine avait-il indiqué la planque de Monier que ce dernier était ramené au château puis jugé dans la foulée sans réel procès. Si le comte avait obtenu une condamnation rapide par pendaison, Paul n'avait eu d'autre choix que de demander à Charles de procéder à l'exécution. Libéré, il s'était rendu directement sur l'échafaud pour préparer la potence alors que déjà les premiers badauds arrivaient, curieux et circonspects pour certains, vindicatifs voire révoltés pour d'autres.

— Eh, bourreau ! l'interpella l'un d'entre eux alors qu'il préparait la corde un peu plus tôt. Tu sais qui l'a donné, le Tranche-Montagne ?

Il n'avait pas répondu, si ce n'était d'un vague mouvement de la tête furtif avec une moue qui mentait assez bien pour couper court à une discussion dont il ne voulait surtout pas s'embarrasser.

— Le bon bourreau ! lui criait un autre. Sois aussi bon que la dernière fois et exécute-le promptement ! Qu'il ne souffre pas !

Charles avait mal au ventre, mal au cœur. Il se sentait coupable et luttait contre sa conscience. Sa culpabilité le rongeait, mais la perspective de retrouver Marguerite au plus vite le faisait tenir. Elle était sa priorité, et peu lui importaient désormais les dommages collatéraux. Et tant pis pour Monier. Il avait fait ce qu'il avait pu pour lui, et bien plus. Il l'avait soigné, il l'avait caché pendant des mois à ses risques et périls. Il ne pouvait pas lui en vouloir de choisir entre elle et lui. Il aurait certainement fait la même chose à ma place, se disait-il, alors que du haut de son échelle il voyait la foule se scinder en deux pour laisser passer le prévôt et les soldats qui amenaient le prisonnier. Dans la tente officielle, Guy de Lys, seul, avait pris la place du comte dans son grand siège, arborant un sourire large et satisfait.

Faire vite, pensait Charles, alors que le prisonnier gravissait les degrés, poussé par un garde.

— Salut, Charles, fit Monier un sourire en coin.

Charles n'osa pas répondre. Il aurait voulu le saluer en retour. Lui sourire et le rassurer. Mais il n'osa pas. Il n'en eut pas le courage. Il réceptionna le condamné en le prenant par les cordes qui lui enserraient les poignets, se cachant derrière le silence comme une façade pour se protéger de l'horrible réalité. Il n'avait même pas soutenu son regard, de peur que Monier n'y lise la vérité. Le calme était revenu dans la cour. Le brouhaha avait laissé place au son blanc. Ce son qui marque l'attente, le passage d'un temps à un autre, d'une réalité à une autre. Un son abrutissant, vertigineux pour celui vers lequel tous les regards étaient pointés. L'échelle en place, Charles positionna le prisonnier devant lui pour la gravir en premier. Et tout chavira. Le temps s'arrêta l'espace d'une éternité entre les deux hommes.

— Jacques, murmura Charles à Monier dans son dos. C'est moi. C'est moi qui t'ai donné. Pour sauver Marguerite. Si j'avais été exécuté à ta place, elle en serait probablement morte. Voilà. Je suis vraiment désolé. C'est moi.

Le son blanc, et des gens immobiles tout autour comme une gravure griffonnée sur l'instant. Monier se retourna et fixa Charles dans les yeux. Il lui souriait. L'homme qui ne serait bientôt plus souriait à son bourreau avec une affection sincère.

— Merci, Charles, lui répondit-il alors. Merci de me le dire. Je le savais. Le commissaire royal s'est fait une joie de m'en faire la confidence. Mais je ne t'en veux pas. Tu as fait beaucoup pour moi. Vous avez fait beaucoup pour moi, avec Marguerite. Et je suis heureux et fier même que ma vie serve à sauver la tienne, pour que tu sois avec elle. Et avec Henri. Mourir en vaut la peine. Mais j'aurais une dernière faveur à te demander.

— Laquelle ? souffla Charles qui cachait difficilement son émotion.

— Fais vite.

La poutre sembla s'incurver un peu sous le poids du corps qui se balançait mollement dans le vide. Le nœud avait parfaitement fait son travail. À peine l'avait-il poussé que le bruit sourd et sec d'une vieille planche épaisse qui craque avait retenti. Il s'ensuivit quelques soubresauts, derniers sursauts de vie, dernières esquisses de la défense acharnée mais inutile d'un pantin désarticulé. Puis le balancement mourut, sous une forêt d'yeux qui suivaient son mouvement en silence, respectueusement, au gré du crissement languissant de la corde qui frottait sur le bois juste au-dessus de sa tête retombée vers l'avant comme en prière, pour la dernière fois. Moment religieux, moment de peine partagée pour beaucoup, de joie contenue pour certains.

Puis, doucement, la vie reprit ses droits et les nuages leur course dans le ciel. Le monde recommençait à s'agiter progressivement et le temps faisait déjà son travail, transformant l'instant vécu en souvenir, alors que la cour se vidait. Sans plus tarder, Charles détacha le corps, le retenant comme il pouvait de ses deux bras pour le descendre avec précaution. Comme s'il pouvait encore lui faire du mal. Paul vint lui apporter son aide.

— Merci, lui fit Charles rompu par l'émotion.

— File t'occuper de Marguerite, lui répondit Paul. Ne t'inquiète pas pour lui, le commissaire veut le ramener à Paris pour le montrer au roi. Les soldats s'en occuperont. Allez, va.

Sans plus tarder, Charles descendit de l'échafaud et monta dans la charrette. Au moment de partir, il croisa le regard de Guy de Lys qui se tenait debout dans la tente et qui le fixait.

« Tu ne perds rien pour attendre. » Voilà ce qu'il lisait dans ses yeux.

XLI

À peine avait-il laissé la charrette devant la grange que Charles s'était précipité dans l'atelier pour y chercher la fiole. Il s'était aussitôt immobilisé, effaré par le spectacle. L'endroit était sens dessus dessous. À la lumière de la bougie qu'il alluma dans la précipitation, ses yeux atterrés passèrent d'une étagère à l'autre, elles étaient vides, comme balayées d'un revers de main rageur, certaines menaçant même de se décrocher des murs. Il s'avança et sentit le sol craquer sous ses pieds. Partout des morceaux de pots explosés constellaient la terre battue de taches poudrées de toutes les couleurs et de toutes sortes, poisseuses par endroits à cause de la graisse qui s'était répandue. Sur l'établi, les livres étaient éparpillés en pagaille, notamment le manuscrit de Corbeau, ouvert et retourné comme si on l'avait jeté, et dont certaines pages déchirées étaient disséminées sur le sol. Charles découvrit avec effroi l'alambic qui gisait sous la lucarne, désarticulé, le conduit de cuivre tordu et le bocal de cuisson brisé. Il ne serait plus dans la capacité de cuire, pensa-t-il. Là, la chaise retournée, ici des feuilles de notes éparpillées, et là-bas, l'encrier renversé. Un capharnaüm dont il essayait de comprendre l'origine alors qu'il respirait mal. Qui avait mis la pièce dans un tel désordre ? Son cœur palpitait et il sentait son aorte battre la chamade. Le souvenir de Damien sur le perron lui souriant alors qu'on l'emmenait le matin même lui frappa l'esprit comme une gifle. Et Marguerite qu'il avait laissée en pleurs, affalée de peine sur la dépouille de son père. L'air passait de plus en plus mal. Il avait peur. Ses pires craintes prenaient forme dans son esprit tourmenté quand son attention fut attirée par des traces de pas. Certaines étaient plus profondes, d'autres se chevauchaient comme si on s'était battu. Parmi les vestiges, un éclat rouge attira son attention. À peine s'était-il baissé pour mieux voir qu'il reconnut immédiatement l'un des deux rubis qui ornaient le médaillon du bourreau. Ses peurs se transformèrent en cauchemar, son imagination échafaudant déjà le drame qui s'était joué ici.

— Marguerite ! cria-t-il, haletant.

Il ne reçut aucune réponse, si ce n'est le silence étouffant de cette pièce dont il ressentait le besoin de sortir au plus vite. Il rangea précipitamment la pierre précieuse dans sa poche et se ruait vers la sortie quand il se figea. Il fit demi-tour et ouvrit un tiroir d'un geste précipité. Soulagé, il constata que la précieuse fiole s'y trouvait toujours, emballée dans son tissu de lin.

— Marguerite ? héla-t-il encore alors qu'il sortait de la grange pour se diriger vers la maison.

Charles se précipita sur le perron dont il gravit les marches quatre à quatre avant d'ouvrir la porte avec fracas.

— Marguerite ? appela-t-il encore dans la salle vide. Une chaise retournée par terre accentua son appréhension.

— Ici… fit une voix faible qui provenait de l'étage.

Le premier palier et la porte de la chambre de Corbeau toujours ouverte sur le lit désormais vide, le drap maculé de sang écarté sur le côté, rappelant la présence du cadavre il y a peu. Mais personne. Charles s'élança immédiatement vers le deuxième étage. L'étage de leur chambre. Celui où Marguerite passait le plus clair de son temps à se reposer en s'occupant d'Henri. Son cœur se serrait, son ventre se tordait. La pire des possibilités se dessinait dans sa tête qui bouillonnait. Quand il déboucha sur le palier une seconde plus tard, il la trouva affalée par terre, adossée à la porte close. Elle était l'ombre d'elle-même. Son visage était livide et son regard brisé d'effroi. Elle faisait l'effet d'une poupée de chiffon, les jambes inertes et les bras ballants.

— Marguerite ! Mon amour ! l'appela Charles qui se précipitait vers elle. Que s'est-il passé ?

— Lui… souffla-t-elle à bout de forces.

— Lui, qui ? rétorqua-t-il aussitôt. Et où est Henri ?

— C'est lui… articula-t-elle encore.

— Damien ? renchérit Charles, craignant le pire. Quoi ? Respire ! enchaîna-t-il, glissant un bras derrière sa nuque pour la soutenir et la soulager.

— Il est là… fit-elle en indiquant d'un mouvement de tête la porte juste derrière. C'est lui qui a tué papa. Il m'a tout avoué.

— Je sais ! mugit Charles alors qu'il se levait pour saisir la poignée de la porte en vain.

— Il savait tout, continua-t-elle toujours faible. La fuite de Monier. Il nous écoutait. Il nous espionnait et vendait ses informations. Il a essayé de…

— De quoi ? demanda Charles effaré.

— Je ne faisais pas le poids, mais je me suis défendue. Il s'est précipité jusqu'ici. Il savait qu'il trouverait la Grétaude et Henri, se désespéra-t-elle.

— Damien ! cria-t-il à travers la fermeture. Ouvre !

Rien. Le silence en guise de réponse. Un silence poignant, augurant le pire pour l'enfant.

— J'ai tout essayé, reprit Marguerite. J'ai peur, Charles !

— Lève-toi, lui dit-il calmement, en l'aidant à se redresser. Mets-toi sur le côté.

— Mais qu'est-ce que tu vas faire ? s'inquiéta Marguerite.

Sans plus réfléchir, Charles s'écarta de la porte pour prendre son élan.

— En finir, lui répondit-il avec détermination.

Il suffit d'un seul coup d'épaule en avant et la porte s'ouvrit avec un craquement sec. Prostré contre le mur du fond, de l'autre côté du lit, Damien serrait contre lui l'enfant et son butin. Ses yeux allaient d'un point de la pièce à un autre, comme un animal traqué qui chercherait une issue. L'enfant ne pleurait pas, attisant un peu plus encore les craintes des deux parents qui se tenaient immobiles à l'entrée, terrifiés.

— Bouge pas ! cria le valet, alors qu'il se braquait encore un peu plus, serrant ses deux prises un peu plus fort.

Charles remarqua aussitôt la mare de sang par terre, qui s'étalait sous le lit, dans laquelle la chevelure grisâtre de la Grétaude se fondait en tons pourpres.

— Henri ! cria Marguerite avant d'apercevoir le cadavre de la vieille femme gisant sur le parquet. Oh non… gémit-elle.

— On se calme, Damien, fit Charles d'un ton qu'il tâchait de garder calme. Tout va bien se passer.

— Donne-moi Henri ! pria Marguerite désespérée.

— Laissez-moi passer ! tonna Damien, menaçant. Je pars avec Henri, d'accord ?

— Non ! cria Marguerite aussitôt. Charles, arrête-le !

— Avec Henri… continua Damien qui progressait lentement sur le côté, le dos toujours au mur. Laissez-moi. Et je fais rien de mal à Henri. Je le laisse après, plus loin. Dehors la ville, d'accord ?

— Tu ne quitteras pas cette maison avec l'enfant, c'est moi qui te le dis, affirma alors Charles. Même sans ! Tu vas payer pour Corbeau, et la Grétaude.

— Ah ? fit Damien d'un air malin. Et toi, tu as fait quoi, toi ? demanda-t-il alors qu'il se rapprochait encore de la porte par le côté, se protégeant de l'enfant. Tu dois être en prison normalement !

— Donne-moi Henri, le coupa Charles.

— Ah oui, c'est vrai ! reprenait Damien avec un sourire narquois. Monier ! T'as donné Monier ! C'est pour ça que t'es là. Vrai ?

— Quoi ? demanda Marguerite qui ne lâchait pas son enfant des yeux. Qu'est-ce qu'il raconte, Charles ?

— Rien, coupa-t-il, mal à l'aise. Il raconte n'importe quoi pour nous déstabiliser.

— Et l'exécution, hein ? continuait Damien. C'était bien ? Tu as réussi, aujourd'hui ?

— Mais de quoi il parle, Charles ? gémit Marguerite. J'ai mal ! pousuivit-elle en se prenant le ventre.

— Marguerite ! s'inquiéta Charles sans pour autant quitter du regard le valet.

Charles eut tout juste le temps de retenir Marguerite pour qu'elle ne se cogne pas la tête alors qu'elle glissait au sol, prise par une nouvelle crise de douleur. L'enfant se mit à hurler immédiatement, surprenant Damien qui manqua de le lâcher, préférant assurer de l'autre main sa prise sur son butin. D'un coup d'œil, Charles profita de la brève inattention de son adversaire pour se ruer sur lui et lui arracher l'enfant avant de le pousser en arrière, le faisant chuter sur le corps de la pauvre vieille à ses pieds. Promptement, Charles déposa Henri sur le lit avant de se jeter sur Damien qui se relevait à peine. À califourchon sur lui, il lui asséna de violents coups de poing à la figure, déversant sa colère ; des giclées sanguinolentes jaillissaient de la lèvre ouverte de l'assailli dont la mâchoire se fractura. Mais Damien n'abdiqua pas et trouva la force de faire basculer Charles sur le côté, prenant le dessus à son tour, le frappant à l'aide de son sac de pièces.

— Tu vas crever enfin ! hurla-t-il, crachant ses mots noyés de salive épaisse écarlate.

Damien frappait encore et encore, déchargeant sa haine, éructant son fiel au visage tuméfié de « l'autre ». Il allait lui défoncer la tête avec son argent et le tuer. Et elle, cette salope qui gisait derrière, il la laisserait crever de sa maladie. De toute façon, elle n'était plus bonne à rien dans son état. Elle ne lui serait plus d'aucune utilité. Il n'avait même plus envie de la culbuter. Il la trouvait même repoussante dans sa déchéance, pleurnichant pour ce rejeton qu'il n'avait jamais supporté. Il frappait encore et se disait qu'il tuerait aussi le bébé, avant de partir, histoire d'en finir une bonne fois pour toutes avec cette maudite famille. Un coup sur la tête du « beau » Charles, et il entendait avec délectation le bruit métallique de son trésor par lequel il rendait enfin la justice, sa justice, celle qu'il estimait juste, en donnant la mort. Il sentait la résistance céder sous lui. Encore un coup et ce serait fini. Il aurait bien quelques courbatures et une mâchoire à remettre en place, mais rien de bien sérieux. Il avait déjà enduré pire. Et s'il le finissait au couteau ? Pour être plus sûr. La lame bien plantée dans le cœur du « fils du comte », pensa-t-il avec hargne. Comme dans le cœur du vieux Corbeau la nuit dernière. Le couteau devait être quelque part par terre, vers le lit, immergé dans le sang gluant. Ce couteau qu'il avait utilisé pour trancher la gorge de la vieille folle avant de s'emparer de l'enfant qu'elle gardait comme une lionne. Ce couteau dont il sentit soudainement la pointe lui piquer la nuque. Une sensation de fraîcheur intense, comme la piqûre d'un gros insecte. Il s'immobilisa sous l'effet de la surprise. Sa main se figea en l'air et lâcha son arme improvisée. Le sac s'ouvrit et son contenu se répandit par terre, les pièces carillonnèrent. Puis il entendit le craquement sourd de sa cervicale qui cédait sous la pression de la lame qui entrait plus loin, d'abord doucement, avant de briser l'os violemment et enfin passer de l'autre côté pour faire saillie par la gorge. Ce couteau, dont il pouvait deviner en baissant les yeux l'éclat lumineux de la pointe de métal tandis que de fins jets de sang sifflaient face à lui à chaque respiration. Derrière lui Marguerite, recouverte de l'humeur raisinée de la Grétaude dans laquelle elle s'était traînée pour récupérer l'arme avec ses dernières forces, s'appuyait encore de tout son poids sur le manche du poignard qu'elle venait d'enfoncer. Damien suffoqua encore un instant avec des râles rauques, les bras en croix, avant de s'écrouler sur le côté comme un grand oiseau qui aurait été transpercé d'une flèche en plein vol. Son visage flasque et déformé s'écrasa sur le butin de sa vengeance inassouvie.

Marguerite s'effondra à sa suite comme un domino. Elle ne ressentait plus rien. Elle n'appréhendait plus son corps ni sa propre vie. Elle ne sentait que la puanteur âcre environnante et l'impression de ne plus pouvoir se mouvoir alors que la sève désormais gluante dont elle était recouverte se rigidifiait, faisant d'elle une gisante pourpre. Plus rien ne bougeait. Au sol, quatre corps inertes dans une petite pièce devenue le théâtre d'un drame dont l'épilogue venait de se jouer en rouge, et un autre sur le lit, gesticulant sur le dos comme un petit insecte qui chercherait à se remettre sur ses pattes. Trouvant sa force dans son instinct de mère, Marguerite se redressa alors comme elle le put et se hissa, guidée par l'enfant qui geignait gentiment. Elle s'en saisit maladroitement et le tint fermement tout contre sa poitrine poisseuse qui lui faisait mal, avant de se laisser aller sur le sol et de tâcher de reprendre son souffle malgré la douleur. À peine eut-elle le temps de percevoir un léger mouvement de la poitrine de Charles, évanoui, qu'elle se laissait partir à son tour au rythme apaisant de la respiration d'Henri, bien calé contre elle.

XLII

Le soleil frappait le mur de torchis et lui faisait mal aux yeux. Son corps était pesant. Guidé par la douleur, il se passa les mains sur le visage, le palpant, le tâtant, comme pour s'assurer que tout était en place, alors que les dernières images du combat lui revenaient péniblement à l'esprit. Damien crachant sa haine en lui assénant des coups avec son sac de pièces. Il se rappela sa peur de faillir alors qu'il sentait ses forces l'abandonner, et laisser ainsi Marguerite et leur enfant en pâture à ce fou sanguinaire. Les derniers efforts pour se dégager, mais en vain. Puis le noir. La chute. Combien de temps était-il resté inconscient ? se demanda-t-il alors qu'il se redressait avec peine.

— Marguerite… murmura-t-il péniblement.

Rien. Pas un bruit. Il ressentit les vagues de douleur qui le parcouraient alors qu'il essayait de bouger. Respirer. Calmement. Trouver quelque chose à quoi s'accrocher, sur lequel s'appuyer pour se relever. Elle devait avoir besoin de lui, Henri aussi. Là sur le côté, il reconnut Damien, inerte, dans une position ridicule, comme disloqué, son visage grimaçant figé, constellé de pièces rougies. Charles se hissa sur son coude et bascula pour se rapprocher et s'assurer qu'il n'était plus un danger. Il aperçut aussitôt la lame du couteau qui jaillissait de la gorge du valet aux yeux exorbités, et dont la langue pendait sur le côté comme celle d'un porc dont la tête serait posée sur l'étal d'un boucher. Juste derrière, la vieille Grétaude était recouverte d'un drap de sang finement ciselé.

— Marguerite ? Henri ! souffla-t-il encore, alors qu'il se hissait sur ses jambes flageolantes, ne voyant pas l'enfant sur le lit.

Il avait posé son enfant là, il s'en souvenait parfaitement, juste avant de se ruer sur Damien. Ses membres hurlaient et il tanguait comme sur une mer démontée. Soudain il la vit. La trace, écarlate et douloureuse, dessinant un vague chemin sur le sol vers la sortie sur le palier. S'appuyant immédiatement au mur il se dirigea aussi vite qu'il le put vers la porte, poussé par la peur.

— Marguerite ? appela-t-il encore une fois, sa voix plus forte.

Il descendit l'escalier, s'accrochant à la rampe de son bras endolori, les yeux rivés sur le sang qui tachait les marches comme un guide, et atteignit le premier palier. La porte de la chambre de Corbeau était grande ouverte. Elle était là, assise sur le lit à l'endroit même où son père gisait il y a peu encore. Ou était-ce son fantôme ? Vierge à l'Enfant ensanglantée sur le lit d'un mort, elle prenait la pose dans un songe, avec Henri qu'elle portait tout contre son sein.

— Marguerite ? fit-il en l'approchant, rassuré de la savoir en vie. Comment tu te sens ? Tu n'es pas blessée ?

Rien. Elle était silencieuse et immobile, comme pétrifiée par le mauvais sort. Sa tête droite et l'allure belle, Marguerite était une reine Margot dans sa robe rougie jusqu'à la poitrine et ses cheveux collés à son visage de porcelaine. Même Henri semblait statufié.

Leurs deux corps, comme un seul, figés pour l'éternité. Seul le lit de larme en demi-lune dans ses yeux tremblants trahissait la vie en elle.

— Regarde, fit-il empressé, fouillant dans ses poches frénétiquement, jusqu'à sentir la fiole.

Il la sortit doucement, craignant le pire. Elle était bien là, entière et pleine malgré la lutte et les coups échangés.

— Regarde, je l'ai ! Il faut que tu la prennes au plus vite, reprit-il en s'approchant encore.

— Je l'ai tué, marmonna-t-elle, presque inaudible.

— Qui ? Damien ? Oui, il est mort. C'est fini, tenta-t-il de la rassurer. Il faut que tu prennes ça, Marguerite, insista-t-il en lui montrant la précieuse fiole.

Des bruits de sabots et des hennissements retentirent, puis des voix. Le tumulte résonna soudainement sur la Guimbarde devant la maison. À peine eut-il le temps de se précipiter à la fenêtre pour comprendre ce qui se passait que déjà en bas on pénétrait avec fracas dans la salle sans s'annoncer. Dehors, des soldats s'étaient postés sur le degré en contrebas, gardant l'entrée alors qu'on montait bruyamment dans l'escalier.

— Charles de Sainte-Croix ! tonitrua une voix dans son dos.

« Charles de Sainte-Croix », se répéta Charles dans sa tête alors qu'il restait là, appuyé sur la fenêtre et regardant droit devant, vers les champs où les moulins fouettaient le ciel comme s'ils voulaient chasser les nuages. Depuis combien de temps ne l'avait-on pas appelé par son nom ? se demanda-t-il, alors qu'il voyait Paul arriver à cheval à son tour. Il avait été le bourreau, « celui qui ne savait pas décoller », puis « le bon bourreau », ou « Charles », tout simplement.

Mais plus de patronyme. Plus d'appartenance, plus de lignage.

— Non. Charles le bourreau ! corrigea une autre voix, plus grave, que Charles reconnut tout de suite, le faisant se retourner.

Du rouge. Encore du rouge. Les heures passées avaient été peintes de la couleur du sang, et celles à venir n'auguraient rien de meilleur. Guy de Lys se tenait droit comme la statue d'un Commandeur, l'allure solennelle et autoritaire, ganté et vêtu de son habit rouge. Derrière lui, ses hommes en nombre se pressaient vers l'étage.

— Décidément, nous ne nous quittons plus, enchaîna-t-il, ironique. J'aurais quelques questions à vous poser. Un certain Ravieri a été appréhendé et vous a dénoncé comme son fournisseur de « crânes humains », continua-t-il la mine dégoûtée.

— Sire ! intervint un de ses hommes, l'interrompant.

— Qu'y a-t-il ?

— Regardez, là, fit le soldat en indiquant le plafond.

Le sang des corps sans vie au-dessus s'était infiltré entre les lattes et une tache large et sombre s'était formée entre deux solives. Des gouttes tombaient sur le lit, l'une après l'autre, derrière Marguerite qui n'avait toujours pas bougé, piquant de petites taches humides l'empreinte sèche et écarlate de Corbeau sur le drap.

— Empêchez le bourreau de sortir d'ici, je vais voir, ordonna le commissaire royal avant de disparaître dans les escaliers.

Charles n'aurait jamais eu l'idée de fuir. Bien au contraire, et malgré la tournure que semblaient prendre les événements, la seule chose qu'il désirait maintenant c'était se rapprocher d'elle. Ici et maintenant. Dans cette chambre mortuaire, désormais une prison. Se rapprocher de Marguerite. Vite, avant qu'il ne soit trop tard. Avant que leur mauvaise fortune ne prenne une nouvelle fois le dessus et ne les éloigne définitivement l'un de l'autre. Il essaya de plonger dans ses yeux verts. Comme le jour de son retour, au tribunal. Il aurait voulu revivre à cet instant ce moment arrêté d'alors, cette parenthèse où toute chose autour d'eux s'était figée, annonçant leur amour sans faille. Cet amour absolu qu'il espérait encore indestructible.

— Marguerite... lui souffla-t-il comme une prière.

Un visage de porcelaine. Sa bouche fine était peinte de deux virgules lie-de-vin, et ses yeux étaient comme deux gros calots que l'on aurait enfoncés là, dans les orbites élargies. Sans vie. Il s'approcha d'elle un peu plus encore, doucement. Elle ne bougeait toujours pas, ne lui répondait pas. Sautant dans le vide, il osa porter sa main vers elle et lui effleurer l'épaule, doucement, comme on effleure une fleur aux pétales fragiles. Un imperceptible mouvement et l'enfant changea de position, sa petite tête apparaissant de profil sur le sein écrasé. Du bout de ses doigts, Charles remonta le long de sa nuque salie jusqu'à l'amorce de son menton et passa le cap plus haut vers sa joue, et Marguerite cligna des yeux comme un cœur qui se remettrait à battre. Une larme jaillit pour fondre sur ses doigts à lui. De ses yeux verts aux dessins de sulfure, elle le regardait à nouveau, pensa-t-il soulagé. Si son regard était triste et empreint de questions, d'incompréhensions, elle lui ouvrait un passage. Il en était convaincu alors qu'il continuait de lui caresser le visage.

— Comme je suis amer ! déclara le commissaire qui revenait, arrêtant l'élan de Charles vers Marguerite. La mansuétude se paie donc toujours. Je me vois encore une fois en proie au regret. Si j'ai accepté le marché en vous élargissant ce matin, j'ai surtout voulu faire plaisir au comte. Un homme qui a bien assez souffert comme ça. Et voilà le résultat ! Un carnage ! fulmina-t-il, indiquant d'un geste ample le plafond. Et me voilà complice et coupable à mon tour ! « Coupable » d'avoir trop écouté mon cœur au lieu d'entendre ma raison. Et voilà que le sang est répandu, s'insinuant entre les lattes de ce parquet pour perler sur nos visages. Traces indélébiles de notre culpabilité à tous !

Personne n'osait bouger. Chacun se tenait immobile comme au théâtre, attendant la chute irrémédiable.

— Et ce spectacle immonde et terrifiant, continua-t-il après une profonde respiration et d'une voix teintée de désarroi, me laisse à penser que mes suspicions étaient bien fondées. Je vais donc vous demander de nous suivre tous les deux, afin que vous nous en disiez un peu plus concernant les événements survenus ici ces dernières heures. Gardes, emparez-vous d'eux !

— Attendez ! tonna Charles aussitôt. Elle n'y est pour rien. C'est moi qui ai tué le valet.

— Ah, s'étonna le commissaire royal. Vous avouez tout, donc ?

— Oui, tout. Tout ce que vous voudrez, continua Charles. Mais laissez-la. Elle n'y est pour rien.

— Ah. Très bien, fit Guy de Lys, un peu déçu. Bon. Eh bien, emparez-vous de lui, alors. Puisque madame est innocente, ironisa-t-il. Cette prise me suffit amplement !

D'un bond, Charles se précipita sur Marguerite et l'enfant pour les enlacer une dernière fois.

— Une goutte par jour ! souffla-t-il à son oreille alors qu'il lui glissait la fiole dans la main. Et tu seras sauvée ! lui assura-t-il alors qu'on le tirait en arrière pour l'entraver.

Les soldats entraînèrent Charles qui, les mains liées dans le dos, résistait à reculons tant qu'il pouvait pour prolonger l'instant, pour pouvoir la regarder encore, avant de disparaître probablement pour toujours.

— Promets-moi ! lui cria-t-il une dernière fois alors qu'ils passaient la porte.

— Allez ! le coupa le commissaire royal. Emmenez-le, qu'on en finisse !

— Paul ! appela Charles en croisant son frère dans l'escalier. Assure-toi qu'elle prenne bien la potion ! Fais ça pour moi !

Paul se tint sur le palier un instant, comme sonné par les événements qui s'étaient précipités, accentuant son sentiment de ne plus rien contrôler. Au loin, le concert des sabots reprenait déjà, ponctué par les hennissements des chevaux énervés. Un bruit de désordre qui s'organisait pour s'éteindre et laisser place au silence. Par la porte de la chambre laissée grande ouverte, il observa Marguerite, immobile, assise sur le lit. De ses yeux de verre elle fixait le vide et sa main était restée suspendue dans l'air, accompagnant encore celle de son amour qu'on venait de lui arracher pour toujours.

XLIII

La chaleur plombait les esprits curieux sous une chape azur. Les quatre chevaux à la robe blanche et cendrée piétinaient, secouant leur tête lourde, gênés par les harnais qui les entravaient, et énervés par les mouches qui les assaillaient sans cesse. Tout autour, maintenue à la distance nécessaire au bon déroulement de l'opération, la foule se pressait en silence, retenant sa respiration, attendant l'explosion ultime, le clou du spectacle, aussi écœurant qu'excitant. On tendait l'oreille, tâchant de percevoir les gémissements du condamné étendu sur le dos sur une grande planche, maintenu par des liens qui étiraient déjà son corps de tous côtés. On guettait le moindre mot, le bout de prière en réponse au prêtre qui l'invitait à la contrition par des paroles sourdes. On guettait un mouvement, le signe rassurant qu'il était bien encore en vie, que le bourreau avait bien fait son travail depuis le début de cette matinée. Que son supplice irait bien jusqu'à son terme à la suite des coups de barre qu'on avait infligés à sa chair, après que le feu de soufre avait coulé sur sa main à laquelle on avait lié l'arme du crime. Les cris du supplicié s'étaient alors envolés en plaintes éraillées et lancinantes, mêlées à leurs cris à eux, celles et ceux qui regardaient et qui s'étaient pressés pour mieux voir, payant même parfois pour un balcon à la vue imprenable sur le spectacle. À peine le temps de respirer, à peine le temps de demander pitié que ses plaies avaient été incisées puis écartées à la tenaille pour y faire couler le plomb fondu. Souffrir, toujours et encore, pour se repentir avant de quitter ce monde qui ne voulait plus de lui et espérer encore un peu en un autre qu'on souhaitait meilleur, un monde où il serait accueilli avec pitié car absous par la douleur du corps supposée panser l'âme.

Partout dans l'assemblée on frissonnait. La tension était palpable, et l'une des bêtes s'avança d'un pas, marquant son impatience. La corde qui la reliait de son palonnier au condamné derrière se tendit aussitôt, tirant sèchement sur le bras et lui faisant prendre une pose ridicule comme celle d'un pantin à fils avec lequel on jouerait. Les spectateurs reculèrent d'un pas, portant la main à la bouche d'effroi et retenant un cri. Le cheval fut ramené autoritairement à sa position initiale, remettant le condamné en place alors qu'il n'écoutait déjà plus les paroles, la litanie monotone du prêtre. Le soleil brûlait ses plaies à vif. Sa bouche sèche obstruée par sa langue pâteuse râlait comme si la vie le quittait déjà. Les quatre hommes étaient prêts, chacun tenant sa bête par les rênes, attendant le signal pour les conduire aux quatre coins cardinaux, doucement et d'un pas sûr. Un hochement de tête, à l'ombre sous la tente officielle d'où l'on observait le mieux qu'on pouvait, malgré la réverbération de la lumière aveuglante sur le sable blanc de la cour Lamort. Le bourreau siffla enfin le départ à ses trois aides. D'abord de petites secousses. Les muscles se tendirent, les os craquèrent, mais rien ne se rompit. Les bêtes sentaient la résistance puis, incitées de concert par les conducteurs du massacre, elles avancèrent cette fois d'un pas décidé, occasionnant un hurlement du supplicié comme si la vie le quittait d'un coup, s'échappant de son ouverture béante au milieu de son visage tuméfié et méconnaissable vers le ciel. Tout autour, on se cachait le visage avec les mains, on se détournait, l'espace d'un instant, pour se rapprocher aussitôt après pour mieux voir, guetter le moment où le bras se détacherait du tronc, où un cheval partirait au galop traînant derrière lui une jambe comme un vulgaire jambon. Les uns exprimaient leur dégoût, les autres se délectaient, excités par les vagissements, le sang et l'odeur de la mort qui n'allait pas tarder. Et aussi par les sanglots qui survinrent alors, rappelant à tous que ce corps étiré d'une taille absurde était encore celui d'un être humain. Mais rien à faire. Ça ne rompait pas. Le comte s'était levé d'impatience, marquant sa colère devant la lenteur du supplice. Le bourreau fit stopper les chevaux et se porta vers le supplicié. D'un coup de lame sûr et expérimenté, il entailla la chair jusqu'à l'os comme un boucher qui prépare sa pièce de viande. Un nouveau sifflement, et les chevaux se remirent aussitôt en ordre de marche, fatigués, stressés, eux aussi pressés d'en finir, et le corps lâcha enfin dans un craquement sourd, les aides retenant les bêtes de leur mieux dans leur élan libéré.

Étrange, cette sensation de froid malgré la chaleur d'aujourd'hui, pensa alors le condamné. Le regard noyé dans la chape azur, il ressentait cette incapacité nouvelle à se mouvoir. Cette sensation de fraîcheur mélangée à la douleur, là, aux épaules, et sous son bassin. Il se sentait un objet. Une chose. Sans espoir. Il se vidait. Alors, dans un dernier effort de vie, il décida de ne plus respirer pour en finir, avec ce sentiment d'avoir un peu choisi de partir quand même.

***

— Charles de Joigny sera donc condamné à l'écartèlement, annonça solennellement Guy de Lys.

Les images de l'exécution quelques années auparavant étaient revenues à l'esprit du comte, aussi claires que violentes, comme si elle avait eu lieu la veille. Tout comme la foule nombreuse rassemblée ce jour-là, il n'avait pu s'empêcher de regarder avec curiosité ce corps détruit jusqu'aux cendres. Il avait assisté à la souffrance au-delà du possible et du tolérable, et avait décrété que plus jamais l'écartèlement ne serait utilisé dans son comté. Et pourtant…

— Quoi ? Une pendaison ou la décollation ne vous suffirait donc pas ? fit le comte qui contenait sa colère. C'est hors de question !

Il n'y avait pas eu de procès. Il en avait fait la demande expresse auprès du commissaire royal, arguant qu'un père ne pouvait pas condamner son propre fils en public. Il en aurait surtout été incapable. Détruit qu'il était désormais face à la tournure dramatique qu'avaient prise les événements ces derniers jours. Paul restait sur le côté, silencieux, garant de l'exécution de la condamnation qui était alors décidée.

— Profanation de fosse commune pour vol de crânes, assistance à un meurtrier déserteur et sa bande, et double meurtre ! Je pense que c'est mérité !

— Quel double meurtre ? demanda le prévôt. Il n'a avoué avoir tué que le valet, que je sache.

— Et moi je crois qu'il a aussi tué Corbeau.

— Rien ne le prouve ! rétorqua Paul.

— Rien ne prouve le contraire ! De toute façon, peu importe. La note est assez salée comme ça, et un meurtre de moins n'y changerait rien. Monsieur le comte, reprit l'émissaire royal, j'ai déjà accepté qu'il n'y ait pas de procès public pour vous éviter plus de peine encore. Je vous rappelle que j'ai été mandaté chez vous pour remettre enfin de l'ordre. Et je veux croire que le grand ménage a été fait, et ce bien au-delà de ce que j'espérais. Et votre fils a avoué.

— Je refuse un tel supplice, répliqua sèchement le comte.

— C'est le roi qui le réclame, expliqua le commissaire. Il a besoin de faire passer un message, et la sentence doit être exemplaire. D'autant plus exemplaire qu'il assistera à l'exécution.

— Le roi ? fit le comte, incrédule.

— Il est actuellement à Orléans et il doit visiter ses armées sur le front du Piémont. Et surtout rencontrer le prince de Savoie pour le pousser à signer un traité de paix et ainsi déstabiliser la ligue. Vous vous rendez compte ? Le prince est marié avec la fille de « Monsieur » depuis plus de dix ans, et il ne se rallie toujours pas à la cause du roi, ironisa-t-il encore. Bref ! Il s'arrêtera en chemin. Vous êtes donc prié d'attendre quelques jours pour procéder à l'exécution.

***

Les flammes dans l'âtre dessinaient le contour de sa silhouette en contre-jour brasillant. Droit sur ses jambes et les mains dans le dos, on l'aurait dit fort et sûr, d'une allure presque rajeunie. Était-ce une conséquence de l'épilogue fatal qui s'annonçait, le vieux seigneur se sentait ce soir-là animé d'un sentiment étrange. Comme s'il s'était réveillé d'un long sommeil après avoir été assommé par la décision de Charles d'épouser un jour cette fille. Il observait les flammèches s'envoler en dansant devant lui et réalisait qu'il ne lui en voulait pas, au fond. Il ne lui en avait jamais voulu, et ce malgré la politique et la bienséance. Malgré aussi les impératifs évidents de lignées. Non, il ne lui en voulait pas. Il le comprenait même. Il entendait cet amour que son fils avait ressenti pour cette femme au point de le pousser à de telles extrémités. Et il l'admirait pour ça. Oui, il admirait son fils pour cet amour défendu à tout prix. Qui était-elle ? demanda-t-il aux griffons sculptés sur le manteau de la cheminée qui le toisaient de leur regard sévère comme pour le ramener à la raison, comme s'ils le sentaient vaciller dans ses convictions. Qui était cette femme capable d'un tel bouleversement chez cet homme qu'il avait lui-même fabriqué de toutes pièces dans l'espoir qu'il lui ressemble un jour ? Pour le remplacer quand lui-même ne serait plus là, et perpétuer ce qui n'aurait jamais dû s'arrêter. Qui était-elle pour avoir occasionné un tel accroc dans le canevas qu'il pensait tissé depuis des générations ? Aurait-il fait la même chose à la place de Charles ? Aurait-il agi de la sorte à l'époque, pour Thérence ? Certainement, pensa-t-il. Lui aussi avait eu la chance de tomber éperdument amoureux. Lui aussi savait ce qu'était ressentir cette évidence contre laquelle tout effort était vain. « Il y a des courants de rivière contre lesquels ramer ne sert à rien. Il faut alors se laisser porter et faire confiance au destin. » Les mots de son propre père lui revenaient en mémoire. Oui, il y avait des courants de vie contre lesquels on ne pouvait rien. Lui n'avait pas eu à ramer quand il avait rencontré Thérence. Si elle était la beauté absolue, elle correspondait aussi en tout point aux arrangements classiques d'un beau mariage. Elle était de bonne famille, bien dotée. Leur histoire avait commencé comme un conte de fées. Un conte de fées qui avait fini par faner avec les années à cause de son parti pris à elle pour la cause huguenote. Très vite, elle s'était dressée contre la politique de purge, sourde et parfois violente, à l'encontre des protestants, et le comte devait souvent la convaincre de ne pas en faire état publiquement. Générant des disputes, puis le fossé s'était creusé avec le temps. La distance malgré l'amour. Et puis son erreur à lui. L'erreur d'un jour. L'erreur d'un moment. L'égarement d'un homme en proie à la solitude face à un amour qu'il désespérait de retrouver. Son erreur, amèrement regrettée aujourd'hui encore, comme une cicatrice dans le ventre qui ne pourrait jamais se refermer. Un égarement d'un soir. Cela faisait longtemps qu'ils faisaient chambre à part, lui et Thérence. Il avait faim. Alors il était descendu pour se sustenter. Et elle était là. Une domestique parmi les autres. Il ne connaissait même pas son nom. Elle était occupée à nettoyer et préparer le nécessaire pour le repas du matin. L'égarement. Celui d'un homme auquel on ne pouvait rien refuser. Un homme qu'il ne pensait pas être, abusif et en colère parce que malheureux de son amour qui se flétrissait de jour en jour et le rendait terne. Sur une table d'ordinaire, une saillie rapide, animale pour lui, subie pour elle. À peine soulagé, les remords lui avaient mordu les entrailles et il avait tâché d'oublier cette faute avec le temps. Il avait même hésité à renvoyer la pauvre femme qui lui faisait baisser les yeux quand il la croisait dans les couloirs du château. Puis l'enfant s'était annoncé. Alors cette décision folle, comme un acte ultime de courage puisqu'il avait été faible, lâche et grossier. Tout dire, tout avouer, et garder le petit. Une décision que Thérence, la femme bafouée, ne pouvait pas refuser. Il était le comte, le seigneur, et elle n'avait pas d'autre choix que d'accepter. En revanche, elle pouvait décider de creuser le fossé entre eux encore un peu plus, et c'est ce qu'elle avait fait. Accepter le fruit de la trahison par le silence, et se vouer toujours plus à son propre fils, le vrai, l'officiel. Accepter de tolérer l'autre, celui qui traînait, toujours là quelque part, mais demander un jour le départ de la pauvre fille qui n'avait fait qu'obéir en se soumettant. Puisqu'il avait usé de son pouvoir immonde. Secrètement, le comte l'avait logée dans une ferme pas très éloignée, et lui avait donné de quoi survivre. Mais il n'avait pas pu empêcher la famine de s'emparer d'elle dans des souffrances terribles. Était-ce du courage ? Ou n'était-ce que l'expression de la culpabilité d'un homme finalement faible ? Une culpabilité comme un trou qu'il avait cherché à combler en gardant Paul, le fruit de son égarement, en l'instruisant, en le nommant plus tard au poste de prévôt. En l'autorisant à être perçu comme une sorte de frère de Charles, même s'il restait le bâtard malgré tout.

Lui donner son nom suffirait-il à effacer l'histoire ? s'était-il souvent demandé. Il avait décidé de le garder et il aimait à penser que oui, peut-être, il avait fait preuve d'une forme de courage, rattrapant quelque peu, si la chose était possible, l'erreur qu'il avait commise un jour, et ce au prix de l'éloignement d'avec celle qu'il aimait plus que jamais. Agir en homme d'honneur et tâcher de réparer ses fautes. Rester fier de ses convictions et prêt à tout pour ce qu'il estimait juste. Comme Charles était resté sûr de ses convictions et de ses sentiments en revêtant pour cela l'habit du bourreau. Et plus tard celui du guérisseur, apportant le bien comme il le pouvait aux plus démunis pour mieux vivre sa propre douleur. Cela aussi il l'avait compris. Plus il réfléchissait, et plus il réalisait qu'il l'admirait. Qu'il l'enviait.

— Vous m'avez demandé ? interrogea enfin Paul après avoir observé pendant un instant la silhouette immobile de son père.

— Oui, Paul, fit calmement le comte sans se retourner, fixant les flammes. Je voudrais que tu m'accompagnes.

— Bien sûr. Pour aller où ?

Quand le comte se retourna, Paul s'étonna de lire l'apaisement sur le visage de son père. Et surtout l'ébauche d'un sourire.

XLIV

Les deux cavaliers avançaient côte à côte. Passée l'enceinte du château, ils se dirigèrent vers le quartier des vignerons avec la porte de Percy en perspective. Dans la rue, les passants s'écartaient pour leur ouvrir le passage, les saluant respectueusement de la tête. On les regardait s'éloigner d'un pas tranquille comme en promenade, et on chuchotait, s'étonnant de les voir ensemble. Le comte ne s'était pas montré depuis longtemps. Et il semblait radieux, vêtu d'un pourpoint de damas bleu roi sur lequel un griffon était brocardé de fils dorés, et couvert d'un magnifique couvre-chef orné de duvet de cygne.

— Alors, Gerbier ? fit le comte au vigneron curieux qui sortait du pressoir Saint-André. On m'a dit que ton vin était aussi grinçant que l'année dernière.

— Oh ! « Grinçant » ! Monseigneur ! répondit-il respectueusement, mais un peu vexé, le saluant à son tour. Si Dieu le veut, nous aurons encore un bon cru cette année. Vous voulez goûter ?

— Non, merci, lui répondit le comte qui se remettait en route. Une prochaine fois.

Paul ne comprenait pas. Devenu l'ombre de lui-même avec le temps, le comte avait reçu le coup de grâce avec l'arrestation de Charles et sa condamnation au pire des supplices. Mais depuis ce matin, quelque chose avait changé en lui. Ragaillardi, presque rajeuni, il était avenant avec ses sujets durant cette promenade impromptue, lui qui s'était renfermé sur lui-même si longtemps. Ils passèrent enfin la porte et commencèrent à descendre la Guimbarde d'un trot tranquille.

— Ça fait une éternité que je ne suis pas venu par ici, dit le comte, rompant ainsi le silence.

— Ici ? s'enquit alors Paul, perplexe.

— Oui. Je venais souvent jouer, enfant.

— On vous laissait sortir de l'enceinte ?

— Je ne demandais pas la permission.

Un charretier s'excusa de n'avoir reconnu le comte qu'à la dernière seconde et se plia encore plus bas à leur passage. Les deux hommes continuèrent leur descente d'une allure calme et assurée, longeant le rempart protecteur sur le côté avec la rivière scintillante tout en bas.

— J'espérais l'apercevoir, continua le comte alors qu'ils se rapprochaient de la maison des Fossés.

— Qui ?

— Le bourreau. J'allais me cacher derrière le calvaire, là-bas, tu vois ? De l'autre côté de la route, fit-il en indiquant du doigt le monument. J'attendais qu'il sorte. Parfois, je me rapprochais jusqu'à me glisser sous la fenêtre. Pour regarder dedans.

— Ah bon ? murmura Paul qui réalisait qu'ils partageaient les mêmes souvenirs d'enfance.

Il l'observait de côté. Il l'écoutait, se retenant presque de respirer, de peur de casser ce fil ténu qui semblait les lier depuis quelques instants. Son père s'ouvrait à lui comme il ne l'avait jamais fait. Du moins l'espérait-il. Du moins voulait-il y croire. Croire en un rapprochement auquel il avait toujours rêvé, une ouverture de ce cœur qui lui avait toujours été fermé.

— Je me disais que c'était au risque de ma vie, reprenait encore le comte alors qu'il ralentissait sa monture. Il faut dire que le bourreau à l'époque était effrayant, si je me souviens bien. Une tête de rat sur un corps de sanglier. C'est ce que disait mon père, ton grand-père.

« Ton grand-père. » Ne pas parler. Ne pas se trahir en laissant paraître l'émotion qui lui remontait du ventre. Il était le prévôt qui accompagnait le comte pour sa sécurité, rien de plus. Quant au fils…

— La maison n'a pas bougé, dit le comte, sortant aussitôt Paul de ses pensées.

Ils s'étaient arrêtés devant la bâtisse. Une atmosphère étrange émanait du lieu. Les portes et les fenêtres étaient toutes fermées, on aurait dit que la maison ne respirait plus.

— Où est-ce qu'il exerçait ? demanda-t-il après avoir observé l'endroit en silence.

— Dans la grange, répondit Paul après un temps, réalisant que c'était de Charles qu'il s'agissait. Celle la plus à droite, là.

— Je veux voir, fit le comte alors qu'il descendait déjà de cheval.

Le comte suivit Paul, observant l'endroit, impassible, s'arrêtant un instant devant la croix de saint André contre le mur, pour rejoindre, un peu perplexe, Paul qui l'attendait devant le mur tout au fond.

— Par ici, fit son fils, lui indiquant l'ouverture.

Le silence étreignit aussitôt le vieil homme. D'un lent mouvement de la tête, il fit le tour du capharnaüm, pour s'arrêter sur le manuscrit jeté sur l'établi. Avec précaution, il le retourna et l'ouvrit. Les pages étaient annotées de deux écritures distinctes. L'une d'elles lui était connue. De son doigt ganté, il en suivit la ligne comme pour mieux lire les mots.

— Il recevait ici même, reprit Paul. On attendait devant la porte de la grange. Parfois on faisait la queue.

Henri de Sainte-Croix imaginait. Il fermait les yeux pour mieux sentir les odeurs. Les herbes, les poudres mystérieuses répandues sur le sol, les huiles et les onguents. Comme il aurait aimé venir juste une fois, pour voir, pour constater de ses yeux, avant que tout ne s'arrête !

— Allons la voir, coupa-t-il alors.

***

L'ambiance n'était pas confortable pour celui qui entrait dans la maison du bourreau, silencieuse ce jour-là comme une grosse bête endormie. L'air y était humide et la lumière verdie par les petits carreaux en losange des fenêtres peinait à éclairer la salle rafraîchie par l'âtre éteint. Tout était monochrome. Là-bas, le coffre ouvragé se confondait avec le mur, et sur le côté le prie-Dieu disparaissait sous la poussière. Même les cuivres suspendus au-dessus de la cheminée endormie s'étaient matifiés, comme en deuil. Au bout de la longue table jonchée des détritus d'un repas, Marguerite était assise dans la chaise de feu son père, basculant légèrement d'avant en arrière, son enfant dans ses bras, bien blotti contre sa poitrine. Elle était vêtue d'une robe noire, accentuant ainsi son aspect spectral. Seul son visage pâle presque translucide se distinguait de son corps qui se fondait dans la bouche béante du foyer mort derrière elle. Un visage que le comte trouva magnifique, aussitôt qu'il entra dans la pièce. Comme Charles avait eu raison ! pensa-t-il alors qu'il devinait la jeune femme dans la pénombre. Comme il le comprenait, maintenant qu'il la voyait encore si belle malgré la peine ! Cette femme pour qui l'impossible fut décidé au détriment de tout, au risque de tout perdre. Celle pour qui le cours de tant de vies avait subitement dévié vers le drame.

— Bonjour, Marguerite, fit le comte avec une tendresse sincère.

— Monsieur le comte, répondit-elle, peinant à se lever.

— Ne bougez pas, la pria-t-il aussitôt, réalisant l'état de faiblesse physique dans lequel elle se trouvait.

— Je vous prie de bien vouloir m'excuser, continua-t-elle. Mais les heures passées ont été difficiles.

— Je sais, ne vous excusez pas.

— Charles m'a parlé d'un philtre qu'il avait mis au point avec votre père et que vous deviez prendre, rebondit Paul. L'avez-vous ?

— Oui. Je l'ai. Le voici, fit-elle, posant sur la table la petite fiole qu'elle tenait dans sa main. J'en ai pris dès ce matin. Il est trop tôt pour savoir…

— Je suis au courant pour votre maladie, enchaîna le comte un peu mal à l'aise. Vous pouvez compter sur moi. S'il y a quoi que ce soit que je puisse faire.

— Merci, monsieur le comte, dit-elle aimablement avec un pâle sourire. Malheureusement les médecins n'y peuvent rien. Il n'y a plus qu'à espérer que cet onguent fasse effet. Mon père y a mis tous ses espoirs.

— Je l'espère. Sincèrement, fit le comte ému.

— Charles va être exécuté, n'est-ce pas ? demanda-t-elle soudain.

— Oui, répondit le comte après un court silence.

— On l'a condamné à l'écartèlement, précisa gravement Paul.

— L'écartèlement ? s'étrangla Marguerite. Mais pourquoi un tel supplice ?

— L'exemple, répondit le prévôt. Le roi sera là.

— Mon Dieu, gémit-elle, serrant un peu plus son enfant. Charles n'a tué personne, il faut que vous le sachiez, reprit-elle avec conviction. C'est Damien qui a tué mon père. Il avait tout orchestré depuis le début. Il nous espionnait. Vous le saviez, vous, puisque vous le payiez pour cela, fit-elle à l'intention de Paul qui encaissa le coup. Depuis le début il voulait faire tomber Charles, et peu lui importaient les moyens.

— Et ce Damien, justement. Qui l'a occis ? demanda le comte.

— C'est moi, rétorqua-t-elle avec assurance. Il était sur le point de tuer Charles, alors je lui ai planté un couteau dans la gorge. Je m'en veux tellement, continua-t-elle après un temps. Si je n'avais pas été si faible… Tout ceci aurait peut-être pu être évité. Mon père, la Grétaude. Monier. Et Charles maintenant.

— Vous étiez au courant pour Monier ? demanda Paul.

— Oui, répondit-elle aussi sec, dressant le menton comme pour lui tenir tête. Oui, je savais. Oui, je l'ai aidé depuis le début, si vous voulez tout savoir. Depuis des années j'aide les Tranche-Montagnes, monsieur le prévôt ! Je les retrouvais jusqu'à leur cachette dans la forêt. Oui ! J'adhérais à leur cause et je vous le dis haut et fort ! Et peu m'importe si vous m'arrêtez par la suite. Je n'ai plus rien à perdre.

— Personne n'est venu vous arrêter, Marguerite, la coupa le comte. N'est-ce pas, Paul ?

— Non, rétorqua-t-il. Bien sûr que non.

Le silence à nouveau, pour calmer les plaies qui se rouvraient par moments, et les empêcher de saigner davantage.

— Je peux ? fit le vieil homme en indiquant l'enfant qu'il ne pouvait s'empêcher de regarder sans cesse.

— Bien sûr, lui répondit-elle.

Doucement, le vieux seigneur s'approcha de sa bru et prit dans ses bras l'enfant qu'elle lui tendait. Un petit homme, comme le prolongement d'une histoire qui serait peut-être encore possible. La possibilité d'un lendemain, d'un espoir.

— Il n'y a plus rien à faire pour Charles ? reprit-elle après un temps.

— Non. Je ne peux rien faire pour sa vie. En revanche, je cherche un moyen de lui éviter le supplice, répondit le comte alors tout à l'enfant dans ses bras.

— Vous pouvez demander le retentum, lança le prévôt.

— Le roi le refusera, rétorqua le comte. Il veut un exemple. Guy de Lys a été clair sur ce point.

— Il n'est pas obligé de le savoir, suggéra la jeune femme. Qui va exécuter ?

— Un bourreau de l'extérieur a été appelé pour l'occasion, répondit le comte.

— Quand ? demanda Marguerite, sortant de sa torpeur.

— Le roi sera là sous quelques jours.

— Laissez-moi m'en charger, réagit Marguerite. Je trouverai quelqu'un, éluda-t-elle.

— Dans votre état ? s'inquiéta le comte.

— Si la potion fonctionne comme espéré, je devrais aller mieux, le rassura-t-elle. Et puis, au pire, je trouverai quelqu'un.

— Vous êtes sûre ? C'est dangereux, renchérit le prévôt. Ce n'est pas tant l'exécution en soi qui comportera des risques. Mais la suite, quand ils réaliseront le subterfuge. Vous risquez de vous faire lyncher.

— Je serai déjà loin, lui sourit-elle. Vous feriez mieux de vous inquiéter pour vous-mêmes. Le roi risque de ne pas être content.

— Je comprends mieux maintenant, avoua le comte qui la contemplait.

— Quoi ? fit-elle un peu timide.

— Tout, répondit-il simplement, avant de lui redonner l'enfant.

***

Marguerite jeta la mèche enflammée sur les branches sèches qu'elle avait placées dans la cheminée. Aussitôt le bois craqua sous la morsure des flammes et la chaleur se répandit dans la pièce. Si son cœur était plombé par la tristesse, elle se sentait désormais portée par le désir de reprendre en main le cours de sa vie, aussi amère fût-elle, et de décider un tant soit peu de son destin et ne plus subir. Elle déboucha la petite fiole et en appliqua l'embout sur sa langue, recueillant ainsi une nouvelle goutte de la précieuse potion qui avait nécessité tant de sacrifices. Pour elle. Pour qu'elle continue de vivre et s'occuper d'Henri. Pour que la ligne ne se brise pas et qu'un demain soit possible. Oui, elle en était certaine. D'ici quelques jours, elle irait certainement mieux. Ou en tout cas assez bien pour accomplir ce qu'elle devait faire pour cet amour qui ne demandait qu'à survivre malgré sa mort à lui toute prochaine.

XLV

L'air était frais et la quiétude murmurait en d'imperceptibles battements d'ailes de papillon sous les grandes arches en ogives. Les chaises en lignes bien droites et parallèles comme une armée fragile attendaient sagement le visiteur qui allait immanquablement entrer en quête de refuge le temps d'une prière, ou pour assister à l'éternel chemin de croix que le soleil narrait sur les dalles au sol. Dès leur arrivée à Joigny, Marguerite s'était prise d'affection pour l'église Saint-Thibault, moins austère que Saint-André, pourtant plus proche de la maison des Fossés. Elle aimait se perdre dans les dentelles gothiques complexes dont elle était revêtue. Elle aimait s'y promener comme une petite fille se perdrait dans une forêt merveilleuse, du transept au déambulatoire, scrutant d'un œil curieux les absidioles consacrées, ou s'amusant le nez en l'air à découvrir des détails qui lui avaient échappé jusqu'alors. Là, une statuette assoupie de saint Thibault à cheval dans une alcôve. Un peu partout ornant les piliers, des créatures effrayantes en relief, langues pendantes et crocs acérés. Ou encore cette peinture, là-bas, presque effacée, aux tons passés par l'obscurité laborieuse d'une chapelle vouée à un saint qu'on ne venait plus prier depuis des vies entières. Et tout autour la bienveillance, comme le ventre d'une mère dans lequel on se réfugierait le menton baissé et la respiration retenue, en poussant sa porte étroite molletonnée de cuir d'une main souple après avoir passé le porche toujours ouvert en journée, jusqu'à tard les soirs d'hiver pour héberger les pauvres et les bêtes sans étables. Un couinement pour annoncer la venue au plus haut, et des pas feutrés pour prévenir et ne pas déranger.

Marguerite s'était assise au beau milieu de la nef. Elle avait choisi la chaise la plus entourée, bien au centre du quadrillage parfait de bois et d'osier. Bien exposée. En vue de tous et surtout du Tout-Puissant. Pour une fois. Pour la première fois. Loin du banc coincé derrière contre le mur de pierres froides. Celui du bourreau et de sa famille. À l'écart de tous. À l'écart de Dieu. Non. Il était temps pour elle de prendre sa place, la vraie. Celle qu'elle méritait autant que les autres, sans craindre les regards hautains et les moues dédaigneuses.

— Je suis heureux de vous voir, Marguerite, fit le père de Saintonge en s'asseyant sur une chaise qui grinça juste à côté d'elle.

— Mon père, le salua-t-elle en lui souriant.

— Comment vous sentez-vous ?

— Mieux.

— Vraiment ? C'est une excellente nouvelle.

— Il semble que la potion fasse effet.

— Je savais que Charles y arriverait, s'anima-t-il. Je l'ai toujours dit. La science ! Et Henri ?

— Le comte a envoyé une jeune fille pour m'aider. Vous auriez vu sa tête, quand elle a réalisé où elle venait travailler.

— Les habitudes ont la vie dure, plaisanta le prêtre. Vous avez été courageuse.

— Ils vont venir ? demanda-t-elle d'un ton soudain inquiet.

— J'ai dû menacer de l'enfer deux d'entre eux, et les deux autres semblaient se sentir assez coupables pour accepter sans discuter. Très bonne idée, l'église, d'ailleurs, continua-t-il d'un air complice. Ça ne peut que finir de les impressionner.

Ils apparurent en ombres d'abord. La petite troupe s'était certainement donné rendez-vous à l'estaminet juste en face, de l'autre côté de la place, avant d'entrer ici, pensa Marguerite qui les regardait de loin hésiter à se diriger vers elle. Ils se tinrent à l'entrée un instant, s'interrogeant encore les uns les autres du regard, incertains, comme sur le point de faire un grand saut dans l'inconnu. Hors de leurs vies. Des vies dont ils avaient un jour sorti Charles parce qu'ils l'avaient jugé. Vallier le campaniste, Michel le banquier, Defosse le médecin et Bellin l'ébéniste. Ses quatre meilleurs amis se tenaient là, un peu penauds, gênés parce que responsables eux aussi d'une tragédie qui aurait peut-être pu être évitée, et dont le dénouement allait avoir lieu dans les jours prochains.

— Merci d'être venus, fit aimablement Marguerite aux quatre hommes qui se tenaient comme des écoliers pris en faute.

— Je suis sincèrement désolé pour Charles, Marguerite, dit Defosse, le ton triste et sincère.

— Nous le sommes tous, poursuivit Michel. J'ai mal agi, et je m'en veux. Je voulais que vous le sachiez.

— Merci, Michel, lui sourit-elle. Le père de Saintonge vous a expliqué de quoi il retournait, je crois.

— Vous êtes sûrs de votre coup ? s'inquiéta immédiatement Vallier, visiblement mal à l'aise. Parce que c'est risqué, cette affaire…

— Il paraît que le roi sera là ? renchérit Michel. Il y aura toute sa garde !

— C'est ça ou Charles sera écartelé, le coupa aussitôt Bellin, sortant de son mutisme habituel. Arrêtez d'avoir peur pour tout et pour rien.

— Tu te poses bien là en donneur de leçons, s'énerva alors le campaniste. Tu ne t'es pas beaucoup manifesté non plus, que je sache !

— Je n'ai pas pour habitude de m'occuper des affaires des autres, c'est tout, affirma-t-il, son gros corps tanguant d'un pied sur l'autre et cherchant des yeux quelque chose par terre à quoi se raccrocher.

— Ça suffit, vous deux, les coupa Defosse. Arrêtez de vous chamailler. On a fait ce qu'on a fait, et on ne peut pas revenir dessus. Et il n'y a aucune raison d'être inquiétés si on suit le plan. Le père nous l'a expliqué, fit-il à Marguerite. J'en suis.

— Merci, Pierre, lui répondit Marguerite avec un large sourire. Encore une fois, vous n'êtes obligés en rien. Et puis vous avez déjà essayé de m'aider.

— Pas de comptes d'apothicaire, ici, lui rétorqua-t-il aussitôt. Ce n'est pas la question. Nous nous sommes concertés et nous sommes d'accord. N'est-ce pas, les gars ?

— Oui, fit le gros Bellin.

— Vous êtes sûrs qu'on ne nous reconnaîtra pas ? s'inquiéta Michel. J'ai ma réputation.

— Et tes sous, surtout ! ironisa Vallier.

— Ne vous inquiétez pas, répondit-elle. On viendra en nombre de la cour des Miracles pour créer la cohue. Vous n'aurez qu'à vous éclipser et retirer vos cagoules une fois tranquilles. Personne ne vous inquiétera.

— De la « cour des Miracles » ? articula Michel, effaré.

— Mais chut ! fit Bellin qui regardait tout autour si on ne l'avait pas entendu.

— J'ai vu le grand coësre et il nous aidera, renchérit-elle doucement pour le rassurer. Charles et lui s'appréciaient.

— Le grand coësre, maintenant ! continua de balbutier Michel, atterré par cette nouvelle. De mieux en mieux ! Et pourquoi pas les Tranche-Montagnes pendant qu'on y est ?

— Puisque vous en parlez… enchaîna le prêtre.

***

Il n'aimait vraiment pas voyager. Quand il hérita de la charge de Pithiviers, il savait exactement à quoi s'attendre. Il assistait son père depuis l'âge de neuf ans. Une mise au pilori pour un vol ou une rixe la plupart du temps, au pire une bastonnade ou un marquage au fer, et souvent des étrangers. La vie paisible d'un bourreau d'une petite ville avec tous ses avantages sans trop d'inconvénients, et apprécié de surcroît par ses concitoyens. Alors quand il avait reçu de son seigneur l'ordre d'aller jusqu'à Joigny pour procéder à une exécution, ça l'avait mis de mauvaise humeur. Il allait avoir du guignon, il l'avait immédiatement senti, car l'affaire était mauvaise. Exécuter un autre bourreau ne s'était jamais vu, et ce n'était certainement pas de bon augure. Sa tension ne s'atténua pas quand il apprit qu'en plus le roi lui-même serait là. Sans oublier le voyage à cheval qui n'allait rien arranger à sa goutte. Les chemins étaient cahoteux et souvent couverts par les forêts denses dans cette région. Idéal pour se faire attaquer par des loups. Ou encore tomber sur des marauds qui n'hésiteraient pas à l'estourbir pour lui voler sa bourse. Ou pire, il pourrait finir dans le fossé la gorge ouverte. Non. Ce voyage ne lui disait rien. Et ce n'étaient pas les deux pauvres gardes à l'allure misérable qu'on lui avait attribués, plus par condescendance que par sécurité, qui le rassuraient. L'un était souffreteux à cause d'un coup de froid qui ne passait pas et l'autre était aussi gras que las. Les bandits n'avaient qu'à bien se tenir, ironisa-t-il alors que la forêt d'Othe se refermait déjà au-dessus d'eux en voûtes. Les roues de la charrette tenaient à peine sur la largeur du chemin qui semblait se rétrécir. Il était fatigué. Il n'aurait pas dû boire ce vin aigre à l'auberge d'Auxy lors de leur halte la nuit dernière. En même temps, il y avait eu cette grosse bonne femme, là. Comment s'appelait-elle, déjà ? se demanda-t-il alors que des ombres les épiaient de derrière les arbres. Il cherchait encore dans sa grosse caboche, mais sa migraine persistante prenait le dessus. En tout cas, il avait aimé pétrir ses grosses mamelles qui débordaient de son corset taché quand elle se baissait pour le servir. Elle avait bien un peu minaudé au début mais, la pièce aidant, elle s'était laissé faire. Et puis il l'avait troussée. Enfin, c'était ce qu'il croyait, ne se souvenant plus s'il s'était affalé pendant ou après, épuisé par la route et assommé par le mauvais vin.

Marion ! se rappela-t-il enfin, se réveillant d'un coup sous l'effet de la mémoire retrouvée, mais trop tard pour parer les coups qui survinrent soudainement de tous côtés. Derrière sa tête d'abord, puis dans le flanc gauche, le faisant immédiatement basculer et chuter sur le sol. Là, à demi conscient, maintenu par une grosse chausse la joue écrasée sur le lit de feuilles qui sentaient la terre et le champignon, il aperçut un peu plus loin ses deux gardes inertes qu'on achevait d'une lame. Non, il n'aimait pas les voyages. Voyager, c'était aller au-devant d'ennuis, pensa-t-il alors qu'on le retournait face vers le ciel.

— Non, ne le tuez pas, dit une voix de femme.

Il essaya vainement de distinguer les personnes qui le regardaient de leur hauteur. La lumière aveuglante qui transperçait la tête des arbres plus haut l'empêchait de lire leurs traits. Il fit encore un effort et réalisa qu'ils étaient cagoulés.

— C'est juste un bourreau venu faire ce qu'on lui demande. Je ne veux pas lui faire de mal. Vous le garderez le temps de l'opération, continua la même voix. Vous le lâcherez plus loin demain. En attendant, récupérons ses affaires et sa charrette.

Il s'agissait bien d'une femme. Une femme qui menait une bande de manants, on aura tout vu ! se formalisa-t-il avant de ressentir une autre douleur, plus vive encore, sur son crâne. Un coup de gourdin fort et précis.

XLVI

Le pont Saint-Nicolas avait totalement disparu sous la marée humaine qui s'y pressait ce jour-là. Les deux moulins qui le flanquaient étaient eux aussi envahis par la foule curieuse, les uns agglutinés près des fenêtres, les autres agrippés en hauteur aux bâtisses pour mieux voir, quand d'autres encore s'étaient assis sur les toits. Sous les arches et en amont comme en aval, on luttait contre le courant de la rivière sur des embarcations de toutes sortes. Des simples barques de pêcheur dangereusement bondées aux gabares de transport, sur les navires de promenade richement décorés, quand les plus pauvres se juchaient sur les troncs joints des flotteurs de bois de passage. Dans la perspective du pont, les deux tours de la porte se dressaient fièrement, ornées de leurs fanions flamboyants, gardant la ville qui respirait derrière les murs comme un gros ventre de pierre arrondi couvert de vignes en son faîte. À toutes les fenêtres, aux meurtrières comme aux créneaux des tours, les couleurs de la ville ondulaient en éclats rouges et bleus et les griffons scintillaient d'or.

À peine la rumeur de son arrivée imminente s'était-elle répandue comme une houle jusqu'à l'entrée du pont, sur la rive gauche, que la foule se scindait déjà en deux de chaque côté de la route, écartée par les cavaliers de la garde royale, magnifiques sur leurs destriers blancs. Des géants par dizaines sublimement parés et armés, précédant celui que tout le monde était venu voir, ou en tout cas apercevoir. Autoritairement, ils ouvraient la brèche sur le pont, seul passage vers l'entrée de la ville, pressant les badauds par centaines sur les rebords, au risque de les faire basculer dans le vide. Car le carrosse se présentait déjà, lourd et imposant, encadré de soldats qui couraient à petite foulée. Sculpté de fioritures complexes entrelacées, on aurait dit un gros crabe d'or installé entre deux roues énormes qui remontaient haut à l'arrière, et deux plus petites à l'avant, précédées de six paires de lusitaniens, la robe crème et les yeux bleu clair. Le pas cadencé malgré le fourmillement contenu par une armée entière, les « cremellos », comme le roi aimait à appeler ses chevaux préférés, ralentissaient sans pour autant paraître effrayés, habitués à la parade et à la foule quand leur maître se déplaçait. Les « Vive le roi ! » fusaient, on criait plus fort que son voisin pour se faire entendre de sa seigneurie sur son passage, l'un s'excitant, persuadé d'avoir entrevu le visage derrière le rideau qui cachait l'habitacle, ou l'autre se vantant d'avoir perçu un signe de sa main en réponse à son bonjour. On hurlait des bravos et quelques sifflements retentissaient de temps à autre, mais toujours couverts par les hourras d'admiration devant l'étalage de richesse et de beauté qui alimenterait certainement les conversations au coin du feu pour de nombreuses années à venir.

Doucement mais sûrement, l'équipage pénétra sur le pont à peine assez large, et bientôt les portes de la ville avalèrent son illustre visiteur par son pont-levis abaissé.

***

Les étoffes fleuries à la mode se frottaient en murmures de damas sur les tailles, rivalisant d'étroitesse en plis, ou prenant leurs aises sous la mantua de satin cintrée qui s'évasait en queue de paon. Les corolles de dentelles dessinaient chez les femmes leurs gorges creusées où plongeaient des ruisseaux scintillants de pierres précieuses. Chez les hommes, c'étaient broderies foisonnantes sous les jabots épanouis, brocarts sur les pourpoints en chiquenaudes allégées par le bas, ornés d'une rotonde ou d'une fraise par le haut.

Toute la belle société des environs s'était rassemblée pour l'occasion, emplissant la cour du château de Joigny. Un ballet de bienséance où les coiffures en palissade ou à la Fontange ornées de diadèmes d'étamine miroitants croisaient les perruques en crinières farinées. Un champ multicolore de rubans de soie en garniture à la taille serrée ou d'or et d'argent en nœud d'épée, ondulant au gré des conversations chuchotées, des ricanements retenus derrière l'éventail, et des élans d'admiration flatteurs. Mais aussi des ouï-dire et des paroles prononcées, les lèvres presque scellées, des regards entendus aux subtils haussements de sourcils réprobateurs.

Car ce jour-là n'était pas un jour comme les autres. Tous évoquaient l'affaire et la rumeur bruissait déjà comme le vent dans les feuillages. On plaignait, on se moquait parfois, on regrettait des temps révolus ou les circonstances, mais surtout on s'impatientait en coups d'œil furtifs par-dessus la ruche effervescente vers la fenêtre derrière laquelle on savait qu'il se terrait. Les conjectures fusaient, empreintes d'appréhension ou de jeux d'esprit, les uns imaginant la peine et le désarroi contenus d'un père rompu mais s'efforçant de rester digne, les autres prédisant la fin du règne d'une famille décimée puisque sa lignée serait écourtée sous peu. Pour revenir aussitôt à l'essentiel et se féliciter de son apparence et de ses atouts flamboyants, même si l'occasion était sombre. Car après tout, le roi arrivait en ville, et il aurait été hors de question de lui apparaître sous son quotidien. L'opportunité était assez rare pour ne pas en profiter et lui faire part d'une requête ou d'une plainte. Pourquoi s'adresser aux anges quand on peut parler à Dieu ?

Henri de Sainte-Croix observait l'air absent la scène dans la cour en contrebas. Le carrosse royal faisait tout juste son entrée et fendait la foule triée sur le volet, inclinée, alors que la garde se répartissait tout autour, dessinant une ceinture de sécurité. Des petites taches bleues qui exécutaient une chorégraphie harmonieuse à laquelle se superposait le reflet de son visage sur la vitre. L'avenir terrifiant se fondait dans sa propre image. Il était vêtu de noir des pieds à la tête, sans fioritures ni rubans. L'allure sobre d'un homme endeuillé qui dérogeait à la règle d'une visite royale pour n'écouter que son cœur. En bas, le silence s'était fait alors que les invités avaient formé un demi-cercle sage autour du véhicule qui s'était enfin immobilisé. Dans quelques instants, le roi en descendrait et il devrait l'accueillir, avant de passer plus tard dans la journée la porte du Bossu, où la foule se pressait déjà contre l'échafaud. Pour l'achèvement de son drame. De son échec de seigneur. Et surtout de père.

— Le roi est arrivé, lui annonça Paul qui entrait. Il faut descendre.

— Je sais, répondit le comte d'une voix lasse.

Lentement il se ganta, de noir encore, et se dirigea vers le prévôt qui l'attendait à la porte, la mine sombre.

— Ils sont tous venus parés comme des perroquets, ironisa son fils.

— Ils n'allaient pas manquer cette occasion de se montrer. J'aurais préféré plus de discrétion.

— Vous savez bien que c'était impossible, rétorqua le prévôt désolé. Guy de Lys n'a pas manqué d'en faire l'annonce. C'est son jour.

— Et pour le reste, le coupa-t-il. Tout est prêt ?

— Je l'espère, oui, le rassura-t-il après un temps. En tout cas, c'est ce qu'on m'a rapporté. Tout s'est passé comme prévu pour le moment.

— Et Marguerite ? Comment va-t-elle ?

— Mieux. Apparemment le traitement semble efficace.

— Tant mieux, rétorqua le vieil homme d'une voix terne. Voilà au moins une bonne nouvelle.

— Il faut se presser, insista le prévôt.

— Paul ?

— Oui, monsieur le comte ?

Le comte avait levé les yeux pour les accrocher à ceux de son fils. Des yeux qui pesaient comme le plomb à cet instant, emplis à ras bord de toute sa peine.

— Merci, murmura-t-il en posant la main sur sa joue comme à un enfant.

***

Un valet déposa une marche sous la porte du carrosse qu'un autre ouvrit aussitôt, et un soulier à haut talon rouge et bout carré décoré d'un nœud de satin ocre apparut, suivi d'une jambe habillée d'un bas de soie fin. Le corps en manteau bleu fleurdelisé en broderie finement piquée de fils d'or s'extirpa à la suite, appuyé sur sa canne à pommeau d'argent. Le roi apparut, la grande croix de l'ordre du Saint-Esprit sur sa poitrine, et coiffé de son couvre-chef garni de plumes d'autruche d'où jaillissait sa perruque léonine. L'assemblée respectueusement muette s'inclina. Le comte de Sainte-Croix releva le premier la tête et se dirigea vers le roi pour l'accueillir, prestement suivi du commissaire royal empourpré comme à son habitude et de Paul. Le comte connaissait bien le souverain. Le roi avait à peine douze ans quand il était venu la première fois à Joigny, et lui-même était allé à de nombreuses reprises à la cour à une époque où il était plus investi en politique. Jusqu'à ce qu'il décide de s'occuper plus attentivement de sa ville affaiblie par la famine. Mais le Roi-Soleil n'avait plus rien du souverain radieux qu'il avait vu à la cour la dernière fois. Un petit vieux, pensa le comte. Sa gloutonnerie légendaire avait épaissi sa silhouette, les purges, saignements et autres lavements d'eau de rose et de miel avaient affaissé son allure, et le fard épais cachait difficilement les traces de scarlatine qui rongeaient son visage ridé, et lui faisait l'humeur amère.

— Comte, fit le roi d'un ton agacé.

— Sire, répondit le comte en le saluant encore. Je vous souhaite la bienvenue.

— Triste journée, n'est-ce pas ? enchaîna le roi qui semblait souffrir de ses jambes engourdies. Et le temps qui se couvre n'arrange rien à mon humeur ni à mes maux.

— Oui, Sire, répondit laconiquement le comte.

— Mon roi, fit le commissaire, affable.

— Ah, commissaire ! lui répondit le roi. Je vous félicite pour avoir exécuté promptement cette affaire. Nous en avons donc fini avec ces Tranche-Montagnes ?

— Terminé, mon roi, affirma ce dernier en le saluant encore.

— Si je peux me permettre, Sire, et sans nier les efforts du commissaire, intervint le comte, si l'affaire a pu être promptement réglée comme vous dites, c'est aussi grâce aux efforts de mon prévôt en amont. Le commissaire n'a fait que la terminer, conclut-il, ignorant le regard outré que Guy de Lys peinait à dissimuler.

— Mais bien entendu, fit le roi. Je vous félicite, prévôt. Fouquier, c'est cela ?

— Oui, Sire, répondit respectueusement Paul.

— Il serait de bon ton de lui donner votre nom, vous ne croyez pas, comte ? Après tout, il le mérite amplement. Ainsi que le titre qui l'accompagne. De toute façon, vous n'avez plus le choix si vous ne voulez pas que votre maison s'éteigne. Avançons, vous voulez bien ? Ce voyage depuis Orléans a été pénible. J'ai hâte de me reposer un peu chez vous et de me substanter. Avant de rencontrer tout ce monde-là, souffla-t-il en indiquant d'un regard las l'assemblée curieuse qui tendait l'oreille tout en se courbant encore à son approche.

— Un buffet vous attend, Sire, le rassura le comte. J'ai fait préparer de la langue de canard et des ris de veau, avec petits pois et artichauts.

— Mes plats préférés ! Vous vous souvenez donc ? s'étonna le roi dont le regard s'éclaira immédiatement.

— Évidemment, Sire.

— À quelle heure est prévue l'exécution ? continua le souverain alors qu'il feignait de reconnaître certains convives d'un sourire aimable.

— Ce soir, répondit promptement le commissaire.

— Quelle tristesse que cette affaire ! reprit le roi tout en se dirigeant vers l'entrée du château tandis que les soldats leur ouvraient la voie dans l'assemblée obséquieuse. Quand je pense au magnifique officier qu'était votre fils et à quel avenir il était promis ! Je dois avouer que je n'ai pas très bien compris ce qui lui a pris. Et vous ?

— L'amour, Sire, répondit le comte après un court instant.

— « L'amour » ? ironisa le roi. Vous avez raté quelque chose, mon vieux, si vous me permettez. Vous auriez dû le casser. L'enfermer. Ou la faire enfermer, elle ! On ne laisse pas un fils du royaume faire n'importe quoi pour une idylle ! Et le voilà aujourd'hui réduit à servir d'exemple pour affirmer ma volonté. Et vous faire déshonneur. Rentrons maintenant, je crains qu'il ne pleuve. Et allons manger, et qu'on m'apporte ma chaise au plus vite, conclut-il enfin, accélérant le pas, laissant derrière lui la petite troupe déférente.

Le comte se tenait aussi droit qu'il le pouvait, abasourdi, le souffle coupé. Le discrédit flagrant qu'il venait de recevoir en pleine figure comme une gifle l'avait presque terrassé, mais il ne voulait pas flancher. Il ne le pouvait pas. Il saluait une dernière fois le souverain quand il sentit la main de Paul sur son épaule.

— Ça va ? s'enquit Paul.

— Non. Ça ne va pas. Comment voudrais-tu que ça aille ? fit-il tristement.

— Vous devriez aller vous reposer. La journée va être longue.

— Non. On a mieux à faire, répondit le comte en retournant dans la cour sous les regards des poupées aux airs entendus de commisération feinte.

***

De la volaille rôtie froide, un bon morceau de saint-florentin crémeux, du pain mollet, et quelques noisettes. Et du vin. Dans un petit gobelet en étain. Un repas d'exception pour un prisonnier pas ordinaire. Un repas en nature morte, posé à même le sol. Un plaisir du ventre dont le sens se perdait entre ces murs. Une provocation, presque une injure. À quoi bon manger ? avait-il dit à Paul qui lui avait lui-même apporté le plateau un peu plus tôt. À quoi bon remplir un corps qui allait se vider de toutes parts ? Ce qui intéressait Charles par-dessus tout, c'était d'avoir des nouvelles de Marguerite. Depuis plusieurs jours qu'il était enfermé ici, il en demandait sans cesse, et Paul le rassurait du mieux qu'il pouvait. Il allait la visiter quotidiennement et la trouvait de mieux en mieux. La potion semblait faire effet, et elle serait bientôt sauvée, c'était certain.

— Elle va venir me voir, alors ? s'était-il inquiété.

— Peut-être, oui, Charles, lui avait répondu Paul, un peu gêné. Je ne sais pas. D'une manière ou d'une autre, oui, certainement.

— D'une manière ou d'une autre ?

Mais Paul n'avait pas insisté, arguant qu'elle n'était pas encore capable de se mouvoir librement.

— Et Henri ? J'aimerais le voir une dernière fois, avait-il encore demandé.

Paul avait promis de tout faire pour. Mais la chose n'était pas aisée, avec Guy de Lys qui traînait partout et imposait ses règles. Mais de cela aussi, il promettait de s'arranger. Et Charles savait que son frère tenait ses promesses.

Le cliquetis métallique de la clé dans la serrure retentit alors qu'il rêvait à cette possibilité, et la lourde porte s'ouvrit sur le comte chargé d'un panier recouvert d'un linge.

— Si vous venez aussi m'apporter de la nourriture, ce n'était pas la peine, plaisanta maladroitement Charles en indiquant du menton son repas par terre auquel il n'avait pas touché.

— C'est une autre forme de nourriture que je t'apporte, répondit son père alors qu'il posait précautionneusement le panier sur le sol.

Il retira doucement la toile et Henri apparut, confortablement installé dans un linge.

— Henri ! fit Charles alors qu'il se précipitait pour prendre l'enfant. Mon fils !

Le printemps. L'odeur du lait et de la lavande dans ses cheveux. Il le sentait. Il humait et se remplissait du parfum de la peau de son enfant qui inspectait l'endroit de ses petits yeux curieux.

— Merci, père.

Sa voix était chargée de larmes contenues. Les digues étaient sur le point de rompre, mais il ne voulait pas céder. Ce qu'il désirait le plus à cet instant, c'était laisser à son fils l'image d'un père solide et fier, souriant du bonheur partagé avec lui. Ce bonheur si particulier, fruit d'un lien unique, le lien du corps, le lien du sang, ce fil délicat mais dur comme l'acier qui fait que tout continue malgré l'adversité, les coups, et parfois aussi malgré une séparation définitive. Il voulait le regarder, ses yeux bien plongés dans les siens, ses doigts enfoncés dans la petite chair tendre qu'il percevait à travers le tissu. Et atteindre cet état ultime de fusion où leurs deux corps ne feraient qu'un. Comme avant, comme au début. Un lien indéfectible, gravé à la seconde dans la mémoire de l'enfant encore intacte, comme celui renoué entre Charles et son propre père par les regards qu'ils échangèrent alors sans mot dire. La musique d'un sourire et la tête du vieux comte de Joigny qui opinait imperceptiblement. Un léger mouvement, pas grand-chose, un détail anodin dans l'effervescence du monde, mais une vague gigantesque et déferlante dans le cœur de Charles. Une sensation de danger, de fragilité soudaine, mais aussi de force, une certitude d'être vraiment vivant. Parce que le regard de son père comptait maintenant plus que jamais. Comme celui de sa mère il y a longtemps. Comme son propre regard qu'il posait sur son fils.

— Je vous prie de m'excuser pour tout ce que je vous ai fait subir, père, lâcha-t-il après un long moment de silence.

— Tu n'as pas à t'excuser, rétorqua aussitôt le comte. Dans d'autres circonstances, j'aurais probablement fait la même chose.

— Vraiment ? s'étonna Charles.

— Oui. Vraiment.

— Même devenir bourreau dans votre propre ville ?

— J'ai dit « dans d'autres circonstances », feignit de plaisanter le comte.

Les mouvements de l'extérieur s'invitaient par le soupirail. Les pieds, certains chaussés, d'autres nus, se croisaient toujours et encore en un ballet incessant. On s'agitait, on se pressait, comme si la terre tournait plus vite ce jour-là, comme si l'ordre des choses s'était subtilement modifié.

— Le roi est là ? demanda Charles qui s'était dirigé vers l'ouverture haute dans le mur, berçant doucement son enfant bien installé dans ses bras.

— Oui. Il est arrivé plus tôt dans la journée. Il est d'une humeur massacrante.

— L'écartèlement, alors, coupa Charles.

— Ne t'inquiète pas, se reprit le comte après un temps nécessaire pour encaisser son émotion subite. Tout est organisé.

— Tout est organisé ? s'étonna-t-il en se retournant vers son père.

— Laisse-nous faire. Si je ne peux plus rien faire pour ta vie, je peux encore agir pour t'éviter de souffrir, dit-il péniblement alors que la colère grondait en lui, pour laisser finalement place aux larmes.

— Père ! murmura Charles en se précipitant vers le comte qui les prit, lui et l'enfant, dans ses bras.

Trois hommes. Trois temps. Trois vies, liées les unes aux autres. Trois corps joints comme un seul. La fusion opérait, enfin.

XLVII

Une belle endormie sous son épais édredon de nuages cotonneux bien installée, adossée au lit de la rivière. Pour le voyageur de passage en ce jour pluvieux, la ville semblait assoupie vue du haut de la côte Saint-Jacques qui la dominait de sa hauteur en manteau de vignes. Une fois passée l'une des quatre portes à peine fermées d'un rideau de pluie, il trouva les rues désertes. Les échoppes étaient fermées, les outils chômaient sur les établis. Si ce n'étaient les animaux qui erraient, un peu perdus dans les artères vides, le visiteur aurait pu croire que le temps s'était arrêté ici. Personne dans les ruelles sombres et nauséabondes adjacentes, ni catins boursouflées à la chair tombante, ni cafards coupe-bourse ou coupe-jarret tapis dans la vermine. Personne tout en haut de la Grand-Rue, où l'araignée sur sa toile de la cour des Miracles s'était carapatée, laissant l'endroit étonnamment paisible. Personne sur la place du Pilori, où seul résonnait le grincement métallique de la tour de la prison qui oscillait dans le vent. Seules les déjections qui descendaient encore dans les rigoles rappelaient au visiteur qu'il y avait bien eu des vies ici il n'y a pas encore si longtemps. Un peu plus haut, la rue Montant-au-Palais s'offrait en perspective sur les tours du château qui jaillissaient dans la bruine au-delà des toitures ocres et brunes. Joigny, la belle endormie. Ou peut-être morte ? se demanda-t-il alors. Non. Car une silhouette venait de passer tout en haut de la rue, rapidement. Il en était certain. L'allure était étrange, voire fantastique, parce que courbée et certainement encapuchée pour se protéger de la rigueur du temps. Et une autre encore. Puis une troisième. Des fantômes qui semblaient aller dans la même direction. Si le sang avait déserté ses ramifications qui s'entortillaient en réseau veineux, c'était pour affluer vers un endroit précis. Vers un cœur qui battait à tout rompre, alors que des gardes en nombre interdisaient l'entrée par la porte Saint-Jean béante qui se présentait enfin à lui au détour d'un virage, comme une énorme bouche gourmande. Elle était là, la vie. Il était là, le flot de sang, qui se distinguait en partie, de l'autre côté, inaccessible, dans ces corps élégants et aux allures prestes qui se précipitaient en tous sens, tâchant de protéger leurs riches tissus des intempéries. Mais un autre flux, plus gros celui-là, plus large, plus dense, se portait sur la gauche, contournant l'enceinte. Un flux de corps moins colorés et plus vulgaires, dans lequel le visiteur se fondit pour se laisser entraîner. Il entendait le cœur qui battait là, de l'autre côté de la porte du Châtelet, qui s'ouvrait et avalait la marée de corps propulsés par la valve palpitante. La cour Lamort, le cœur de la ville ce jour-là, noir de monde comme du sang qui s'épaississait, plus poisseux encore alors qu'on s'agglutinait, solide comme un morceau de pierre sur lequel l'échafaud des hautes œuvres était édifié. Et il entendait le murmure qui se répandait partout sur la place et dans les rues qui y menaient. Loin de l'agitation habituelle des exécutions, c'était un léger bourdonnement qui s'élevait de la foule, dont l'humeur restait étrangement limpide malgré le nombre. On parlait du « bon bourreau ». Qui était celui dont on faisait l'éloge un peu partout et qui inspirait à tous ici un respect évident ? se demandait-il, avant d'apercevoir en se haussant sur la pointe des pieds quatre hommes qui amenaient chacun un cheval. Il écoutait la rumeur qui devenait une contestation contenue, un désaveu qui se propageait des corps massés comme une plainte grave. On parlait de honte, d'injustice, pour un homme qui avait tant fait pour les plus pauvres. L'histoire d'un fils de comte devenu bourreau qui aurait abandonné l'échafaud pour guérir les plus démunis. Et ces Tranche-Montagnes, qui étaient-ils ? Quelle étrange affaire que celle-ci pour une ville d'apparence si tranquille ! Une affaire assez importante apparemment, puisque le roi lui-même s'était déplacé pour assister à son épilogue, s'étonna-t-il encore.

« Le bon bourreau... »

La complainte s'élevait gentiment, calme et empreinte de respect. Comme une prière. Trois mots. « Le bon bourreau ». Repris de part en part, appuyés par les regards de connivence. La cause était entendue et le soutien total. Toutes et tous, ici, la plupart de faible condition, mais d'autres visiblement plus aisés, commerçants et bourgeois, trempés jusqu'à l'os, tous communiaient à la vue des bêtes qu'on orientait vers les points cardinaux. Des cordes étaient fixées à leurs palonniers. La rumeur devint tumulte par endroits, le chahut prenait le pas là-bas derrière dans la rue. On se bagarrait et déjà la garde intervenait pour adoucir les humeurs tendues.

« Le bon bourreau ! »

On scandait, des poings se dressaient vers le ciel tellement bas qu'on aurait pu penser pouvoir l'atteindre et passer à travers. En échos éparpillés d'abord, les voix s'accordèrent ensuite, et la prière devint une seule revendication. Puissante, posée, assurée, presque menaçante pour qui se trouverait assis là-bas sous la toile bleu et or. Mais surtout pour le visiteur, un moment magnifique d'union de tout un peuple pour un homme qu'il ne connaissait pas, mais à la cause duquel il se ralliait. Alors lui aussi leva le poing à son tour et scanda : « Le bon bourreau ! »

***

Recroquevillé sur lui-même, Charles écoutait le chant de la foule qui lui parvenait par le soupirail. Il écoutait les mots proclamés alors que son regard se perdait dans le ruissellement d'eau sale qui dégoulinait par l'ouverture sur le torchis écaillé. Des mots qui lui remplissaient le cœur et le corps, si vides depuis le départ de son père et d'Henri un peu plus tôt. Un trou d'air abyssal, l'amorce d'une chute sans fin quand la lourde porte s'était refermée sur eux, le laissant seul enfermé dans sa vraie prison, celle à l'intérieur de lui, des barreaux de désespoir enchâssés dans quatre murs de désarroi. Il se redressa avec peine et s'approcha de la petite fenêtre pour mieux écouter et se renforcer, pour ne pas faillir durant les derniers instants. Rester droit, debout, pour son père, pour son frère qui seraient là. Pour tous ceux qui l'attendaient en ce moment même pour le saluer une dernière fois. Le bon bourreau. Et surtout pour Marguerite, qui devait certainement être allongée dans leur chambre à l'heure qu'il était. Il l'imaginait seule, à bout de forces. Il espérait qu'elle prenait bien son traitement. Il fonctionnait, Paul le lui avait confirmé, et il en était en partie soulagé. Au moins il partirait avec le sentiment de ne pas tout avoir raté. Malgré le drame et les dommages, il aurait réussi à la sauver, et c'était ce qui lui importait le plus. Elle et Henri. Qu'allaient-ils devenir, sans lui ? Le comte l'aiderait certainement. Après tout, il était son petit-fils et il ne les laisserait pas tomber. Le comte avait d'ailleurs dû la voir puisqu'il lui avait amené l'enfant. Peut-être était-il resté un peu avec elle, lui apportant du réconfort autant que possible ? Il voulait rester sur cette image. Le tableau de ce qui resterait de sa vie. Son père, protecteur, penché sur Marguerite alitée avec Henri dans ses bras, et sur le côté, Paul qui veillait. Par la fenêtre, une lumière latérale et douce se teintait de la chaleur des champs, le bruissement des ailes des moulins susurrait dans le vent tiède. Oui, ce tableau lui plaisait. Marguerite recouvrait la santé d'un dernier coup de pinceau, en pensée il dessina un sourire généreux sur son beau visage, rehaussa ses pommettes de porcelaine d'un soupçon de pétales de rose et estompa d'un soupir le pourpre des fossés creusés sous ses beaux yeux d'émeraude. L'enfant gazouillait, le léger tapage des sabots sur les pavés dehors résonnait, et la sérénité cristalline du bonheur retrouvé perlait dans l'air. Voilà, la peinture de sa vie était achevée. Charles pouvait poser ses pinceaux et sa palette. Un peu consolé. Cette pensée lui faisait du bien et il sentait enfin la quiétude le remplir doucement, prenant le pas sur ses peurs.

Ses peurs qui lui empoignèrent soudainement les tripes quand la clenche de la porte éructa dans le silence.

Le bourreau se tenait là. Cagoulé et vêtu d'un uniforme de cuir noir orné sur le plastron de deux haches en croix. Il paraissait bien frêle pour sa fonction, et son pas était hésitant alors qu'il s'approchait de Charles.

— Au moins votre blason ne permet pas le doute, plaisanta maladroitement Charles, alors qu'on fermait déjà la porte derrière le visiteur, ce qui ne manqua pas de l'étonner. Pithiviers, c'est ça ?

Il se sentait mal. D'une main, il s'appuya sur le mur pour ne pas défaillir. Pas maintenant, pensait-il. Il leva les yeux à nouveau vers le bourreau qui se tenait devant lui. Son bourreau, celui entre les mains duquel il allait remettre sa vie. Il était décidément étrangement fichu, ce bourreau, se dit-il encore. Peu d'épaules, l'une un peu plus haute que l'autre, et le corps un peu perdu dans un costume visiblement trop large.

— Vous êtes muet, en plus ? plaisanta-t-il encore.

— Charles, lui répondit l'exécuteur.

S'il n'avait pas la carrure de sa fonction, il en avait encore moins la voix. C'était la voix d'une femme. La voix de sa femme. Non. Il déraisonnait sûrement, se dit-il aussitôt. Les conséquences de son angoisse certainement. Sa mémoire endolorie devait lui jouer un mauvais tour, s'alliant à ses fantasmes les plus fous, comme le désir poignant de la revoir une dernière fois. Le bourreau retira sa cagoule après s'être assuré que la porte était bien fermée. Le tissu libéra alors ses cheveux ébène aux reflets bleutés sur ses épaules. Marguerite. Son visage à la beauté sans nuages éclaira instantanément la geôle de rayons de soleil s'immisçant par les planches disjointes d'une grange perdue au milieu des vignes. Charles la regardait, exalté, et il pouvait sentir dans son dos le foin réchauffé par leurs étreintes, et tout autour les poussières qui dansaient dans les traits de lumière dorée. Il n'avait pas encore parlé. Ils restèrent un instant silencieux, happés instantanément par la brèche qui venait de se former entre ces murs, leur ouvrant la voie vers un monde qui n'appartenait qu'à eux.

— Marguerite ?… souffla-t-il enfin.

— Oui, mon amour. C'est moi, sourit-elle.

— Mais… que fais-tu là ?

Elle se rua dans ses bras, coupant court à toute discussion. C'était tout ce qu'elle désirait à cet instant, cette seconde, se sentir éprise et prise, enlacée et l'enlaçant, retrouver leur union qui avait été brisée par le désordre, leurs vies bringuebalées par les tempêtes, puis renversées, coulées, échouées. Sentir cet élan toujours vivace, se rassurer de leur attirance toujours puissante, et se raffermir de cette force qui fut la leur depuis le début, leur permettant de se frayer un passage dans la vie. Sentir leur amour. Cet amour indéfectible. Insatiable. Se remplir de ce corps-à-corps pour continuer malgré tout, malgré la terreur des minutes qui allaient survenir, main dans la main, unis pour toujours.

— Je ne comprends pas… reprit-il en se détachant d'elle pour mieux la regarder.

— Tout est arrangé, lui répondit-elle aussitôt, la voix assurée. Je m'occupe de tout.

— C'est toi qui… fit-il effaré, la regardant à nouveau de la tête aux pieds.

— Tu ne souffriras pas, mon amour. Fais-moi confiance.

De sa poche elle sortit un petit lacet blanc. Ils restèrent là, tous les deux, à regarder le serpent lascivement endormi entre ses doigts.

— Je suis désolée, souffla-t-elle après un silence. J'aurais tellement voulu pouvoir faire autre chose. Autrement. Te libérer.

Elle sanglotait. Son corps hoquetait sous son costume trop large, rembourré de chiffons qui camouflaient ses formes. Elle aurait voulu rester forte, solide, pour le rassurer. Mais son amour meurtri saignait encore plus maintenant qu'elle l'avait retrouvé et s'apprêtait à l'accompagner vers son dernier soupir.

— Mais c'est ce que tu vas faire, mon amour, la rassura-t-il, alors qu'il réalisait tout ce qui s'était tramé ces derniers jours.

Il referma doucement mais fermement sa main, emprisonnant un peu plus la cordelette pour qu'elle ne s'échappe pas.

— Oui mais… admit-elle enfin, avec une teinte de regret.

— Mais toi ? Tu es sûre ? Comment te sens-tu ?

— Mieux, le rassura-t-elle aussitôt. Ce n'est pas encore ça. Je dois m'asseoir de temps à autre. Parfois, je ressens une fatigue soudaine et profonde, mais le reste du temps ça va. Je crois que ça marche ! Vous avez réussi !

— Mais tu es sûre de ce que tu veux faire ? s'inquiéta-t-il encore.

— Oui.

— Qui t'aide ? Mon père ?

— Il est au courant, oui. Mais je ne serai pas seule, j'ai quatre aides, figure-toi, plaisanta-t-elle pour repousser son chagrin. Bon, pas les meilleurs, mais je n'ai pas le choix. Eux non plus, d'ailleurs !

— Qui ?

— Quatre personnes qui te le doivent bien.

— Eux ? murmura-t-il, ahuri.

— Oui, « eux » ! Le père de Saintonge a fini par les convaincre.

Il n'était pas seul. Il n'était plus seul, désormais. Puisque malgré les tourments, malgré les vies qu'il croyait définitivement éloignées il y a quelques instants encore, tous ceux qui avaient compté pour lui, tous ceux à travers lesquels il s'était construit et qu'il aimait étaient là, à nouveau réunis pour sa dernière heure, aussi tragique soit-elle.

On frappa à la porte. Dehors, la clameur montait encore plus, alors que l'eau de pluie dégoulinait toujours par le soupirail. Il la serra à nouveau dans ses bras et l'embrassa.

Oui. Elle sentait bien l'odeur de la paille chaude, et il entendait le chant du vent dans les vignes.

La porte s'ouvrit et leurs deux corps se séparèrent, une déchirure.

— Mon fils, fit tristement le père de Saintonge qui se tenait à l'entrée.

— Mon père ! lui sourit largement Charles.

XLVIII

— Du cachot à la cour sans toucher les murs ? fit Charles par bravade pour se donner du courage.

Comme l'exigeaient les circonstances et en tant que prévôt, Paul était venu chercher le condamné pour le mener à l'échafaud. Il adressa à Marguerite et au père de Saintonge un regard complice, auquel ils répondirent en opinant discrètement. La bourrelle remit promptement sa cagoule puis deux gardes apparurent.

— Si tu veux, répondit-il, tâchant de donner le change en retour. Et celui qui perd ?

— Passe une nuit dans l'échauguette ! rétorqua Charles aussitôt. Comme toujours.

— Comme toujours !

L'un des gardes s'avança pour entraver les poignets de Charles.

— Non ! interdit Paul au soldat un peu étonné. Et laissez-nous passer devant.

Les deux frères se positionnèrent dans l'axe du couloir l'un à côté de l'autre. Ils fermèrent les yeux, et leur monde s'ouvrit à eux. Ce monde qui avait été le leur pendant de nombreuses années, le monde de leur imaginaire et de leurs jeux d'enfants, ce monde dans lequel ils ressentaient tous les deux le besoin de replonger une dernière fois. Reconnaître les sons dans les couloirs vides, sentir les odeurs de pierre froide et humide, frissonner sous l'air frais sur les tempes et faire crisser le sol de graviers blancs sous leurs pieds. Dehors, la ville était en émoi et l'orage grondait, mais eux n'étaient plus là. Le premier qui frôlerait le mur ou buterait sur une marche aurait perdu. En gage, une nuit dans la guérite au bout du jardin, avec une simple couverture pour se protéger de la nuit froide et un bon rhume en prime le lendemain. Deux frères, l'un à côté de l'autre, l'un pouvant presque sentir l'épaule de l'autre.

Derrière, les gardes, Marguerite et le père, virent leurs mains se serrer avec force une dernière fois. Pour se lâcher enfin, donnant ainsi le signal du départ.

— Prêt ? demanda Paul.

— Prêt, répondit Charles.

La procession se mit en mouvement. À l'aveugle, Charles et Paul progressèrent dans le corridor d'un pas tranquille, ressentant la proximité des murs sur les côtés à travers les sensations de leurs souvenirs. Encore quelques mètres et les premières marches sortiraient de terre pour monter en colimaçon. Mais ni l'un ni l'autre ne trébucha, ni l'un ni l'autre n'effleura la paroi en virage qui s'accentuait alors qu'ils montaient sans bruit. Encore quelques degrés et ils atteindraient le rez-de-chaussée. À travers leurs paupières closes, ils pouvaient percevoir la lumière basse de cette fin de journée pluvieuse qui provenait de la grande porte qu'ils s'apprêtaient bientôt à passer. Et surtout, ils percevaient la musique, là-bas dehors. La musique sourde de la foule qui attendait dans la cour du château et qui allait les accompagner jusqu'à la porte du Bossu pour entrer dans la cour Lamort.

Un léger frottement de tissu se fit entendre au moment de passer la porte, et ils s'arrêtèrent aussitôt.

— J'ai entendu, Paul ! sourit Charles qui gardait les yeux fermés alors que le crachin lui lavait le visage. Tu as touché !

— Oui, rétorqua le prévôt. La porte. Cette satanée porte. Je la touche chaque fois, plaisanta-t-il alors que tous autour d'eux, perplexes, observaient les deux hommes qui gardaient les yeux fermés. J'irai à la tour cette nuit.

— Juré ?

— Juré.

Charles ne voulait pas rouvrir les yeux. Il était bien, là, dans son monde, celui qu'il s'était construit depuis son enfance. Ce monde qu'il connaissait si bien, ses odeurs, sa lumière, même la sensation de l'eau qui coulait sur son visage.

— Tu es toujours là ? demanda-t-il à Marguerite qui se tenait le plus près qu'elle le pouvait derrière lui sans éveiller les soupçons.

— Je suis là, murmura-t-elle de sa voix de velours.

Rester en soi, pour soi. Rester debout et ne pas faillir, ne pas chuter. Rester fort, jusqu'au bout. Il reprit alors sa marche. Cent sept. Tout comme le nombre de pas qui séparaient la porte du Pont du haut de la Grand-Rue, il connaissait le nombre de pas qui séparaient la porte d'entrée du château de la porte du Bossu. Cent sept. Cent six. Cent cinq. Il pouvait sentir les regards effleurer sa peau à travers le tissu de sa chemise immaculée de condamné. Quatre-vingt-neuf, quatre-vingt-huit. Il entendait la rumeur étonnée devant ses yeux fermés. Pas de chanson sur le bourreau qui ne savait pas décoller ? remarqua-t-il. Il aurait pourtant bien aimé l'entendre. Comme un pied de nez au destin. Cinquante-huit. Cinquante-sept. Il avait dépassé le milieu de la cour, il savait parfaitement où il se situait. Trente-trois, trente-deux, la porte du Bossu devait se dresser devant lui maintenant, béante, prête à l'avaler pour le recracher de l'autre côté et le digérer. Vingt et un, vingt. Et il ne regrettait rien. Non. Malgré la peine et les souffrances, celles passées et celles qui allaient venir, il ne regrettait pas sa décision d'un jour. Dix-sept, seize, quinze, la rumeur s'était atténuée, et il entendait la pluie ruisseler des toits par les rigoles. « Le bon bourreau. » Il avait bien entendu. « Le bon bourreau. » Encore. C'était bien lui qu'on désignait, lui qu'on réclamait, une voix, suivie d'une autre, puis encore d'autres qui se soutenaient en incantation par dizaines, peut-être par centaines. Sept, six, cinq, « le bon bourreau » plus fort encore, et la pluie qui cessa soudainement de pleurer sur son visage. Il s'arrêta aussitôt et ouvrit les yeux pour découvrir, entourée d'une arche de pierre, la scène de son épilogue. La marée humaine sous la bruine monotone s'était tue. Et tous le fixaient. Bienveillants. Cinq, se répéta-t-il alors dans sa tête. Il s'était trompé de cinq pas.

— Que se passe-t-il, enfin ? s'agaça le roi qui s'impatientait sous la tente officielle. Pourquoi s'arrêtent-ils ? Qu'on en finisse au plus vite et qu'on aille se mettre au sec !

Assis à ses côtés, le comte de Joigny se contenait. Il apercevait son fils au loin, sous la porte, au beau milieu de la foule calme et respectueuse.

— Et pourquoi cette ambiance triste ? s'étonna encore le souverain. Ils devraient être heureux de se voir débarrassés d'un criminel ! Je ne comprends décidément pas vos gens, comte.

Le roi lui parlait, mais le comte ne l'écoutait pas. Non, il n'était plus le comte. Il était le père, remontant le cours de sa vie au gré de souvenirs qui l'assaillaient.

— Mais que faites-vous ? lui demanda le roi en le regardant, atterré.

Le comte s'était levé et s'était mis à applaudir. Petit à petit, toutes les têtes se tournèrent vers lui comme une seule, et le silence se fit aussitôt. Le comte continuait d'applaudir et les contemplait avec un air apaisé. Puis il porta son regard plus loin, là-bas, vers son fils qui le fixait aussi. Et ils se sourirent une dernière fois, alors que le son sec du claquement de mains improvisé rebondissait dans la foule, repris par l'un, puis par un autre, puis par plusieurs, le tout en cadence, prenant de l'ampleur, un peu partout dans la cour, de plus en plus fort et de plus en plus vite. Le comte accéléra, comme pris d'une frénésie qu'il ne pouvait ni ne voulait réfréner. Applaudir à tout rompre. Briser la chape de peine qui fondait lourdement sur eux et laisser exploser les émotions. Les laisser s'exprimer.

— C'est tout simplement ridicule, se formalisa le roi. On n'a jamais vu ça. Faites procéder à l'exécution ! ordonna-t-il au commissaire royal qui se tenait à ses côtés.

Guy de Lys se fraya brutalement un passage, aidé de sa garde, jusqu'à la porte.

— Bourreau, emmenez le condamné sur la planche immédiatement ! ordonna-t-il.

— Je suis là, murmura Marguerite à Charles, le prenant par le bras.

Derrière et autour d'eux, les soldats avaient formé un cercle pour les accompagner au centre de la place.

La foule s'ouvrait en continuant d'applaudir. Charles essayait de croiser tous les regards comme un dernier adieu. Des visages au fard dégoulinant, grimaçant de compassion et aussi d'impatience contenue pour certains, mais aussi et surtout des trognes sales, des gueules à la peau épaisse comme le cuir burinée, des bouches édentées offrant des rictus effrayants, des sourires de misère. Des sourires pour lui, pour l'homme qu'il avait été pour eux. « Le bon bourreau », le guérisseur. Un garde le poussa encore d'un coup dans les reins pour qu'il avance plus vite, et la main de sa bourrelle le soutenait un peu plus par le tissu de sa chemise, au poignet. Comme il aurait voulu lui prendre la main maintenant. Il se rassasiait de la présence de Paul qu'il devinait non loin, juste derrière, quand il crut reconnaître le grand coësre parmi quelques-unes des créatures de la cour des Miracles dans la foule. Il le salua d'un sourire, mais il arrivait déjà sur le lieu de son supplice, là où les quatre chevaux l'attendaient.

Salut, Nord-Ouest, pensa-t-il, amorçant un geste pour caresser la bête qu'il connaissait si bien, mais arrêté aussitôt par la main de Guy de Lys qui se tenait juste à ses côtés.

— Assez joué, le roi attend, mordit-il sèchement.

— Courage, mon fils, le réconforta encore le père de Saintonge qui posait sa main sur l'épaule de Charles dont la respiration s'accélérait. Pense au jardin de la Sagesse !

— Merci d'être là, mon père, souffla Charles, retenant ses émotions qui galopaient de plus en plus vite, les retenant tant bien que mal pour qu'elles ne s'échappent pas et qu'il ne s'écroule pas. Oui. Je me souviendrai du jardin et de nos promenades…

Il échangea un dernier geste d'adieu avec son frère, et déjà les gardes l'arrachaient pour l'emmener vers une table posée là. Un dernier repas, le sien, pensa-t-il, mais sans couverts ni plats puisqu'il en était l'unique mets. La panique l'envahit, remontant de ses tripes jusqu'à la nausée. Il chercha Marguerite du regard, mais les gardes l'allongeaient déjà sur le bois, la face vers le ciel en voûte aveuglante.

— On est là, Charles, lui souffla un des aides cagoulés du bourreau qui lui liait un poignet. C'est moi, Defosse.

— Defosse ? souffla Charles, ahuri.

— Oui, c'est moi, lui murmura le médecin, faisant en sorte de ne pas être entendu par les gardes.

— Je suis là aussi, fit Michel qui lui attachait un pied de l'autre côté.

— Moi aussi, pleurait presque Vallier qui peinait à faire son nœud à ses côtés.

— Moi aussi, fit enfin Bellin. On est tous avec toi, Charles.

— On se dépêche ! cria Guy de Lys qui arriva alors précipitamment, brisant aussi sec l'ultime réunion des quatre amis. Le roi attend !

— Mes amis ! cria Charles, perdant son souffle.

Mais ils avaient déjà disparu de son champ de vision, houspillés par les soldats toujours plus nerveux. Allongé, le corps raide sur le bois dur, le visage plein ciel opaque et noyé par la bruine qui continuait de larmoyer sur son sort, Charles pouvait déjà ressentir les à-coups dans ses bras et ses jambes en croix donnés par les chevaux qui s'agitaient malgré les efforts désespérés des aides inexpérimentés. Tout autour, les applaudissements avaient laissé place au silence.

— Exécutez, bourreau ! ordonna encore Guy de Lys à l'exécuteur qui se tenait bizarrement à l'écart, comme s'il hésitait. Qu'est-ce que vous attendez ?

Le silence toujours, le ciel laiteux et les gouttes qui frappaient ses yeux. Charles tâchait d'oublier cette terre si dure sous lui qu'il s'apprêtait à quitter. Il essayait de contenter son cœur de la présence de ses amis qu'il savait là, au bout de chaque corde qui le maintenait, et de son amour, pas loin, peut-être juste derrière. Son frère, et son père, là-bas. Le silence pour se calmer. Calmer son cœur qui battait la chamade.

— À genoux, mes frères ! ordonna solennellement le père de Saintonge à la foule qui s'exécuta d'un seul mouvement.

— Quoi ! Une prière ? s'étrangla le commissaire, hors de lui. Maintenant ?

— Oui. En hommage au roi ! insista le prêtre, incitant la foule à se tourner vers la tente plus loin, tournant ainsi le dos à la scène du supplice.

Le commissaire n'eut pas le temps de contester. Le père entonna un *Salve Regina* repris par l'assemblée nombreuse déjà agenouillée pour prier. Le chant s'éleva et Charles se mit à pleurer.

— « Souviens-toi de l'azur sur les champs bleus, fit sa voix douce comme du lait. Comme une mer irisée par le reflet des cieux… »

Elle s'était agenouillée elle aussi, son visage tout proche du sien. Car c'était bien son visage dont il goûtait le miel à travers ses yeux. Il imagina alors sa chevelure ondoyante qui revenait en ressacs sur ses épaules dénudées, brillantes de sueur. Il pouvait sentir son corps peser sur le sien, leurs corps harassés de fatigue et de plaisir, étendus sur l'épaisse couche de foin.

— « Le vent chassé par les ailes des moulins sourds… reprit faiblement Charles à son tour. Poussent au lointain les nuages et chante mon amour. »

— Je t'aime, lui murmura-t-elle alors de ses yeux émeraude.

— Je t'aime, lui répondit-il comme si c'était la première fois.

Ils se sentaient protégés, là-haut, dans leur vieille grange de guingois cachée dans les vignes sous le ciel. La poussière de paille dansait pour eux dans les rayons du soleil qui se faufilaient entre les planches disjointes et il se noyait à l'infini dans ses lèvres de roses satinées.

Puis une sensation, autour de sa gorge. Comme une étreinte.

La pluie avait redoublé dans la cour Lamort, et le chant s'achevait sur les corps courbés en prière comme une mer de granit. Tous se relevèrent alors, un peu étourdis, comme après avoir cherché longtemps le sommeil à cause d'une nuit trop chaude.

— Exécutez, maintenant ! ordonna le commissaire, impatient, brisant le silence.

Les chevaux firent un pas en avant chacun dans sa direction, et le corps de Charles se souleva au-dessus de la table comme par magie, les membres tendus dans le prolongement des cordes raidies par l'effort.

— Ça n'a pas l'air de lui faire grand mal, fit un bourgeois bedonnant aux premières loges. On dirait qu'il dort !

— Il fait le mort ! plaisanta un autre, attirant l'attention du commissaire qui s'approchait du supplicié.

Il n'y avait plus de temps à perdre. Paul envoya le signal convenu au grand coësre qui se tenait au premier rang. Un coup de sifflet retentit alors, et ce fut la cohue. On hurla plus loin là-bas. Quelqu'un aurait été volé. De l'autre côté, une bagarre éclata. Puis une autre encore, un peu plus loin. Les rixes successives créèrent rapidement un vent de panique, et des mouvements de foule prirent très vite de l'ampleur, les houles se rejoignant pour se fracasser les unes contre les autres comme une mer déchaînée. Les gardes furent pris à partie, et les coups commencèrent à pleuvoir. Le commissaire ne savait plus où donner de la tête, alors que les aides peinaient à tenir les chevaux qui s'emballaient, manquant de rompre définitivement le corps de Charles qui se balançait en tous sens dans les airs.

— Coupez et fuyez ! leur cria Marguerite.

D'un coup de lame, chacun libéra de son côté la dépouille de Charles avant de se fondre dans la masse.

— Mais, qu'est-ce que vous faites ? hurlait le commissaire qui fondait de colère sur le corps qui était retombé lourdement sur la table. Mais ?...

À peine réalisait-il que le condamné était déjà mort, que Paul se colla à lui et, à l'insu des gardes trop occupés à se battre, lui ouvrit le ventre de sa lame, avant de le jeter comme un pantin désarticulé dans le tumulte des corps qui se heurtaient de toutes parts. Les yeux exorbités et les mains plaquées sur ses entrailles qui se déversaient déjà, le commissaire s'effondra pour disparaître, happé par la colère du peuple.

— Belle exécution ! fit avec dépit le roi qui se levait déjà pour partir. Je ne vous félicite pas, comte. Nous en reparlerons quand vous viendrez me voir à Paris.

Le comte de Joigny salua respectueusement le souverain qui quittait déjà la tente, bien protégé par sa garde personnelle, puis revint aussitôt au spectacle qu'il avait lui-même orchestré. De sa hauteur, il observait avec soulagement Paul au loin hisser le corps de son frère sans vie mais intact sur l'échafaud, alors que partout on tentait de s'extirper par la porte vers l'extérieur. Au-dessus de la masse hystérique, il aperçut Marguerite juchée sur un des chevaux. Son visage était découvert, et elle ne portait plus le costume. Ils échangèrent un signe discret de la main, avant qu'elle ne lance sa monture et disparaisse dans le flux qui vidait la cour Lamort.

XLIX

Quelques baluchons en toile bien remplis attendaient sur la grande table de la salle de séjour. Sur le mur à côté de l'âtre, la trace de l'icône tout juste retirée se dessinait, rectangle clair sur la chaux brunie par la suie. Les ustensiles de cuisine en cuivre avaient eux aussi disparu du manteau de la cheminée et, de l'autre côté de la pièce sombre et muette, le prie-Dieu dormait pour toujours sous son drap de poussière sur lequel on devinait encore l'empreinte de la bible et du portrait. En face, le gros coffre à miches bâillait, découvrant son gros ventre vide aux parois farinées. Un vent léger pénétra par la fenêtre laissée entrouverte, apportant avec lui les senteurs de la pluie sur la pierre chaude. Dans le verre inégal des vitres en losanges vert et ocre, les moulins éternels veillaient au loin sur la route de Champagne encore assoupie, et les sabots de quelques chevaux claquaient sur la Guimbarde. Seul Henri remuait, imperceptiblement, confortablement installé dans une panière, ses petites mains potelées jouant avec un lapin en chiffons.

Marguerite finissait d'emballer le manuscrit et les livres de son père dans un linge pour les protéger, quand des coups légers sur la porte d'entrée retentirent.

— Monsieur le comte ? s'étonna-t-elle après avoir ouvert la porte sur le visiteur qui lui souriait.

— Je vous dérange ? demanda-t-il, apercevant les affaires sur la table derrière elle. Je crois savoir que vous partez.

— En effet. Mais entrez, lui fit-elle aussitôt, se mettant sur le côté pour lui offrir un passage.

Le comte entra et retira sa cape d'un geste ample et tranquille. Son élégant pourpoint bleu nuit brocardé contrastait avec la monochromie des murs vides et des meubles tristes. Il fit le tour de la pièce, contournant la grande table, pour s'arrêter sur l'enfant.

— Je peux ? demanda-t-il presque suppliant.

— Je vous en prie, lui répondit-elle avec un large sourire.

Avec précaution, il saisit le bébé pour le prendre dans ses bras et le serrer contre lui. C'était certainement le fruit de son imagination, mais Marguerite ne put s'empêcher de voir Charles en son père. Le même profil, peut-être, elle n'y avait jamais fait attention. Ou était-ce son attitude ? Son cœur se serra un peu à cette évocation. Elle referma alors la porte, lentement, le temps de reprendre son souffle.

— Charles a été enterré ce matin sous une dalle à Saint-André, dit le comte après un silence, occupé à bercer Henri.

— Oui, je sais, répondit-elle d'un ton triste. Paul m'avait prévenue. Mais j'ai pensé qu'il valait mieux que je ne sois pas là.

— C'était une belle cérémonie, continua-t-il. Il est à côté de ses ancêtres. Et puis, je sais qu'il aimait particulièrement cette église. Et son jardin de la Sagesse.

— Le père de Saintonge était son ami, oui.

— En parlant d'amis, vos aides étaient là, eux aussi.

— C'est vrai ? Ils se sont remis, alors ? plaisanta-t-elle.

Un ricanement soudain d'Henri attira leur attention à tous deux, puis le silence à nouveau. Ce silence d'après la tempête. Ce silence qui ramène à l'essentiel, à ce qui reste des vies de chacun après la lutte.

— Paul porte mon nom désormais, reprit le comte après un temps.

— C'est bien. Il le mérite. Il fera un bon comte plus tard.

— Pas si tard que ça. J'ai l'intention de lui donner les rênes sous peu. Je suis fatigué de tout ça. Je n'ai plus qu'une envie, me retirer et chasser.

— Vous avez bien raison.

— Normalement ça aurait dû être Charles…

— Je sais.

— Pardonnez-moi. C'est bête.

— Ce n'est rien. Et le commissaire ? demanda-t-elle soudain.

— J'ai étouffé l'affaire, répondit-il, heureux de changer de conversation. Il aurait été tué d'un coup de couteau hasardeux dans la cohue, paraît-il… J'ai promis une enquête… Bref.

— Et Charles ? Il n'a pas été écartelé.

— Sa mort a été constatée par Defosse. Ça devrait suffire. Et personne n'ira vérifier maintenant qu'il est sous terre, affirma-t-il fermement.

— Tant mieux.

— Vous partez donc ? reprit-il, promenant l'enfant dans la pièce.

— Oui, tout à l'heure. Et puis, il faut que je libère cette maison. J'imagine que vous aurez bientôt un nouveau bourreau.

— Vous n'êtes pas obligée de partir.

— Si. Je le dois. Trop de souvenirs ici.

— Pour aller où ?

— À Paris.

— À Paris ? répéta-t-il, cachant mal son inquiétude.

— Pour quelque temps en tout cas, oui.

— Paris n'est pas un endroit sûr pour une femme seule avec un enfant.

— Je ne serai pas seule. J'ai un cousin là-bas. Il nous accueillera.

— Ah… fit le comte, pas convaincu. Et la vente de la charge de votre père ?

— Vous voulez bien garder l'argent quand ce sera fait ? Je sais qu'il sera en sécurité entre vos mains. Pour le jour où Henri sera en âge d'acheter sa propre charge, fit-elle en regardant l'enfant avec tendresse.

— Il pourrait rester, se défendit le comte. Il n'est pas obligé de devenir bourreau. Enfin, je pourrais lui donner mon nom. Il pourrait être comte, un jour.

— Merci. Mais j'ai fait une promesse à mon père et je veux la tenir.

— Très bien, fit-il résolu, avant de lui rendre le petit. Donnez-moi des nouvelles, vous voulez bien ?

— Bien sûr, le rassura-t-elle avec affection.

— Et au moindre souci…

— Je n'hésiterai pas, promis.

— Bon. Ah, avant que j'oublie… fit-il en fouillant dans une poche pour en sortir un petit sac de satin. Les bijoux de ma femme. Ils ont été récupérés chez cet

Italien à qui Charles les avait échangés contre sa pacotille. Ils sont pour vous.

— Pour moi ? fit-elle surprise. Mais non ! Je ne peux pas ! Donnez-les à Paul.

— Non, rétorqua-t-il avec autorité. Ils étaient destinés à celle que Charles aimerait. C'était la volonté de ma femme. Vous aurez besoin d'argent là où vous allez. La vie est chère là-bas. Je vous les laisse donc.

Il posa le sachet sur la table, suspendant son geste un petit moment, comme un dernier adieu. Il déposa au passage un baiser affectueux sur le front de Marguerite qui resta sans voix, la gorge serrée par les larmes qui montaient en elle.

— Si je regrette Charles, je vous regretterai aussi, lui murmura-t-il alors. Revenez en cas de besoin, ou parce que vous le désirez. Adieu, donc, lâcha-t-il enfin, cachant péniblement son émotion.

Sa main puissante se posa une dernière fois sur la tête de l'enfant sage, un dernier contact avant la séparation imminente, avant de disparaître par la porte ouverte sur l'aube rosée.

***

Bardée sur chaque flanc, Joyeuse se rassasiait paisiblement et avec appétit du parterre d'adonides devant le porche de l'église. Marguerite avait décidé de faire un détour sur le chemin de son départ. À peine avait-elle pénétré dans le sanctuaire ce matin-là qu'elle eut le sentiment qu'il était là, tout proche d'elle. Qu'il l'avait frôlée, que sa main avait effleuré sa nuque comme il aimait à le faire. Qu'il lui avait touché le bras, d'un geste éphémère, pour peut-être lui prendre la main et la guider plus loin, sur la voie peinte au sol par le soleil à travers les vitraux. Qu'il lui avait susurré des brises douces en perles de mots d'amour, tout juste audibles dans le vaste vide qui l'enlaçait alors, le son de sa voix à lui chutant aussitôt en échos dans les tréfonds marécageux de sa mémoire pour toujours endolorie. Allant d'une dalle à l'autre, elle cherchait des yeux la trace de sa présence ici, la preuve gravée de son repos éternel.

— Bonjour, Marguerite, fit le père de Saintonge d'une voix douce.

— Bonjour, mon père, répondit-elle un peu gênée, comme prise en faute.

— Il est par ici, continua-t-il, l'invitant à le suivre plus loin vers l'autel.

Il était bien là. Cette fois, il n'y avait plus de doute. Elle ouvrit alors un peu son manteau pour dévoiler la petite tête d'Henri qui cligna des yeux. Puis elle s'agenouilla.

Juste en dessous d'une toile immense qui chantait un *Stabat Mater* dans l'immensité silencieuse de la prière d'une mère implorante, une dalle plus claire se détachait des autres.

Fraîchement gravée d'une belle écriture pour l'éternité :

Charles de Sainte-Croix
Comte de Joigny

1670-1696

Épilogue

Immobile sur le faîte de la colline, la cavalière à l'allure singulière était enveloppée d'un grand manteau rouge à capuche large couvrant en partie son visage pour la protéger du froid. En contrebas, les voyageurs toujours plus nombreux dessinaient dans les champs gras une ride sinueuse vers les portes de la plus grande ville du royaume qui s'étalait de toute sa puissance, transpercée de part en part par le serpent d'eau qui scintillait dans la lumière ce matin-là. Ce même serpent qui passait par Joigny en amont et que Marguerite reconnaissait, même s'il avait changé de nom entre-temps. Un lien qui la rattacherait pour toujours à son passé. Joyeuse s'ébroua alors pour marquer son impatience d'en finir avec ce voyage éreintant, ramenant ainsi sa maîtresse au présent. Quand elle replaça Henri un peu plus haut contre elle pour mieux assurer sa position sous le tissu épais, elle sentit la rugosité du métal ouvragé contre sa poitrine. La tête de mort sertie de rubis se rappelait à son souvenir. Tout contre elle, le médaillon de son père attendait en silence son prochain porteur. Mais pas pour tout de suite, pensa-t-elle alors avec affection. Dans quelques années, peut-être, comme elle lui en avait fait la promesse.

Joyeuse s'ébranla lourdement pour se caler dans le flux qui grossissait toujours plus alors que le jour se levait enfin, et Marguerite se laissa porter.

Bientôt, ils seraient chez ce cousin qu'elle ne connaissait pas.

Son père lui en avait souvent parlé.

Il était la fierté de la famille.

Le bourreau le plus célèbre du royaume.

« Monsieur de Paris ».

FIN